E. T. A. Hoffmann
Der Magnetiseur

Phantastische Geschichten

Phantastische Bibliothek
Band 190

Suhrkamp

Redaktion und Beratung: Franz Rottensteiner
Umschlagzeichnung von Tom Breuer

suhrkamp taschenbuch 1366
Erste Auflage 1987

Quellennachweise am Schluß des Bandes
Suhrkamp Taschenbuch Verlag

Satz: Gutfreund, Darmstadt
Druck: Nomos Verlagsgesellschaft, Baden-Baden
Printed in Germany
Umschlag nach Entwürfen von
Willy Fleckhaus und Rolf Staudt

1 2 3 4 5 6 – 92 91 90 89 88 87

Inhalt

Der Sandmann

Nathanael an Lothar

Gewiß seid Ihr alle voll Unruhe, daß ich so lange – lange nicht geschrieben. Mutter zürnt wohl, und Klara mag glauben, ich lebe hier in Saus und Braus und vergesse mein holdes Engelsbild, so tief mir in Herz und Sinn eingeprägt, ganz und gar. – Dem ist aber nicht so; täglich und stündlich gedenke ich Eurer aller, und in süßen Träumen geht meines holden Klärchens freundliche Gestalt vorüber und lächelt mich mit ihren hellen Augen so anmutig an, wie sie wohl pflegte, wenn ich zu Euch hineintrat. – Ach, wie vermochte ich denn Euch zu schreiben in der zerrissenen Stimmung des Geistes, die mir bisher alle Gedanken verstörte! – Etwas Entsetzliches ist in mein Leben getreten! – Dunkle Ahnungen eines gräßlichen mir drohenden Geschicks breiten sich wie schwarze Wolkenschatten über mich aus, undurchdringlich jedem freundlichen Sonnenstrahl. – Nun soll ich Dir sagen, was mir widerfuhr. Ich muß es, das sehe ich ein, aber nur es denkend, lacht es wie toll aus mir heraus. – Ach, mein herzlieber Lothar, wie fange ich es denn an, Dich nur einigermaßen empfinden zu lassen, daß das, was mir vor einigen Tagen geschah, denn wirklich mein Leben so feindlich zerstören konnte! Wärst Du nur hier, so könntest Du selbst schauen; aber jetzt hältst Du mich gewiß für einen aberwitzigen Geisterseher. – Kurz und gut, das Entsetzliche, was mir geschah, dessen tödlichen Eindruck zu vermeiden ich mich vergebens bemühe, besteht in nichts anderm, als daß vor einigen Tagen, nämlich am 30. Oktober, mittags um 12 Uhr, ein Wetterglashändler in meine Stube trat und mir seine Ware anbot. Ich kaufte nichts und drohte, ihn die Treppe herabzuwerfen, worauf er aber von selbst fortging. –

Du ahnest, daß nur ganz eigne, tief in mein Leben eingreifende Beziehungen diesem Vorfall Bedeutung geben können, ja, daß wohl die Person jenes unglückseligen Krämers gar feindlich auf mich wirken muß. So ist es in der Tat. Mit aller Kraft fasse ich mich zusammen, um ruhig und geduldig Dir aus meiner frühern Jugendzeit so viel zu erzählen, daß Deinem regen Sinn alles klar und deutlich in leuchtenden Bildern aufgehen wird. Indem ich anfangen will, höre ich Dich lachen und Klara sagen: »Das sind ja rechte Kindereien!« – Lacht, ich bitte Euch, lacht mich recht herzlich aus! – ich bitt' Euch sehr! – Aber Gott im Himmel! die Haare sträuben sich mir, und es ist, als flehe ich Euch an, mich auszulachen, in wahnsinniger Verzweiflung, wie Franz Moor den Daniel. – Nun fort zur Sache! –

Außer dem Mittagessen sahen wir, ich und mein Geschwister, tagsüber den Vater wenig. Er mochte mit seinem Dienst viel beschäftigt sein. Nach dem Abendessen, das alter Sitte gemäß schon um sieben Uhr aufgetragen wurde, gingen wir alle, die Mutter mit uns, in des Vaters Arbeitszimmer und setzten uns um einen runden Tisch. Der Vater rauchte Tabak und trank ein großes Glas Bier dazu. Oft erzählte er uns viele wunderbare Geschichten und geriet darüber so in Eifer, daß ihm die Pfeife immer ausging, die ich, ihm brennend Papier hinhaltend, wieder anzünden mußte, welches mir denn ein Hauptspaß war. Oft gab er uns aber Bilderbücher in die Hände, saß stumm und starr in seinem Lehnstuhl und blies starke Dampfwolken von sich, daß wir alle wie im Nebel schwammen. An solchen Abenden war die Mutter sehr traurig, und kaum schlug die Uhr neun, so sprach sie: »Nun Kinder! – zu Bette! zu Bette! der Sandmann kommt, ich merk' es schon.« Wirklich hörte ich dann jedesmal etwas schweren, langsamen Tritts die Treppe heraufpoltern; das mußte der Sandmann sein. Einmal war mir jenes dumpfe Treten und Poltern besonders graulich; ich frug die Mutter, indem sie uns fortführte: »Ei, Mama! wer ist denn der böse Sandmann, der uns immer von Papa forttreibt? – wie sieht er denn aus?« »Es gibt keinen Sandmann, mein liebes Kind«, erwiderte die Mutter, »wenn ich sage, der Sandmann kommt, so will das nur heißen, ihr seid schläfrig und könnt die Augen nicht offen behalten, als hätte man euch Sand hineingestreut.« – Der Mutter Antwort befriedigte mich nicht, ja in meinem kindischen Gemüt entfaltete sich deutlich der Gedanke, daß die Mutter den Sandmann nur verleugne, damit wir uns vor ihm nicht fürchten sollten, ich hörte ihn ja immer die Treppe heraufkommen. Voll Neugierde, Näheres von diesem Sandmann und seiner Beziehung auf uns Kinder zu erfahren, frug ich endlich die alte Frau, die meine jüngste Schwester wartete, was denn das für ein Mann sei, der Sandmann. »Ei Thanelchen«, erwiderte diese, »weißt du das noch nicht? Das ist ein böser Mann, der kommt zu den Kindern, wenn sie nicht zu Bett gehen wollen, und wirft ihnen Händevoll Sand in die Augen, daß sie blutig zum Kopf herausspringen, die wirft er dann in den Sack und trägt sie in den Halbmond zur Atzung für seine Kinderchen; die sitzen dort im Nest und haben krumme Schnäbel, wie die Eulen, damit picken sie der unartigen Menschenkindlein Augen auf.« – Gräßlich malte sich nun im Innern mir das Bild des grausamen Sandmanns aus; sowie es abends die Treppe heraufpolterte, zitterte ich vor Angst und Entsetzen. Nichts als den unter Tränen hergestotterten Ruf: »Der Sandmann! der Sandmann!« konnte die Mutter aus mir herausbringen. Ich lief darauf in das Schlafzimmer, und wohl die ganze Nacht über quälte mich die fürchterliche Erscheinung des Sandmanns. – Schon alt genug war ich geworden, um einzusehen, daß das mit dem Sandmann und seinem Kindernest im Halbmonde, so wie es mir die Wartefrau erzählt hatte, wohl nicht ganz seine Richtigkeit haben könne; indessen blieb mir der Sandmann ein fürchterliches Gespenst, und Grauen – Entsetzen ergriff mich, wenn ich ihn nicht allein die Treppe heraufkommen, sondern auch meines Vaters Stubentür heftig aufreißen und hineintreten hörte. Manchmal blieb er lange weg, dann kam er öfter hintereinander. Jahrelang dauerte das, und nicht gewöhnen konnte ich mich an den unheimlichen Spuk, nicht bleicher wurde in mir das Bild des grausigen Sandmanns. Sein Umgang mit dem Vater fing an, meine Fantasie immer mehr und mehr zu beschäftigen; den Vater darum zu befragen hielt mich eine unüberwindliche Scheu zurück, aber selbst – selbst das Geheimnis zu erforschen, den fabelhaften Sandmann zu sehen, dazu keimte mit den Jahren immer mehr die Lust in mir empor. Der Sandmann hatte mich auf die Bahn des Wunderbaren, Abenteuerlichen gebracht, das so schon leicht im kindlichen Gemüt sich einnistet. Nichts war mir lieber, als schauerliche Geschichten von Kobolten, Hexen, Däumlingen u. s. w. zu hören oder zu lesen; aber obenan stand immer der Sandmann, den ich in den seltsamsten, abscheulichsten Gestalten überall auf Tische, Schränke und Wände mit Kreide, Kohle hinzeichnete. Als ich zehn Jahre alt geworden, wies mich die Mutter aus der Kinderstube in ein Kämmerchen, das auf dem Korridor unfern von meines Vaters Zimmer lag. Noch immer mußten wir uns, wenn auf den Schlag neun Uhr sich jener Unbekannte im Hause hören ließ, schnell entfernen. In meinem Kämmerchen vernahm ich, wie er bei dem Vater hineintrat, und bald darauf war es mir dann, als verbreite sich im Hause ein feiner, seltsam riechender Dampf.

Immer höher mit der Neugierde wuchs der Mut, auf irgendeine Weise des Sandmanns Bekanntschaft zu machen. Oft schlich ich schnell aus dem Kämmerchen auf den Korridor, wenn die Mutter vorübergegangen, aber nichts konnte ich erlauschen, denn immer war der Sandmann schon zur Türe hinein, wenn ich den Platz erreicht hatte, wo er mir sichtbar werden mußte. Endlich von unwiderstehlichem Drange getrieben, beschloß ich, im Zimmer des Vater selbst mich zu verbergen und den Sandmann zu erwarten.

An des Vaters Schweigen, an der Mutter Traurigkeit merkte ich eines Abends, daß der Sandmann kommen werde; ich schützte daher große Müdigkeit vor, verließ schon vor neun Uhr das Zimmer und verbarg mich dicht neben der Türe in einen Schlupfwinkel. Die Haustür knarrte, durch den Flur ging es, langsamen, schweren, dröhnenden Schrittes nach der Treppe. Die Mutter eilte mit dem Geschwister mir vorüber. Leise – leise öffnete ich des Vaters Stubentür. Er saß, wie gewöhnlich, stumm und starr den Rücken der Türe zugekehrt, er bemerkte mich nicht, schnell war ich hinein und hinter der Gardine, die einem gleich neben der Türe stehenden offnen Schrank, worin meines Vaters Kleider hingen, vorgezogen war. – Näher – immer näher dröhnten die Tritte – es hustete und scharrte und brummte seltsam draußen. Das Herz bebte mir vor Angst und Erwartung. – Dicht, dicht vor der Türe ein scharfer Tritt – ein heftiger Schlag auf die Klinke, die Tür springt rasselnd auf! – Mit Gewalt mich ermannend, gucke ich behutsam hervor. Der Sandmann steht mitten in der Stube vor meinem Vater, der helle Schein der Lichter brennt ihm ins Gesicht! – Der Sandmann, der fürchterliche Sandmann ist der alte Advokat Coppelius, der manchmal bei uns zu Mittage ißt! –

Aber die gräßlichste Gestalt hätte mir nicht tieferes Entsetzen erregen können als eben dieser Coppelius. – Denke Dir einen großen breitschultrigen Mann mit einem unförmlich dicken Kopf, erdgelbem Gesicht, buschichten grauen Augenbrauen, unter denen ein Paar grünliche Katzenaugen stechend hervorfunkeln, großer, starker über die Oberlippe gezogener Nase. Das schiefe Maul verzieht sich oft zum hämischen Lachen; dann werden auf den Backen ein paar dunkelrote Flecke sichtbar, und ein seltsam zischender Ton fährt durch die zusammengekniffenen Zähne. Coppelius erschien immer in einem altmodisch zugeschnittenen aschgrauen Rocke, ebensolcher Weste und gleichen Beinkleidern, aber dazu schwarze Strümpfe und Schuhe mit kleinen Steinschnallen. Die kleine Perücke reichte kaum bis über den Kopfwirbel heraus, die Kleblocken standen hoch über den großen roten Ohren, und ein breiter verschlossener Haarbeutel starrte von dem Nacken weg, so daß man die silberne Schnalle sah, die die gefältelte Halsbinde schloß. Die ganze Figur war überhaupt widrig und abscheulich; aber vor allem waren uns Kindern seine großen knotichten, haarichten Fäuste zuwider, so daß wir, was er damit berührte, nicht mehr mochten. Das hatte er bemerkt, und nun war es seine Freude, irgendein Stückchen Kuchen oder eine süße Frucht, die uns die gute Mutter heimlich auf den Teller gelegt, unter diesem oder jenem Vorwande zu berühren, daß wir, helle Tränen in den Augen, die Näscherei, der wir uns erfreuen sollten, nicht mehr genießen mochten vor Ekel und Abscheu. Ebenso machte er es, wenn uns an Feiertagen der Vater ein klein Gläschen süßen Weins eingeschenkt hatte. Dann fuhr er schnell mit der Faust herüber oder brachte wohl gar das Glas an die blauen Lippen und lachte recht teuflisch, wenn wir unsern Ärger nur leise schluchzend äußern durften. Er pflegte uns nur immer die kleinen Bestien zu nennen; wir durften, war er zugegen, keinen Laut von uns geben und verwünschten den häßlichen, feindlichen Mann, der uns recht mit Bedacht und Absicht auch die kleinste Freude verdarb. Die Mutter schien ebenso wie wir den widerwärtigen Coppelius zu hassen; denn sowie er sich zeigte, war ihr Frohsinn, ihr heiteres unbefangenes Wesen umgewandelt in traurigen, düstern Ernst. Der Vater betrug sich gegen ihn, als sei er ein höheres Wesen, dessen Unarten man dulden und das man auf jede Weise bei guter Laune erhalten müsse. Er durfte nur leise andeuten, und Lieblingsgerichte wurden gekocht und seltene Weine kredenzt.

Als ich nun diesen Coppelius sah, ging es grausig und entsetzlich in meiner Seele auf, daß ja niemand anders als er der Sandmann sein könne, aber der Sandmann war mir nicht mehr jener Popanz aus dem Ammenmärchen, der dem Eulennest im Halbmonde Kinderaugen zur Atzung holt, – nein! – ein häßlicher gespenstischer Unhold, der überall, wo er einschreitet, Jammer – Not – zeitliches, ewiges Verderben bringt.

Ich war festgezaubert. Auf die Gefahr entdeckt und, wie ich deutlich dachte, hart gestraft zu werden, blieb ich stehen, den Kopf lauschend durch die Gardine hervorgestreckt. Mein Vater empfing den Coppelius feierlich. »Auf! – zum Werk«, rief dieser mit heiserer, schnarrender Stimme und warf den Rock ab. Der Vater zog still und finster seinen Schlafrock aus, und beide kleideten sich in lange schwarze Kittel. Wo sie *die* hernahmen, hatte ich übersehen. Der Vater öffnete die Flügeltür eines Wandschranks; aber ich sah, daß das, was ich so lange dafür gehalten, kein Wandschrank, sondern vielmehr eine schwarze Höhlung war, in der ein kleiner Herd stand. Coppelius trat hinzu, und eine blaue Flamme knisterte auf dem Herde empor. Allerlei seltsames Geräte stand umher. Ach Gott! – wie sich nun mein alter Vater zum Feuer herabbückte, da sah er ganz anders aus. Ein gräßlicher krampfhafter Schmerz schien seine sanften ehrlichen Züge zum häßlichen widerwärtigen Teufelsbilde verzogen zu haben. Er sah dem Coppelius ähnlich. Dieser schwang die glutrote Zange und holte damit hellblinkende Massen aus dem dicken Qualm, die er dann emsig hämmerte. Mir war es, als würden Menschengesichter ringsumher sichtbar, aber ohne Augen – scheußliche, tiefe schwarze Höhlen statt ihrer. »Augen her, Augen her!« rief Coppelius mit dumpfer dröhnender Stimme. Ich kreischte auf, von wildem Entsetzen gewaltig erfaßt, und stürzte aus meinem Versteck heraus auf den Boden. Da ergriff mich Coppelius. »Kleine Bestie! – kleine Bestie!« meckerte er zähnefletschend – riß mich auf und warf mich auf den Herd, daß die Flamme mein Haar zu sengen begann. »Nun haben wir Augen – Augen – ein schön Paar Kinderaugen.« So flüsterte Coppelius und griff mit den Fäusten glutrote Körner aus der Flamme, die er mir in die Augen streuen wollte. Da hob mein Vater flehend die Hände empor und rief: »Meister! Meister! laß meinem Nathanael die Augen – laß sie ihm!« Coppelius lachte gellend auf und rief: »Mag denn der Junge die Augen behalten und sein Pensum flennen in der Welt; aber nun wollen wir doch den Mechanismus der Hände und der Füße recht observieren.« Und damit faßte er mich gewaltig, daß die Gelenke knackten, und schrob mir die Hände ab und die Füße und setzte sie bald hier, bald dort wieder ein. »'s steht doch überall nicht recht! 's gut, so wie es war! – Der Alte hat's verstanden!« So zischte und lispelte Coppelius; aber alles um mich her wurde schwarz und finster, ein jäher Krampf durchzuckte Nerv und Gebein – ich fühlte nichts mehr. Ein sanfter warmer Hauch glitt über mein Gesicht, ich erwachte wie aus dem Todesschlaf, die Mutter hatte sich über mich hingebeugt. »Ist der Sandmann noch da?« stammelte ich. »Nein, mein liebes Kind, der ist lange, lange fort, der tut dir keinen Schaden!« – So sprach die

Mutter und küßte und herzte den wiedergewonnenen Liebling.

Was soll ich Dich ermüden, mein herzlieber Lothar! was soll ich so weitläufig einzelnes hererzählen, da noch so vieles zu sagen übrig bleibt? Genug! – ich war bei der Lauscherei entdeckt und von Coppelius gemißhandelt worden. Angst und Schrecken hatten mir ein hitziges Fieber zugezogen, an dem ich mehrere Wochen krank lag. »Ist der Sandmann noch da?« – Das war mein erstes gesundes Wort und das Zeichen meiner Genesung, meiner Rettung. – Nur noch den schrecklichsten Moment meiner Jugendjahre darf ich Dir erzählen; dann wirst Du überzeugt sein, daß es nicht meiner Augen Blödigkeit ist, wenn mir nun alles farblos erscheint, sondern daß ein dunkles Verhängnis wirklich einen trüben Wolkenschleier über mein Leben gehängt hat, den ich vielleicht nur sterbend zerreiße. –

Coppelius ließ sich nicht mehr sehen, es hieß, er habe die Stadt verlassen.

Ein Jahr mochte vergangen sein, als wir der alten unveränderten Sitte gemäß abends an dem runden Tische saßen. Der Vater war sehr heiter und erzählte viel Ergötzliches von den Reisen, die er in seiner Jugend gemacht. Da hörten wir, als es neune schlug, plötzlich die Haustür in den Angeln knarren, und langsame eisenschwere Schritte dröhnten durch den Hausflur die Treppe herauf. »Das ist Coppelius«, sagte meine Mutter erblassend. »Ja! – es ist Coppelius«, wiederholte der Vater mit matter, gebrochener Stimme. Die Tränen stürzten der Mutter aus den Augen. »Aber Vater, Vater!« rief sie, »muß es denn so sein?« – »Zum letzten Male!« erwiderte dieser, »zum letzten Male kommt er zu mir, ich verspreche es dir. Geh nur, geh mit den Kindern! – Geht – geht zu Bette! Gute Nacht!«

Mir war es, als sei ich in schweren kalten Stein eingepreßt – mein Atem stockte! – Die Mutter ergriff mich beim Arm, als ich unbeweglich stehen blieb! »Komm, Nathanael, komme nur!« – Ich ließ mich fortführen, ich trat in meine Kammer. »Sei ruhig, sei ruhig, lege dich ins Bette! – schlafe – schlafe«, rief mir die Mutter nach; aber von unbeschreiblicher innerer Angst und Unruhe gequält, konnte ich kein Auge zutun. Der verhaßte abscheuliche Coppelius stand vor mir mit funkelnden Augen und lachte mich hämisch an, vergebens trachtete ich sein Bild los zu werden. Es mochte wohl schon Mitternacht sein, als ein entsetzlicher Schlag geschah, wie wenn ein Geschütz losgefeuert würde. Das ganze

Haus erdröhnte, es rasselte und rauschte bei meiner Türe vorüber, die Haustüre wurde klirrend zugeworfen. »Das ist Coppelius!« rief ich entsetzt und sprang aus dem Bette. Da kreischte es auf in schneidendem trostlosen Jammer, fort stürzte ich nach des Vaters Zimmer, die Türe stand offen, erstickender Dampf quoll mir entgegen, das Dienstmädchen schrie: »Ach, der Herr! – der Herr!« – Vor dem dampfenden Herde auf dem Boden lag mein Vater tot mit schwarz verbranntem, gräßlich verzerrtem Gesicht, um ihn herum heulten und winselten die Schwestern – die Mutter ohnmächtig daneben! – »Coppelius, verruchter Satan, du hast den Vater erschlagen!« – So schrie ich auf; mir vergingen die Sinne. Als man zwei Tage darauf meinen Vater in den Sarg legte, waren seine Gesichtszüge wieder mild und sanft geworden, wie sie im Leben waren. Tröstend ging es in meiner Seele auf, daß sein Bund mit dem teuflischen Coppelius ihn nicht ins ewige Verderben gestürzt haben könne. –

Die Explosion hatte die Nachbarn geweckt, der Vorfall wurde ruchbar und kam vor die Obrigkeit, welche den Coppelius zur Verantwortung vorfordern wollte. Der war aber spurlos vom Orte verschwunden.

Wenn ich Dir nun sage, mein herzlieber Freund, daß jener Wetterglashändler eben der verruchte Coppelius war, so wirst Du mir es nicht verargen, daß ich die feindliche Erscheinung als schweres Unheil bringend deute. Er war anders gekleidet, aber Coppelius' Figur und Gesichtszüge sind zu tief in mein Innerstes eingeprägt, als daß hier ein Irrtum möglich sein sollte. Zudem hat Coppelius nicht einmal seinen Namen geändert. Er gibt sich hier, wie ich höre, für einen piemontesischen Mechanikus aus und nennt sich Giuseppe Coppola.

Ich bin entschlossen, es mit ihm aufzunehmen und des Vaters Tod zu rächen, mag es denn nun gehen, wie es will.

Der Mutter erzähle nichts von dem Erscheinen des gräßlichen Unholds. Grüße meine liebe holde Klara, ich schreibe ihr in ruhigerer Gemütsstimmung. Lebe wohl etc. etc.

Klara an Nathanael

Wahr ist es, daß Du recht lange mir nicht geschrieben hast, aber dennoch glaube ich, daß Du mich in Sinn und Gedanken trägst. Denn meiner gedachtest Du wohl recht lebhaft, als Du Deinen letzten Brief an Bruder Lothar absenden wolltest und die Aufschrift statt an ihn an mich richtetest. Freudig erbrach ich den Brief und wurde den Irrtum erst bei den Worten inne: »Ach, mein herzlieber Lothar!« – Nun hätte ich nicht weiter lesen, sondern den Brief dem Bruder geben sollen. Aber hast Du mir auch sonst manchmal in kindischer Neckerei vorgeworfen, ich hätte solch ruhiges, weiblich besonnenes Gemüt, daß ich wie jene Frau, drohe das Haus den Einsturz, noch vor schneller Flucht ganz geschwinde einen falschen Kniff in der Fenstergardine glattstreichen würde, so darf ich doch wohl kaum versichern, daß Deines Briefes Anfang mich tief erschütterte. Ich konnte kaum atmen, es flimmerte mir vor den Augen. – Ach, mein herzgeliebter Nathanael, was konnte so Entsetzliches in Dein Leben getreten sein! Trennung von Dir, Dich niemals wiedersehen, der Gedanke durchfuhr meine Brust wie ein glühender Dolchstich. – Ich las und las! – Deine Schilderung des widerwärtigen Coppelius ist gräßlich. Erst jetzt vernahm ich, wie Dein guter alter Vater solch entsetzlichen, gewaltsamen Todes starb. Bruder Lothar, dem ich sein Eigentum zustellte, suchte mich zu beruhigen, aber es gelang ihm schlecht. Der fatale Wetterglashändler Giuseppe Coppola verfolgte mich auf Schritt und Tritt, und beinahe schäme ich mich, es zu gestehen, daß er selbst meinen gesunden, sonst so ruhigen Schlaf in allerlei wunderlichen Traumgebilden zerstören konnte. Doch bald, schon den andern Tag, hatte sich alles anders in mir gestaltet. Sei mir nur nicht böse, mein Inniggeliebter, wenn Lothar Dir etwa sagen möchte, daß ich trotz Deiner seltsamen Ahnung, Coppelius werde Dir etwas Böses antun, ganz heitern, unbefangenen Sinnes bin wie immer.

Geradeheraus will ich es Dir nur gestehen, daß, wie ich meine, alles Entsetzliche und Schreckliche, wovon Du sprichst, nur in Deinem Innern vorging, die wahre wirkliche Außenwelt aber daran wohl wenig teilhatte. Widerwärtig genug mag der alte Coppelius gewesen sein, aber daß er Kinder haßte, das brachte in Euch Kindern wahren Abscheu gegen ihn hervor.

Natürlich verknüpfte sich nun in Deinem kindischen Gemüt der schreckliche Sandmann aus dem Ammenmärchen mit dem alten Coppelius, der Dir, glaubtest Du auch nicht an den Sandmann, ein gespenstischer, Kindern vorzüglich gefährlicher Unhold blieb. Das unheimliche Treiben mit Deinem Vater zur Nachtzeit war wohl nichts anders, als daß beide insgeheim alchimistische Versuche machten, womit die Mutter nicht zufrieden sein konnte, da gewiß viel Geld unnütz verschleudert und obendrein, wie es immer mit solchen Laboranten der Fall sein soll, des Vaters Gemüt, ganz von dem trügerischen Drange nach hoher Weisheit erfüllt, der Familie abwendig gemacht wurde. Der Vater hat wohl gewiß durch eigne Unvorsichtigkeit seinen Tod herbeigeführt, und Coppelius ist nicht schuld daran. Glaubst Du, daß ich den erfahrnen Nachbar Apotheker gestern frug, ob wohl bei chemischen Versuchen eine solche augenblicklich tötende Explosion möglich sei? Der sagte: »Ei allerdings« und beschrieb mir nach seiner Art gar weitläufig und umständlich, wie das zugehen könne, und nannte dabei so viel sonderbar klingende Namen, die ich gar nicht zu behalten vermochte. – Nun wirst Du wohl unwillig werden über Deine Klara, Du wirst sagen: »In dies kalte Gemüt dringt kein Strahl des Geheimnisvollen, das den Menschen oft mit unsichtbaren Armen umfaßt; sie erschaut nur die bunte Oberfläche der Welt und freut sich wie das kindische Kind über die goldgleißende Frucht, in deren Innerm tödliches Gift verborgen.«

Ach, mein herzgeliebter Nathanael, glaubst Du denn nicht, daß auch in heitern – unbefangenen – sorglosen Gemütern die Ahnung wohnen könne von einer dunklen Macht, die feindlich uns in unserm eignen Selbst zu verderben strebt? – Aber verzeih' es mir, wenn ich einfältig Mädchen mich unterfange, auf irgendeine Weise anzudeuten, was ich eigentlich von solchem Kampfe im Innern glaube. – Ich finde wohl gar am Ende nicht die rechten Worte, und Du lachst mich aus, nicht, weil ich was Dummes meine, sondern weil ich mich so ungeschickt anstelle, es zu sagen. –

Gibt es eine dunkle Macht, die so recht feindlich und verräterisch einen Faden in unser Inneres legt, woran sie uns dann festpackt und fortzieht auf einem gefahrvollen, verderblichen Wege, den wir sonst nicht betreten haben würden – gibt es eine solche Macht, so muß sie in uns sich wie wir selbst gestalten, ja unser Selbst werden; denn nur *so* glauben wir an sie und räumen ihr den Platz ein, dessen sie bedarf, um jenes geheime Werk zu vollbringen. Haben wir festen, durch das heitre Leben gestärkten Sinn genug, um fremdes feindliches Einwirken als solches stets zu erkennen und den Weg, in den uns Neigung und Beruf geschoben, ruhigen Schrittes zu verfolgen, so geht wohl jene unheimliche Macht unter in dem vergeblichen Ringen nach der Gestaltung, die unser eignes Spiegelbild sein sollte. »Es ist auch gewiß«, fügt Lothar hinzu, »daß die dunkle physische Macht, haben wir uns durch uns selbst ihr hingegeben, oft fremde Gestalten, die die Außenwelt uns in den Weg wirft, in unser Inneres hineinzieht, so, daß wir selbst nur den Geist entzünden, der, wie wir in wunderlicher Täuschung glauben, aus jener Gestalt spricht. Es ist das Phantom unseres eigenen Ichs, dessen innige Verwandtschaft und dessen tiefe Einwirkung auf unser Gemüt uns in die Hölle wirft oder in den Himmel verzückt.« – Du merkst, mein herzlieber Nathanael, daß wir, ich und Bruder Lothar, uns recht über die Materie von dunklen Mächten und Gewalten ausgesprochen haben, die mir nun, nachdem ich nicht ohne Mühe das Hauptsächlichste aufgeschrieben, ordentlich tiefsinnig vorkommt. Lothars letzte Worte verstehe ich nicht ganz, ich ahne nur, was er meint, und doch ist es mir, als sei alles sehr wahr. Ich bitte Dich, schlage Dir den häßlichen Advokaten Coppelius und den Wetterglasmann Giuseppe Coppola ganz aus dem Sinn. Sei überzeugt, daß diese fremden Gestalten nichts über Dich vermögen; nur der Glaube an ihre feindliche Gewalt kann sie Dir in der Tat feindlich machen. Spräche nicht aus jeder Zeile Deines Briefes die tiefste Aufregung Deines Gemüts, schmerzte mich nicht Dein Zustand recht in innerster Seele, wahrhaftig, ich könnte über den Advokaten Sandmann und den Wetterglashändler Coppelius scherzen. Sei heiter – heiter! – Ich habe mir vorgenommen, bei Dir zu erscheinen wie Dein Schutzgeist und den häßlichen Coppola, sollte er es sich etwa beikommen lassen, Dir im Traum beschwerlich zu fallen, mit lautem Lachen fortzubannen. Ganz und gar nicht fürchte ich mich vor ihm und vor seinen garstigen Fäusten, er soll mir weder als Advokat eine Näscherei noch als Sandmann die Augen verderben.

Ewig, mein herzinnigstgeliebter Nathanael etc. etc. etc.

Nathanael an Lothar

Sehr unlieb ist es mir, daß Klara neulich den Brief an Dich aus, freilich durch meine Zerstreutheit veranlaßtem, Irrtum erbrach und las. Sie hat mir einen sehr tiefsinnigen philosophischen Brief geschrieben, worin sie ausführlich beweiset, daß Coppelius und Coppola nur in meinem Innern existieren und Phantome meines Ichs sind, die augenblicklich zerstäuben, wenn ich sie als solche erkenne. In der Tat, man sollte gar nicht glauben, daß der Geist, der aus solch hellen holdlächelnden Kindesaugen oft wie ein lieblicher süßer Traum hervorleuchtet, so gar verständig, so magistermäßig distinguieren könne. Sie beruft sich auf Dich. Ihr habt über mich gesprochen. Du liesest ihr wohl logische Kollegia, damit sie alles fein sichten und sondern lerne. – Laß das bleiben! – Übrigens ist es wohl gewiß, daß der Wetterglashändler Giuseppe Coppola keineswegs der alte Advokat Coppelius ist. Ich höre bei dem erst neuerdings angekommenen Professor der Physik, der wie jener berühmte Naturforscher Spalanzani heißt und italienischer Abkunft ist, Kollegia. Der kennt den Coppola schon seit vielen Jahren, und überdem hört man es auch seiner Aussprache an, daß er wirklich Piemonteser ist. Coppelius war ein Deutscher, aber wie mich dünkt, kein ehrlicher. Ganz beruhigt bin ich nicht. Haltet Ihr, Du und Klara, mich immerhin für einen düstern Träumer, aber nicht los kann ich den Eindruck werden, den Coppelius' verfluchtes Gesicht auf mich macht. Ich bin froh, daß er fort ist aus der Stadt, wie mir Spalanzani sagt. Dieser Professor ist ein wunderlicher Kauz. Ein kleiner rundlicher Mann, das Gesicht mit starken Backenknochen, feiner Nase, aufgeworfenen Lippen, kleinen stechenden Augen. Doch besser als in jeder Beschreibung siehst Du ihn, wenn Du den Cagliostro, wie er von Chodowiecki in irgendeinem berlinischen Taschenkalender steht, anschauest. – So sieht Spalanzani aus. – Neulich steige ich die Treppe herauf und nehme wahr, daß die sonst einer Glastüre dicht vorgezogene Gardine zur Seite einen kleinen Spalt läßt. Selbst weiß ich nicht, wie ich dazu kam, neugierig durchzublicken. Ein hohes, sehr schlank im reinsten Ebenmaß gewachsenes, herrlich gekleidetes Frauenzimmer saß im Zimmer vor einem kleinen Tisch, auf den sie beide Ärme, die Hände zusammengefaltet, gelegt hatte. Sie saß der Tür gegenüber, so, daß ich ihr engelschönes Gesicht ganz erblickte. Sie schien mich nicht zu bemerken, und überhaupt hatten ihre Augen etwas Starres, beinahe möcht' ich sagen, keine Sehkraft, es war mir so, als schliefe sie mit offnen Augen. Mir wurde ganz unheimlich, und deshalb schlich ich leise fort ins Auditorium, das daneben gelegen. Nachher erfuhr ich, daß die Gestalt, die ich gesehen, Spalanzanis Tochter Olimpia war, die er sonderbarer- und schlechterweise einsperrt, so, daß durchaus kein Mensch in ihre Nähe kommen darf. – Am Ende hat es eine Bewandtnis mit ihr, sie ist vielleicht blödsinnig oder sonst. – Weshalb schreibe ich Dir aber das alles? Besser und ausführlicher hätte ich Dir das mündlich erzählen können. Wisse nämlich, daß ich über vierzehn Tage bei Euch bin. Ich muß mein süßes liebes Engelsbild, meine Klara, wiedersehen. Weggehaucht wird dann die Verstimmung sein, die sich (ich muß das gestehen) nach dem fatalen verständigen Briefe meiner bemeistern wollte. Deshalb schreibe ich auch heute nicht an sie.

Tausend Grüße etc. etc. etc.

Seltsamer und wunderlicher kann nichts erfunden werden, als dasjenige ist, was sich mit meinem armen Freunde, dem jungen Studenten Nathanael, zugetragen, und was ich dir, günstiger Leser, zu erzählen unternommen. Hast du, Geneigtester, wohl jemals etwas erlebt, das deine Brust, Sinn und Gedanken ganz und gar erfüllte, alles andere daraus verdrängend? Es gärte und kochte in dir, zur siedenden Glut entzündet, sprang das Blut durch die Adern und färbte höher deine Wangen. Dein Blick war so seltsam, als wolle er Gestalten, keinem andern Auge sichtbar, im leeren Raum erfassen, und die Rede zerfloß in dunkle Seufzer. Da frugen dich die Freunde: »Wie ist Ihnen, Verehrter? – Was haben Sie, Teurer?« Und nun wolltest du das innere Gebilde mit allen glühenden Farben und Schatten und Lichtern aussprechen und mühtest dich ab, Worte zu finden, um nur anzufangen. Aber es war dir, als müßtest du nun gleich im ersten Wort alles Wunderbare, Herrliche, Entsetzliche, Lustige, Grauenhafte, das sich zugetragen, recht zusammengreifen, so daß es wie ein elektrischer Schlag alle treffe. Doch jedes Wort, alles, was Rede vermag, schien dir farblos und frostig und tot. Du suchst und suchst und stotterst und stammelst, und die nüchternen Fragen der Freunde schlagen wie eisige Windeshauche hinein in deine innere Glut, bis sie verlöschen will. Hattest du aber wie ein kecker Maler erst mit einigen verwegenen Strichen den Umriß deines innern Bildes hingeworfen, so trugst du mit leichter Mühe immer glühender und glühender die Farben auf, und das lebendige Gewühl mannigfacher Gestalten riß die Freunde fort, und sie sahen, wie du, sich selbst mitten im Bilde, das aus deinem Gemüt hervorgegangen! – Mich hat, wie ich es dir, geneigter Leser, gestehen muß, eigentlich niemand nach der Geschichte des jungen Nathanael gefragt; du weißt ja aber wohl, daß ich zu dem wunderlichen Geschlechte der Autoren gehöre, denen, tragen sie etwas so in sich, wie ich es vorhin beschrieben, so zumute wird, als frage jeder, der in ihre Nähe kommt, und nebenher auch wohl noch die ganze Welt: »Was ist es denn? Erzählen Sie, Liebster!« So trieb es mich denn gar gewaltig, von Nathanaels verhängnisvollem Leben zu dir zu sprechen. Das Wunderbare, Seltsame davon erfüllte meine ganze Seele, aber eben deshalb und weil ich dich, o mein Leser! gleich geneigt machen mußte, Wunderliches zu ertragen, welches nichts Geringes ist, quälte ich mich ab, Nathanaels Geschichte, bedeutend – originell, ergreifend, anzufangen: »Es war einmal« – der schönste Anfang jeder Erzählung, zu nüchtern! – »In der kleinen Provinzialstadt S. lebte« – etwas besser, wenigstens ausholend zum Klimax. – Oder gleich medias in res: »›Scher' er sich zum Teufel‹, rief, Wut und Entsetzen im wilden Blick, der Student Nathanael, als der Wetterglashändler Giuseppe Coppola« – Das hatte ich in der Tat schon aufgeschrieben, als ich in dem wilden Blick des Studenten Nathanael etwas Possierliches zu verspüren glaubte; die Geschichte ist aber gar nicht spaßhaft. Mir kam keine Rede in den Sinn, die nur im mindesten etwas von dem Farbenglanz des innern Bildes abzuspiegeln schien. Ich beschloß gar nicht anzufangen. Nimm, geneigter Leser, die drei Briefe, welche Freund Lothar mit gütigst mitteilte, für den Umriß des Gebildes, in das ich nun erzählend immer mehr und mehr Farbe hineinzutragen mich bemühen werde. Vielleicht gelingt es mir, manche Gestalt wie ein guter Porträtmaler so aufzufassen, daß du es ähnlich findest, ohne das Original zu kennen, ja daß es dir ist, als hättest du die Person recht oft schon mit leibhaftigen Augen gesehen. Vielleicht wirst du, o mein Leser! dann glauben, daß nichts wunderlicher und toller sei als das wirkliche Leben, und daß dieses der Dichter doch nur, wie in eines matt geschliffnen Spiegels dunklem Widerschein, auffassen könne.

Damit klarer werde, was gleich anfangs zu wissen nötig, ist jenen Briefen noch hinzuzufügen, daß bald darauf, als Nathanaels Vater gestorben, Klara und Lothar, Kinder eines weitläuftigen Verwandten, der ebenfalls gestorben und sie verwaist nachgelassen, von Nathanaels Mutter ins Haus genommen wurden. Klara und Nathanael faßten eine heftige Zuneigung zueinander, wogegen kein Mensch auf Erden etwas einzuwenden hatte; sie waren daher Verlobte, als Nathanael den Ort verließ, um seine Studien in G. – fortzusetzen. Da ist er nun in seinem letzten Briefe und hört Kollegia bei dem berühmten Professor Physices, Spalanzani.

Nun könnte ich getrost in der Erzählung fortfahren; aber in dem Augenblick steht Klaras Bild so lebendig mir vor Augen, daß ich nicht wegschauen kann, so wie es immer geschah, wenn sie mich holdlächelnd anblickte. – Für schön konnte Klara keinesweges gelten; das meinten alle, die sich von Amts wegen auf Schönheit verstehen. Doch lobten die Architekten die reinen Verhältnisse ihres Wuchses, die Maler fanden Nacken, Schultern und Brust beinahe zu keusch geformt, verliebten sich dagegen sämtlich in das wunderbare Magdalenenhaar und faselten überhaupt viel von Battonischem Kolorit. Einer von ihnen, ein wirklicher Fantast, verglich aber höchstseltsamer Weise Klaras Augen mit einem See von Ruisdael, in dem sich des wolkenlosen Himmels reines Azur, Wald- und Blumenflur, der reichen Landschaft ganzes buntes, heitres Leben spiegelt. Dichter und Meister gingen aber weiter und sprachen: »Was See – was Spiegel! – Können wir denn das Mädchen anschauen, ohne daß uns aus ihrem Blick wunderbare himmlische Gesänge und Klänge entgegenstrahlen, die in unser Innerstes dringen, daß da alles wach und rege wird? Singen wir selbst dann nichts wahrhaft Gescheutes, so ist überhaupt nicht viel an uns, und das lesen wir denn auch deutlich in dem um Klaras Lippen schwebenden feinen Lächeln, wenn wir uns unterfangen, ihr etwas vorzuquinkelieren, das so tun will, als sei es Gesang, unerachtet nur einzelne Töne verworren durcheinanderspringen.« Es war dem so. Klara hatte die lebenskräftige Fantasie des heitern unbefangenen, kindischen Kindes, ein tiefes weiblich zartes Gemüt, einen gar hellen, scharf sichtenden Verstand. Die Nebler und Schwebler hatten bei ihr böses Spiel; denn ohne zu viel zu reden, was überhaupt in Klaras schweigsamer Natur nicht lag, sagte ihnen der helle Blick und jenes feine ironische Lächeln: »Lieben Freunde! wie möget ihr mir denn zumuten, daß ich eure verfließende Schattengebilde für wahre Gestalten ansehen soll mit Leben und Regung?« – Klara wurde deshalb von vielen kalt, gefühllos, prosaisch gescholten; aber andere, die das Leben in klarer Tiefe aufgefaßt, liebten ungemein das gemütvolle, verständige, kindliche Mädchen, doch keiner so sehr als Nathanael, der sich in Wissenschaft und Kunst kräftig und heiter bewegte. Klara hing an dem Geliebten mit ganzer Seele; die ersten Wolkenschatten zogen durch ihr Leben, als er sich von ihr trennte. Mit welchem Entzücken flog sie in seine Arme, als er nun, wie er im letzten Briefe an Lothar es verheißen, wirklich in seiner Vaterstadt ins Zimmer der Mutter eintrat. Es geschah so, wie Nathanael geglaubt; denn in dem Augenblick, als er Klara wiedersah, dachte er weder an den Advokaten Coppelius noch an Klaras verständigen Brief, jede Verstimmung war verschwunden.

Recht hatte aber Nathanael doch, als er seinem Freunde Lothar schrieb, daß des widerwärtigen Wetterglashändlers Coppola Gestalt recht feindlich in sein Leben getreten sei. Alle fühlten das, da Nathanael gleich in den ersten Tagen in seinem ganzen Wesen durchaus verändert sich zeigte. Er versank in düstre Träumereien und trieb es bald so seltsam, wie man es niemals von ihm gewohnt gewesen. Alles, das ganze Leben war ihm Traum und Ahnung geworden; immer sprach er davon, wie jeder Mensch, sich frei wähnend, nur dunklen Mächten zum grausamen Spiel diene, vergeblich lehne man sich dagegen auf, demütig müsse man sich dem fügen, was das Schicksal verhängt habe. Er ging so weit, zu behaupten, daß es töricht sei, wenn man glaube, in Kunst und Wissenschaft nach selbsttätiger Willkür zu schaffen; denn die Begeisterung, in der man nur zu schaffen fähig sei, komme nicht aus dem eignen Innern, sondern sei das Einwirken irgendeines außer uns selbst liegenden höheren Prinzips.

Der verständigen Klara war diese mystische Schwärmerei im höchsten Grade zuwider, doch schien es vergebens, sich auf Widerlegung einzulassen. Nur dann, wenn Nathanael bewies, daß Coppelius das böse Prinzip sei, was ihn in dem Augenblick erfaßt habe, als er hinter dem Vorhange lauschte, und daß dieser widerwärtige Dämon auf entsetzliche Weise ihr Liebesglück stören werde, da wurde Klara sehr ernst und sprach: »Ja, Nathanael! du hast recht, Coppelius ist ein böses, feindliches Prinzip, er kann Entsetzliches wirken wie eine teuflische Macht, die sichtbarlich in das Leben trat, aber nur dann, wenn du ihn nicht aus Sinn und Gedanken verbannst. Solange du an ihn glaubst, *ist* er auch und wirkt, nur dein Glaube ist seine Macht.« – Nathanael, ganz erzürnt, daß Klara die Existenz des Dämons nur in seinem eignen Innern statuiere, wollte dann hervorrücken mit der ganzen mystischen Lehre von Teufeln und grausen Mächten, Klara brach aber verdrüßlich ab, indem sie irgend etwas Gleichgültiges dazwischenschob, zu Nathanaels nicht geringem Ärger. *Der* dachte, kalten unempfänglichen Gemütern erschließen sich [nicht] solche tiefe Geheimnisse, ohne sich deutlich bewußt zu sein, daß er Klara eben zu solchen untergeordneten Naturen zähle, weshalb er nicht abließ mit Versuchen, sie in jene Geheimnisse einzuweihen. Am frühen Morgen, wenn Klara das Frühstück bereiten half, stand er bei ihr und las ihr aus allerlei mystischen Büchern vor, daß Klara bat: »Aber, lieber Nathanael, wenn ich *dich* nun das böse Prinzip schelten wollte, das feindlich auf meinen Kaffee wirkt? – Denn wenn ich, wie du es willst, alles stehen und liegen lassen und dir, indem du liesest, in die Augen schauen soll, so läuft mir der Kaffee ins Feuer, und ihr bekommt alle kein Frühstück!« – Nathanael klappte das Buch heftig zu und rannte voll Unmut fort in sein Zimmer. Sonst hatte er eine besondere Stärke in anmutigen, lebendigen Erzählungen, die er aufschrieb, und die Klara mit dem innigsten Vergnügen anhörte; jetzt waren seine Dichtungen düster, unverständlich, gestaltlos, so daß, wenn Klara schonend es auch nicht sagte, er doch wohl fühlte, wie wenig sie davon angesprochen wurde. Nichts war für Klara tötender als das Langweilige; in Blick und Rede sprach sich dann ihre nicht zu besiegende geistige Schläfrigkeit aus. Nathanaels Dichtungen waren in der Tat sehr langweilig. Sein Verdruß über Klaras kaltes prosaisches Gemüt stieg höher, Klara konnte ihren Unmut über Nathanaels dunkle, düstere, langweilige Mystik nicht überwinden, und so entfernten beide im Innern sich immer mehr voneinander, ohne es selbst zu bemerken. Die Gestalt des häßlichen Coppelius war, wie Nathanael selbst es sich gestehen mußte, in seiner Fantasie erbleicht, und es kostete ihm oft Mühe, ihn in seinen Dichtungen, wo er als grauser Schicksalspopanz auftrat, recht lebendig zu kolorieren. Es kam ihm endlich ein, jene düstre Ahnung, daß Coppelius sein Liebesglück stören werde, zum Gegenstand eines Gedichts zu machen. Er stellte sich und Klara dar, in treuer Liebe verbunden, aber dann und wann war es, als griffe eine schwarze Faust in ihr Leben und risse irgendeine Freude heraus, die ihnen aufgegangen. Endlich, als sie schon am Traualtar stehen, erscheint der entsetzliche Coppelius und berührt Klaras holde Augen; *die* springen in Nathanaels Brust, wie blutige Funken sengend und brennend, Coppelius faßt ihn und wirft ihn in einen flammenden Feuerkreis, der sich dreht mit der Schnelligkeit des Sturmes und ihn sausend und brausend fortreißt. Es ist ein Tosen, als wenn der Orkan grimmig hineinpeitscht in die schäumenden Meereswellen, die sich wie schwarze, weißhauptige Riesen emporbäumen in wütendem Kampfe. Aber durch dies wilde Tosen hört er Klaras Stimme: »Kannst du mich denn nicht erschauen? Coppelius hat dich getäuscht, das waren ja nicht meine Augen, die so in deiner Brust brannten, das waren ja glühende Tropfen deines eignen Herzbluts – ich habe ja meine Augen, sieh mich doch nur an!« – Nathanael denkt: »Das ist Klara, und ich bin ihr eigen ewiglich.« – Da ist es, als faßt der Gedanke gewaltig in den Feuerkreis hinein, daß er stehen bleibt, und im schwarzen Abgrund verrauscht dumpf das Getöse. Nathanael blickt in Klaras Augen; aber es ist der Tod, der mit Klaras Augen ihn freundlich anschaut.

Während Nathanael dies dichtete, war er sehr ruhig und besonnen, er feilte und besserte an jeder Zeile, und da er sich dem metrischen Zwange unterworfen, ruhte er nicht, bis alles rein und wohlklingend sich fügte. Als er jedoch nun endlich fertig worden und das Gedicht für sich laut las, da faßte ihn Grausen und wildes Entsetzen, und er schrie auf: »Wessen grauenvolle Stimme ist das?« – Bald schien ihm jedoch das Ganze wieder nur eine sehr gelungene Dichtung, und es war ihm, als müsse Klaras kaltes Gemüt dadurch entzündet werden, wiewohl er nicht deutlich dachte, wozu denn Klara entzündet und wozu es denn nun eigentlich führen solle, sie mit den grauenvollen Bildern zu ängstigen, die ein entsetzliches, ihre Liebe zerstörendes Geschick weissagten. – Sie, Nathanael und Klara, saßen in der Mutter kleinem Garten, Klara war sehr heiter, weil Nathanael sie seit drei Tagen, in denen er an jener Dichtung schrieb, nicht mit seinen Träumen und Ahnungen geplagt hatte. Auch Nathanael sprach lebhaft und froh von lustigen Dingen wie sonst, so, daß Klara sagte: »Nun erst habe ich dich ganz wieder, siehst du es wohl, wie wir den häßlichen Coppelius vertrieben haben?« Da fiel dem Nathanael erst ein, daß er ja die Dichtung in der Tasche trage, die er habe vorlesen wollen. Er zog auch sogleich die Blätter hervor und fing an zu lesen; Klara, etwas Langweiliges wie gewöhnlich vermutend und sich darein ergebend, fing an, ruhig zu stricken.

Aber so wie immer schwärzer und schwärzer das düstre Gewölk aufstieg, ließ sie den Strickstrumpf sinken und blickte starr dem Nathanael ins Auge. *Den* riß seine Dichtung unaufhaltsam fort, hochrot färbte seine Wangen die innere Glut, Tränen quollen ihm aus den Augen. – Endlich hatte er geschlossen, er stöhnte in tiefer Ermattung – er faßte Klaras Hand und seufzte, wie aufgelöst in trostlosem Jammer: »Ach! – Klara – Klara!« – Klara drückte ihn sanft an ihren Busen und sagte leise, aber sehr langsam und ernst: »Nathanael – mein herzlieber Nathanael! – wirf das tolle – unsinnige – wahnsinnige Märchen ins Feuer.« Da sprang Nathanael entrüstet auf und rief, Klara von sich stoßend: »Du lebloses, verdammtes Automat!« Er rannte fort, bittre Tränen vergoß die tief verletzte Klara: »Ach, er hat mich niemals geliebt, denn er versteht mich nicht«, schluchzte sie laut. – Lothar trat in die Laube; Klara mußte ihm erzählen, was vorgefallen; er liebte seine Schwester mit ganzer Seele, jedes Wort ihrer Anklage fiel wie ein Funke in sein Inneres, so, daß der Unmut, den er wider den träumerischen Nathanael lange im Herzen getragen, sich entzündete zum wilden Zorn. Er lief zu Nathanael, er warf ihm das unsinnige Betragen gegen die geliebte Schwester in harten Worten vor, die der aufbrausende Nathanael ebenso erwiderte. Ein fantastischer, wahnsinniger Geck wurde mit einem miserablen, gemeinen Alltagsmenschen erwidert. Der Zweikampf war unvermeidlich. Sie beschlossen, sich am folgenden Morgen hinter dem Garten nach dortiger akademischer Sitte mit scharfgeschliffenen Stoßrapieren zu schlagen. Stumm und finster schlichen sie umher, Klara hatte den heftigen Streit gehört und gesehen, daß der Fechtmeister in der Dämmerung die Rapiere brachte. Sie ahnte, was geschehen sollte. Auf dem Kampfplatz angekommen, hatten Lothar und Nathanael soeben düster schweigend die Röcke abgeworfen, blutdürstige Kampflust im brennenden Auge, wollten sie gegeneinander ausfallen, als Klara durch die Gartentür herbeistürzte. Schluchzend rief sie laut: »Ihr wilden entsetzlichen Menschen! – stoßt mich nur gleich nieder, ehe ihr euch anfallt; denn wie soll ich denn länger leben auf der Welt, wenn der Geliebte den Bruder, oder wenn der Bruder den Geliebten ermordet hat!« – Lothar ließ die Waffe sinken und sah schweigend zur Erde nieder, aber in Nathanaels Innern ging in herzzerreißender Wehmut alle Liebe wieder auf, wie er sie jemals in der herrlichen Jugendzeit schönsten Tagen für die holde Klara empfunden. Das Mordgewehr entfiel seiner Hand, er stürzte zu Klaras Füßen. »Kannst du mir denn jemals verzeihen, du meine einzige, meine herzgeliebte Klara! – Kannst du mir verzeihen, mein herzlieber Bruder Lothar!« – Lothar wurde gerührt von des Freundes tiefem Schmerz; unter tausend Tränen umarmten sich die drei versöhnten Menschen und schwuren, nicht voneinander zu lassen in steter Liebe und Treue.

Dem Nathanael war es zumute, als sei eine schwere Last, die ihn zu Boden gedrückt, von ihm abgewälzt, ja als habe er, Widerstand leistend der finstern Macht, die ihn befangen, sein ganzes Sein, dem Vernichtung drohte, gerettet. Noch drei selige Tage verlebte er bei den Lieben, dann kehrte er zurück nach G., wo er noch ein Jahr zu bleiben, dann aber auf immer nach seiner Vaterstadt zurückzukehren gedachte.

Der Mutter war alles, was sich auf Coppelius bezog, verschwiegen worden; denn man wußte, daß sie nicht ohne Entsetzen an ihn denken konnte, weil sie, wie Nathanael, ihm den Tod ihres Mannes schuld gab.

Wie erstaunte Nathanael, als er in seine Wohnung wollte und sah, daß das ganze Haus niedergebrannt war, so daß aus dem Schutthaufen nur die nackten Feuermauern hervorragten. Unerachtet das Feuer in dem Laboratorium des Apothekers, der im untern Stocke wohnte, ausgebrochen war, das Haus daher von unten herauf gebrannt hatte, so war es doch den kühnen, rüstigen Freunden gelungen, noch zu rechter Zeit in Nathanaels im obern Stock gelegenes Zimmer zu dringen und Bücher, Manuskripte, Instrumente zu retten. Alles hatten sie unversehrt in ein anderes Haus getragen und dort ein Zimmer in Beschlag genommen, welches Nathanael nun sogleich bezog. Nicht sonderlich achtete er darauf, daß er dem Professor Spalanzani gegenüber wohnte, und ebensowenig schien es ihm etwas Besonderes, als er bemerkte, daß er aus seinem Fenster gerade hinein in das Zimmer blickte, wo oft Olimpia einsam saß, so, daß er ihre Figur deutlich erkennen konnte, wiewohl die Züge des Gesichts undeutlich und verworren blieben. Wohl fiel es ihm endlich auf, daß Olimpia oft stundenlang in derselben Stellung, wie er sie einst durch die Glastüre entdeckte, ohne irgendeine Beschäftigung an einem kleinen Tische saß und daß sie offenbar unverwandten Blickes nach ihm herüberschaute; er mußte sich auch selbst gestehen, daß er nie einen schöneren

Wuchs gesehen; indessen, Klara im Herzen, blieb ihm die steife, starre Olimpia höchst gleichgültig, und nur zuweilen sah er flüchtig über sein Kompendium herüber nach der schönen Bildsäule, das war alles. – Eben schrieb er an Klara, als es leise an die Türe klopfte; sie öffnete sich auf seinen Zuruf, und Coppolas widerwärtiges Gesicht sah hinein. Nathanael fühlte sich im Innersten erbeben; eingedenk dessen, was ihm Spalanzani über den Landsmann Coppola gesagt und was er auch rücksichts des Sandmanns Coppelius der Geliebten so heilig versprochen, schämte er sich aber selbst seiner kindischen Gespensterfurcht, nahm sich mit aller Gewalt zusammen und sprach so sanft und gelassen, als möglich: »Ich kaufe kein Wetterglas, mein lieber Freund, gehen Sie nur!« Da trat aber Coppola vollends in die Stube und sprach mit heiserem Ton, indem sich das weite Maul zum häßlichen Lachen verzog und die kleinen Augen unter den grauen langen Wimpern stechend hervorfunkelten: »Ei, nix Wetterglas, nix Wetterglas! – hab auch sköne Oke – sköne Oke!« – Entsetzt rief Nathanael: »Toller Mensch, wie kannst du Augen haben? – Augen – Augen? –« Aber in dem Augenblick hatte Coppola seine Wettergläser beiseite gesetzt, griff in die weiten Rocktaschen und holte Lorgnetten und Brillen heraus, die er auf den Tisch legte. – »Nu – Nu – Brill' – Brill' auf der Nas' su setze, das sein meine Oke – sköne Oke!« – Und damit holte er immer mehr und mehr Brillen heraus, so, daß es auf dem ganzen Tisch seltsam zu flimmern und zu funkeln begann. Tausend Augen blickten und zuckten krampfhaft und starrten auf zum Nathanael; aber er konnte nicht wegschauen von dem Tisch, und immer mehr Brillen legte Coppola hin, und immer wilder und wilder sprangen flammende Blicke durcheinander und schossen ihre blutrote Strahlen in Nathanaels Brust. Übermannt von tollem Entsetzen, schrie er auf: »Halt ein! halt ein, fürchterlicher Mensch!« – Er hatte Coppola, der eben in die Tasche griff, um noch mehr Brillen herauszubringen, unerachtet schon der ganze Tisch überdeckt war, beim Arm festgepackt. Coppola machte sich mit heiserem widrigen Lachen sanft los und mit den Worten: »Ah! – nix für Sie – aber hier sköne Glas« – hatte er alle Brillen zusammengerafft, eingesteckt und aus der Seitentasche des Rocks eine Menge großer und kleiner Perspektive hervorgeholt. Sowie die Brillen nur fort waren, wurde Nathanael ganz ruhig, und an Klara denkend sah er wohl ein, daß der entsetzliche Spuk nur aus seinem Innern hervorgegangen, sowie daß Coppola ein höchst ehrlicher Mechanikus und Optikus, keineswegs aber Coppelii verfluchter Doppeltgänger und Revenant sein könne. Zudem hatten alle Gläser, die Coppola nun auf den Tisch gelegt, gar nichts Besonderes, am wenigsten so etwas Gespenstisches wie die Brillen und, um alles wieder gutzumachen, beschloß Nathanael dem Coppola jetzt wirklich etwas abzukaufen. Er ergriff ein kleines, sehr sauber gearbeitetes Taschenperspektiv und sah, um es zu prüfen, durch das Fenster. Noch im Leben war ihm kein Glas vorgekommen, das die Gegenstände so rein, scharf und deutlich dicht vor die Augen rückte. Unwillkürlich sah er hinein in Spalanzanis Zimmer; Olimpia saß, wie gewöhnlich, vor dem kleinen Tisch, die Arme darauf gelegt, die Hände gefaltet. – Nun erschaute Nathanael erst Olimpias wunderschön geformtes Gesicht. Nur die Augen schienen ihm gar seltsam starr und tot. Doch wie er immer schärfer und schärfer durch das Glas hinschaute, war es, als gingen in Olimpias Augen feuchte Mondesstrahlen auf. Es schien, als wenn nun erst die Sehkraft entzündet würde; immer lebendiger und lebendiger flammten die Blicke. Nathanael lag wie festgezaubert im Fenster, immer fort und fort die himmlischschöne Olimpia betrachtend. Ein Räuspern und Scharren weckte ihn wie aus tiefem Traum. Coppola stand hinter ihm: »Tre Zechini – drei Dukat« – Nathanael hatte den Optikus rein vergessen, rasch zahlte er das Verlangte. »Nick so? – sköne Glas – sköne Glas!« frug Coppola mit seiner widerwärtigen heisern Stimme und dem hämischen Lächeln. »Ja, ja, ja!« erwiderte Nathanael verdrießlich. »Adieu, lieber Freund!« – Coppola verließ, nicht ohne viele seltsame Seitenblicke auf Nathanael, das Zimmer. Er hörte ihn auf der Treppe laut lachen. »Nun ja«, meinte Nathanael, »er lacht mich aus, weil ich ihm das kleine Perspektiv gewiß viel zu teuer bezahlt habe – zu teuer bezahlt!« – Indem er diese Worte leise sprach, war es, als halle ein tiefer Todesseufzer grauenvoll durch das Zimmer, Nathanaels Atem stockte vor innerer Angst. – Er hatte ja aber selbst so aufgeseufzt, das merkte er wohl. »Klara«, sprach er zu sich selber, »hat wohl recht, daß sie mich für einen abgeschmackten Geisterseher hält; aber närrisch ist es doch – ach, wohl mehr als närrisch, daß mich der dumme Gedanke, ich hätte das Glas dem Coppola zu teuer bezahlt, noch jetzt so sonderbar ängstigt; den Grund davon sehe ich gar nicht ein.« – Jetzt setzte er sich hin, um den Brief an Klara zu enden, aber ein Blick durchs Fenster überzeugte ihn, daß Olimpia noch dasäße, und im Augenblick, wie von unwiderstehlicher Gewalt getrieben, sprang er auf, ergriff Coppolas Perspektiv und konnte nicht los von Olimpias verführerischem Anblick, bis ihn Freund und Bruder Siegmund abrief ins Kollegium bei dem Professor Spalanzani. Die Gardine vor dem verhängnisvollen Zimmer war dicht zugezogen, er konnte Olimpia ebensowenig hier als die beiden folgenden Tage hindurch in ihrem Zimmer entdecken, unerachtet er kaum das Fenster verließ und fortwährend durch Coppolas Perspektiv hinüberschaute. Am dritten Tage wurden sogar die Fenster verhängt. Ganz verzweifelt und getrieben von Sehnsucht und glühendem Verlangen, lief er hinaus vors Tor. Olimpias Gestalt schwebte vor ihm her in den Lüften und trat aus dem Gebüsch und guckte ihn an mit großen strahlenden Augen aus dem hellen Bach. Klaras Bild war ganz aus seinem Innern gewichen, er dachte nichts als Olimpia und klagte ganz laut und weinerlich: »Ach, du mein hoher herrlicher Liebesstern, bist du mir denn nur aufgegangen, um gleich wieder zu verschwinden und mich zu lassen in finstrer hoffnungsloser Nacht?«

Als er zurückkehren wollte in seine Wohnung, wurde er in Spalanzanis Hause ein geräuschvolles Treiben gewahr. Die Türen standen offen, man trug allerlei Geräte hinein, die Fenster des ersten Stocks waren ausgehoben, geschäftige Mägde kehrten und stäubten, mit großen Haarbesen hin und her fahrend, inwendig klopften und hämmerten Tischler und Tapezierer. Nathanael blieb in vollem Erstaunen auf der Straße stehen; da trat Siegmund lachend zu ihm und sprach: »Nun, was sagst du zu unserem alten Spalanzani?« Nathanael versicherte, daß er gar nichts sagen könne, da er durchaus nichts vom Professor wisse, vielmehr mit großer Verwunderung wahrnehme, wie in dem stillen düstern Hause ein tolles Treiben und Wirtschaften losgegangen; da erfuhr er denn von Siegmund, daß Spalanzani morgen ein großes Fest geben wolle, Konzert und Ball, und daß die halbe Universität eingeladen sei. Allgemein verbreite man, daß Spalanzani seine Tochter Olimpia, die er so lange jedem menschlichen Auge recht ängstlich entzogen, zum erstenmal erscheinen lassen werde.

Nathanael fand eine Einladungskarte und ging mit hochklopfendem Herzen zur bestimmten Stunde, als schon die Wagen rollten und die Lichter in den geschmückten Sälen schimmerten, zum Professor. Die Gesellschaft war zahlreich und glänzend. Olimpia erschien sehr reich und geschmackvoll gekleidet. Man mußte ihr schöngeformtes Gesicht, ihren Wuchs bewundern. Der etwas seltsam eingebogene Rücken, die wespenartige Dünne des Leibes schien von zu starkem Einschnüren bewirkt zu sein. In Schritt und Stellung hatte sie etwas Abgemessenes und Steifes, das manchem unangenehm auffiel; man schrieb es dem Zwange zu, den ihr die Gesellschaft auflegte. Das Konzert begann. Olimpia spielte den Flügel mit großer Fertigkeit und trug ebenso eine Bravour-Arie mit heller, beinahe schneidender Glasglockenstimme vor. Nathanael war ganz entzückt; er stand in der hintersten Reihe und konnte im blendenden Kerzenlicht Olimpias Züge nicht ganz erkennen. Ganz unvermerkt nahm er deshalb Coppolas Glas hervor und schaute hin nach der schönen Olimpia. Ach! – da wurde er gewahr, wie sie voll Sehnsucht nach ihm herübersah, wie jeder Ton erst deutlich aufging in dem Liebesblick, der zündend sein Inneres durchdrang. Die künstlichen Rouladen schienen dem Nathanael das Himmelsjauchzen des in Liebe verklärten Gemüts, und als nun endlich nach der Kadenz der lange Trillo recht schmetternd durch den Saal gellte, konnte er, wie von glühenden Ärmen plötzlich erfaßt, sich nicht mehr halten, er mußte vor Schmerz und Entzükken laut aufschreien: »Olimpia!« – Alle sahen sich um nach ihm, manche lachten. Der Domorganist schnitt aber noch ein finstreres Gesicht als vorher und sagte bloß: »Nun nun!« – Das Konzert war zu Ende, der Ball fing an. »Mit ihr zu tanzen! – mit ihr!« das war nun dem Nathanael das Ziel aller Wünsche, alles Strebens; aber wie sich erheben zu dem Mut, sie, die Königin des Festes, aufzufordern? Doch! – er selbst wußte nicht, wie es geschah, daß er, als schon der Tanz angefangen, dicht neben Olimpia stand, die noch nicht aufgefordert worden, und daß er, kaum vermögend einige Worte zu stammeln, ihre Hand ergriff. Eiskalt war Olimpias Hand, er fühlte sich durchbebt von grausigem Todesfrost, er starrte Olimpia ins Auge, das strahlte ihm voll Liebe und Sehnsucht entgegen, und in dem Augenblick war es auch, als fingen an in der kalten Hand Pulse zu schlagen und des Lebensblutes Ströme zu glühen. Und auch in Nathanaels Innerm glühte höher auf die Liebeslust, er umschlang die schöne Olimpia und durchflog mit ihr die Reihen. – Er glaubte sonst recht taktmäßig getanzt zu haben, aber an der ganz eignen rhythmischen Festigkeit, womit Olimpia tanzte und die ihn oft ordentlich aus der Haltung brachte, merkte er bald, wie sehr ihm der Takt gemangelt. Er wollte jedoch mit keinem andern Frauenzimmer mehr tanzen und hätte jeden, der sich Olimpia näherte, um sie aufzufordern, nur gleich ermorden mögen. Doch nur zweimal geschah dies, zu seinem Erstaunen blieb darauf Olimpia bei jedem Tanze sitzen, und er ermangelte nicht, immer wieder sie aufzuziehen. Hätte Nathanael außer der schönen Olimpia noch etwas anders zu sehen vermocht, so wäre allerlei fataler Zank und Streit unvermeidlich gewesen; denn offenbar ging das halbleise, mühsam unterdrückte Gelächter, was sich in diesem und jenem Winkel unter den jungen Leuten erhob, auf die schöne Olimpia, die sie mit ganz kuriosen Blicken verfolgten, man konnte gar nicht wissen, warum. Durch den Tanz und durch den reichlich genossenen Wein erhitzt, hatte Nathanael alle ihm sonst eigne Scheu abgelegt. Er saß neben Olimpia, ihre Hand in der seinigen, und sprach hochentflammt und begeistert von seiner Liebe in Worten, die keiner verstand, weder er noch Olimpia. Doch diese vielleicht; denn sie sah ihm unverrückt ins Auge und seufzte ein Mal übers andere: »Ach – ach – ach!« – worauf denn Nathanael also sprach: »O du herrliche, himmlische Frau! – du Strahl aus dem verheißenen Jenseits der Liebe – du tiefes Gemüt, in dem sich mein ganzes Sein spiegelt« und noch mehr dergleichen, aber Olimpia seufzte bloß immer wieder: »Ach, ach!« – Der Professor Spalanzani ging einigemal bei den Glücklichen vorüber und lächelte sie ganz seltsam zufrieden an. Dem Nathanael schien es, unerachtet er sich in einer ganz andern Welt befand, mit einemmal, als würd' es hienieden beim Professor Spalanzani merklich finster; er schaute um sich und wurde zu seinem nicht geringen Schreck gewahr, daß eben die zwei letzten Lichter in dem leeren Saal herniederbrennen und ausgehen wollten. Längst hatten Musik und Tanz aufgehört. »Trennung, Trennung«, schrie er ganz wild und verzweifelt, er küßte Olimpias Hand, er neigte sich zu ihrem Munde, eiskalte Lippen begegneten seinen glühenden! – So wie, als er Olimpias kalte Hand berührte, fühlte er sich von innerem Grausen erfaßt, die Legende von der toten Braut ging ihm plötzlich durch den Sinn; aber fest hatte ihn Olimpia an sich gedrückt, und in dem Kuß schienen die Lippen zum Leben zu erwarmen. – Der Professor Spalanzani schritt langsam durch den leeren Saal, seine Schritte klangen hohl wieder, und seine Figur, von flackernden Schlagschatten umspielt, hatte ein grauliches gespenstisches Ansehen. »Liebst du mich – liebst du mich, Olimpia? – Nur dies Wort! – Liebst du mich?« So flüsterte Nathanael, aber Olimpia seufzte, indem sie aufstand, nur: »Ach – ach!« – »Ja du mein holder, herrlicher Liebesstern«, sprach Nathanael, »bist mir aufgegangen und wirst leuchten, wirst verklären mein Inneres immerdar!« – »Ach, ach!« replizierte Olimpia fortschreitend. Nathanael folgte ihr, sie standen vor dem Professor. »Sie haben sich außerordentlich lebhaft mit meiner Tochter unterhalten«, sprach dieser lächelnd, »nun, nun, lieber Herr Nathanael, finden Sie Geschmack daran, mit dem blöden Mädchen zu konversieren, so sollen mir Ihre Besuche willkommen sein.« – Einen ganzen hellen strahlenden Himmel in der Brust, schied Nathanael von dannen. Spalanzanis Fest war der Gegenstand des Gesprächs in den folgenden Tagen. Unerachtet der Professor alles getan hatte, recht splendid zu erscheinen, so wußten doch die lustigen Köpfe von allerlei Unschicklichem und Sonderbarem zu erzählen, das sich begeben, und vorzüglich fiel man über die todstarre, stumme Olimpia her, der man, ihres schönen Äußern unerachtet, totalen Stumpfsinn andichten und darin die Ursache finden wollte, warum Spalanzani sie so lange verborgen gehalten. Nathanael vernahm das nicht ohne innern Grimm, indessen schwieg er; »denn«, dachte er, »würde es wohl verlohnen, diesen Burschen zu beweisen, daß eben ihr eigner Stumpfsinn es ist, der sie Olimpias tiefes herrliches Gemüt zu erkennen hindert?« »Tu mir den Gefallen, Bruder«, sprach eines Tages Siegmund, »tu mir den Gefallen und sage, wie es dir gescheuten Kerl möglich war, dich in das Wachsgesicht, in die Holzpuppe da drüben zu vergaffen?« Nathanael wollte zornig auffahren, doch schnell besann er sich und erwiderte: »Sage *du* mir, Siegmund, wie deinem sonst alles Schöne klar auffassenden Blick, deinem regen Sinn Olimpias himmlischer Liebreiz entgehen konnte? Doch eben deshalb habe ich, Dank sei es dem Geschick, dich nicht zum Nebenbuhler; denn sonst müßte einer von uns blutend fallen.« Siegmund merkte wohl, wie es mit dem Freunde stand, lenkte geschickt ein und fügte, nachdem er geäußert, daß in der Liebe niemals über den Gegenstand zu richten sei, hinzu: »Wunderlich ist es doch, daß viele von uns über Olimpia ziemlich gleich urteilen. Sie ist uns – nimm es nicht übel, Bruder! – auf seltsame Weise starr und seelenlos erschienen. Ihr Wuchs ist regelmäßig, so wie ihr Gesicht, das ist wahr! – Sie könnte für schön gelten, wenn ihr Blick nicht so ganz ohne Lebensstrahl, ich möchte sagen, ohne Sehkraft wäre. Ihr Schritt ist sonderbar abgemessen, jede Bewegung scheint durch den Gang eines aufgezogenen Räderwerks bedingt. Ihr Spiel, ihr Singen hat den unangenehm richtigen geistlosen Takt der singenden Maschine, und ebenso ist ihr Tanz. Uns ist diese Olimpia ganz unheimlich geworden, wir mochten nichts mit ihr zu schaffen haben, es war uns, als tue sie nur so wie ein lebendiges Wesen und doch habe es mit ihr eine eigne Bewandtnis.« – Nathanael gab sich dem bittern Gefühl, das ihn bei diesen Worten Siegmunds ergreifen wollte, durchaus nicht hin, er wurde Herr seines Unmuts und sagte bloß sehr ernst: »Wohl mag euch, ihr kalten prosaischen Menschen, Olimpia unheimlich sein. Nur dem poetischen Gemüt entfaltet sich das gleich organisierte! – Nur *mir* ging ihr Liebesblick auf und durchstrahlte Sinn und Gedanken, nur in Olimpias Liebe finde ich mein Selbst wieder. Euch mag es nicht recht sein, daß sie nicht in platter Konversation faselt wie die andern flachen Gemüter. Sie spricht wenig Worte, das ist wahr; aber diese wenigen Worte erscheinen als echte Hieroglyphe der innern Welt voll Liebe und hoher Erkenntnis des geistigen Lebens in der Anschauung des ewigen Jenseits. Doch für alles das habt ihr keinen Sinn, und alles sind verlorne Worte.« »Behüte dich Gott, Herr Bruder«, sagte Siegmund sehr sanft, beinahe wehmütig, »aber mir scheint es, du seist auf bösem Wege. Auf mich kannst du rechnen, wenn alles – Nein, ich mag nichts weiter sagen! –« Dem Nathanael war es plötzlich, als meine der kalte prosaische Siegmund es sehr treu mit ihm, er schüttelte daher die ihm dargebotene Hand recht herzlich.

Nathanael hatte rein vergessen, daß es eine Klara in der Welt gebe, die er sonst geliebt; – die Mutter – Lothar – alle waren aus seinem Gedächtnis entschwunden, er lebte nur für Olimpia, bei der er täglich stundenlang saß und von seiner Liebe, von zum Leben erglühter Sympathie, von psychischer Wahlverwandtschaft fantasierte, welches alles Olimpia mit großer Andacht anhörte. Aus dem tiefsten Grunde des Schreibpults holte Nathanael alles hervor, was er jemals geschrieben. Gedichte, Fantasien, Visionen, Romane, Erzählungen, das wurde täglich vermehrt mit allerlei ins Blaue fliegenden Sonetten, Stanzen, Kanzonen, und das alles las er der Olimpia stundenlang hintereinander vor, ohne zu ermüden. Aber auch noch nie hatte er eine solche herrliche Zuhörerin gehabt. Sie stickte und strickte nicht, sie sah nicht durchs Fenster, sie fütterte keinen Vogel, sie spielte mit keinem Schoßhündchen, mit keiner Lieblingskatze, sie drehte keine Papierschnitzchen oder sonst etwas in der Hand, sie durfte kein Gähnen durch einen leisen erzwungenen Husten bezwingen – kurz! – stundenlang sah sie mit starrem Blick unverwandt dem Geliebten ins Auge, ohne sich zu rücken und zu bewegen, und immer glühender, immer lebendiger wurde dieser Blick. Nur wenn Nathanael endlich aufstand und ihr die Hand, auch wohl den Mund küßte, sagte sie: »Ach, ach!« – dann aber: »Gute Nacht, mein Lieber!« – »O du herrliches, du tiefes Gemüt«, rief Nathanael auf seiner Stube, »nur von dir, von dir allein werd' ich ganz verstanden.« Er erbebte vor innerm Entzücken, wenn er bedachte, welch wunderbarer Zusammenklang sich in seinem und Olimpias Gemüt täglich mehr offenbare; denn es schien ihm, als habe Olimpia über seine Werke, über seine Dichtergabe überhaupt recht tief aus seinem Innern gesprochen, ja als habe die Stimme aus seinem Innern selbst herausgetönt. Das mußte denn wohl auch sein; denn mehr Worte als vorhin erwähnt sprach Olimpia niemals. Erinnerte sich aber auch Nathanael in hellen nüchternen Augenblicken, z. B. morgens gleich nach dem Erwachen, wirklich an Olimpias gänzliche Passivität und Wortkargheit, so sprach er doch: »Was sind Worte – Worte! – Der Blick ihres himmlischen Auges sagt mehr als jede Sprache hienieden. Vermag denn überhaupt ein Kind des Himmels sich einzuschichten in den engen Kreis, den ein klägliches irdisches Bedürfnis gezogen?« – Professor Spalanzani schien hocherfreut über das Verhältnis seiner Tochter mit Nathanael; er gab diesem allerlei unzweideutige Zeichen seines Wohlwollens, und als es Nathanael endlich wagte, von ferne auf eine Verbindung mit Olimpia anzuspielen, lächelte dieser mit dem ganzen Gesicht und meinte, er werde seiner Tochter völlig freie Wahl lassen. – Ermutigt durch diese Worte, brennendes Verlangen im Herzen, beschloß Nathanael, gleich am folgenden Tage Olimpia anzuflehen, daß sie das unumwunden in deutlichen Worten ausspreche, was längst ihr holder Liebesblick ihm gesagt, daß sie sein eigen immerdar sein wolle. Er suchte nach dem Ringe, den ihm beim Abschiede die Mutter geschenkt, um ihn Olimpia als Symbol seiner Hingebung, seines mit ihr aufkeimenden, blühenden Lebens darzureichen. Klaras, Lothars Briefe fielen ihm dabei in die Hände; gleichgültig warf er sie beiseite, fand den Ring, steckte ihn ein und rannte herüber zu Olimpia. Schon auf der Treppe, auf dem Flur, vernahm er ein wunderliches Getöse; es schien aus Spalanzanis Studierzimmer herauszuschallen. – Ein Stampfen – ein Klirren – ein Stoßen – Schlagen gegen die Tür, dazwischen Flüche und Verwünschungen. »Laß los – laß los – Infamer – Verruchter! – Darum Leib und Leben daran gesetzt? –

ha ha ha ha! – so haben wir nicht gewettet – ich, ich hab' die Augen gemacht – ich das Räderwerk – dummer Teufel mit deinem Räderwerk – verfluchter Hund von einfältigem Uhrmacher – fort mit dir – Satan – halt – Peipendreher – teuflische Bestie! – halt – fort – laß los!« – Es waren Spalanzanis und des gräßlichen Coppelius Stimmen, die so durcheinander schwirrten und tobten. Hinein stürzte Nathanael, von namenloser Angst ergriffen. Der Professor hatte eine weibliche Figur bei den Schultern gepackt, der Italiener Coppola bei den Füßen, die zerrten und zogen sie hin und her, streitend in voller Wut um den Besitz. Voll tiefen Entsetzens prallte Nathanael zurück, als er die Figur für Olimpia erkannte; aufflammend in wildem Zorn wollte er den Wütenden die Geliebte entreißen, aber in dem Augenblick wand Coppola, sich mit Riesenkraft drehend, die Figur dem Professor aus den Händen und versetzte ihm mit der Figur selbst einen fürchterlichen Schlag, daß er rücklings über den Tisch, auf dem Phiolen, Retorten, Flaschen, gläserne Zylinder standen, taumelte und hinstürzte; alles Gerät klirrte in tausend Scherben zusammen. Nun warf Coppola die Figur über die Schulter und rannte mit fürchterlich gellendem Gelächter rasch fort die Treppe herab, so daß die häßlich herunterhängenden Füße der Figur auf den Stufen hölzern klapperten und dröhnten. – Erstarrt stand Nathanael – nur zu deutlich hatte er gesehen, Olimpias toderbleichtes Wachsgesicht hatte keine Augen, statt ihrer schwarze Höhlen; sie war eine leblose Puppe. Spalanzani wälzte sich auf der Erde, Glasscherben hatten ihm Kopf, Brust und Arm zerschnitten, wie aus Springquellen strömte das Blut empor. Aber er raffte seine Kräfte zusammen. – »Ihm nach – ihm nach, was zauderst du? – Coppelius – Coppelius, mein bestes Automat hat er mir geraubt – Zwanzig Jahre daran gearbeitet – Leib und Leben daran gesetzt – das Räderwerk – Sprache – Gang – mein – die Augen – die Augen dir gestohlen. – Verdammter – Verfluchter – ihm nach – hol' mir Olimpia – da hast du die Augen! –« Nun sah Nathanael, wie ein Paar blutige Augen, auf dem Boden liegend, ihn anstarrten, die ergriff Spalanzani mit der unverletzten Hand und warf sie nach ihm, daß sie seine Brust trafen. – Da packte ihn der Wahnsinn mit glühenden Krallen und fuhr in sein Inneres hinein, Sinn und Gedanken zerreißend. »Hui – hui – hui! – *Feuerkreis – Feuerkreis!* dreh' dich *Feuerkreis* – lustig – lustig! – Holzpüppchen, hui, schön' Holzpüppchen, dreh' dich –« damit warf er sich auf den Professor und drückte ihm die Kehle zu. Er hätte ihn erwürgt, aber das Getöse hatte viele Menschen herbeigelockt, die drangen ein, rissen den wütenden Nathanael auf und retteten so den Professor, der gleich verbunden wurde. Siegmund, so stark er war, vermochte nicht den Rasenden zu bändigen; der schrie mit fürchterlicher Stimme immerfort: »Holzpüppchen, dreh' dich« und schlug um sich mit geballten Fäusten. Endlich gelang es der vereinten Kraft mehrerer, ihn zu überwältigen, indem sie ihn zu Boden warfen und banden. Seine Worte gingen unter in entsetzlichem tierischen Gebrüll. So in gräßlicher Raserei tobend, wurde er nach dem Tollhause gebracht. –

Ehe ich, günstiger Leser, dir zu erzählen fortfahre, was sich weiter mit dem unglücklichen Nathanael zugetragen, kann ich dir, solltest du einigen Anteil an dem geschickten Mechanikus und Automatenfabrikanten Spalanzani nehmen, versichern, daß er von seinen Wunden völlig geheilt wurde. Er mußte indes die Universität verlassen, weil Nathanaels Geschichte Aufsehen erregt hatte und es allgemein für gänzlich unerlaubten Betrug gehalten wurde, vernünftigen Teezirkeln (Olimpia hatte sie mit Glück besucht) statt der lebendigen Person eine Holzpuppe einzuschwärzen. Juristen nannten es sogar einen feinen und um so härter zu bestrafenden Betrug, als er gegen das Publikum gerichtet und so schlau angelegt worden, daß kein Mensch (ganz kluge Studenten ausgenommen) es gemerkt habe, unerachtet jetzt alle weise tun und sich auf allerlei Tatsachen berufen wollten, die ihnen verdächtig vorgekommen. Diese letzteren brachten aber eigentlich nichts Gescheutes zutage. Denn konnte z.B. wohl irgend jemanden verdächtig vorgekommen sein, daß nach der Aussage eines eleganten Teeisten Olimpia gegen alle Sitte öfter genießet als gegähnt hatte? Ersteres, meinte der Elegant, sei das Selbstaufziehen des verborgenen Triebwerks gewesen, merklich habe es dabei geknarrt usw. Der Professor der Poesie und Beredsamkeit nahm eine Prise, klappte die Dose zu, räusperte sich und sprach feierlich: »Hochzuverehrende Herren und Damen! merken Sie denn nicht, wo der Hase im Pfeffer liegt? Das Ganze ist eine Allegorie – eine fortgeführte Metapher! – Sie verstehen mich! – Sapienti sat!« Aber viele hochzuverehrende Herren beruhigten sich nicht dabei; die Geschichte mit dem Automat hatte tief in ihrer Seele Wurzel gefaßt, und es schlich sich in der Tat abscheuliches Mißtrauen gegen menschliche Figuren ein. Um nun ganz überzeugt zu werden, daß man keine Holzpuppe liebe, wurde von mehrern

Liebhabern verlangt, daß die Geliebte etwas taktlos singe und tanze, daß sie beim Vorlesen sticke, stricke, mit dem Möpschen spiele u.s., vor allen Dingen aber, daß sie nicht bloß höre, sondern auch manchmal in *der* Art spreche, daß dies Sprechen wirklich ein Denken und Empfinden voraussetze. Das Liebesbündnis vieler wurde fester und dabei anmutiger, andere dagegen gingen leise auseinander. »Man kann wahrhaftig nicht dafür stehen«, sagte dieser und jener. In den Tees wurde unglaublich gegähnt und niemals genießet, um jedem Verdacht zu begegnen. – Spalanzani mußte, wie gesagt, fort, um der Kriminaluntersuchung wegen des der menschlichen Gesellschaft betrüglicherweise eingeschobenen Automats zu entgehen. Coppola war auch verschwunden.

Nathanael erwachte wie aus schwerem, fürchterlichem Traum, er schlug die Augen auf und fühlte, wie ein unbeschreibliches Wonnegefühl mit sanfter himmlischer Wärme ihn durchströmte. Er lag in seinem Zimmer in des Vaters Hause auf dem Bette, Klara hatte sich über ihn hingebeugt, und unfern standen die Mutter und Lothar. »Endlich, endlich, o mein herzlieber Nathanael – nun bist du genesen von schwerer Krankheit – nun bist du wieder mein!« – So sprach Klara recht aus tiefer Seele und faßte den Nathanael in ihre Arme. Aber dem quollen vor lauter Wehmut und Entzücken die hellen glühenden Tränen aus den Augen, und er stöhnte tief auf: »Meine – meine Klara!« – Siegmund, der getreulich ausgeharrt bei dem Freunde in großer Not, trat herein. Nathanael reichte ihm die Hand: »Du treuer Bruder hast mich doch nicht verlassen.« – Jede Spur des Wahnsinns war verschwunden, bald erkräftigte sich Nathanael in der sorglichen Pflege der Mutter, der Geliebten, der Freunde. Das Glück war unterdessen in das Haus eingekehrt; denn ein alter karger Oheim, von dem niemand etwas gehofft, war gestorben und hatte der Mutter nebst einem nicht unbedeutenden Vermögen ein Gütchen in einer angenehmen Gegend unfern der Stadt hinterlassen. Dort wollten sie hinziehen, die Mutter, Nathanael mit seiner Klara, die er nun zu heiraten gedachte, und Lothar. Nathanael war milder, kindlicher geworden, als er je gewesen und erkannte nun erst recht Klaras himmlisch reines, herrliches Gemüt. Niemand erinnerte ihn auch nur durch den leisesten Anklang an die Vergangenheit. Nur als Siegmund von ihm schied, sprach Nathanael: »Bei Gott, Bruder! ich war auf schlimmem Wege, aber zu rechter Zeit leitete mich ein Engel auf den lichten Pfad! – Ach, es war ja Klara! –« Siegmund ließ ihn nicht weiter reden, aus Besorgnis, tief verletzende Erinnerungen möchten ihm zu hell und flammend aufgehen. – Es war an der Zeit, daß die vier glücklichen Menschen nach dem Gütchen ziehen wollten. Zur Mittagsstunde gingen sie durch die Straßen der Stadt. Sie hatten manches eingekauft, der hohe Ratsturm warf seinen Riesenschatten über den Markt. »Ei!« sagte Klara, »steigen wir doch noch einmal herauf und schauen in das ferne Gebirge hinein!« Gesagt, getan! Beide, Nathanael und Klara, stiegen herauf, die Mutter ging mit der Dienstmagd nach Hause, und Lothar, nicht geneigt, die vielen Stufen zu erklettern, wollte unten warten. Da standen die beiden Liebenden Arm in Arm auf der höchsten Galerie des Turmes und schauten hinein in die duftigen Waldungen, hinter denen das blaue Gebirge wie eine Riesenstadt sich erhob.

»Sieh doch den sonderbaren kleinen grauen Busch, der ordentlich auf uns los zu schreiten scheint«, frug Klara. – Nathanael faßte mechanisch nach der Seitentasche; er fand Coppolas Perspektiv, er schaute seitwärts – Klara stand vor dem Glase! – Da zuckte es krampfhaft in seinen Pulsen und Adern – totenbleich starrte er Klara an, aber bald glühten und sprühten Feuerströme durch die rollenden Augen, gräßlich brüllte er auf wie ein gehetztes Tier; dann sprang er hoch in die Lüfte, und grausig dazwischen lachend, schrie er in schneidendem Ton: »Holzpüppchen dreh' dich – Holzpüppchen dreh' dich« – und mit gewaltiger Kraft faßte er Klara und wollte sie herabschleudern, aber Klara krallte sich in verzweifelnder Todesangst fest an das Geländer. Lothar hörte den Rasenden toben, er hörte Klaras Angstgeschrei, gräßliche Ahnung durchflog ihn, er rannte herauf, die Tür der zweiten Treppe war verschlossen – stärker hallte Klaras Jammergeschrei. Unsinnig vor Wut und Angst stieß er gegen die Tür, die endlich aufsprang – Matter und matter wurden nun Klaras Laute: »Hilfe – rettet – rettet –« so erstarb die Stimme in den Lüften. »Sie ist hin – ermordet von dem Rasenden«, so schrie Lothar. Auch die Tür zur Galerie war zugeschlagen. – Die Verzweiflung gab ihm Riesenkraft, er sprengte die Tür aus den Angeln. Gott im Himmel – Klara schwebte, von dem rasenden Nathanael erfaßt, über der Galerie in den Lüften – nur mit einer Hand hatte sie noch die Eisenstäbe umklammert. Rasch wie der Blitz erfaßte Lothar die Schwester, zog sie hinein und schlug in demselben Augenblick mit geballter Faust dem Wütenden ins Gesicht, daß er zurückprallte und die

Todesbeute fahren ließ.

Lothar rannte herab, die ohnmächtige Schwester in den Armen. – Sie war gerettet. – Nun raste Nathanael herum auf der Galerie und sprang hoch in die Lüfte und schrie: *»Feuerkreis,* dreh' dich – *Feuerkreis,* dreh' dich« – Die Menschen liefen auf das wilde Geschrei zusammen; unter ihnen ragte riesengroß der Advokat Coppelius hervor, der eben in die Stadt gekommen und gerades Weges nach dem Markt geschritten war. Man wollte herauf, um sich des Rasenden zu bemächtigen, da lachte Coppelius, sprechend: »Ha ha – wartet nur, der kommt schon herunter von selbst«, und schaute wie die übrigen hinauf. Nathanael blieb plötzlich wie erstarrt stehen, er bückte sich herab, wurde den Coppelius gewahr, und mit dem gellenden Schrei: »Ha! Sköne Oke – Sköne Oke« sprang er über das Geländer. –

Als Nathanael mit zerschmettertem Kopf auf dem Steinpflaster lag, war Coppelius im Gewühl verschwunden. –

Nach mehreren Jahren will man in einer entfernten Gegend Klara gesehen haben, wie sie mit einem freundlichen Mann Hand in Hand vor der Türe eines schönen Landhauses saß und vor ihr zwei muntre Knaben spielten. Es wäre daraus zu schließen, daß Klara das ruhige häusliche Glück noch fand, das ihrem heitern lebenslustigen Sinn zusagte und das ihr der im Innern zerrissene Nathanael niemals hätte gewähren können.

Die Bergwerke zu Falun

An einem heitern sonnenhellen Juliustage hatte sich alles Volk zu Göthaborg auf der Reede versammelt. Ein reicher Ostindienfahrer, glücklich heimgekehrt aus dem fernen Lande, lag im Klippahafen vor Anker und ließ die langen Wimpel, die schwedischen Flaggen lustig hinauswehen in die azurblaue Luft, während Hunderte von Fahrzeugen, Böten, Kähnen, vollgepfropft mit jubelnden Seeleuten, auf den spiegelblanken Wellen der Göthaelf hin und her schwammen und die Kanonen von Masthuggetorg ihre weithallenden Grüße hinüberdonnerten in das weite Meer. Die Herren von der ostindischen Kompagnie wandelten am Hafen auf und ab und berechneten mit lächelnden Gesichtern den reichen Gewinn, der ihnen geworden, und hatten ihre Herzensfreude daran, wie ihr gewagtes Unternehmen nun mit jedem Jahr mehr und mehr gedeihe und das gute Göthaborg im schönsten Handelsflor immer frischer und herrlicher emporblüht. Jeder sah auch deshalb die wackern Herrn mit Lust und Vergnügen an und freute sich mit ihnen, denn mit ihrem Gewinn kam ja Saft und Kraft in das rege Leben der ganzen Stadt.

Die Besatzung des Ostindienfahrers, wohl an die hundertundfunfzig Mann stark, landete in vielen Böten, die dazu ausgerüstet, und schickte sich an ihren Hönsning zu halten. So ist nämlich das Fest geheißen, das bei derlei Gelegenheit von der Schiffsmannschaft gefeiert wird, und das oft mehrere Tage dauert. Spielleute in wunderlicher bunter Tracht zogen vorauf mit Geigen, Pfeifen, Oboen und Trommeln, die sie wacker rührten, während andere allerlei lustige Lieder dazu absangen. Ihnen folgten die Matrosen zu Paar und Paar. Einige mit buntbebänderten Jacken und Hüten schwangen flatternde Wimpel, andere tanzten und sprangen, und alle jauchzten und jubelten, daß das helle Getöse weit in den Lüften erhallte.

So ging der fröhliche Zug fort über die Werfte – durch die Vorstädte bis nach der Hagavorstadt, wo in einem Gästgifvaregard tapfer geschmaust und gezecht werden sollte.

Da floß nun das schönste Öl in Strömen, und Bumper auf Bumper wurde geleert. Wie es denn nun bei Seeleuten, die heimkehren von weiter Reise, nicht anders der Fall ist, allerlei schmucke Dirnen gesellten sich alsbald zu ihnen, der Tanz begann, und wilder und wilder wurde die Lust und lauter und toller der Jubel.

Nur ein einziger Seemann, ein schlanker hübscher Mensch, kaum mocht' er zwanzig Jahr alt sein, hatte sich fortgeschlichen aus dem Getümmel und draußen einsam hingesetzt auf die Bank, die neben der Tür des Schenkhauses stand.

Ein paar Matrosen traten zu ihm, und einer von ihnen rief laut auflachend: »Elis Fröbom! – Elis Fröbom! – Bist du mal wieder ein recht trauriger Narr worden und vertrödelst die schöne Zeit mit dummen Gedanken? – Hör', Elis, wenn du von unserm Hönsning wegbleibst, so bleib lieber auch ganz weg vom Schiff! – Ein ordentlicher tüchtiger Seemann wird doch so aus dir niemals werden. Mut hast du zwar genug, und tapfer bist du auch in der Gefahr, aber saufen kannst du gar nicht und behältst lieber die Dukaten in der Tasche, als sie hier gastlich den Landratzen zuzuwerfen. – Trink, Bursche! oder der Seeteufel Näcken – der ganze Troll soll dir über den Hals kommen!«

Elis Fröbom sprang hastig von der Bank auf, schaute den Matrosen an mit glühendem Blick, nahm den mit Branntwein bis an den Rand gefüllten Becher und leerte ihn mit einem Zuge. Dann sprach er: »Du siehst, Joens, daß ich saufen kann wie einer von euch, und ob ich ein tüchtiger Seemann bin, mag der Kapitän entscheiden. Aber nun halt' dein Lästermaul und schier' dich fort! – Mir ist eure wilde Tollheit zuwider. – Was ich hier draußen treibe, geht dich nichts an!« »Nun, nun«, erwiderte Joens, »ich weiß es ja, du bist ein Neriker von Geburt, und die sind alle trübe und traurig und haben keine rechte Lust am wackern Seemannsleben! – Wart' nur, Elis, ich werde dir jemand herausschicken, du sollst bald weggebracht werden von der verhexten Bank, an die dich der Näcken genagelt hat.«

Nicht lange dauerte es, so trat ein gar feines schmuckes Mädchen aus der Tür des Gästgifvaregard und setzte sich hin neben dem trübsinnigen Elis, der sich wieder, verstummt und in sich gekehrt, auf die Bank niedergelassen hatte. Man sah es dem Putz, dem ganzen Wesen der Dirne wohl an, daß sie sich leider böser Lust geopfert, aber noch hatte das wilde Leben nicht seine zerstörende Macht geübt an den wunderlieblichen sanften Zügen ihres holden Antlitzes. Keine Spur von zurückstoßender Frechheit, nein, eine stille sehnsüchtige Trauer lag in dem Blick der dunklen Augen.

»Elis! – wollt Ihr denn gar keinen Teil nehmen an der Freude

Eurer Kameraden? – Regt sich denn gar keine Lust in Euch, da Ihr wieder heimgekommen und, der bedrohlichen Gefahr der trügerischen Meereswellen entronnen, nun wieder auf vaterländischem Boden steht?«

So sprach die Dirne mit leiser, sanfter Stimme, indem sie den Arm um den Jüngling schlang. Elis Fröbom, wie aus tiefem Traum erwachend, schaute dem Mädchen ins Auge, er faßte ihre Hand, er drückte sie an seine Brust, man merkte wohl, daß der Dirne süß Gelispel recht in sein Inneres hineingeklungen.

»Ach«, begann er endlich, wie sich besinnend, »ach, mit meiner Freude, mit meiner Lust ist es nun einmal gar nichts. Wenigstens kann ich durchaus nicht einstimmen in die Toberei meiner Kameraden. Geh nur hinein, mein gutes Kind, juble und jauchze mit den andern, wenn du es vermagst, aber laß den trüben, traurigen Elis hier draußen allein; er würde dir nur alle Lust verderben. – Doch wart'! – Du gefällst mir gar wohl und sollst an mich fein denken, wenn ich wieder auf dem Meere bin.«

Damit nahm er zwei blanke Dukaten aus der Tasche, zog ein schönes ostindisches Tuch aus dem Busen und gab beides der Dirne. *Der* traten aber die hellen Tränen in die Augen, sie stand auf, sie legte die Dukaten auf die Bank, sie sprach: »Ach, behaltet doch nur Eure Dukaten, die machen mich nur traurig, aber das schöne Tuch, das will ich tragen Euch zum teuern Andenken, und Ihr werdet mich wohl übers Jahr nicht mehr finden, wenn Ihr Hönsning haltet hier in der Haga.« –

Damit schlich die Dirne, nicht mehr zurückkehrend in das Schenkhaus, beide Hände vors Gesicht gedrückt, fort über die Straße.

Aufs neue versank Elis Fröbom in seine düstre Träumerei und rief endlich, als der Jubel in der Schenke recht laut und toll wurde: »Ach, läg' ich doch nur begraben in dem tiefsten Meeresgrunde! – denn im Leben gibt's keinen Menschen mehr, mit dem ich mich freuen sollte!«

Da sprach eine tiefe rauhe Stimme dicht hinter ihm: »Ihr müßt gar großes Unglück erfahren haben, junger Mensch, daß Ihr Euch schon jetzt, da das Leben Euch erst recht aufgehen sollte, den Tod wünschet.«

Elis schaute sich um und gewahrte einen alten Bergmann, der mit übereinandergeschlagenen Armen an die Plankenwand des Schenkhauses angelehnt stand und mit ernstem durchdringenden

Blick auf ihn herabschaute.

Sowie Elis den Alten länger ansah, wurde es ihm, als trete in tiefer wilder Einsamkeit, in die er sich verloren geglaubt, eine bekannte Gestalt ihm freundlich tröstend entgegen. Er sammelte sich und erzählte, wie sein Vater ein tüchtiger Steuermann gewesen, aber in demselben Sturme umgekommen, aus dem er gerettet worden auf wunderbare Weise. Seine beiden Brüder wären als Soldaten geblieben in der Schlacht, und er allein habe seine arme verlassene Mutter erhalten mit dem reichen Solde, den er nach jeder Ostindienfahrt empfangen. Denn Seemann habe er doch nun einmal, von Kindesbeinen an dazu bestimmt, bleiben müssen, und da habe es ihm ein großes Glück gedünkt, in den Dienst der ostindischen Kompagnie treten zu können. Reicher als jemals sei diesmal der Gewinn ausgefallen, und jeder Matrose habe noch außer dem Sold ein gut Stück Geld erhalten, so daß er, die Tasche voll Dukaten, in heller Freude hingelaufen sei nach dem kleinen Häuschen, wo seine Mutter gewohnt. Aber fremde Gesichter hätten ihn aus dem Fenster angeguckt, und eine junge Frau, die ihm endlich die Tür geöffnet und der er sich zu erkennen gegeben, habe ihm mit kaltem rauhem Ton berichtet, daß seine Mutter schon vor drei Monaten gestorben, und daß er die paar Lumpen, die, nachdem die Begräbniskosten berichtigt, noch übriggeblieben, auf dem Rathause in Empfang nehmen könne. Der Tod seiner Mutter zerreiße ihm das Herz, er fühle sich von aller Welt verlassen, einsam, wie auf ein ödes Riff verschlagen, hülflos, elend. Sein ganzes Leben auf der See erscheine ihm wie ein irres zweckloses Treiben, ja, wenn er daran denke, daß seine Mutter, vielleicht schlecht gepflegt von fremden Leuten, so ohne Trost sterben müssen, komme es ihm ruchlos und abscheulich vor, daß er überhaupt zur See gegangen und nicht lieber daheim geblieben, seine arme Mutter nährend und pflegend. Die Kameraden hätten ihn mit Gewalt fortgerissen zum Hönsning, und er selbst habe geglaubt, daß der Jubel um ihn her, ja auch wohl das starke Getränk seinen Schmerz betäuben werde, aber statt dessen sei es ihm bald geworden, als sprängen alle Adern in seiner Brust, und er müsse sich verbluten.

»Ei«, sprach der alte Bergmann, »ei, du wirst bald wieder in See stechen, Elis, und dann wird dein Schmerz vorüber sein in weniger Zeit. Alte Leute sterben, das ist nun einmal nicht anders, und deine Mutter hat ja, wie du selbst gestehst, nur ein armes mühseliges Leben verlassen.«

»Ach«, erwiderte Elis, »ach, daß niemand an meinen Schmerz glaubt, ja, daß man mich wohl albern und töricht schilt, das ist es ja eben, was mich hinausstößt aus der Welt. – Auf die See mag ich nicht mehr, das Leben ekelt mich an. Sonst ging mir wohl das Herz auf, wenn das Schiff, die Segel wie stattliche Schwingen ausbreitend, über das Meer dahinfuhr, und die Wellen in gar lustiger Musik plätscherten und sausten, und der Wind dazwischen pfiff durch das knätternde Tauwerk. Da jauchzte ich fröhlich mit den Kameraden auf dem Verdeck, und dann – hatte ich in stiller dunkler Nacht die Wache, da gedachte ich der Heimkehr und meiner guten alten Mutter, wie die sich nun wieder freuen würde, wenn Elis zurückgekommen! – Hei! da konnt' ich wohl jubeln auf dem Hönsning, wenn ich dem Mütterchen die Dukaten in den Schoß geschüttet, wenn ich ihr die schönen Tücher und wohl noch manch anderes Stück seltner Ware aus dem fernen Lande hingereicht. Wenn ihr dann vor Freude die Augen hell aufleuchteten, wenn sie die Hände ein Mal über das andere zusammenschlug, ganz erfüllt von Vergnügen und Lust, wenn sie geschäftig hin- und hertrippelte und das schönste Aehl herbeiholte, das sie für Elis aufbewahrt. Und saß ich denn nun abends bei der Alten, dann erzählte ich ihr von den seltsamen Leuten, mit denen ich verkehrt, von ihren Sitten und Gebräuchen, von allem Wunderbaren, was mir begegnet auf der langen Reise. Sie hatte ihre große Lust daran und redete wieder zu mir von den wunderbaren Fahrten meines Vaters im höchsten Norden und tischte mir dagegen manches schauerliche Seemannsmärlein auf, das ich schon hundertmal gehört, und an dem ich mich doch gar nicht satt hören konnte! – Ach! wer bringt mir diese Freude wieder! – Nein, niemals mehr auf die See. – Was sollt' ich unter den Kameraden, die mich nur aushöhnen würden, und wo sollt' ich Lust hernehmen zur Arbeit, die mir nur ein mühseliges Treiben um nichts dünken würde!« –

»Ich höre Euch«, sprach der Alte, als Elis schwieg, »ich höre Euch mit Vergnügen reden, junger Mensch, so wie ich schon seit ein paar Stunden, ohne daß Ihr mich gewahrtet, Euer ganzes Betragen beobachtete und meine Freude daran hatte. Alles, was Ihr tatet, was Ihr spracht, beweist, daß Ihr ein tiefes, in sich selbst gekehrtes, frommes, kindliches Gemüt habt, und eine schönere Gabe konnte Euch der hohe Himmel gar nicht verleihen. Aber zum Seemann habt Ihr Eure Lebetage gar nicht im mindesten getaugt. Wie sollte Euch stillem, wohl gar zum Trübsinn geneigten Neriker (daß Ihr das seid, seh' ich an den Zügen Eures Gesichts, an Eurer ganzen Haltung), wie sollte Euch das wilde unstete Leben auf der See zusagen? Ihr tut wohl daran, daß Ihr dies Leben aufgebt für immer. Aber die Hände werdet Ihr doch nicht in den Schoß legen? – Folgt meinem Rat, Elis Fröbom! geht nach Falun, werdet ein Bergmann. Ihr seid jung, rüstig, gewiß bald ein tüchtiger Knappe, dann Hauer, Steiger und immer höher herauf. Ihr habt tüchtige Dukaten in der Tasche, die legt Ihr an, verdient dazu, kommt wohl gar zum Besitz eines Bergmannshemmans, habt Eure eigne Kuxe in der Grube. Folgt meinem Rat, Elis Fröbom, werdet ein Bergmann!« –

Elis Fröbom erschrak beinahe über die Worte des Alten. »Wie«, rief er, »was ratet Ihr mir? Von der schönen freien Erde, aus dem heitern, sonnenhellen Himmel, der mich umgibt, labend, erquikkend, soll ich hinaus – hinab in die schauerliche Höllentiefe und dem Maulwurf gleich wühlen und wühlen nach den Erzen und Metallen, schnöden Gewinns halber?«

»So ist«, rief der Alte erzürnt, »so ist nun das Volk, es verachtet das, was es nicht zu erkennen vermag. Schnöder Gewinn! Als ob alle grausame Quälerei auf der Oberfläche der Erde, wie sie der Handel herbeiführt, sich edler gestalte als die Arbeit des Bergmanns, dessen Wissenschaft, dessen unverdrossenem Fleiß die Natur ihre geheimsten Schatzkammern erschließt. Du sprichst von schnödem Gewinn, Elis Fröbom! – ei, es möchte hier wohl noch Höheres gelten. Wenn der blinde Maulwurf in blindem Instinkt die Erde durchwühlt, so möcht' es wohl sein, daß in der tiefsten Teufe bei dem schwachen Schimmer des Grubenlichts des Menschen Auge hellsehender wird, ja daß es endlich, sich mehr und mehr erkräftigend, in dem wunderbaren Gestein die Abspieglung dessen zu erkennen vermag, was oben über den Wolken verborgen. Du weißt nichts von dem Bergbau, Elis Fröbom, laß dir davon erzählen.« –

Mit diesen Worten setzte sich der Alte hin auf die Bank neben Elis und begann sehr ausführlich zu beschreiben, wie es bei dem Bergbau hergehe, und mühte sich, mit den lebendigsten Farben dem Unwissenden alles recht deutlich vor Augen zu bringen. Er kam auf die Bergwerke von Falun, in denen er, wie er sagte, seit seiner frühen Jugend gearbeitet, er beschrieb die große Tagesöffnung mit den schwarzbraunen Wänden, die dort anzutreffen, er sprach von dem unermeßlichen Reichtum der Erzgrube an dem schönsten Gestein. Immer lebendiger und lebendiger wurde seine Rede, immer glühender sein Blick. Er durchwanderte die Schachten wie die Gänge eines Zaubergartens. Das Gestein lebte auf, die Fossile regten sich, der wunderbare Pyrosmalith, der Almandin blitzten im Schein der Grubenlichter – die Bergkristalle leuchteten und flimmerten durcheinander. –

Elis horchte hoch auf; des Alten seltsame Weise, von den unterirdischen Wundern zu reden, als stehe er gerade in ihrer Mitte, erfaßte sein ganzes Ich. Er fühlte seine Brust beklemmt, es war ihm, als sei er schon hinabgefahren mit dem Alten in die Tiefe, und ein mächtiger Zauber halte ihn unten fest, so daß er nie mehr das freundliche Licht des Tages schauen werde. Und doch war es ihm wieder, als habe ihm der Alte eine neue unbekannte Welt erschlossen, in die er hineingehöre, und aller Zauber dieser Welt sei ihm schon zur frühsten Knabenzeit in seltsamen geheimnisvollen Ahnungen aufgegangen. –

»Ich habe«, sprach endlich der Alte, »ich habe Euch, Elis Fröbom, alle Herrlichkeit eines Standes dargetan, zu dem Euch die Natur recht eigentlich bestimmte. Geht nur mit Euch selbst zu Rate und tut dann, wie Euer Sinn es Euch eingibt!«

Damit sprang der Alte hastig auf von der Bank und schritt von dannen, ohne Elis weiter zu grüßen oder sich nach ihm umzuschauen. Bald war er seinem Blick entschwunden.

In dem Schenkhause war es indessen still geworden. Die Macht des starken Aehls (Biers), des Branntweins hatte gesiegt. Manche vom Schiffsvolk waren fortgeschlichen mit ihren Dirnen, andere lagen in den Winkeln und schnarchten. Elis, der nicht mehr einkehren konnte in das gewohnte Obdach, erhielt auf sein Bitten ein kleines Kämmerlein zur Schlafstelle.

Kaum hatte er sich, müde und matt, wie er war, hingestreckt auf sein Lager, als der Traum über ihm seine Fittiche rührte. Es war ihm, als schwämme er in einem schönen Schiff mit vollen Segeln auf dem spiegelblanken Meer, und über ihm wölbe sich ein dunkler Wolkenhimmel. Doch wie er nun in die Wellen hinabschaute, erkannte er bald, daß das, was er für das Meer gehalten, eine feste durchsichtige funkelnde Masse war, in deren Schimmer das ganze Schiff auf wunderbare Weise zerfloß, so daß er auf dem Kristallboden stand und über sich ein Gewölbe von schwarz flimmerndem Gestein erblickte. Gestein war das nämlich, was er erst für den Wolkenhimmel gehalten. Von unbekannter Macht fortgetrieben, schritt er vorwärts, aber in dem Augenblick regte sich alles um ihn her, und wie kräuselnde Wogen erhoben sich aus dem Boden wunderbare Blumen und Pflanzen von blinkendem Metall, die ihre Blüten und Blätter aus der tiefsten Tiefe emporrankten und auf anmutige Weise ineinander verschlangen. Der Boden war so klar, daß Elis die Wurzeln der Pflanzen deutlich erkennen konnte, aber bald immer tiefer mit dem Blick eindringend, erblickte er ganz unten – unzählige holde jungfräuliche Gestalten, die sich mit weißen glänzenden Armen umschlungen hielten, und aus ihren Herzen sproßten jene Wurzeln, jene Blumen und Pflanzen empor, und wenn die Jungfrauen lächelten, ging ein süßer Wohllaut durch das weite Gewölbe, und höher und freudiger schossen die wunderbaren Metallblüten empor. Ein unbeschreibliches Gefühl von Schmerz und Wollust ergriff den Jüngling, eine Welt von Liebe, Sehnsucht, brünstigem Verlangen ging auf in seinem Innern. »Hinab – hinab zu euch«, rief er und warf sich mit ausgebreiteten Armen auf den kristallenen Boden nieder. Aber *der* wich unter ihm, und er schwebte wie in schimmerndem Äther. »Nun, Elis Fröbom, wie gefällt es dir in dieser Herrlichkeit?« – So rief eine starke Stimme. Elis gewahrte neben sich den alten Bergmann, aber sowie er ihn mehr und mehr anschaute, wurde er zur Riesengestalt, aus glühendem Erz gegossen. Elis wollte sich entsetzen, aber in dem Augenblick leuchtete es auf aus der Tiefe wie ein jäher Blitz, und das ernste Antlitz einer mächtigen Frau wurde sichtbar. Elis fühlte, wie das Entzücken in seiner Brust, immer steigend und steigend, zur zermalmenden Angst wurde. Der Alte hatte ihn umfaßt und rief: »Nimm dich in acht, Elis Fröbom, das ist die Königin, noch magst du heraufschauen.« – Unwillkürlich drehte er das Haupt und wurde gewahr, wie die Sterne des nächtlichen Himmels durch eine Spalte des Gewölbes leuchteten. Eine sanfte Stimme rief wie in trostlosem Weh seinen Namen. Es war die Stimme seiner Mutter. Er glaubte ihre Gestalt zu schauen oben an der Spalte. Aber es war ein holdes junges Weib, die ihre Hand tief hinabstreckte in das Gewölbe und seinen Namen rief. »Trage mich empor«, rief er dem Alten zu, »ich gehöre doch der Oberwelt an und ihrem freundlichen Himmel.« – »Nimm dich in acht«, sprach der Alte dumpf, »nimm dich in acht, Fröbom! – sei treu der Königin, der du dich ergeben.« Sowie nun aber der Jüngling wieder hinabschaute in das starre Antlitz der mächtigen Frau, fühlte er, daß sein Ich zerfloß in dem glänzenden

Gestein. Er kreischte auf in namenloser Angst und erwachte aus dem wunderbaren Traum, dessen Wonne und Entsetzen tief in seinem Innern widerklang. –

»Es konnte«, sprach Elis, als er sich mit Mühe gesammelt, zu sich selbst, »es konnte wohl nicht anders sein, es mußte mir solch wunderliches Zeug träumen. Hat mir doch der alte Bergmann so viel erzählt von der Herrlichkeit der unterirdischen Welt, daß mein ganzer Kopf davon erfüllt ist, noch in meinem ganzen Leben war mir nicht so zumute, als eben jetzt. – Vielleicht träume ich noch fort – Nein, nein – ich bin wohl nur krank, hinaus ins Freie, der frische Hauch der Seeluft wird mich heilen!« –

Er raffte sich auf und rannte nach dem Klippahafen, wo der Jubel des Hönsnings aufs neue sich erhob. Aber bald gewahrte er, wie alle Lust an ihm vorüberging, wie er keinen Gedanken in der Seele festhalten konnte, wie Ahnungen, Wünsche, die er nicht zu nennen vermochte, sein Inneres durchkreuzten. – Er dachte mit tiefer Wehmut an seine verstorbene Mutter, dann war es ihm aber wieder, als sehne er sich nur noch einmal jener Dirne zu begegnen, die ihn gestern so freundlich angesprochen. Und dann fürchtete er wieder, träte auch die Dirne aus dieser oder jener Gasse ihm entgegen, so würd' es am Ende der alte Bergmann sein, vor dem er sich, selbst konnte er nicht sagen warum, entsetzen müsse. Und doch hätte er wieder auch von dem Alten sich gern mehr erzählen lassen von den Wundern des Bergbaues. –

Von all diesen treibenden Gedanken hin- und hergeworfen, schaute er hinein in das Wasser. Da wollt' es ihm bedünken, als wenn die silbernen Wellen erstarrten zum funkelnden Glimmer, in dem nun die schönen großen Schiffe zerfließen, als wenn die dunklen Wolken, die eben heraufzogen an dem heitern Himmel, sich hinabsenken würden und verdichten zum steinernen Gewölbe. – Er stand wieder in seinem Traum, er schaute wieder das ernste Antlitz der mächtigen Frau, und die verstörende Angst des sehnsüchtigsten Verlangens erfaßte ihn aufs neue. –

Die Kameraden rüttelten ihn auf aus der Träumerei, er mußte ihrem Zuge folgen. Aber nun war es, als flüstre eine unbekannte Stimme ihm unaufhörlich ins Ohr: »Was willst du noch hier? – fort! – fort – in den Bergwerken zu Falun ist deine Heimat. – Da geht alle Herrlichkeit dir auf, von der du geträumt – fort, fort nach Falun!« –

Drei Tage trieb sich Elis Fröbom in den Straßen von Göthaborg umher, unaufhörlich verfolgt von den wunderlichen Gebilden seines Traums, unaufhörlich gemahnt von der unbekannten Stimme.

Am vierten Tage stand Elis an dem Tore, durch welches der Weg nach Gefle führt. Da schritt eben ein großer Mann vor ihm hindurch. Elis glaubte den alten Bergmann erkannt zu haben und eilte, unwiderstehlich fortgetrieben, ihm nach, ohne ihn zu erreichen.

Rastlos ging es nun fort und weiter fort.

Elis wußte deutlich, daß er sich auf dem Wege nach Falun befinde, und eben dies beruhigte ihn auf besondere Weise, denn gewiß war es ihm, daß die Stimme des Verhängnisses durch den alten Bergmann zu ihm gesprochen, der ihn nun auch seiner Bestimmung entgegenführe.

In der Tat sah er auch manchmal, vorzüglich wenn der Weg ihm ungewiß werden wollte, den Alten, wie er aus einer Schlucht, aus dickem Gestrüpp, aus dunklem Gestein plötzlich hervortrat und vor ihm, ohne sich umzuschauen, daherschritt, dann aber schnell wieder verschwand.

Endlich nach manchem mühselig durchwanderten Tage erblickte Elis in der Ferne zwei große Seen, zwischen denen ein dicker Dampf aufstieg. Sowie er mehr und mehr die Anhöhe westlich erklimmte, unterschied er in dem Rauch ein paar Türme und schwarze Dächer. Der Alte stand vor ihm riesengroß, zeigte mit ausgestrecktem Arm hin nach dem Dampf und verschwand wieder im Gestein.

»Das ist Falun!« rief Elis, »das ist Falun, das Ziel meiner Reise!« – Er hatte recht, denn Leute, die ihm hinterher wanderten, bestätigten es, daß dort zwischen den Seen Runn und Warpann die Stadt Falun liege, und daß er soeben den Guffrisberg hinansteige, wo die große Pinge oder Tagesöffnung der Erzgrube befindlich.

Elis Fröbom schritt guten Mutes vorwärts, als er aber vor dem ungeheuern Höllenschlunde stand, da gefror ihm das Blut in den Adern, und er erstarrte bei dem Anblick der fürchterlichen Zerstörung.

Bekanntlich ist die große Tagesöffnung der Erzgrube zu Falun an zwölfhundert Fuß lang, sechshundert Fuß breit und einhundertundachtzig Fuß tief. Die schwarzbraunen Seitenwände gehen anfangs größtenteils senkrecht nieder; dann verflächen sie sich aber gegen die mittlere Tiefe durch ungeheuern Schutt und

Trümmerhalden. In diesen und an den Seitenwänden blickt hin und wieder die Zimmerung alter Schächte hervor, die aus starken, dicht aufeinandergelegten und an den Enden ineinandergefugten Stämmen nach Art des gewöhnlichen Blockhäuserbaues aufgeführt sind. Kein Baum, kein Grashalm sproßt in dem kahlen zerbröckelten Steingeklüft, und in wunderlichen Gebilden, manchmal riesenhaften versteinerten Tieren, manchmal menschlichen Kolossen ähnlich, ragen die zackigen Felsenmassen ringsumher empor. Im Abgrunde liegen in wilder Zerstörung durcheinander Steine, Schlacken – ausgebranntes Erz, und ein ewiger betäubender Schwefeldunst steigt aus der Tiefe, als würde unten der Höllensud gekocht, dessen Dämpfe alle grüne Lust der Natur vergiften. Man sollte glauben, hier sei Dante herabgestiegen und habe den Inferno geschaut mit all seiner trostlosen Qual, mit all seinem Entsetzen.

Als nun Elis Fröbom hinabschaute in den ungeheueren Schlund, kam ihm in den Sinn, was ihm vor langer Zeit der alte Steuermann seines Schiffs erzählt. Dem war es, als er einmal im Fieber gelegen, plötzlich gewesen, als seien die Wellen des Meeres verströmt, und unter ihm habe sich der unermeßliche Abgrund geöffnet, so daß er die scheußlichen Untiere der Tiefe erblicke, die sich zwischen Tausenden von seltsamen Muscheln, Korallenstauden, zwischen wunderlichem Gestein in häßlichen Verschlingungen hin und her wälzten, bis sie mit aufgesperrtem Rachen, zum Tode erstarrt, liegen geblieben. Ein solches Gesicht, meinte der alte Seemann, bedeute den baldigen Tod in den Wellen, und wirklich stürzte er auch bald darauf unversehens von dem Verdeck in das Meer und war rettungslos verschwunden. Daran dachte Elis, denn wohl bedünkte ihm der Abgrund wie der Boden der von den Wellen verlassenen See, und das schwarze Gestein, die bläulichen, roten Schlacken des Erzes schienen ihm abscheuliche Untiere, die ihre häßlichen Polypenarme nach ihm ausstreckten. – Es geschah, daß eben einige Bergleute aus der Tiefe emporstiegen, die in ihrer dunklen Grubentracht, mit ihren schwarz verbrannten Gesichtern wohl anzusehen waren wie häßliche Unholde, die, aus der Erde mühsam hervorgekrochen, sich den Weg bahnen wollten bis auf die Oberfläche.

Elis fühlte sich von tiefen Schauern durchbebt und, was dem Seemann noch niemals geschehen, ihn ergriff der Schwindel; es war ihm, als zögen unsichtbare Hände ihn hinab in den Schlund. –

Mit geschlossenen Augen rannte er einige Schritte fort, und erst als er weit von der Pinge den Guffrisberg wieder hinabstieg und er hinaufblickte zum heitern sonnenhellen Himmel, war ihm alle Angst jenes schauerlichen Anblicks entnommen. Er atmete wieder frei und rief recht aus tiefer Seele: »O Herr meines Lebens, was sind alle Schauer des Meeres gegen das Entsetzen, was dort in dem öden Steingeklüft wohnt! – Mag der Sturm toben, mögen die schwarzen Wolken hinabtauchen in die brausenden Wellen, bald siegt doch wieder die schöne herrliche Sonne, und vor ihrem freundlichen Antlitz verstummt das wilde Getöse, aber nie dringt ihr Blick in jene schwarze Höhlen, und kein frischer Frühlingshauch erquickt dort unten jemals die Brust. – Nein, zu euch mag ich mich nicht gesellen, ihr schwarzen Erdwürmer, niemals würd' ich mich eingewöhnen können in euer trübes Leben!« – Elis gedachte in Falun zu übernachten und dann mit dem frühesten Morgen seinen Rückweg anzutreten nach Göthaborg.

Als er auf den Marktplatz, der Helsingtorget geheißen, kam, fand er eine Menge Volks versammelt.

Ein langer Zug von Bergleuten in vollem Staat, mit Grubenlichtern in den Händen, Spielleute vorauf, hielt eben vor einem stattlichen Hause. Ein großer schlanker Mann von mittleren Jahren trat heraus und schaute mit mildem Lächeln umher. An dem freien Anstande, an der offnen Stirn, an den dunkelblau leuchtenden Augen mußte man den echten Dalkarl erkennen. Die Bergleute schlossen einen Kreis um ihn, jedem schüttelte er treuherzig die Hand, mit jedem sprach er freundliche Worte.

Elis Fröbom erfuhr auf Befragen, daß der Mann Pehrson Dahlsjö sei, Masmeister, Altermann und Besitzer einer schönen Bergsfrälse bei Stora-Kopparberg. Bergsfrälse sind in Schweden Ländereien geheißen, die für die Kupfer- und Silberbergwerke verliehen wurden. Die Besitzer solcher Frälsen haben Kuxe in den Gruben, für deren Betrieb sie zu sorgen gehalten sind. –

Man erzählte dem Elis weiter, daß eben heute der Bergsthing (Gerichtstag) geendigt, und daß dann die Bergleute herumzögen bei dem Bergmeister, dem Hüttenmeister und den Altermännern, überall aber gastlich bewirtet würden.

Betrachtete Elis die schönen stattlichen Leute mit den freien freundlichen Gesichtern, so konnte er nicht mehr an jene Erdwürmer in der großen Pinge denken. Die helle Fröhlichkeit, die, als Pehrson Dahlsjö hinaustrat, wie aufs neue angefacht, durch den ganzen Kreis aufloderte, war wohl ganz anderer Art als der wilde tobende Jubel der Seeleute beim Hönsning.

Dem stillen ernsten Elis ging die Art, wie sich diese Bergmänner freuten, recht tief ins Herz. Es wurde ihm unbeschreiblich wohl zumute, aber der Tränen konnt' er sich vor Rührung kaum enthalten, als einige der jüngeren Knappen ein altes Lied anstimmten, das in gar einfacher, in Seele und Gemüt dringender Melodie den Segen des Bergbaues pries.

Als das Lied geendet, öffnete Pehrson Dahlsjö die Türe seines Hauses, und alle Bergleute traten nacheinander hinein. Elis folgte unwillkürlich und blieb an der Schwelle stehen, so daß er den ganzen geräumigen Flur übersehen konnte, in dem die Bergleute auf Bänken Platz nahmen. Ein tüchtiges Mahl stand auf einem Tisch bereitet.

Nun ging die hintere Türe dem Elis gegenüber auf, und eine holde, festlich geschmückte Jungfrau trat hinein. Hoch und schlank gewachsen, die dunklen Haare in vielen Zöpfen über der Scheitel aufgeflochten, das nette schmucke Mieder mit reichen Spangen zusammengenestelt, ging sie daher in der höchsten Anmut der blühendsten Jugend. Alle Bergleute standen auf, und ein leises freudiges Gemurmel lief durch die Reihen: »Ulla Dahlsjö – Ulla Dahlsjö! – Wie hat Gott gesegnet unsern wackern Altermann mit dem schönen frommen Himmelskinde!« – Selbst den ältesten Bergleuten funkelten die Augen, als Ulla ihnen so wie allen übrigen die Hand bot zum freundlichen Gruß. Dann brachte sie schöne silberne Krüge, schenkte treffliches Aehl, wie es denn nun in Falun bereitet wird, ein und reichte es dar den frohen Gästen, indem aller Himmelsglanz der unschuldvollsten Unbefangenheit ihr holdes Antlitz überstrahlte.

Sowie Elis Fröbom die Jungfrau erblickte, war es ihm, als schlüge ein Blitz durch sein Innres und entflamme alle Himmelslust, allen Liebesschmerz – alle Inbrunst, die in ihm verschlossen. – Ulla Dahlsjö war es, die ihm in dem verhängnisvollen Traum die rettende Hand geboten; er glaubte nun die tiefe Deutung jenes Traums zu erraten und pries, des alten Bergmanns vergessend, das Schicksal, dem er nach Falun gefolgt. –

Aber dann fühlte er sich, auf der Türschwelle stehend, ein unbeachteter Fremdling, elend, trostlos, verlassen und wünschte, er sei gestorben, ehe er Ulla Dahlsjö geschaut, da er doch nun vergehen müsse in Liebe und Sehnsucht. Nicht das Auge abzuwenden vermochte er von der holden Jungfrau, und als sie nun bei ihm ganz nahe vorüberstreifte, rief er mit leiser bebender Stimme ihren Namen. Ulla schaute sich um und erblickte den armen Elis, der, glühende Röte im ganzen Gesicht, mit niedergesenktem Blick dastand – erstarrt – keines Wortes mächtig.

Ulla trat auf ihn zu und sprach mit süßem Lächeln: »Ei, Ihr seid ja wohl ein Fremdling, lieber Freund! das gewahre ich an Eurer seemännischen Tracht! – Nun! – warum steht Ihr denn so auf der Schwelle? – Kommt doch nur hinein und freut Euch mit uns!« – Damit nahm sie ihn bei der Hand, zog ihn in den Flur und reichte ihm einen vollen Krug Aehl! »Trinkt«, sprach sie, »trinkt, mein lieber Freund, auf guten gastlichen Willkommen!«

Dem Elis war es, als läge er in dem wonnigen Paradiese eines herrlichen Traums, aus dem er gleich erwachen und sich unbeschreiblich elend fühlen werde. Mechanisch leerte er den Krug. In dem Augenblick trat Pehrson Dahlsjö an ihn heran und fragte, nachdem er ihm die Hand geschüttelt zum freundlichen Gruß, von wannen er käme, und was ihn hingebracht nach Falun.

Elis fühlte die wärmende Kraft des edlen Getränks in allen Adern. Dem wackern Pehrson ins Auge blickend, wurde ihm heiter und mutig zu Sinn. Er erzählte, wie er, Sohn eines Seemanns, von Kindesbeinen an auf der See gewesen, wie er, eben von Ostindien zurückgekehrt, seine Mutter, die er mit seinem Solde gehegt und gepflegt, nicht mehr am Leben gefunden, wie er sich nun ganz verlassen auf der Welt fühle, wie ihm nun das wilde Leben auf der See ganz und gar zuwider geworden, wie seine innerste Neigung ihn zum Bergbau treibe, und wie er hier in Falun sich mühen werde, als Knappe unterzukommen. Das letzte, so sehr allem entgegen, was er vor wenigen Augenblicken beschlossen, fuhr ihm ganz unwillkürlich heraus, es war ihm, als hätte er dem Altermann gar nichts anders eröffnen können, ja, als wenn er eben seinen innersten Wunsch ausgesprochen, an den er bisher selbst nur nicht geglaubt.

Pehrson Dahlsjö sah den Jüngling mit sehr ernstem Blick an, als wollte er sein Innerstes durchschauen, dann sprach er: »Ich mag nicht vermuten, Elis Fröbom, daß bloßer Leichtsinn Euch von Euerem bisherigen Beruf forttreibt, und daß Ihr nicht alle Mühseligkeit, alle Beschwerde des Bergbaues vorher reiflich erwägt habt, ehe Ihr den Entschluß gefaßt, sich ihm zu ergeben. Es ist ein alter Glaube bei uns, daß die mächtigen Elemente, in denen der

Bergmann kühn waltet, ihn vernichten, strengt er nicht sein ganzes Wesen an, die Herrschaft über sie zu behaupten, gibt er noch andern Gedanken Raum, die die Kraft schwächen, welche er ungeteilt der Arbeit in Erd' und Feuer zuwenden soll. Habt Ihr aber Euern innern Beruf genugsam geprüft und ihn bewährt gefunden, so seid Ihr zur guten Stunde gekommen. In meiner Kuxe fehlt es an Arbeitern. Ihr könnt, wenn Ihr wollt, nun gleich bei mir bleiben und morgenden Tages mit dem Steiger anfahren, der Euch die Arbeit schon anweisen wird.«

Das Herz ging dem Elis auf bei Pehrson Dahlsjös Rede. Er dachte nicht mehr an die Schrecken des entsetzlichen Höllenschlundes, in den er geschaut. Daß er nun die holde Ulla täglich sehen, daß er mit ihr unter einem Dache wohnen werde, das erfüllte ihn mit Wonne und Entzücken; er gab den süßesten Hoffnungen Raum.

Pehrson Dahlsjö tat den Bergleuten kund, wie sich eben ein junger Knappe zum Bergdienst bei ihm gemeldet, und stellte ihnen den Elis Fröbom vor.

Alle schauten wohlgefällig auf den rüstigen Jüngling und meinten, mit seinem schlanken kräftigen Gliederbau sei er ganz zum Bergmann geboren, und an Fleiß und Frömmigkeit werd' es ihm gewiß auch nicht fehlen.

Einer von den Bergleuten, schon hoch in Jahren, näherte sich und schüttelte ihm treuherzig die Hand, indem er sagte, daß er der Obersteiger in der Kuxe Pehrson Dahlsjös sei, und daß er sich's recht angelegen sein lassen werde, ihn sorglich in allem zu unterrichten, was ihm zu wissen nötig. Elis mußte sich zu ihm setzen, und sogleich begann der Alte beim Kruge Aehl weitläufig über die erste Arbeit der Knappen zu sprechen.

Dem Elis kam wieder der alte Bergmann aus Göthaborg in den Sinn, und auf besondere Weise wußte er beinahe alles, was der ihm gesagt, zu wiederholen. »Ei«, rief der Obersteiger voll Erstaunen, »Elis Fröbom, wo habt Ihr denn die schönen Kenntnisse her? – Nun, da kann es Euch ja gar nicht fehlen, Ihr müßt in kurzer Zeit der tüchtigste Knappe in der Zeche sein!« –

Die schöne Ulla, unter den Gästen auf und ab wandelnd und sie bewirtend, nickte oft freundlich dem Elis zu und munterte ihn auf, recht froh zu sein. Nun sei er, sprach sie, ja nicht mehr fremd, sondern gehöre ins Haus und nicht mehr das trügerische Meer, nein! – Falun mit seinen reichen Bergen sei seine Heimat! – Ein ganzer Himmel voll Wonne und Seligkeit tat sich dem Jüngling auf bei Ullas Worten. Man merkte es wohl, daß Ulla gern bei ihm weilte, und auch Pehrson Dahlsjö betrachtete ihn in seinem stillen ernsten Wesen mit sichtlichem Wohlgefallen.

Das Herz wollte dem Elis doch mächtig schlagen, als er wieder bei dem rauchenden Höllenschlunde stand und, eingehüllt in die Bergmannstracht, die schweren mit Eisen beschlagenen Dalkarlschuhe an den Füßen, mit dem Steiger hinabfuhr in den tiefen Schacht. Bald wollten heiße Dämpfe, die sich auf seine Brust legten, ihn ersticken, bald flackerten die Grubenlichter von dem schneidend kalten Luftzuge, der die Abgründe durchströmte. Immer tiefer und tiefer ging es hinab, zuletzt auf kaum ein Fuß breiten eisernen Leitern, und Elis Fröbom merkte wohl, daß alle Geschicklichkeit, die er sich als Seemann im Klettern erworben, ihm hier nichts helfen könne.

Endlich standen sie in der tiefsten Teufe, und der Steiger gab dem Elis die Arbeit an, die er hier verrichten sollte.

Elis gedachte der holden Ulla, wie ein leuchtender Engel sah er ihre Gestalt über sich schweben und vergaß alle Schrecken des Abgrundes, alle Beschwerden der mühseligen Arbeit. Es stand nun einmal fest in seiner Seele, daß nur dann, wenn er sich bei Pehrson Dahlsjö mit aller Macht des Gemüts, mit aller Anstrengung, die nur der Körper dulden wolle, dem Bergbau ergebe, vielleicht dereinst die süßesten Hoffnungen erfüllt werden könnten, und so geschah es, daß er in unglaublich kurzer Zeit es dem geübtesten Bergmann in der Arbeit gleichtat.

Mit jedem Tage gewann der wackre Pehrson Dahlsjö den fleißigen frommen Jüngling mehr lieb und sagte es ihm öfters unverhohlen, daß er in ihm nicht sowohl einen tüchtigen Knappen, als einen geliebten Sohn gewonnen. Auch Ullas innige Zuneigung tat sich immer mehr und mehr kund. Oft, wenn Elis zur Arbeit ging und irgend Gefährliches im Werke war, bat, beschwor sie ihn, die hellen Tränen in den Augen, doch nur ja sich vor jedem Unglück zu hüten. Und wenn er dann zurückkam, sprang sie ihm freudig entgegen, und hatte immer das beste Aehl zur Hand oder sonst ein gut Gericht bereitet, ihn zu erquicken.

Das Herz bebte dem Elis vor Freude, als Pehrson Dahlsjö einmal zu ihm sprach, daß, da er ohnedies ein gut Stück Geld mitgebracht, es bei seinem Fleiß, bei seiner Sparsamkeit ihm gar nicht fehlen könne, künftig zum Besitztum eines Berghemmans oder wohl gar einer Bergfrälse zu gelangen, und daß dann wohl kein Bergbesitzer zu Falun ihn abweisen werde, wenn er um die Hand der Tochter werbe. Er hätte nun gleich sagen mögen, wie unaussprechlich er Ulla liebe, und wie er alle Hoffnung des Lebens auf ihren Besitz gestellt. Doch unüberwindliche Scheu, mehr aber wohl noch der bange Zweifel, ob Ulla, wie er manchmal ahne, ihn auch wirklich liebe, verschlossen ihm den Mund.

Es begab sich, daß Elis Fröbom einmal in der tiefsten Teufe arbeitete, in dicken Schwefeldampf gehüllt, so daß sein Grubenlicht nur schwach durchdämmerte und er die Gänge des Gesteins kaum zu unterscheiden vermochte. Da hörte er, wie aus noch tieferm Schacht ein Klopfen heraustönte, als werde mit dem Puchhammer gearbeitet. Da dergleichen Arbeit nun nicht wohl in der Teufe möglich, und Elis wohl wußte, daß außer ihm heute niemand herabgefahren, da der Steiger eben die Leute im Förderschacht anstellte, so wollte ihm das Pochen und Hämmern ganz unheimlich bedünken. Er ließ Handfäustel und Eisen ruhen und horchte zu den hohl anschlagenden Tönen, die immer näher und näher zu kommen schienen. Mit eins gewahrte er dicht neben sich einen schwarzen Schatten und erkannte, da eben ein schneidender Luftstrom den Schwefeldampf verblies, den alten Bergmann von Göthaborg, der ihm zur Seite stand. »Glück auf!« rief der Alte, »Glück auf, Elis Fröbom, hier unten im Gestein! – Nun, wie gefällt dir das Leben, Kamerad?« – Elis wollte fragen, auf welche wunderbare Art der Alte in den Schacht gekommen; *der* schlug aber mit seinem Hammer an das Gestein mit solcher Kraft, daß Feuerfunken umherstoben und es wie ferner Donner im Schacht widerhallte, und rief dann mit entsetzlicher Stimme: »Das ist hier ein herrlicher Trappgang, aber du schnöder schuftiger Geselle schauest nichts als einen Trumm, der kaum eines Strohhalms mächtig. – Hier unten bist du ein blinder Maulwurf, dem der Metallfürst ewig abhold bleiben wird, und oben vermagst du auch nichts zu unternehmen, und stellst vergebens dem Garkönig nach. – Hei! des Pehrson Dahlsjö Tochter Ulla willst du zum Weibe gewinnen, deshalb arbeitest du hier ohne Lieb' und Gedanken. – Nimm dich in acht, du falscher Gesell, daß der Metallfürst, den du verhöhnst, dich nicht faßt und hinabschleudert, daß deine Glieder zerbröckeln am scharfen Gestein. – Und nimmer wird Ulla dein Weib, das sag' ich dir!« – Dem Elis wallte der Zorn auf vor den schnöden Worten des Alten. »Was tust du«, rief er, »was tust du hier in dem Schacht meines Herrn Pehrson Dahlsjö, in dem ich arbeite mit aller Kraft und wie es meines Berufs ist? Hebe dich hinweg, wie du gekommen, oder wir wollen sehen, wer hier unten einer dem andern zuerst das Gehirn einschlägt.« – Damit stellte sich Elis Fröbom trotzig vor den Alten hin und schwang sein eisernes Handfäustel, mit dem er gearbeitet, hoch empor. Der Alte lachte höhnisch auf, und Elis sah mit Entsetzen, wie er behende gleich einer Eichkatz' die schmalen Sprossen der Leiter heraufhüpfte und in dem schwarzen Geklüft verschwand.

Elis fühlte sich wie gelähmt an allen Gliedern, die Arbeit wollte nicht mehr vonstatten gehen, er stieg herauf. Als der alte Obersteiger, der eben aus dem Förderschacht gestiegen, ihn gewahrte, rief er: »Um Christus willen, was ist dir widerfahren, Elis, du siehst blaß und verstört aus wie der Tod! – Gelt! – der Schwefeldampf, den du noch nicht gewohnt, hat es dir angetan? – Nun – trink, guter Junge, das wird dir wohltun.« – Elis nahm einen tüchtigen Schluck Branntwein aus der Flasche, die ihm der Obersteiger darbot, und erzählte dann erkräftigt alles, was sich unten im Schacht begeben, sowie, auf welche Weise er die Bekanntschaft des alten unheimlichen Bergmanns in Göthaborg gemacht.

Der Obersteiger hörte alles ruhig an, dann schüttelte er aber bedenklich den Kopf und sprach: »Elis Fröbom, das ist der alte Torbern gewesen, dem du begegnet, und ich merke nun wohl, daß das mehr als ein Märlein ist, was wir uns hier von ihm erzählen. Vor mehr als hundert Jahren gab es hier in Falun einen Bergmann, namens Torbern. Er soll einer der ersten gewesen sein, der den Bergbau zu Falun recht in Flor gebracht hat, und zu seiner Zeit war die Ausbeute bei weitem reicher als jetzt. Niemand verstand sich damals auf den Bergbau so als Torbern, der, in tiefer Wissenschaft erfahren, dem ganzen Bergwesen in Falun vorstand. Als sei er mit besonderer höherer Kraft ausgerüstet, erschlossen sich ihm die reichsten Gänge, und kam noch hinzu, daß er ein finstrer tiefsinniger Mann war, der, ohne Weib und Kind, ja, ohne eigentliches Obdach in Falun zu haben, beinahe niemals ans Tageslicht kam, sondern unaufhörlich in den Teufen wühlte, so konnte es nicht fehlen, daß bald von ihm die Sage ging, er stehe mit der geheimen Macht, die im Schoß der Erde waltet und die Metalle kocht, im Bunde. Auf Torberns strenge Ermahnungen nicht achtend, der unaufhörlich Unglück prophezeite, sobald nicht wahre Liebe zum wunderbaren Gestein und Metall den Bergmann zur Arbeit antreibe, weitete man in gewinnsüchtiger Gier die Gruben immer mehr und mehr aus, bis endlich am Johannistage des Jahres eintausendsechshundert und siebenundachtzig sich der fürchterliche Bergsturz ereignete, der unsere ungeheuere Pinge schuf und dabei den ganzen Bau dergestalt verwüstete, daß erst nach vielem Mühen und mit vieler Kunst mancher Schacht wieder hergestellt werden konnte. Von Torbern war nichts mehr zu hören und zu sehn, und gewiß schien es, daß er, in der Teufe arbeitend, durch den Einsturz verschüttet. – Bald darauf, und zwar, als die Arbeit immer besser und besser vonstatten ging, behaupteten die Hauer, sie hätten im Schacht den alten Torbern gesehen, der ihnen allerlei guten Rat erteilt und die schönsten Gänge gezeigt. Andere hatten den Alten oben an der Pinge umherstreichend erblickt, bald wehmütig klagend, bald zornig tobend. Andere Jünglinge kamen so wie du hieher und behaupteten, ein alter Bergmann habe sie ermahnt zum Bergbau und hiehergewiesen. Das geschah allemal, wenn es an Arbeitern mangeln wollte, und wohl mochte der alte Torbern auch auf diese Weise für den Bergbau sorgen. – Ist es nun wirklich der alte Torbern gewesen, mit dem du Streit gehabt im Schacht, und hat er von einem herrlichen Trappgange gesprochen, so ist es gewiß, daß dort eine reiche Eisenader befindlich, der wir morgen nachspüren wollen. – Du hast nämlich nicht vergessen, daß wir hier die eisengehaltige Ader im Gestein Trappgang nennen, und daß Trumm eine Ader von dem Gange ist, die sich in verschiedene Teile zerschlägt und wohl gänzlich auseinander geht.« –

Als Elis Fröbom, von mancherlei Gedanken hin- und hergeworfen, eintrat in Pehrson Dahlsjös Haus, kam ihm nicht wie sonst Ulla freundlich entgegen. Mit niedergeschlagenem Blick und, wie Elis zu bemerken glaubte, mit verweinten Augen saß Ulla da und neben ihr ein stattlicher junger Mann, der ihre Hand festhielt in der seinigen und sich mühte allerlei Freundliches, Scherzhaftes vorzubringen, worauf Ulla aber nicht sonderlich achtete. – Pehrson Dahlsjö zog den Elis, der, von trüber Ahnung ergriffen, den starren Blick auf das Paar heftete, fort ins andere Gemach und begann: »Nun, Elis Fröbom, wirst du bald deine Liebe zu mir, deine Treue beweisen können, denn, habe ich dich schon immer wie meinen Sohn gehalten, so wirst du es nun wirklich werden ganz und gar. Der Mann, den du bei mir siehst, ist der reiche Handelsherr, Eric Olawsen geheißen, aus Göthaborg. Ich geb' ihm auf sein Werben meine Tochter zum Weibe; er zieht mit ihr nach Göthaborg, und du bleibst dann allein bei mir, Elis, meine einzige

Stütze im Alter. – Nun, Elis, du bleibst stumm? – du erbleichst, ich hoffe nicht, daß dir mein Entschluß mißfällt, daß du jetzt, da meine Tochter mich verlassen muß, auch von mir willst! – doch ich höre Herrn Olawsen meinen Namen nennen – ich muß hinein!« – Damit ging Pehrson wieder in das Gemach zurück.

Elis fühlte sein Inneres von tausend glühenden Messern zerfleischt. – Er hatte keine Worte, keine Tränen. – In wilder Verzweiflung rannte er aus dem Hause fort – fort – bis zur großen Pinge. Bot das ungeheuere Geklüft schon im Tageslicht einen entsetzlichen Anblick dar, so war vollends jetzt, da die Nacht eingebrochen und die Mondesscheibe erst aufdämmerte, das wüste Gestein anzusehen, als wühle und wälze unten eine zahllose Schar gräßlicher Untiere, die scheußliche Ausgeburt der Hölle, sich durcheinander am rauchenden Boden und blitze herauf mit Flammenaugen und strecke die riesigen Krallen aus nach dem armen Menschenvolk. –

»Torbern – Torbern!« schrie Elis mit furchtbarer Stimme, daß die öden Schlüfte widerhallten – »Torbern, hier bin ich! – Du hattest recht, ich war ein schuftiger Gesell, daß ich alberner Lebenshoffnung auf der Oberfläche der Erde mich hingab! – Unten liegt mein Schatz, mein Leben, mein alles! – Torbern! – steig herab mit mir, zeig' mir die reichsten Trappgänge, da will ich wühlen und bohren und arbeiten und das Licht des Tages fürder nicht mehr schauen! – Torbern! – Torbern – steig herab mit mir!« –

Elis nahm Stahl und Stein aus der Tasche, zündete sein Grubenlicht an und stieg hinab in den Schacht, den er gestern befahren, ohne daß sich der Alte sehen ließ. Wie ward ihm, als er in der tiefsten Teufe deutlich und klar den Trappgang erblickte, so daß er seiner Salbänder Streichen und Fallen zu erkennen vermochte.

Doch als er fester und fester den Blick auf die wunderbare Ader im Gestein richtete, war es, als ginge ein blendendes Licht durch den ganzen Schacht, und seine Wände wurden durchsichtig wie der reinste Kristall. Jener verhängnisvolle Traum, den er in Göthaborg geträumt, kam zurück. Er blickte in die paradiesischen Gefilde der herrlichsten Metallbäume und Pflanzen, an denen wie Früchte, Blüten und Blumen feuerstrahlende Steine hingen. Er sah die Jungfrauen, er schaute das hohe Antlitz der mächtigen Königin. Sie erfaßte ihn, zog ihn hinab, drückte ihn an ihre Brust, da durchzuckte ein glühender Strahl sein Inneres, und sein Bewußtsein war nur das Gefühl, als schwämme er in den Wogen eines blauen, durchsichtig funkelnden Nebels. –

»Elis Fröbom, Elis Fröbom!« – rief eine starke Stimme von oben herab, und der Widerschein von Fackeln fiel in den Schacht. Pehrson Dahlsjö selbst war es, der mit dem Steiger hinabkam, um den Jüngling, den sie wie im hellen Wahnsinn nach der Pinge rennen gesehen, zu suchen. –

Sie fanden ihn wie erstarrt stehend, das Gesicht gedrückt in das kalte Gestein.

»Was«, rief Pehrson ihn an, »was machst du hier unten zur Nachtzeit, unbesonnener junger Mensch! – Nimm deine Kraft zusammen und steige mit uns herauf, wer weiß, was du oben Gutes erfahren wirst!«

In tiefem Schweigen stieg Elis herauf, in tiefem Schweigen folgte er dem Pehrson Dahlsjö, der nicht aufhörte, ihn tapfer auszuschelten, daß er sich in solche Gefahr begeben.

Der Morgen war hell aufgegangen, als sie ins Haus traten. Ulla stürzte mit einem lauten Schrei dem Elis an die Brust und nannte ihn mit den süßesten Namen. Aber Pehrson Dahlsjö sprach zu Elis: »Du Tor! mußte ich es denn nicht längst wissen, daß du Ulla liebtest und wohl nur ihretwegen mit so vielem Fleiß und Eifer in der Grube arbeitetest? Mußte ich nicht längst gewahren, daß auch Ulla dich liebte recht aus dem tiefsten Herzensgrunde? Konnte ich mir einen bessern Eidam wünschen, als einen tüchtigen, fleißigen frommen Bergmann, als eben dich, mein braver Elis? – Aber daß ihr schwiegt, das ärgerte, das kränkte mich.« – »Haben wir«, unterbrach Ulla den Vater, »haben wir denn selbst gewußt, daß wir uns so unaussprechlich liebten?« – »Mag«, fuhr Pehrson Dahlsjö fort, »mag dem sein, wie ihm wolle, genug, ich ärgerte mich, daß Elis nicht offen und ehrlich von seiner Liebe zu mir sprach und deshalb und weil ich dein Herz auch prüfen wollte, förderte ich gestern das Märchen mit Herrn Eric Olawsen zutage, worüber du bald zugrunde gegangen wärst. Du toller Mensch! – Herr Eric Olawsen ist ja längst verheiratet und dir, braver Elis Fröbom, gebe ich meine Tochter zum Weibe, denn ich wiederhole es, keinen bessern Schwiegersohn konnt' ich mir wünschen.«

Dem Elis rannten die Tränen herab vor lauter Wonne und Freude. Alles Lebensglück war so unerwartet auf ihn herabgekommen, und es mußte ihm beinahe bedünken, er stehe abermals im süßen Traum! –

Auf Pehrson Dahlsjös Gebot sammelten sich die Bergleute mittags zum frohen Mahl.

Ulla hatte sich in ihren schönsten Schmuck gekleidet und sah anmutiger aus als jemals, so daß alle ein Mal über das andere riefen: »Ei, welche hochherrliche Braut hat unser wackrer Elis Fröbom erworben! – Nun! – der Himmel segne beide in ihrer Frömmigkeit und Tugend!«

Auf Elis Fröboms bleichem Gesicht lag noch das Entsetzen der Nacht, und oft starrte er vor sich hin, wie entrückt allem, was ihn umgab.

»Was ist dir, mein Elis?« fragte Ulla. Elis drückte sie an seine Brust und sprach: »Ja, ja! – Du bist wirklich mein, und nun ist ja alles gut!« –

Mitten in aller Wonne war es dem Elis manchmal, als griffe auf einmal eine eiskalte Hand in sein Inneres hinein, und eine dunkle Stimme spräche: »Ist es denn nun noch dein Höchstes, daß du Ulla erworben? Du armer Tor! – Hast du nicht das Antlitz der Königin geschaut?« –

Er fühlte sich beinahe übermannt von einer unbeschreiblichen Angst, der Gedanke peinigte ihn, es werde nun plötzlich einer von den Bergleuten riesengroß sich vor ihm erheben, und er werde zu seinem Entsetzen den Torbern erkennen, der gekommen, ihn fürchterlich zu mahnen an das unterirdische Reich der Steine und Metalle, dem er sich ergeben!

Und doch wußte er wieder gar nicht, warum ihm der gespenstische Alte feindlich sein, was überhaupt sein Bergmannshantieren mit seiner Liebe zu schaffen haben solle.

Pehrson merkte wohl Elis Fröboms verstörtes Wesen und schrieb es dem überstandenen Weh, der nächtlichen Fahrt in den Schacht zu. Nicht so Ulla, die, von geheimer Ahnung ergriffen, in den Geliebten drang, ihr doch nur zu sagen, was ihm denn Entsetzliches begegnet, das ihn ganz von ihr hinwegreiße. Dem Elis wollte die Brust zerspringen. – Vergebens rang er darnach, der Geliebten von dem wunderbaren Gesicht, das sich ihm in der Teufe aufgetan, zu erzählen. Es war, als verschlösse ihm eine unbekannte Macht mit Gewalt den Mund, als schaue aus seinem Innern heraus das furchtbare Antlitz der Königin, und nenne er ihren Namen, so würde, wie bei dem Anblick des entsetzlichen Medusenhaupts, sich alles um ihn her versteinen zum düstern schwarzen Geklüft! – Alle Herrlichkeit, die ihn unten in der Teufe mit der höchsten Wonne erfüllt, erschien ihm jetzt wie eine Hölle voll trostloser

Qual, trügerisch ausgeschmückt zur verderblichsten Verlockung!

Pehrson Dahlsjö gebot, daß Elis Fröbom einige Tage hindurch daheim bleiben solle, um sich ganz von der Krankheit zu erholen, in die er gefallen schien. In dieser Zeit verscheuchte Ullas Liebe, die nun hell und klar aus ihrem kindlichen frommen Herzen ausströmte, das Andenken an die verhängnisvollen Abenteuer im Schacht. Elis lebte ganz auf in Wonne und Freude und glaubte an sein Glück, das wohl keine böse Macht mehr verstören könne.

Als er wieder hinabfuhr in den Schacht, kam ihm in der Teufe alles ganz anders vor wie sonst. Die herrlichsten Gänge lagen offen ihm vor Augen, er arbeitete mit verdoppeltem Eifer, er vergaß alles, er mußte sich, auf die Oberfläche hinaufgestiegen, auf Pehrson Dahlsjö, ja auf seine Ulla besinnen, er fühlte sich wie in zwei Hälften geteilt, es war ihm, als stiege sein besseres, sein eigentliches Ich hinab in den Mittelpunkt der Erdkugel und ruhe aus in den Armen der Königin, während er in Falun sein düsteres Lager suche. Sprach Ulla mit ihm von ihrer Liebe und wie sie so glücklich miteinander leben würden, so begann er von der Pracht der Teufen zu reden, von den unermeßlich reichen Schätzen, die dort verborgen lägen, und verwirrte sich dabei in solch wunderliche unverständliche Reden, daß Angst und Beklommenheit das arme Kind ergriff und sie gar nicht wußte, wie Elis sich auf einmal so in seinem ganzen Wesen geändert. – Dem Steiger, Pehrson Dahlsjö selbst verkündete Elis unaufhörlich in voller Lust, wie er die reichhaltigsten Adern, die herrlichsten Trappgänge entdeckt, und wenn sie dann nichts fanden als taubes Gestein, so lachte er höhnisch und meinte, freilich verstehe er nur allein die geheimen Zeichen, die bedeutungsvolle Schrift, die die Hand der Königin selbst hineingrabe in das Steingeklüft, und genug sei es auch eigentlich, die Zeichen zu verstehen, ohne das, was sie verkündeten, zutage zu fördern.

Wehmütig blickte der alte Steiger den Jüngling an, der mit wild funkelndem Blick von dem glanzvollen Paradiese sprach, das im tiefen Schoß der Erde aufleuchtete.

»Ach Herr«, lispelte der Alte Pehrson Dahlsjö leise ins Ohr, »ach Herr, dem armen Jungen hat's der böse Torbern angetan!« –

»Glaubt«, erwiderte Pehrson Dahlsjö, »glaubt nicht an solche Bergmannsmärlein, Alter! – Dem tiefsinnigen Neriker hat die Liebe den Kopf verrückt, das ist alles. Laßt nur erst die Hochzeit vorüber sein, dann wird's sich schon geben mit den Trappgängen und Schätzen und dem ganzen unterirdischen Paradiese!« –

Der von Pehrson Dahlsjö bestimmte Hochzeitstag kam endlich heran. Schon einige Tage vorher war Elis Fröbom stiller, ernster, in sich gekehrter gewesen als jemals, aber auch nie hatte er sich so ganz in Liebe der holden Ulla hingegeben als in dieser Zeit. Er mochte sich keinen Augenblick von ihr trennen, deshalb ging er nicht zur Grube; er schien an sein unruhiges Bergmannstreiben gar nicht zu denken, denn kein Wort von dem unterirdischen Reich kam über seine Lippen. Ulla war ganz voll Wonne; alle Angst, wie vielleicht die bedrohlichen Mächte des unterirdischen Geklüfts, von denen sie oft alte Bergleute reden gehört, ihren Elis ins Verderben locken würden, war verschwunden. Auch Pehrson Dahlsjö sprach lächelnd zum alten Steiger: »Seht Ihr wohl, daß Elis Fröbom nur schwindlicht geworden im Kopfe vor Liebe zu meiner Ulla!« –

Am frühen Morgen des Hochzeitstages – es war der Johannistag – klopfte Elis an die Kammer seiner Braut. Sie öffnete und fuhr erschrocken zurück, als sie den Elis erblickte schon in den Hochzeitskleidern, todbleich, dunkel sprühendes Feuer in den Augen. »Ich will«, sprach er mit leiser schwankender Stimme, »ich will dir nur sagen, meine herzgeliebte Ulla, daß wir dicht an der Spitze des höchsten Glücks stehen, wie es nur dem Menschen hier auf Erden beschieden. Mir ist in dieser Nacht alles entdeckt worden. Unten in der Teufe liegt in Chlorit und Glimmer eingeschlossen der kirschrot funkelnde Almandin, auf den unsere Lebenstafel eingegraben, den mußt du von mir empfangen als Hochzeitsgabe. Er ist schöner als der herrlichste blutrote Karfunkel, und wenn wir, in treuer Liebe verbunden, hineinblicken in sein strahlendes Licht, können wir es deutlich erschauen, wie unser Inneres verwachsen ist mit dem wunderbaren Gezweige, das aus dem Herzen der Königin im Mittelpunkt der Erde emporkeimt. Es ist nur nötig, daß ich diesen Stein hinauffördere zutage, und das will ich nunmehro tun. Gehab dich so lange wohl, meine herzgeliebte Ulla! – bald bin ich wieder hier.«

Ulla beschwor den Geliebten mit heißen Tränen, doch abzustehen von diesem träumerischen Unternehmen, da ihr großes Unglück ahne; doch Elis Fröbom versicherte, daß er ohne jenes Gestein niemals eine ruhige Stunde haben würde, und daß an irgendeine bedrohliche Gefahr gar nicht zu denken sei. Er drückte die Braut innig an seine Brust und schied von dannen.

Schon waren die Gäste versammelt, um das Brautpaar nach der Kopparbergskirche, wo nach gehaltenem Gottesdienst die Trauung vor sich gehen sollte, zu geleiten. Eine ganze Schar zierlich geschmückter Jungfrauen, die nach der Sitte des Landes als Brautmädchen der Braut voranziehen sollten, lachten und scherzten um Ulla her. Die Musikanten stimmten ihre Instrumente und versuchten einen fröhlichen Hochzeitsmarsch. – Schon war es beinahe Mittag, noch immer ließ sich Elis Fröbom nicht sehen. Da stürzten plötzlich Bergleute herbei, Angst und Entsetzen in den bleichen Gesichtern, und meldeten, wie eben ein fürchterlicher Bergfall die ganze Grube, in der Dahlsjös Kuxe befindlich, verschüttet.

»Elis – mein Elis, du bist hin – hin!« – So schrie Ulla laut auf und fiel wie tot nieder. – Nun erfuhr erst Pehrson Dahlsjö von dem Steiger, daß Elis am frühen Morgen nach der großen Pinge gegangen und hinabgefahren, sonst hatte, da Knappen und Steiger zur Hochzeit geladen, niemand in dem Schacht gearbeitet. Pehrson Dahlsjö, alle Bergleute eilten hinaus, aber alle Nachforschungen, so wie sie nur selbst mit der höchsten Gefahr des Lebens möglich, blieben vergebens. Elis Fröbom wurde nicht gefunden. Gewiß war es, daß der Erdsturz den Unglücklichen im Gestein begraben; und so kam Elend und Jammer über das Haus des wackern Pehrson Dahlsjö in dem Augenblick, als er Ruhe und Frieden für seine alten Tage sich zu bereiten gedacht.

Längst war der wackre Masmeister Altermann Pehrson Dahlsjö gestorben, längst seine Tochter Ulla verschwunden, niemand in Falun wußte von beiden mehr etwas, da seit Fröboms unglückseligem Hochzeitstage wohl an die funfzig Jahre verflossen. Da geschah es, daß die Bergleute, als sie zwischen zwei Schachten einen Durchschlag versuchten, in einer Teufe von dreihundert Ellen im Vitriolwasser den Leichnam eines jungen Bergmanns fanden, der versteinert schien, als sie ihn zutage förderten.

Es war anzusehen, als läge der Jüngling in tiefem Schlaf, so frisch, so wohl erhalten waren die Züge seines Antlitzes, so ohne alle Spur der Verwesung seine zierliche Bergmannskleider, ja selbst die Blumen an der Brust. Alles Volk aus der Nähe sammelte sich um den Jüngling, den man heraufgetragen aus der Pinge, aber niemand kannte die Gesichtszüge des Leichnams, und keiner der Bergleute vermochte sich auch zu entsinnen, daß irgendeiner der

Kameraden verschüttet. Man stand im Begriff, den Leichnam weiter fortzubringen nach Falun, als aus der Ferne ein steinaltes eisgraues Mütterchen auf Krücken hinankeuchte. »Dort kommt das Johannismütterchen!« riefen einige von den Bergleuten. Diesen Namen hatten sie der Alten gegeben, die sie schon seit vielen Jahren bemerkt, wie sie jedesmal am Johannistage erschien, in die Tiefe schauend, die Hände ringend, in den wehmütigsten Tönen ächzend und klagend, an der Pinge umherschlich und dann wieder verschwand.

Kaum hatte die Alte den erstarrten Jüngling erblickt, als sie beide Krücken fallen ließ, die Arme hoch empor streckte zum Himmel und mit dem herzzerschneidendsten Ton der tiefsten Klage rief: »O Elis Fröbom – o mein Elis – mein süßer Bräutigam!« Und damit kauerte sie neben dem Leichnam nieder und faßte die erstarrten Hände und drückte sie an ihre im Alter erkaltete Brust, in der noch, wie heiliges Naphthafeuer unter der Eisdecke, ein Herz voll heißer Liebe schlug. »Ach«, sprach sie dann, sich im Kreise umschauend, »ach, niemand, niemand von euch kennt mehr die arme Ulla Dahlsjö, dieses Jünglings glückliche Braut vor funfzig Jahren! – Als ich mit Gram und Jammer fortzog nach Ornäs, da tröstete mich der alte Torbern und sprach, ich würde meinen Elis, den das Gestein begrub am Hochzeitstage, noch wiedersehen hier auf Erden, und da bin ich jahraus jahrein hergekommen und habe, ganz Sehnsucht und treue Liebe, hinabgeschaut in die Tiefe. – Und heute ist mir ja wirklich solch seliges Wiedersehen vergönnt! – O mein Elis – mein geliebter Bräutigam!«

Aufs neue schlug sie die dürren Arme um den Jüngling, als wolle sie ihn nimmer lassen, und alle standen tiefbewegt ringsumher.

Leiser und leiser wurden die Seufzer, wurde das Schluchzen der Alten, bis es dumpf vertönte.

Die Bergleute traten hinan, sie wollten die arme Ulla aufrichten, aber sie hatte ihr Leben ausgehaucht auf dem Leichnam des erstarrten Bräutigams. Man bemerkte, daß der Körper des Unglücklichen, der fälschlicherweise für versteinert gehalten, in Staub zu zerfallen begann.

In der Kopparbergskirche, dort, wo vor funfzig Jahren das Paar getraut werden sollte, wurde die Asche des Jünglings beigesetzt und mit ihr die Leiche der bis in den bittern Tod getreuen Braut. –

Die Automate

Der redende Türke machte allgemeines Aufsehen, ja er brachte die ganze Stadt in Bewegung, denn jung und alt, vornehm und gering strömte vom Morgen bis in die Nacht hinzu, um die Orakelsprüche zu vernehmen, die von den starren Lippen der wunderlichen lebendigtoten Figur den Neugierigen zugeflüstert wurden. Wirklich war auch die ganze Einrichtung des Automats von der Art, daß jeder das Kunstwerk von allen ähnlichen Tändeleien, wie sie wohl öfters auf Messen und Jahrmärkten gezeigt werden, gar sehr unterscheiden und sich davon angezogen fühlen mußte. In der Mitte eines nicht eben großen, nur mit dem notwendigsten Gerät versehenen Zimmers saß die lebensgroße, wohlgestaltete Figur in reicher geschmackvoller türkischer Kleidung auf einem niedrigen, wie ein Dreifuß geformten Sessel, den der Künstler auf Verlangen wegrückte, um jede Vermutung der Verbindung mit dem Fußboden zu widerlegen, die linke Hand zwanglos auf das Knie, die rechte dagegen auf einen kleinen freistehenden Tisch gelegt. Die ganze Figur war, wie gesagt, in richtigen Verhältnissen wohlgestaltet, allein vorzüglich war der Kopf gelungen; eine wahrhaft orientalisch geistreiche Physiognomie gab dem Ganzen ein Leben, wie man es selten bei Wachsbildern, wenn sie selbst den charaktervollen Gesichtern geistreicher Menschen nachgeformt sind, findet. Ein leichtes Geländer umschloß das Kunstwerk und wehrte den Anwesenden das nahe Hinzutreten, denn nur *der,* welcher sich von der Struktur des Ganzen, soweit es der Künstler sehen lassen konnte, ohne sein Geheimnis zu verraten, überzeugen wollte, oder der eben Fragende durfte in das Innere und dicht an die Figur treten. Hatte man, wie es gewöhnlich war, dem Türken die Frage ins rechte Ohr geflüstert, so drehte er erst die Augen, dann aber den ganzen Kopf nach dem Fragenden hin, und man glaubte an dem Hauch zu fühlen, der aus dem Munde strömte, daß die leise Antwort wirklich aus dem Innern der Figur kam. Jedesmal wenn einige Antworten gegeben worden, setzte der Künstler einen Schlüssel in die linke Seite der Figur ein und zog mit vielem Geräusch ein Uhrwerk auf. Hier öffnete er auch auf Verlangen eine Klappe, und man erblickte im Innern der Figur ein künstliches Getriebe von vielen Rädern, die nun wohl auf das Sprechen des Automaten durchaus keinen Einfluß hatten, indessen doch augenscheinlich so viel Platz einnahmen, daß sich in dem übrigen Teil der Figur unmöglich ein Mensch, war er auch kleiner, als der berühmte Zwerg Augusts, der aus der Pastete kroch, verbergen konnte. Nächst der Bewegung des Kopfs, die jedesmal vor der Antwort geschah, pflegte der Türke auch zuweilen den rechten Arm zu erheben und entweder mit dem Finger zu drohen oder mit der ganzen Hand gleichsam die Frage abzuweisen. Geschah dieses, so konnte nur das wiederholte Andringen des Fragers eine mehrenteils zweideutige oder verdrießliche Antwort bewirken, und eben auf diese Bewegungen des Kopfs und Armes mochte sich wohl jenes Räderwerk beziehen, unerachtet auch hier die Rückwirkung eines denkenden Wesens unerläßlich schien. Man erschöpfte sich in Vermutungen über das Medium der wunderbaren Mitteilung, man untersuchte Wände, Nebenzimmer, Gerät, alles vergebens. Die Figur, der Künstler waren von den Argusaugen der geschicktesten Mechaniker umgeben, aber je mehr er sich auf diese Art bewacht merkte, desto unbefangener war sein Betragen. Er sprach und scherzte in den entlegensten Ecken des Zimmers mit den Zuschauern und ließ seine Figur wie ein ganz für sich bestehendes Wesen, das irgendeiner Verbindung mit ihm nicht bedürfe, ihre Bewegungen machen und Antworten erteilen; ja, er konnte sich eines gewissen ironischen Lächelns nicht enthalten, wenn der Dreifuß und der Tisch auf allen Seiten herumgedreht und durchgeklopft, ja in die herabgenommene und weiter ans Licht gebrachte Figur mit Brillen und Vergrößerungsgläsern hineingeschaut wurde, und dann die Mechaniker versicherten, der Teufel möge aus dem wunderlichen Räderbau klug werden. Alles blieb vergebens, und die Hypothese, daß der Hauch, der aus dem Munde der Figur ströme, leicht durch verborgene Ventile hervorgebracht werden könne, und der Künstler selbst als ein trefflicher Bauchredner die Antworten erteile, wurde gleich dadurch vernichtet, daß der Künstler in demselben Augenblick, als der Türke eben eine Antwort erteilte, mit einem der Zuschauer laut und vernehmlich sprach. Unerachtet der geschmackvollen Einrichtung und des höchst Rätselhaften, Wunderbaren, was in dem ganzen Kunstwerke lag, hätte das Interesse des Publikums daran doch wohl bald nachgelassen, wäre es dem Künstler nicht möglich gewesen, auf eine andere Weise die Zuschauer immer aufs neue an sich zu ziehen. Dieses lag nun in den Antworten selbst, welche der Türke erteilte, und die jedesmal mit tiefem Blick in die Individualität des

Fragenden bald trocken, bald ziemlich grob spaßhaft und dann wieder voll Geist und Scharfsinn und wunderbarerweise bis zum Schmerzhaften treffend waren. Oft überraschte ein mystischer Blick in die Zukunft, der aber nur von dem Standpunkt möglich war, wie ihn sich der Fragende selbst tief im Gemüt gestellt hatte. Hierzu kam, daß der Türke oft, deutsch gefragt, doch in einer fremden Sprache antwortete, die aber eben dem Fragenden ganz geläufig war, und man fand alsdann, daß es kaum möglich war, die Antwort so rund, so in wenigen Worten viel umfassend anders zu geben, als eben in der gewählten Sprache. Kurz, jeden Tag wußte man von neuen geistreichen, treffenden Antworten des weisen Türken zu erzählen, und ob die geheimnisvolle Verbindung des lebenden menschlichen Wesens mit der Figur oder nicht vielmehr eben dies Eingehen in die Individualität der Fragenden und überhaupt der seltene Geist der Antworten wunderbarer sei, das wurde in der Abendgesellschaft eifrigst besprochen, in welcher sich gerade die beiden akademischen Freunde *Ludwig* und *Ferdinand* befanden. Beide mußten zu ihrer Schande eingestehen, den Türken noch nicht besucht zu haben, ungeachtet es gewissermaßen zum guten Ton gehörte, hinzugehen und die mirakulösen Antworten, die man auf verfängliche Fragen erhalten, überall aufzutischen. »Mir sind«, sagte Ludwig, »alle solche Figuren, die dem Menschen nicht sowohl nachgebildet sind, als das Menschliche nachäffen, diese wahren Standbilder eines lebendigen Todes oder eines toten Lebens, im höchsten Grade zuwider. Schon in früher Jugend lief ich weinend davon, als man mich in ein Wachsfigurenkabinett führte, und noch kann ich kein solches Kabinett betreten, ohne von einem unheimlichen grauenhaften Gefühl ergriffen zu werden. Mit Macbeths Worten möchte ich rufen: ›Was starrst du mich an mit Augen ohne Sehkraft?‹ wenn ich die stieren, toten, gläsernen Blicke all der Potentaten, berühmten Helden und Mörder und Spitzbuben auf mich gerichtet sehe, und ich bin überzeugt, daß die mehrsten Menschen dies unheimliche Gefühl, wenn auch nicht in dem hohen Grade, wie es in mir waltet, mit mir teilen, denn man wird finden, daß im Wachsfigurenkabinett auch die größte Menge Menschen nur ganz leise flüstert, man hört selten ein lautes Wort; aus Ehrfurcht gegen die hohen Häupter geschieht dies nicht, sondern es ist nur der Druck des Unheimlichen, Grauenhaften, der den Zuschauern jenes Pianissimo abnötigt. Vollends sind mir die durch die Mechanik nachgeahmten menschlichen Bewegungen toter Figuren sehr fatal, und ich bin überzeugt, daß euer wunderbarer geistreicher Türke mit seinem Augenverdrehen, Kopfwenden und Armerheben mich wie ein negromantisches Ungetüm vorzüglich in schlaflosen Nächten verfolgen würde. Ich mag deshalb nicht hingehen und will mir lieber alles Witzige und Scharfsinnige, was er diesem oder jenem gesagt, erzählen lassen.«

»Du weißt«, nahm Ferdinand das Wort, »daß alles, was du von dem tollen Nachäffen des Menschlichen, von den lebendigtoten Wachsfiguren gesagt hast, mir recht aus der Seele gesprochen ist. Allein bei den mechanischen Automaten kommt es wirklich sehr auf die Art und Weise an, wie der Künstler das Werk ergriffen hat. Einer der vollkommensten Automate, die ich je sah, ist der Enslersche Voltigeur, allein so wie seine kraftvollen Bewegungen wahrhaft imponierten, ebenso hatte sein plötzliches Sitzenbleiben auf dem Seil, sein freundliches Nicken mit dem Kopfe etwas höchst Skurriles. Gewiß hat niemanden jenes grauenhafte Gefühl ergriffen, das solche Figuren, vorzüglich bei sehr reizbaren Personen, nur zu leicht hervorbringen. Was nun unsern Türken betrifft, so hat es meines Bedünkens mit ihm eine andere Bewandtnis. Seine, nach der Beschreibung aller, die ihn sahen, höchst ansehnliche, ehrwürdige Figur ist etwas ganz Untergeordnetes, und sein Augenverdrehen und Kopfwenden gewiß nur da, um unsere Aufmerksamkeit ganz auf *ihn,* wo gerade der Schlüssel des Geheimnisses *nicht* zu finden ist, hinzulenken. Daß der Hauch aus dem Munde des Türken strömt, ist möglich oder vielleicht gewiß, da die Erfahrung es beweist; hieraus folgt aber noch nicht, daß jener Hauch wirklich von den gesprochenen Worten erregt wird. Es ist gar kein Zweifel, daß ein menschliches Wesen vermöge uns verborgener und unbekannter akustischer und optischer Vorrichtungen mit dem Fragenden in solcher Verbindung steht, daß es ihn sieht, ihn hört und ihm wieder Antworten zuflüstern kann. Daß noch niemand, selbst unter unsern geschickten Mechanikern, auch nur im mindesten auf die Spur gekommen, wie jene Verbindung wohl hergestellt sein kann, zeigt, daß des Künstlers Mittel sehr sinnreich erfunden sein müssen, und so verdient von dieser Seite sein Kunstwerk allerdings die größte Aufmerksamkeit. Was mir aber viel wunderbarer scheint und mich in der Tat recht anzieht, das ist die geistige Macht des unbekannten menschlichen Wesens, vermöge dessen es in die Tiefe des Gemüts des Fragenden zu dringen scheint – es herrscht oft eine Kraft des Scharfsinns und zugleich ein grausenhaftes Helldunkel in den Antworten, wodurch sie zu Orakelsprüchen im strengsten Sinn des Wortes werden. Ich habe von mehrern Freunden in dieser Hinsicht Dinge gehört, die mich in das größte Erstaunen setzten, und ich kann nicht länger dem Drange widerstehen, den wundervollen Sehergeist des Unbekannten selbst auf die Probe zu stellen, weshalb ich mich entschlossen, morgen vormittags hinzugehen, und dich hiermit, lieber Ludwig, feierlichst eingeladen haben will, alle Scheu vor lebendigen Puppen abzulegen und mich zu begleiten.«

So sehr sich Ludwig sträubte, mußte er doch, um nicht für einen Sonderling gehalten zu werden, nachgeben, als mehrere auf ihn einstürmten, ja sich nicht von der belustigenden Partie auszuschließen und im Verein mit ihnen morgen dem mirakulösen Türken recht auf den Zahn zu fühlen. Ludwig und Ferdinand gingen wirklich mit mehreren muntern Jünglingen, die sich deshalb verabredet, hin. Der Türke, dem man orientalische Grandezza gar nicht absprechen konnte und dessen Kopf, wie gesagt, so äußerst wohl gelungen war, kam Ludwigen doch im Augenblick des Eintretens höchst possierlich vor, und als nun vollends der Künstler den Schlüssel in die Seite einsetzte und die Räder zu schnurren anfingen, wurde ihm das ganze Ding so abgeschmackt und verbraucht, daß er unwillkürlich ausrief: »Ach, meine Herren, hören Sie doch, wir haben höchstens Braten im Magen, aber die türkische Exzellenz da einen ganzen Bratenwender dazu!« Alle lachten, und der Künstler, dem der Scherz nicht zu gefallen schien, ließ sogleich vom weitern Aufziehen des Räderwerks ab. Sei es nun, daß die joviale Stimmung der Gesellschaft dem weisen Türken mißfiel, oder daß er den Morgen gerade nicht bei Laune war, genug, alle Antworten, die zum Teil durch recht witzige, geistreiche Fragen veranlaßt wurden, blieben nichtsbedeutend und schal, Ludwig hatte vorzüglich das Unglück, beinahe niemals von dem Orakel richtig verstanden zu werden und ganz schiefe Antworten zu erhalten; schon wollte man unbefriedigt das Automat und den sichtlich verstimmten Künstler verlassen, als Ferdinand sprach: »Nicht wahr, meine Herren, Sie sind alle mit dem weisen Türken nicht sonderlich zufrieden, aber vielleicht lag es an uns selbst, an unsern Fragen, die dem Manne nicht gefielen – eben daß er jetzt den Kopf dreht und die Hand aufhebt« (die Figur tat dies wirklich) »scheint meine Vermutung als wahr zu bestätigen! –

ich weiß nicht, wie mir jetzt es in den Sinn kommt, noch eine Frage zu tun, deren Beantwortung, ist sie treffend, die Ehre des Automats mit einem Male retten kann.« Ferdinand trat zu der Figur hin und flüsterte ihr einige Worte leise ins Ohr; der Türke erhob den Arm, er wollte nicht antworten, Ferdinand ließ nicht ab, da wandte der Türke den Kopf zu ihm hin. –

Ludwig bemerkte, daß Ferdinand plötzlich erblaßte, nach einigen Sekunden aber aufs neue fragte und gleich die Antwort erhielt. Mit erzwungenem Lächeln sagte Ferdinand zur Gesellschaft: »Meine Herren, ich kann versichern, daß wenigstens für mich der Türke seine Ehre gerettet hat; damit aber das Orakel ein recht geheimnisvolles Orakel bleibe, so erlassen Sie es mir wohl zu sagen, was ich gefragt und was er geantwortet.«

So sehr Ferdinand seine innere Bewegung verbergen wollte, so äußerte sie sich doch nur zu deutlich in dem Bemühen, froh und unbefangen zu scheinen, und hätte der Türke die wunderbarsten treffendsten Antworten erteilt, so würde die Gesellschaft nicht von dem sonderbaren, beinahe grauenhaften Gefühl ergriffen worden sein, das eben jetzt Ferdinands sichtliche Spannung hervorbrachte. Die vorige Heiterkeit war verschwunden, statt des sonst fortströmenden Gesprächs fielen nur einzelne abgebrochene Worte, und man trennte sich in gänzlicher Verstimmung.

Kaum war Ferdinand mit Ludwig allein, so fing er an: »Freund! dir mag ich es nicht verhehlen, daß der Türke in mein Innerstes gegriffen, ja, daß er mein Innerstes verletzt hat, so daß ich den Schmerz wohl nicht verwinden werde, bis mir die Erfüllung des gräßlichen Orakelspruchs den Tod bringt.«

Ludwig blickte den Freund voll Verwunderung und Erstaunen an, aber Ferdinand fuhr fort: »Ich sehe nun wohl, daß dem unsichtbaren Wesen, das sich uns durch den Türken auf eine geheimnisvolle Weise mitteilt, Kräfte zu Gebote stehen, die mit magischer Gewalt unsre geheimsten Gedanken beherrschen, und vielleicht erblickt die fremde Macht klar und deutlich den Keim des Zukünftigen, der in uns selbst im mystischen Zusammenhange mit der Außenwelt genährt wird, und weiß so alles, was in fernen Tagen auf uns einbrechen wird, so wie es Menschen gibt mit der unglücklichen Sehergabe, den Tod zur bestimmten Stunde vorauszusagen!«

»Du mußt Merkwürdiges gefragt haben«, erwiderte Ludwig, »vielleicht legst du aber selbst in die zweideutige Antwort des

Orakels das Bedeutende, und was das Spiel des launenhaften Zufalls in seltsamer Zusammenstellung gerade Eingreifendes, Treffendes hervorbrachte, schreibst du der mystischen Kraft des gewiß ganz unbefangenen Menschen zu, der sich durch den Türken vernehmen läßt.«

»Du widersprichst«, nahm Ferdinand das Wort, »in dem Augenblick dem, was wir sonst einstimmig zu behaupten pflegen, wenn von dem sogenannten Zufall die Rede ist. Damit du alles wissen, damit du es recht fühlen mögest, wie ich heute in meinem Innersten aufgeregt und erschüttert bin, muß ich dir etwas aus meinem frühern Leben vertrauen, wovon ich bis jetzt schwieg. Es sind schon mehrere Jahre her, als ich von den in Ostpreußen gelegenen Gütern meines Vaters nach B. zurückkehrte. In K. traf ich mit einigen jungen Kurländern zusammen, die ebenfalls nach B. wollten, wir reisten zusammen in drei mit Postpferden bespannten Wagen, und du kannst denken, daß bei uns, die wir in den Jahren des ersten, kräftigen Aufbrausens mit wohlgefülltem Beutel so in die Welt hineinreisen konnten, die Lebenslust beinahe bis zur wilden Ausgelassenheit übersprudelte. Die tollsten Einfälle wurden im Jubel ausgeführt, und ich erinnere mich noch, daß wir in M., wo wir gerade am Mittage ankamen, den Dormeusenvorrat der Posthalterin plünderten und ihrer Protestationen unerachtet, mit dem Raube gar zierlich geschmückt, Tabak rauchend, vor dem Hause, unter großem Zulauf des Volks, auf- und abspazierten, bis wir wieder unter dem lustigen Hörnerschall der Postillone abfuhren. In der herrlichsten jovialsten Gemütsstimmung kamen wir nach D., wo wir der schönen Gegenden wegen einige Tage verweilen wollten. Jeden Tag gab es lustige Partien; einst waren wir bis zum späten Abend auf dem Karlsberge und in der benachbarten Gegend herumgestreift, und als wir in den Gasthof zurückkehrten, erwartete uns schon der köstliche Punsch, den wir vorher bestellt und den wir uns, von der Seeluft durchhaucht, wacker schmecken ließen, so daß, ohne eigentlich berauscht zu sein, mir doch alle Pulse in den Adern hämmerten und schlugen, und das Blut wie ein Feuerstrom durch die Nerven glühte. Ich warf mich, als ich endlich in mein Zimmer zurückkehren durfte, auf das Bett, aber trotz der Ermüdung war mein Schlaf doch nur mehr ein träumerisches Hinbrüten, in dem ich alles vernahm, was um mich vorging. Es war mir, als würde in dem Nebenzimmer leise gesprochen, und endlich unterschied ich deutlich eine männliche

Stimme, welche sagte: ›Nun so schlafe denn wohl und halte dich fertig zur bestimmten Stunde.‹ Eine Tür wurde geöffnet und wieder geschlossen, und nun trat eine tiefe Stille ein, die aber bald durch einige leise Akkorde eines Fortepianos unterbrochen wurde. Du weißt, Ludwig, welch ein Zauber in den Tönen der Musik liegt, wenn sie durch die stille Nacht hallen. So war es auch jetzt, als spräche in jenen Akkorden eine holde Geisterstimme zu mir; ich gab mich dem wohltätigen Eindruck ganz hin und glaubte, es würde nun wohl etwas Zusammenhängendes, irgendeine Fantasie oder sonst ein musikalisches Stück folgen, aber wie wurde mir, als die herrliche göttliche Stimme eines Weibes in einer herzergreifenden Melodie die Worte sang:

Mio ben ricordati
s' avvien ch' io mora,
quanto quest' anima
fedel t' amò.
Lo se pur amano
le fredde ceneri
nel urna ancora
t'adorerò!

Wie soll ich es denn anfangen, dir das nie gekannte, nie geahnte Gefühl nur anzudeuten, welches die langen – bald anschwellenden – bald verhallenden Töne in mir aufregten. Wenn die ganz eigentümliche, nie gehörte Melodie – ach, es war ja die tiefe, wonnevolle Schwermut der inbrünstigsten Liebe selbst – wenn sie den Gesang in einfachen Melismen bald in die Höhe führte, daß die Töne wie helle Kristallglocken erklangen, bald in die Tiefe hinabsenkte, daß er in den dumpfen Seufzern einer hoffnungslosen Klage zu ersterben schien, dann fühlte ich, wie ein unnennbares Entzücken mein Innerstes durchbebte, wie der Schmerz der unendlichen Sehnsucht meine Brust krampfhaft zusammenzog, wie mein Atem stockte, wie mein Selbst unterging in namenloser, himmlischer Wollust. Ich wagte nicht, mich zu regen, meine ganze Seele, mein ganzes Gemüt war nur Ohr. Schon längst hatten die Töne geschwiegen, als ein Tränenstrom endlich die Überspannung brach, die mich zu vernichten drohte. Der Schlaf mochte mich doch zuletzt übermannt haben, denn als ich von dem gellenden Ton eines Posthorns geweckt auffuhr, schien die helle Morgensonne in mein Zimmer, und ich wurde gewahr, daß ich nur im Traume des höchsten Glücks, der höchsten Seligkeit, die für mich auf der Erde zu finden, teilhaftig worden. – Ein herrliches blühendes Mädchen war in mein Zimmer getreten; es war die Sängerin, und sie sprach zu mir mit gar lieblicher, holdseliger Stimme: ›So konntest du mich dann wiedererkennen, lieber, lieber Ferdinand! aber ich wußte ja wohl, daß ich nur singen durfte, um wieder ganz in dir zu leben; denn jeder Ton ruhte ja in deiner Brust und mußte in meinem Blick erklingen.‹ – Welches unnennbare Entzücken durchströmte mich, als ich nun sah, daß es die Geliebte meiner Seele war, die ich schon von früher Kindheit an im Herzen getragen, die mir ein feindliches Geschick nur so lange entrissen und die ich Hochbeglückter nun wiedergefunden. Aber meine inbrünstige Liebe erklang eben in jener Melodie der tief klagenden Sehnsucht, und unsere Worte, unsere Blicke wurden zu herrlichen anschwellenden Tönen, die wie in einem Feuerstrom zusammenflossen. – Nun ich erwacht war, mußte ich mir's eingestehen, daß durchaus keine Erinnerung aus früher Zeit sich an das holdselige Traumbild knüpfte – ich hatte das herrliche Mädchen zum ersten Male gesehen. Es wurde vor dem Hause laut und heftig gesprochen – mechanisch raffte ich mich auf und eilte ans Fenster; ein ältlicher, wohlgekleideter Mann zankte mit den Postknechten, die etwas an dem zierlichen Reisewagen zerbrochen. Endlich war alles hergestellt, und nun rief der Mann herauf: ›Jetzt ist alles in Ordnung, wir wollen fort.‹ Ich wurde gewahr, daß dicht neben mir ein Frauenzimmer zum Fenster herausgesehen, die nun schnell zurückfuhr, so daß ich, da sie einen ziemlich tiefen Reisehut aufgesetzt hatte, das Gesicht nicht erkennen konnte. Als sie aus der Haustüre trat, wandte sie sich um und sah zu mir herauf. – Ludwig! – es war die Sängerin! – es war das Traumbild – der Blick des himmlischen Auges fiel auf mich, und es war mir, als träfe der Strahl eines Kristalltons meine Brust wie ein glühender Dolchstich, daß ich den Schmerz physisch fühlte, daß alle meine Fibern und Nerven erbebten und ich vor unnennbarer Wonne erstarrte. – Schnell war sie im Wagen – der Postillon blies wie im jubelnden Hohn ein munteres Stückchen. Im Augenblick waren sie um die Straßenecke verschwunden. Wie ein Träumender blieb ich im Fenster, die Kurländer traten ins Zimmer, mich zu einer verabredeten Lustfahrt hinabzuholen – ich sprach kein Wort – man hielt mich für krank – wie hätte ich auch nur das mindeste davon äußern können, was geschehen! Ich unterließ es, mich nach den Fremden, die neben mir gewohnt, im Hause zu erkundigen, denn es war, als entweihe jedes Wort andrer Lippen, das sich auf die Herrliche bezöge, das zarte Geheimnis meines Herzens. Getreulich wollte ich es fortan in mir tragen und nie mehr lassen von *der,* die nun die Ewiggeliebte meiner Seele worden, sollte ich sie auch nimmer wieder schauen. Du, mein Herzensfreund, erkennst wohl ganz den Zustand, in den ich mich versetzt fühlte; du tadelst mich daher nicht, daß ich alles und jedes vernachlässigte, mir auch nur eine Spur von der unbekannten Geliebten zu verschaffen. Die lustige Gesellschaft der Kurländer wurde mir in meiner Stimmung höchst zuwider, ehe sie sich's versahen, war ich in einer Nacht auf und davon eilte nach B., meiner damaligen Bestimmung zu folgen. Du weißt, daß ich schon seit früher Zeit ziemlich gut zeichnete; in B. legte ich mich unter der Anleitung geschickter Meister auf das Miniaturmalen und brachte es in kurzer Zeit so weit, daß ich den einzigen mir vorgesteckten Zweck, nämlich das höchst ähnliche Bild der Unbekannten würdig zu malen, erfüllen konnte. Heimlich, bei verschlossenen Türen, malte ich das Bild. Kein menschliches Auge hat es jemals gesehen, denn ein anderes Bild gleicher Größe ließ ich fassen und setzte mit Mühe dann selbst das Bild der Geliebten ein, das ich seit der Zeit auf bloßer Brust trug.

Zum erstenmal in meinem Leben habe ich heute von dem höchsten Moment meines Lebens gesprochen, und du, Ludwig, bist der einzige, dem ich mein Geheimnis vertraut! – Aber auch heute ist eine fremde Macht feindselig in mein Inneres gedrungen! – Als ich zu dem Türken hintrat, fragte ich, der Geliebten meines Herzens denkend: ›Werde ich künftig noch einen Moment erleben, der dem gleicht, wo ich am glücklichsten war?‹ Der Türke wollte, wie du bemerkt haben wirst, durchaus nicht antworten; endlich, als ich nicht nachließ, sprach er: ›Die Augen schauen in deine Brust, aber das spiegelblanke Gold, das mir zugewendet, verwirrt meinen Blick – wende das Bild um!‹ – Habe ich denn Worte für das Gefühl, das mich durchbebte? – Dir wird meine innre Bewegung nicht entgangen sein. Das Bild lag wirklich so auf meiner Brust, wie es der Türke angegeben; ich wandte es unbemerkt um und wiederholte meine Frage, da sprach die Figur im düstern Ton: ›Unglücklicher! in dem Augenblick, wenn du sie wieder siehst, hast du sie verloren!‹ «

Eben wollte Ludwig es versuchen, den Freund, der in tiefes

Nachdenken versunken war, mit tröstenden Worten aufzurichten, als sie durch mehrere Bekannte, die auf sie zuschritten, unterbrochen wurden.

Schon hatte sich das Gerücht von der neuen mysteriösen Antwort, die der weise Türke erteilte, in der Stadt verbreitet, und man erschöpfte sich in Vermutungen, was für eine unglückliche Prophezeiung wohl den vorurteilsfreien Ferdinand so aufgeregt haben könne; man bestürmte die Freunde mit Fragen, und Ludwig wurde genötigt, um seinen Freund aus dem Gedränge zu retten, ein abenteuerliches Geschichtchen aufzutischen, das desto mehr Eingang fand, je weiter es sich von der Wahrheit entfernte. Dieselbe Gesellschaft, in welcher Ferdinand angeregt wurde, den wunderbaren Türken zu besuchen, pflegte sich wöchentlich zu versammeln, und auch in der nächsten Zusammenkunft kam wieder der Türke um so mehr an die Reihe, als man sich immer noch bemühte, recht viel von Ferdinand selbst über ein Abenteuer zu hören, das ihn in die düstre Stimmung versetzt hatte, welche er vergebens zu verbergen suchte. Ludwig fühlte es nur zu lebhaft, wie sein Freund im Innersten erschüttert sein mußte, als er das tief in der Brust treu bewahrte Geheimnis einer fantastischen Liebe von einer fremden grauenvollen Macht durchschaut sah, und auch er war ebensogut wie Ferdinand fest überzeugt, daß dem das Geheimste durchdringenden Blick jener Macht auch wohl der mysteriöse Zusammenhang, vermöge dessen sich das Zukünftige dem Gegenwärtigen anreiht, offenbar sein könne. Ludwig mußte an den Spruch des Orakels glauben, aber das feindselige schonungslose Verraten des bösen Verhängnisses, das dem Freunde drohte, brachte ihn gegen das versteckte Wesen, das sich durch den Türken vernehmen ließ, auf. Er bildete daher standhaft gegen die zahlreichen Bewunderer des Kunstwerks die Opposition und behauptete, als jemand bemerkte, in den natürlichen Bewegungen des Automats liege etwas ganz besonders Imposantes, wodurch der Eindruck der orakelmäßigen Antworten erhöht werde, gerade das Augenverdrehen und Kopfwenden des ehrbaren Türken habe für ihn was unbeschreiblich Possierliches gehabt, weshalb er auch durch ein Bonmot, das ihm entschlüpft, den Künstler und auch vielleicht das unsichtbar wirkende Wesen in üblen Humor versetzt, welchen letzteres auch durch eine Menge schaler, nichts bedeutender Antworten an den Tag gelegt. »Ich muß gestehen«, fuhr Ludwig fort, »daß die Figur gleich beim Eintreten mich lebhaft an einen überaus zierlichen künstlichen Nußknacker erinnerte, den mir einst, als ich noch ein kleiner Knabe war, ein Vetter zum Weihnachten verehrte. Der kleine Mann hatte ein überaus ernsthaft komisches Gesicht und verdrehte jedesmal mittelst einer innern Vorrichtung die großen aus dem Kopfe herausstehenden Augen, wenn er eine harte Nuß knackte, was denn so etwas possierlich Lebendiges in die ganze Figur brachte, daß ich stundenlang damit spielen konnte, und der Zwerg mir unter den Händen zum wahren Alräunchen wurde.

Alle noch so vollkommne Marionetten waren mir nachher steif und leblos gegen meinen herrlichen Nußknacker. Von den höchst wunderbaren Automaten im Danziger Arsenal war mir gar viel erzählt worden, und vorzüglich deshalb unterließ ich nicht hineinzugehen, als ich mich gerade vor einigen Jahren in Danzig befand. Bald nachdem ich in den Saal getreten, schritt ein altdeutscher Soldat keck auf mich los und feuerte seine Büchse ab, daß es durch die weiten Gewölbe recht derb knallte – noch mehrere Spielereien der Art, die ich in der Tat wieder vergessen, überraschten hin und wieder, aber endlich führte man mich in den Saal, in welchem der Gott des Krieges, der furchtbare Mavors, sich mit seiner ganzen Hofhaltung befand. – Mars selbst saß in ziemlich grotesker Kleidung auf einem mit Waffen aller Art geschmückten Thron, von Trabanten und Kriegern umgeben. Sobald wir vor den Thron getreten, fingen ein paar Trommelschläger an, auf ihren Trommeln zu wirbeln, und Pfeifer bliesen dazu ganz erschrecklich, daß man sich vor dem kakophonischen Getöse hätte die Ohren zuhalten mögen. Ich bemerkte, daß der Gott des Krieges eine durchaus schlechte, Seiner Majestät unwürdige Kapelle habe, und man gab mir recht. – Endlich hörte das Trommeln und Pfeifen auf – da fingen an die Trabanten die Köpfe zu drehen und mit den Hellebarden zu stampfen, bis der Gott des Krieges, nachdem er auch mehrmals die Augen verdreht, von seinem Sitz aufsprang und keck auf uns zuschreiten zu wollen schien. Bald aber warf er sich wieder in seinen Thron, und es wurde noch etwas getrommelt und gepfiffen, bis alles wieder in die alte hölzerne Ruhe zurückkehrte. Als ich denn nun alle diese Automate geschaut, sagte ich im Herausgehen zu mir selbst: ›Mein Nußknacker war mir doch lieber‹, und jetzt, meine Herren, nachdem ich den weisen Türken geschaut, sage ich abermals: ›Mein Nußknacker war mir doch lieber!‹ « – Man lachte sehr, meinte aber einstimmig, daß Ludwigs

Ansicht von der Sache mehr lustig sei als wahr, denn abgesehen von dem seltenen Geist, der doch mehrenteils in den Antworten des Automats liege, sei doch auch die durchaus nicht zu entdekkende Verbindung des verborgenen Wesens mit dem Türken, das nicht allein durch ihn rede, sondern auch seine von den Fragen motivierte Bewegungen veranlassen müßte, höchst wunderbar und in jedem Fall ein Meisterwerk der Mechanik und Akustik.

Dies mußte nun wohl selbst Ludwig eingestehen, und man pries allgemein den fremden Künstler. Da stand ein ältlicher Mann, der in der Regel wenig sprach und sich auch dieses Mal noch gar nicht ins Gespräch gemischt hatte, vom Stuhl auf, wie er zu tun pflegte, wenn er auch endlich ein paar Worte, die aber jedesmal ganz zur Sache gehörten, anbringen wollte, und fing nach seiner höflichen Weise an: »Wollen Sie gütigst erlauben – ich bitte gehorsamst, meine Herren! – Sie rühmen mit Recht das seltene Kunstwerk, das nun schon so lange uns anzuziehen weiß; mit Unrecht nennen Sie aber den ordinären Mann, der es zeigt, den Künstler, da er an allem dem, was in der Tat an dem Werk vortrefflich ist, gar keinen Anteil hat, selbiges vielmehr von einem in allen Künsten der Art gar tief erfahrnen Mann herrührt, der sich stets und schon seit vielen Jahren in unsern Mauern befindet und den wir alle kennen und höchlich verehren.« Man geriet in Erstaunen, man stürmte mit Fragen auf den Alten ein, der also fortfuhr: »Ich meine niemanden anders, als den Professor X. – Der Türke war schon zwei Tage hier, ohne daß jemand sonderlich Notiz von ihm genommen hätte, der Professor X. dagegen unterließ nicht, bald hinzugehen, da ihn alles, was nur Automat heißt, auf das höchste interessiert. Kaum hatte er aber von dem Türken ein paar Antworten erhalten, als er den Künstler beiseite zog und ihm einige Worte ins Ohr sagte. Dieser erblaßte und verschloß das Zimmer, als es von den wenigen Neugierigen, die sich eingefunden, verlassen war; die Anschlagzettel verschwanden von den Straßenecken, und man hörte nichts mehr von dem weisen Türken, bis nach vierzehn Tagen eine neue Ankündigung erschien, und man den Türken mit dem neuen schönen Haupte und die ganze Einrichtung, so wie sie jetzt als ein unauflösliches Rätsel besteht, wiederfand. Seit der Zeit sind auch die Antworten so geistreich und bedeutungsvoll. Daß aber dies alles das Werk des Professor X. ist, unterliegt gar keinem Zweifel, da der Künstler in der Zwischenzeit, als er sein Automat nicht zeigte, täglich bei ihm war und auch, wie man gewiß weiß, der Professor mehrere Tage hintereinander sich in dem Zimmer des Hotels befand, wo die Figur aufgestellt und noch jetzt steht. Ihnen wird übrigens, meine Herren, doch bekannt sein, daß der Professor selbst sich in dem Besitz der herrlichsten, vorzüglich aber musikalischer Automate befindet, daß er seit langer Zeit mit dem Hofrat B., mit dem er ununterbrochen über allerlei mechanische und auch wohl magische Künste korrespondiert, darin wetteifert, und daß es nur an ihm liegt, die Welt in das höchste Erstaunen zu setzen? Aber er arbeitet und schafft im Verborgenen, wiewohl er jedem, der wahre Lust und wahres Belieben daran findet, seine seltenen Kunstwerke gar gern zeigt.«

Man wußte zwar, daß der Professor X., dessen Hauptwissenschaften Physik und Chemie waren, nächstdem sich auch gern mit mechanischen Kunstwerken beschäftigte, kein einziger von der Gesellschaft hatte aber seinen Einfluß auf den weisen Türken geahnet, und nur von Hörensagen kannte man das Kunstkabinett, von dem der Alte gesprochen. Ferdinand und Ludwig fühlten sich durch des Alten Bericht über den Professor X. und über sein Einwirken auf das fremde Automat gar seltsam angeregt.

»Ich kann dir's nicht verhehlen«, – sagte Ferdinand, »mir dämmert eine Hoffnung auf, vielleicht die Spur des Geheimnisses zu finden, das mich jetzt so grauenvoll befängt, wenn ich dem Professor X. näher trete. Ja, es ist möglich, daß die Ahnung des wunderbaren Zusammenhanges, in dem der Türke oder vielmehr die versteckte Person, die ihn zum Organ ihrer Orakelsprüche braucht, mit meinem Ich steht, mich vielleicht tröstet und den Eindruck jener für mich schrecklichen Worte entkräftet. Ich bin entschlossen, unter dem Vorwande, seine Automate zu sehen, die nähere Bekanntschaft des mysteriösen Mannes zu machen, und da seine Kunstwerke, wie wir hörten, musikalisch sind, wird es für dich nicht ohne Interesse sein, mich zu begleiten.« –

»Als wenn«, erwiderte Ludwig, »es nicht für mich genug wäre, daß ich in *deiner* Angelegenheit dir beistehen soll mit Rat und Tat! – Daß mir aber eben heute, als der Alte von der Einwirkung des Professors X. auf die Maschine sprach, ganz besondere Ideen durch den Kopf gegangen sind, kann ich nicht leugnen, wiewohl es möglich ist, daß ich das auf entlegenem Wege suche, was vielleicht uns ganz nahe liegt. – Ist es nämlich, um eben die Auflösung des Rätsels ganz nahe zu suchen, nicht denkbar, daß die unsichtbare Person wußte, daß du ein Bild auf der Brust trägst, und konnte nicht eine glückliche Kombination sie gerade wenigstens das scheinbar Richtige treffen lassen? Vielleicht rächte sie durch die unglückliche Weissagung sich an uns des Mutwillens wegen, in dem wir die Weisheit des Türken höhnten.«

»Keine menschliche Seele«, erwiderte Ferdinand, »hat, wie ich dir schon vorhin sagte, das Bildnis gesehen, niemanden habe ich jemals jenen auf mein ganzes Leben einwirkenden Vorfall erzählt – auf gewöhnliche Weise kann der Türke unmöglich von dem allen unterrichtet worden sein! – vielleicht nähert sich das, was du auf entlegenem Wege suchst, weit mehr der Wahrheit!«

»So meine ich denn nun«, sagte Ludwig, »daß unser Automat, so sehr ich heute auch das Gegenteil zu behaupten schien, wirklich zu den merkwürdigsten Erscheinungen gehört, die man jemals sah, und alles beweiset, daß dem, der als Dirigent über dem ganzen Kunstwerke schwebt, tiefere Kenntnisse zu Gebote stehen, als die wohl glauben, welche nur so etwas leichtsinnig begaffen und sich über das Wunderbare nur wundern. Die Figur ist nichts weiter als die Form der Mitteilung, aber es ist nicht zu leugnen, daß diese Form geschickt gewählt ist, da das ganze Ansehen und auch die Bewegungen des Automats dazu geeignet sind, die Aufmerksamkeit zugunsten des Geheimnisses zu fesseln und vorzüglich den Fragenden auf gewisse Weise nach dem Zweck des antwortenden Wesens zu spannen. In der Figur kann kein menschliches Wesen stecken, das ist so gut als erwiesen, daß wir daher die Antworten aus dem Munde des Türken zu empfangen glauben, beruht sicherlich auf einer akustischen Täuschung; wie dies bewerkstelligt ist, wie die Person, welche antwortet, in den Stand gesetzt wird, die Fragenden zu sehen, zu vernehmen und sich ihnen wieder verständlich zu machen, ist und bleibt mir freilich ein Rätsel; allein es setzt nur gute akustische und mechanische Kenntnisse und einen vorzüglichen Scharfsinn oder auch vielleicht, besser gesagt, eine konsequente Schlauheit des Künstlers voraus, der kein Mittel unbeachtet ließ, uns zu täuschen, und ich muß gestehen, daß mich die Auflösung *dieses* Geheimnisses weniger interessiert, als es von dem nur allein höchst merkwürdigen Umstande überwogen wird, daß der Türke oft die Seele des Fragenden zu durchschauen, ja, wie du schon, noch ehe es dir selbst bewiesen wurde, bemerktest, in die tiefste Tiefe des Gemüts zu dringen scheint. Wie, wenn es dem antwortenden Wesen möglich wäre, sich durch uns unbekannte Mittel einen psychischen Einfluß auf uns zu verschaffen, ja sich mit uns in einen solchen geistigen Rapport zu setzen, daß es unsere Gemütsstimmung, ja unser ganzes inneres Wesen in sich auffaßt und so, wenn auch nicht das in uns ruhende Geheimnis deutlich ausspricht, doch wie in einer Ekstase, die eben der Rapport mit dem fremden geistigen Prinzip erzeugte, die Andeutungen alles dessen, was in unserer eigenen Brust ruht, wie es hell erleuchtet dem Auge des Geistes offenbar wird, hervorruft. Es ist die psychische Macht, die die Saiten in unserm Innern, welche sonst nur durcheinander rauschten, anschlägt, daß sie vibrieren und ertönen und wir den reinen Akkord deutlich vernehmen; so sind wir aber es selbst, die wir uns die Antworten erteilen, indem wir die innere Stimme, durch ein fremdes geistiges Prinzip geweckt, außer uns verständlicher vernehmen und verworrene Ahndungen, in Form und Weise des Gedankens festgebannt, nun zu deutlichen Sprüchen werden; so wie uns oft im Traum eine fremde Stimme über Dinge belehrt, die wir gar nicht wußten oder über die wir wenigstens in Zweifel waren, unerachtet die Stimme, welche uns fremdes Wissen zuzuführen scheint, doch nur aus unserm eignen Innern kommt und sich in verständlichen Worten ausspricht. – Daß der Türke, worunter ich natürlich jenes versteckte geistige Wesen verstehe, sehr selten nötig haben wird, sich mit dem Fragenden in jenen psychischen Rapport zu setzen, versteht sich wohl von selbst. Hundert Fragende werden ebenso oberflächlich abgefertigt, als es ihre Individualität verdient, und oft genügt ein witziger Einfall, dem der natürliche Scharfsinn oder die geistige Lebendigkeit des antwortenden Wesens die treffende Spitze gibt, wo von irgendeiner Tiefe, in der die Frage aufzufassen ist, nicht die Rede sein kann. Irgendeine exaltierte Gemütsstimmung des Fragenden wird den Türken augenblicklich auf ganz andere Weise ansprechen, und dann wendet er die Mittel an, die es ihm möglich machen, den psychischen Rapport hervorzubringen, der ihm die Macht gibt, aus dem tiefsten Innern des Fragenden selbst zu antworten. Die Weigerung des Türken, auf solche tief gestellte Fragen gleich zu antworten, ist vielleicht nur der Aufschub, den er sich gönnt, um für die Anwendung jener geheimnisvollen Mittel Momente zu gewinnen. Dies ist meine innige Herzensmeinung, und du siehst, daß mir das Kunstwerk nicht so verächtlich ist, als ich es euch heute glauben machen wollte – vielleicht nehme ich die Sache zu ernst! – Doch mochte ich dir nichts verhehlen, wiewohl ich einsehe, daß, wenn du in meine Idee eingehst, ich dir gerade nichts zur innern Beruhigung gesagt habe!«

»Du irrst, mein geliebter Freund«, erwiderte Ferdinand, »gerade, daß deine Ideen ganz mit dem übereinstimmen, was mir gleich dunkel vor der Seele lag, beruhigte mich auf eine wunderbare Weise; ich habe es mit mir selbst allein zu tun, mein liebes Geheimnis blieb unentweiht, denn mein Freund wird es treulich bewahren, wie ein anvertrautes Heiligtum. Doch muß ich jetzt noch eines ganz besondern Umstandes erwähnen, dessen ich bisher noch nicht gedachte. Als der Türke die verhängnisvollen Worte sprach, war es mir, als hörte ich die tiefklagende Melodie: ›Mio ben ricordati s' avvien ch' io mora‹ in einzeln abgebrochenen Lauten – und dann war es wieder, als schwebe nur *ein* langgehaltener Ton der göttlichen Stimme, die ich in jener Nacht hörte, an mir vorüber.«

»So mag ich es dir auch nicht verschweigen«, sagte Ludwig, »daß ich, als du gerade die leise Antwort erhieltest, zufällig die Hand auf das Geländer, welches das Kunstwerk umschließt, gelegt hatte; es dröhnte fühlbar in meiner Hand, und auch mir war es, als gleite ein musikalischer Ton, Gesang kann ich es nicht nennen, durchs Zimmer. Ich achtete nicht sonderlich darauf, weil, wie du weißt, immer meine ganze Fantasie von Musik erfüllt ist und ich deshalb schon auf die wunderlichste Weise getäuscht worden bin; nicht wenig erstaunte ich aber im Innern als ich den mysteriösen Zusammenhang jenes tiefklagenden Tons mit der verhängnisvollen Begebenheit in D., die deine Frage an den Türken veranlaßte, erfuhr.«

Ferdinand hielt es nur für einen Beweis des psychischen Rapports mit seinem geliebten Freunde, daß auch *dieser* den Ton gehört hatte, und als sie noch tiefer eingingen in die Geheimnisse der psychischen Beziehungen verwandter geistiger Prinzipe, als immer lebendiger wunderbare Resultate sich erzeugten, da war es ihm endlich, als sei die schwere Last, die seit jenem Augenblick, als er die Antwort erhalten, seine Brust gedrückt, ihm wieder entnommen; er fühlte sich ermutigt, jedem Verhängnis keck entgegenzutreten. »Kann ich sie denn verlieren«, sagte er, »sie, die ewig in meinem Innern waltet und so eine intensive Existenz behauptet, die nur mit meinem Sein untergeht?«

Voller Hoffnung, über manche jener Vermutungen, die für beide die größte innere Wahrheit hatten, näheren Aufschluß zu erhalten, gingen sie zum Professor X. Sie fanden an ihm einen hochbejahrten, altfränkisch gekleideten Mann muntern Ansehens, dessen kleine graue Augen unangenehm stechend blickten, und um dessen Mund ein sarkastisches Lächeln schwebte, das eben nicht anzog.

Als sie den Wunsch äußerten, seine Automate zu sehen, sagte er: »Ei! sind Sie doch auch wohl Liebhaber von mechanischen Kunstwerken, vielleicht selbst Kunstdilettanten? Nun, Sie finden bei mir, was Sie in ganz Europa, ja in der ganzen bekannten Welt vergebens suchen.« Des Professors Stimme hatte etwas höchst Widriges, es war ein hoher kreischender, dissonierender Tenor, der gerade zu der marktschreierischen Art paßte, womit er seine Kunstwerke ankündigte. Er holte mit vielem Geräusch die Schlüssel und öffnete den geschmackvoll, ja prächtig verzierten Saal, in welchem die Kunstwerke sich befanden. In der Mitte stand auf einer Erhöhung ein großer Flügel, neben demselben rechts eine lebensgroße männliche Figur mit einer Flöte in der Hand, links saß eine weibliche Figur vor einem klavierähnlichen Instrumente, hinter derselben zwei Knaben mit einer großen Trommel und einem Triangel. Im Hintergrunde erblickten die Freunde das ihnen schon bekannte Orchestrion und rings an den Wänden umher mehrere Spieluhren. Der Professor ging nur flüchtig an dem Orchestrion und den Spieluhren vorüber und berührte kaum merklich die Automate; dann setzte er sich aber an den Flügel und fing pianissimo ein marschmäßiges Andante an; bei der Reprise setzte der Flötenbläser die Flöte an den Mund und spielte das Thema, nun paukte der Knabe richtig im Takte ganz leise auf der Trommel, indem der andere einen Triangel kaum hörbar berührte. Bald darauf fiel das Frauenzimmer mit vollgriffigen Akkorden ein, indem sie durch das Niederdrücken der Tasten einen harmonikaähnlichen Ton hervorbrachte! Aber nun wurde es immer reger und lebendiger im ganzen Saal, die Spieluhren fielen nacheinander mit der größten rhythmischen Genauigkeit ein, der Knabe schlug immer stärker seine Trommel, der Triangel gellte durch das Zimmer, und zuletzt trompetete und paukte das Orchestrion im Fortissimo dazu, daß alles zitterte und bebte, bis der Professor mit seinen Maschinen auf einen Schlag im Schlußakkord endete. Die Freunde zollten dem Professor den Beifall, den sein schlau und zufrieden lächelnder Blick zu begehren schien; er war im Begriff, noch mehr musikalische Produktionen der Art vorzubereiten, indem er sich den Automaten näherte, aber die Freunde, als hätten sie sich vorher dazu verabredet, schützten einstimmig ein dringendes Geschäft vor, das ihnen nicht erlaube länger zu verweilen und verließen den Mechaniker und seine Maschinen. »Nun, war das nicht alles überaus künstlich und schön?« frug Ferdinand, aber Ludwig brach los wie im lange verhaltenen Zorn: »Ei, daß den verdammten Professor der – ei, wie sind wir doch so bitter getäuscht worden! wo sind die Aufschlüsse, nach denen wir trachteten, wie blieb es mit der lehrreichen Unterhaltung, in der uns der weise Professor erleuchten sollte, wie die Lehrlinge zu Sais?« »Dafür«, sagte Ferdinand, »haben wir aber in der Tat merkwürdige mechanische Kunstwerke gesehen; auch in musikalischer Hinsicht! Der Flötenbläser ist offenbar die berühmte Vaucansonsche Maschine, und derselbe Mechanismus rücksichtlich der Fingerbewegung auch bei der weiblichen Figur angewendet, die auf ihrem Instrumente recht wohllautende Töne hervorbringt; die Verbindung der Maschinen ist wunderbar.« »Das alles ist es eben«, fiel Ludwig ein, »was mich ganz toll machte! ich bin von all der Maschinenmusik, wozu ich auch des Professors Spiel auf dem Flügel rechne, ordentlich durchgewalkt und durchgeknetet, daß ich es in allen Gliedern fühle und lange nicht verwinden werde.

Schon die Verbindung des Menschen mit toten, das Menschliche in Bildung und Bewegung nachäffenden Figuren zu gleichem Tun und Treiben hat für mich etwas Drückendes, Unheimliches, ja Entsetzliches. Ich kann mir es denken, daß es möglich sein müßte, Figuren vermöge eines im Innern verborgenen Getriebes gar künstlich und behende tanzen zu lassen, auch müßten diese mit Menschen gemeinschaftlich einen Tanz aufführen und sich in allerlei Touren wenden und drehen, so daß der lebendige Tänzer die tote hölzerne Tänzerin faßte und sich mit ihr schwenkte, würdest du den Anblick ohne inneres Grauen eine Minute lang ertragen? Aber vollends die Maschinenmusik ist für mich etwas Heilloses und Greuliches, und eine gute Strumpfmaschine übertrifft nach meiner Meinung an wahrem Wert himmelweit die vollkommenste prächtigste Spieluhr.

Ist es denn nur allein der aus dem Munde strömende Hauch, der dem Blasinstrumente, sind es nur allein die gelenkigen geschmeidigen Finger, die dem Saiteninstrumente Töne entlocken, welche uns mit mächtigen Zauber ergreifen, ja in uns die unbekannten unaussprechlichen Gefühle erregen, welche, mit nichts Irdischem hienieden verwandt, die Ahndungen eines fernen Geisterreichs und unsers höhern Seins in demselben hervorrufen? Ist es nicht vielmehr das Gemüt, welches sich nur jener physischen Organe bedient, um das, was in seiner tiefsten Tiefe erklungen, in das rege Leben zu bringen, daß es andern vernehmbar ertönt und die gleichen Anklänge im Innern erweckt, welche dann im harmonischen Widerhall dem Geist das wundervolle Reich erschließen, aus dem jene Töne wie entzündende Strahlen hervordrangen? Durch Ventile, Springfedern, Hebel, Walzen und was noch alles zu dem mechanischen Apparat gehören mag, musikalisch wirken zu wollen, ist der unsinnige Versuch, die Mittel allein das vollbringen zu lassen, was sie, nur durch die innere Kraft des Gemüts belebt und von derselben in ihrer geringsten Bewegung geregelt, ausführen können. Der größte Vorwurf, den man dem Musiker macht, ist, daß er ohne Ausdruck spiele, da er dadurch eben dem eigentlichen Wesen der Musik schadet oder vielmehr in der Musik die Musik vernichtet, und doch wird der geist- und empfindungsloseste Spieler noch immer mehr leisten als die vollkommenste Maschine, da es nicht denkbar ist, daß nicht irgend einmal eine augenblickliche Anregung aus dem Innern auf sein Spiel wirken sollte, welches natürlicherweise bei der Maschine nie der Fall sein kann.

Das Streben der Mechaniker, immer mehr und mehr die menschlichen Organe zum Hervorbringen musikalischer Töne nachzuahmen oder durch mechanische Mittel zu ersetzen, ist mir der erklärte Krieg gegen das geistige Prinzip, dessen Macht nur noch glänzender siegt, je mehr scheinbare Kräfte ihm entgegengesetzt werden; eben darum ist mir gerade die nach mechanischen Begriffen vollkommenste Maschine der Art eben die verächtlichste, und eine einfache Drehorgel, die im Mechanischen nur das Mechanische bezweckt, immer noch lieber als der Vaucansonsche Flötenbläser und die Harmonikaspielerin.«

»Ich muß dir ganz beistimmen«, sagte Ferdinand, »denn du hast nur in Worten deutlich ausgesprochen, was ich längst und vorzüglich heute bei dem Professor im Innern lebhaft gefühlt. Ohne so ganz in der Musik zu leben und zu weben, wie du, und ohne daher für alle Mißgriffe so gar empfindlich zu sein, ist mir doch das Tote, Starre der Maschinenmusik von jeher zuwider gewesen, und ich erinnre mich noch, daß schon als Kind in dem Hause meines Vaters mir eine große Harfenuhr, welche stündlich ihr Stückchen abspielte, ein recht quälendes Mißbehagen erregte. Es ist schade, daß recht geschickte Mechaniker ihre Kunst dieser widrigen Spielerei und nicht vielmehr der Vervollkommnung der musikalischen Instrumente zuwenden.« »Das ist wahr«, erwiderte Ludwig, »vorzüglich rücksichtlich der Tasteninstrumente wäre noch manches zu tun, denn gerade diese öffnen dem geschickten Mechaniker ein weites Feld, und wirklich ist es zu bewundern, wie weit z. B. der Flügel in seiner Struktur, die auf Ton und Behandlungsart den entschiedensten Einfluß hat, vorgerückt ist.

Sollte es aber nicht die höhere musikalische Mechanik sein, welche die eigentümlichsten Laute der Natur belauscht, welche die in den heterogensten Körpern wohnende Töne erforscht und welche dann diese geheimnisvolle Musik in irgendein Organon festzubannen strebt, das sich dem Willen des Menschen fügt und in seiner Berührung erklingt. Alle Versuche, aus metallenen, gläsernen Zylindern, Glasfäden, Glas, ja Marmorstreifen Töne zu ziehen oder Saiten auf ganz andere als die gewöhnliche Weise vibrieren und ertönen zu lassen, scheinen mir daher im höchsten Grade beachtenswert, und dem weitern Vorschreiten dieses Bestrebens in die tiefen akustischen Geheimnisse, wie sie überall in der Natur verborgen, zu dringen, steht es nur im Wege, daß jeder mangelhafte Versuch gleich der Ostentation oder des Geldgewinns wegen, als eine neue, schon zur Vollkommenheit gediehene Erfindung angepriesen und vorgezeigt wird. Hierin liegt es, daß in kurzer Zeit so viele neue Instrumente, zum Teil unter seltsamen oder prunkenden Namen, entstanden und ebenso schnell wieder verschwunden und in Vergessenheit geraten sind.« »Deine höhere musikalische Mechanik«, sagte Ferdinand, »ist allerdings sehr interessant, wiewohl ich mir eigentlich nicht die Spitze oder das Ziel jener Bestrebungen denken kann.«

»Dies ist kein anderes«, erwiderte Ludwig, »als die Auffindung des vollkommensten Tons; ich halte aber den musikalischen Ton für desto vollkommner, je näher er den geheimnisvollen Lauten der Natur verwandt ist, die noch nicht ganz von der Erde gewichen.« »Mag es sein«, sagte Ferdinand, »daß ich nicht so wie du in diese Geheimnisse eingedrungen, aber ich gestehe, daß ich dich nicht ganz fasse.« »Laß mich es wenigstens andeuten«, fuhr Ludwig fort, »wie mir das alles so in Sinn und Gedanken liegt.

In jener Urzeit des menschlichen Geschlechts, als es, um mich ganz der Worte eines geistreichen Schriftstellers zu bedienen

(Schubert in den ›Ansichten von der Nachtseite der Naturwissenschaft‹), in der ersten heiligen Harmonie mit der Natur lebte, erfüllt von dem göttlichen Instinkt der Weissagung und Dichtkunst, als der Geist des Menschen nicht die Natur, sondern diese den Geist des Menschen erfaßte, und die Mutter das wunderbare Wesen, das sie geboren, noch aus der Tiefe ihres Daseins nährte, da umfing sie den Menschen wie im Wehen einer ewigen Begeisterung mit heiliger Musik, und wundervolle Laute verkündeten die Geheimnisse ihres ewigen Treibens. Ein Nachhall aus der geheimnisvollen Tiefe dieser Urzeit ist die herrliche Sage von der Sphärenmusik, welche mich schon als Knabe, als ich in ›Scipios Traum‹ zum erstenmal davon las, mit inbrünstiger Andacht erfüllte, so daß ich oft in stillen mondhellen Nächten lauschte, ob nicht im Säuseln des Windes jene wunderbaren Töne erklingen würden. Aber noch sind jene vernehmlichen Laute der Natur, wie ich schon vorhin sagte, nicht von der Erde gewichen, denn nichts anders ist jene Luftmusik oder Teufelsstimme auf Ceylon, deren eben jener Schriftsteller erwähnt und die eine so tiefe Wirkung auf das menschliche Gemüt äußert, daß selbst die ruhigsten Beobachter sich eines tiefen Entsetzens, eines zerschneidenden Mitleids mit jenen den menschlichen Jammer so entsetzlich nachahmenden Naturtönen nicht erwehren können. Ja, ich habe selbst in früherer Zeit eine ganz ähnliche Naturerscheinung, und zwar in der Nähe des Kurischen Haffs in Ostpreußen erlebt. Es war im tiefen Herbst, als ich mich einige Zeit auf einem dort gelegenen Landgute aufhielt und in stillen Nächten bei mäßigem Winde deutlich lang gehaltene Töne hörte, die bald gleich einer tiefen gedämpften Orgelpfeife, bald gleich einer vibrierenden dumpfen Glocke erklangen. Oft konnte ich genau das tiefe F mit der anschlagenden Quinte C unterscheiden, oft erklang sogar die kleine Terz Es, so daß der schneidende Septimenakkord in den Tönen der tiefsten Klage meine Brust mit einer das Innerste durchdringenden Wehmut, ja mit Entsetzen erfüllte.

In dem unvermerkten Entstehen, Anschwellen und Verschweben jener Naturlaute liegt etwas, das unser Gemüt unwiderstehlich ergreift, und das Instrument, dem dies zu Gebote steht, wird in eben dem Grade auf uns wirken müssen; mir scheint daher, daß die Harmonika rücksichtlich des Tons sich gewiß jener Vollkommenheit, die ihren Maßstab in der Wirkung auf unser Gemüt findet, am mehrsten nähert, und es ist eben schön, daß gerade dieses Instrument, welches jene Naturlaute so glücklich nachahmt und auf unser Inneres in den tiefsten Beziehungen so wunderbar wirkt, sich dem Leichtsinn und der schalen Ostentation durchaus nicht hingibt, sondern nur in der heiligen Einfachheit ihr eigentümliches Wesen behauptet. Recht viel in dieser Hinsicht wird auch gewiß das neuerfundene sogenannte Harmonichord leisten, welches statt der Glocken mittelst einer geheimen Mechanik, die durch den Druck der Tasten und den Umschwung einer Walze in Bewegung gesetzt wird, Saiten vibrieren und ertönen läßt. Der Spieler hat das Entstehen, Anschwellen, Verschweben des Tons beinahe noch mehr in der Gewalt, als bei der Harmonika, und nur den wie aus einer andern Welt herabgekommenen Ton dieses Instruments hat das Harmonichord noch nicht im mindesten erreicht.« »Ich habe dies Instrument gehört«, sagte Ferdinand, »und muß gestehen, daß sein Ton recht in mein Inneres gedrungen, wiewohl es, nach meiner Einsicht, von dem Künstler selbst nicht eben vorteilhaft behandelt wurde. Übrigens fasse ich dich ganz, wiewohl mir die enge Beziehung jener Naturlaute, von denen du sprichst, mit der Musik, die wir durch Instrumente hervorbringen, noch nicht deutlich einleuchtet.« »Kann denn«, erwiderte Ludwig, »die Musik, die in unserm Innern wohnt, eine andere sein als die, welche in der Natur wie ein tiefes, nur dem höhern Sinn erforschliches Geheimnis verborgen, und die durch das Organ der Instrumente nur wie im Zwange eines mächtigen Zaubers, dessen wir Herr worden, ertönt? Aber im reinpsychischen Wirken des Geistes, im Traume ist der Bann gelöst, und wir hören selbst im Konzert bekannter Instrumente jene Naturlaute, wie sie wunderbar, in der Luft erzeugt, auf uns niederschweben, anschwellen und verhallen.« »Ich denke an die Äolsharfe«, unterbrach Ferdinand den Freund; »was hältst du von dieser sinnigen Erfindung?« »Die Versuche«, erwiderte Ludwig, »der Natur Töne zu entlocken, sind allerdings herrlich und höchst beachtenswert, nur scheint es mir, daß man ihr bis jetzt nur ein kleinliches Spielzeug darbot, das sie mehrenteils wie in gerechtem Unmute zerbrach. Viel größer in der Idee als alle die Äolsharfen, die nur als musikalische Ableiter der Zugluft zum kindischen Spielwerk geworden, ist die Wetterharfe, von der ich einmal gelesen. Dicke, in beträchtlicher Weise im Freien ausgespannte Drähte wurden von der Luft in Vibration gesetzt und ertönten in mächtigem Klange.

Überhaupt bleibt hier dem sinnigen, von höherem Geiste beseelten Physiker und Mechaniker noch ein weites Feld offen, und ich glaube, daß bei dem Schwunge, den die Naturwissenschaft erhalten, auch tieferes Forschen in das heilige Geheimnis der Natur eindringen und manches, was nur noch geahnet, in das rege Leben sichtlich und vernehmbar bringen wird.« –

Plötzlich wehte ein seltsamer Klang durch die Luft, der im stärkern Anschwellen dem Ton einer Harmonika ähnlich wurde. Die Freunde blieben, von innerm Schauer ergriffen, wie an den Boden festgebannt, stehen; da wurde der Ton zur tiefklagenden Melodie einer weiblichen Stimme. Ferdinand ergriff des Freundes Hand und drückte sie krampfhaft an seine Brust, aber leise und bebend sprach Ludwig: »Mio ben ricordati s'avvien ch' io mora.« Sie befanden sich außerhalb der Stadt vor dem Eingange eines mit hohen Hecken und Bäumen umschlossenen Gartens; dicht vor ihnen hatte unbemerkt ein kleines niedliches Mädchen, im Grase sitzend, gespielt, das sprang nun schnell auf und sprach: »Ach, wie schön singt Schwesterchen wieder, ich muß ihr nur eine Blume bringen, denn ich weiß schon, wenn sie die bunten Nelken sieht, dann singt sie noch schöner und länger.« Und damit hüpfte sie, einen großen Blumenstrauß in der Hand, in den Garten, dessen Türe offen stehen blieb, so daß die Freunde hineinschauen konnten. Aber welch ein Erstaunen, ja welch ein inneres Grausen durchdrang sie, als sie den Professor X. erblickten, der mitten im Garten unter einer hohen Esche stand. Statt des zurückschreckenden ironischen Lächelns, mit dem er die Freunde in seinem Hause empfing, ruhte ein tiefer melancholischer Ernst auf seinem Gesicht, und sein himmelwärts gerichteter Blick schien wie in seliger Verklärung das geahnete Jenseits zu schauen, was hinter den Wolken verborgen und von dem die wunderbaren Klänge Kunde gaben, welche wie ein Hauch des Windes durch die Luft bebten. Er schritt langsam und abgemessen den Mittelgang auf und nieder, aber in seiner Bewegung wurde alles um ihn her rege und lebendig, und überall flimmerten kristallne Klänge aus den dunklen Büschen und Bäumen empor und strömten, vereinigt im wundervollen Konzert, wie Feuerflammen durch die Luft, ins Innerste des Gemüts eindringend und es zur höchsten Wonne himmlischer Ahndungen entzündend. Die Dämmerung war eingebrochen, der Professor verschwand in den Hecken, und die Töne erstarben im Pianissimo. Endlich gingen die Freunde im tiefen Schweigen nach der Stadt zurück; aber als Ludwig sich nun von dem Freunde trennen wollte, da drückte ihn Ferdinand fest an sich und sprach: »Sei mir treu! – sei mir treu! – ach, ich fühle es ja, daß eine fremde Macht in mein Inneres gedrungen und alle die im Verborgenen liegenden Saiten ergriffen hat, die nun nach ihrer Willkür erklingen müssen, und sollte ich darüber zugrunde gehen! –

War denn nicht die gehässige Ironie, womit uns der Professor in seinem Hause empfing, nur der Ausdruck des feindlichen Prinzips, und hat er uns mit seinen Automaten nicht nur abfertigen wollen, um alle nähere Beziehung mit mir im extensiven Leben von der Hand zu weisen?« – »Du kannst wohl recht haben«, erwiderte Ludwig, »denn auch ich ahne es deutlich, daß auf irgendeine Weise, die uns nun freilich wenigstens jetzt ein unauflösliches Rätsel bleibt, der Professor in dein Leben oder besser gesagt, in das geheimnisvolle psychische Verhältnis, in dem du mit jenem unbekannten weiblichen Wesen stehst, eingreift. Vielleicht verstärkt er selbst wider seinen Willen, als feindliches Prinzip darin verflochten und dagegen ankämpfend, den Rapport, dessen Kraft eben im Kampfe wächst, und es wäre denkbar, daß ihm dein Nähertreten schon deshalb verhaßt sein müßte, weil dein geistiges Prinzip dann wider seinen Willen, oder vielmehr irgendeiner konventionellen Absicht entgegen, alle die Anklänge jenes psychischen Rapports weckt und in neuen lebhafteren Schwung setzt.« – Die Freunde beschlossen nun, kein Mittel unversucht zu lassen, dem Professor X. näherzutreten und vielleicht endlich das Rätsel zu lösen, das so tief auf Ferdinands Leben wirkte; schon am folgenden Morgen sollte ein zweiter Besuch bei dem Professor das Fernere einleiten, ein Brief, den Ferdinand unvermutet von seinem Vater erhielt, rief ihn aber nach B., er durfte sich nicht den mindesten Aufschub verstatten, und in wenigen Stunden eilte er schon mit Postpferden von dannen, indem er seinem Freunde versicherte, daß ihn nichts abhalten würde, spätestens in vierzehn Tagen wieder in J. zu sein. Merkwürdig war es Ludwigen im höchsten Grade, daß er bald nach Ferdinands Abreise von demselben ältlichen Mann, der zuerst von des Professors X. Einwirkung auf den Türken gesprochen, nun erfuhr, wie des Professors mechanische Kunstwerke nur aus einer untergeordneten Liebhaberei hervorgegangen, und daß tiefes Forschen, tiefes Eindringen in alle Teile der Naturwissenschaft eigentlich der unausgesetzte Zweck alles seines Strebens sei. Vorzüglich rühmte der Mann die Erfindungen des Professors in der Musik, die er aber bis jetzt niemanden mitteile. Sein geheimnisvolles Laboratorium sei ein schöner Garten bei der Stadt, und oft hätten schon Vorübergehende seltsame Klänge und Melodien ertönen gehört, als sei der Garten von Feen und Geistern bewohnt.

Vierzehn Tage vergingen, aber Ferdinand kehrte nicht wieder, endlich nach zwei Monaten erhielt Ludwig einen Brief aus B. des Inhalts:

»Lies und erstaune, aber erfahre nur das, was Du vielleicht ahntest, nachdem Du dem Professor, wie ich hoffe, näher getreten. Im Dorfe P. werden Pferde gewechselt, ich stehe und schaue recht gedankenlos in die Gegend hinein.

Da fährt ein Wagen vorbei und hält vor der nahen offnen Kirche; ein einfach gekleidetes Frauenzimmer steigt aus, ihr folgt ein junger schöner Mann in russischer Jägeruniform, mit Orden geschmückt; zwei Männer steigen aus einem zweiten Wagen. Der Posthalter sagt: ›Das ist das fremde Paar, das unser Herr Pastor heut traut.‹ Mechanisch gehe ich in die Kirche und trete ein, als der Geistliche gerade mit dem Segen die Zeremonie endigt. Ich schaue hin, die Braut ist die Sängerin, sie erblickt mich, sie erblaßt, sie sinkt, der hinter ihr stehende Mann fängt sie auf in seine Arme, es ist der Professor X. – Was weiter vorgegangen, weiß ich nicht mehr, auch nicht, wie ich hieher gekommen, Du wirst es wohl vom Professor X. erfahren. Jetzt ist eine nie gefühlte Ruhe und Heiterkeit in meine Seele gekommen. Der verhängnisvolle Spruch des Türken war eine verdammte Lüge, erzeugt vom blinden Hintappen mit ungeschickten Fühlhörnern. Habe ich sie denn verloren? ist sie nicht im innern glühenden Leben ewig mein? Du wirst lange nicht von mir hören, denn ich gehe nach K., vielleicht auch in den tiefen Norden nach P.«

Ludwig ersah aus seines Freundes Worten nur zu deutlich seinen zerrütteten Seelenzustand, und um so rätselhafter wurde ihm das Ganze, als er erfuhr, daß der Professor X. durchaus die Stadt nicht verlassen habe. »Wie«, dachte er, »wenn es nur die Resultate des Konflikts wunderbarer psychischer Beziehungen, die vielleicht unter mehreren Personen stattfanden, wären, die in das Leben traten, und selbst äußere von ihnen unabhängige Begebenheiten so in ihren Kreis zogen, daß sie der getäuschte innere Sinn für eine aus ihm unbedingt hervorgehende Erscheinung hielt und daran glaubte? – Doch vielleicht tritt künftig die frohe Ahnung ins Leben, die ich in meinem Innern trage, und die meinen Freund trösten soll! Der verhängnisvolle Spruch des Türken ist erfüllt und vielleicht gerade durch diese Erfüllung der vernichtende Stoß abgewendet, der meinem Freund drohte.«

Der Magnetiseur

Eine Familienbegebenheit

Träume sind Schäume

»Träume sind Schäume«, sagte der alte Baron, indem er die Hand nach der Klingelschnur ausstreckte, um den alten Kaspar herbeizurufen, der ihm ins Zimmer leuchten sollte; denn es war spät geworden, ein kalter Herbstwind strich durch den übel verwahrten Sommersaal, und Marie, in ihren Shawl fest eingewickelt, schien mit halbgeschlossenen Augen sich des Einschlummerns nicht mehr erwehren zu können. – »Und doch«, fuhr er fort, die Hand wieder zurückziehend und aus dem Lehnstuhl vorgebeugt beide Arme auf die Knie stützend, »und doch erinnere ich mich manches merkwürdigen Traumes aus meiner Jugendzeit!« – »Ach, bester Vater«, fiel Ottmar ein, »welcher Traum ist denn *nicht* merkwürdig, aber nur die, welche irgend eine auffallende Erscheinung verkündigen – mit Schillers Worten: die Geister, die den großen Geschicken voranschreiten – die uns gleich mit Gewalt in das dunkle geheimnisvolle Reich stoßen, dem sich unser befangener Blick nur mit Mühe erschließt, nur die ergreifen uns mit einer Macht, deren Einwirkung wir nicht ableugnen können.« –

»Träume sind Schäume«, wiederholte der Baron mit dumpfer Stimme, »und selbst in diesem Weidspruch der Materialisten, die das Wunderbarste ganz natürlich, das Natürlichste aber oft abgeschmackt und unglaublich finden«, erwiderte Ottmar, »liegt eine treffende Allegorie.« – »Was wirst du in dem alten verbrauchten Sprichwort wieder Sinniges finden?« fragte gähnend Maria. – Lachend erwiderte Ottmar mit Prosperos Worten: »Zieh deiner Augen Fransenvorhang auf, und hör' mich freundlich an! – Im Ernst, liebe Maria, wärst du weniger schläfrig, so würdest du selbst schon geahnet haben, daß, da von einer über alle Maßen herrlichen Erscheinung im menschlichen Leben, nämlich vom Traume, die Rede ist, ich mir bei der Zusammenstellung mit *Schaum* auch nur den edelsten denken kann, den es gibt. – Und das ist denn doch offenbar der Schaum des gärenden, zischenden, brausenden Champagners, den du abzunippen auch nicht verschmähst, unerachtet du sonst recht jüngferlich und zünferlich allen Rebensaft schnöde verachtest. Sieh die tausend kleinen

Bläschen, die perlend im Glase aufsteigen und oben im Schaume sprudeln, das sind die Geister, die sich ungeduldig von der irdischen Fessel loslösen; und so lebt und webt im Schaum das höhere geistige Prinzip, das frei von dem Drange des Materiellen frisch die Fittiche regend in dem fernen und allen verheißenen himmlischen Reiche sich zu dem verwandten höheren Geistigen freudig gesellt und alle wundervollen Erscheinungen in ihrer tiefsten Bedeutung wie das Bekannteste aufnimmt und erkennt. Es mag daher auch der Traum von *dem* Schaum, in welchem unsere Lebensgeister, wenn der Schlaf unser extensives Leben befängt, froh und frei aufsprudeln, erzeugt werden und ein höheres intensives Leben beginnen, in dem wir alle Erscheinungen der uns fernen Geisterwelt nicht nur ahnen, sondern wirklich erkennen, ja in dem wir über Raum und Zeit schweben.« »Mich dünkt«, unterbrach ihn der alte Baron, wie sich von einer Erinnerung, in die er versunken, gewaltsam losreißend, »ich höre deinen Freund Alban sprechen. Ihr kennt mich als euern unzubekehrenden Gegner; so ist das alles, was du soeben gesagt, recht schön anzuhören, und gewisse empfindliche oder empfindelnde Seelen mögen sich daran ergötzen, allein schon der Einseitigkeit wegen unwahr. Nach dem, was du da von der Verbindung mit der Geisterwelt und was weiß ich schwärmtest, sollte man glauben, der Traum müsse den Menschen in den glückseligsten Zustand versetzen; aber alle die Träume, welche ich deshalb merkwürdig nenne, weil der Zufall ihnen eine gewisse Einwirkung in mein Leben gab – Zufall nenne ich nämlich ein gewisses Zusammentreffen an und für sich selbst fremdartiger Begebenheiten, die nun sich zu einer Totalerscheinung verbinden – alle diese Träume, sage ich, waren unangenehm, ja qualvoll, daß ich oft darüber erkrankte, wiewohl ich mich alles Nachgrübelns darüber enthielt, da es damals noch nicht Mode war, auf alles, was die Natur weise uns fern gerückt hat, Jagd zu machen.« – »Sie wissen, bester Vater«, erwiderte Ottmar, »wie ich über das alles, was Sie Zufall, Zusammentreffen der Umstände und sonst nennen, mit meinem Freunde Alban denke. – Und was die Mode des Nachgrübelns betrifft, so mag mein guter Vater daran denken, daß diese Mode, als in der Natur des Menschen begründet, uralt ist. Die Lehrlinge zu Sais« – »Halt«, fuhr der Baron auf, »vertiefen wir uns weiter nicht in ein Gespräch, das ich heute um so mehr zu meiden Ursache habe, als ich mich gar nicht aufgelegt fühle, es mit deinem überbrausenden Enthusiasmus für das Wunderbare aufzunehmen. Nicht leugnen kann ich, daß mich gerade heute am neunten September eine Erinnerung aus meinen Jugendjahren befängt, die ich nicht los werden kann, und sollte ich euch das Abenteuer erzählen, so würde Ottmar den Beweis darin finden, wie ein Traum oder ein träumerischer Zustand, der sich auf eine ganz eigene Weise an die Wirklichkeit knüpfte, von dem feindlichsten Einfluß auf mich war.« »Vielleicht, bester Vater«, sagte Ottmar, »geben Sie mir und meinem Alban einen herrlichen Beitrag zu den vielfachen Erfahrungen, die die jetzt aufgestellte Theorie des magnetischen Einflusses, die von der Untersuchung des Schlafs und des Träumens ausgeht, bestätigen.« – »Schon das Wort magnetisch macht mich erbeben«, zürnte der Baron; »aber jeder nach seiner Weise, und wohl euch, wenn die Natur es leidet, daß ihr mit täppischen Händen an ihrem Schleier zupft und ihre Neugierde nicht mit eurem Untergange bestraft.« »Lassen Sie uns, bester Vater!« erwiderte Ottmar, »nicht über Dinge streiten, die aus der innersten Überzeugung hervorgehen; aber die Erinnerung aus Ihrer Jugendzeit, darf sich denn die nicht in Worten aussprechen?« – Der Baron setzte sich tief in den Lehnstuhl zurück, und indem er, wie er zu tun pflegte, wenn sein Innerstes angeregt wurde, den seelenvollen Blick in die Höhe richtete, fing er an:

»Ihr wißt, daß ich meine militärische Bildung auf der Ritterakademie in B. erhielt. Unter den dort angestellten Lehrern befand sich nun ein Mann, der mir ewig unvergeßlich bleiben wird; ja ich kann noch jetzt an ihn nicht denken ohne innern Schauer, ohne Entsetzen, möcht' ich sagen. Es ist mir oft, als würde er gespenstisch durch die Tür hineinschreiten. – Seine Riesengröße wurde noch auffallender durch die Hagerkeit seines Körpers, der nur aus Muskeln und Nerven zu bestehen schien; er mochte in jüngern Jahren ein schöner Mann gewesen sein, denn noch jetzt warfen seine großen schwarzen Augen einen brennenden Blick, den man kaum ertragen konnte; ein tiefer Funfziger hatte er die Kraft und die Gewandtheit eines Jünglings; alle seine Bewegungen waren rasch und entschieden. Im Fechten auf Stoß und Hieb war er dem Geschicktesten überlegen, und das wildeste Pferd drückte er zusammen, daß es unter ihm ächzte. Er war ehemals Major in dänischen Diensten gewesen und hatte, wie man sagte, deshalb flüchten müssen, weil er seinen General im Duell erstochen. Manche behaupteten, dies sei nicht im Duell geschehen, sondern auf ein beleidigendes Wort vom General habe er, ehe dieser sich zur Wehr setzen konnte, ihm den Degen durch den Leib gerannt. Genug, er war aus Dänemark herübergeflüchtet und mit dem Majors-Rang bei der Ritterakademie zum höhern Unterricht in der Fortifikation angestellt. Im höchsten Grade jähzornig, konnte ihn ein Wort, ein Blick in Wut setzen, er bestrafte die Zöglinge mit ausgedachter Grausamkeit, und doch hing alles an ihm auf eine ganz unbegreifliche Weise. So hatte einmal die gegen alle Regel und Ordnung harte Behandlung eines Zöglings die Aufmerksamkeit der Obern erregt, und es wurde eine Untersuchung verfügt; aber gerade dieser Zögling klagte sich nur selbst an und sprach so eifrig für den Major, daß er aller Schuld entbunden werden mußte. Bisweilen hatte er Tage, in denen er sich selbst nicht ähnlich war. Der sonst harte polternde Ton seiner tiefen Stimme hatte dann etwas unbeschreiblich sonores, und von seinem Blick konnte man sich nicht losreißen. Gutmütig und weich übersah er jede kleine Ungeschicklichkeit, und wenn er diesem oder jenem, dem etwas besonders gelungen, die Hand drückte, so war es, als habe er ihn wie durch eine unwiderstehliche Zauberkraft zu seinem Leibeigenen gemacht, denn den augenblicklichen schmerzvollsten Tod hätte er gebieten können, und sein Wort wäre erfüllt worden. Auf solche Tage folgte aber gewöhnlich ein schrecklicher Sturm, vor dem jeder sich verbergen oder flüchten mußte. Dann zog er in aller Frühe seine rote dänische Staatsuniform an, lief mit Riesenschritten, gleichviel war es Sommer oder Winter, in dem großen Garten, der sich an das Palais der Ritterakademie anschloß, rastlos den ganzen Tag umher. Man hörte ihn mit schrecklicher Stimme und mit den heftigsten Gestikulationen dänisch sprechen – er zog den Degen – er schien es mit einem fürchterlichen Gegner zu tun zu haben – er empfing – er parierte Stöße – endlich war durch einen wohlberechneten Stoß der Gegner gefallen, und unter den gräßlichsten Flüchen und Verwünschungen schien er den Leichnam mit den Füßen zu zermalmen. Nun flüchtete er mit unglaublicher Schnelle durch die Alleen, er erkletterte die höchsten Bäume und lachte dann höhnisch herab, daß uns, die wir es bis in das Zimmer hören konnten, das Blut in den Adern erstarrte. Gewöhnlich tobte er auf diese Art vierundzwanzig Stunden, und man bemerkte, daß er in der Tag- und Nachtgleiche jedesmal von diesem Paroxismus befallen wurde. Den Tag darauf schien er von allem, was er unternommen, auch nicht das mindeste zu ahnen, nur war er störrischer, jähzorniger, härter als je, bis er wieder in jene gutmütige Stimmung geriet. Ich weiß nicht, woher die wunderlichen, abenteuerlichen Gerüchte kamen, die von ihm unter den Dienstboten der Akademie und sogar in der Stadt unter dem gemeinen Volk verbreitet wurden. So hieß es von ihm, er könne das Feuer besprechen und Krankheiten durch das Auflegen der Hände, ja durch den bloßen Blick heilen, und ich erinnere mich, daß er einmal Leute, die durchaus von ihm auf diese Art geheilt sein wollten, mit Stockschlägen verjagte. Ein alter Invalide, der zu meiner Aufwartung bestimmt war, äußerte ganz unverhohlen, daß man wohl wisse, wie es mit dem Herrn Major nicht natürlich zugehe, und daß vor vielen Jahren einmal im Sturm auf der See der böse Feind zu ihm getreten und ihm Rettung aus der Todesnot, sowie übermenschliche Kraft allerlei Wunderbares zu wirken verheißen, welches er denn angenommen und sich dem Bösen ergeben habe; nun habe er oft harte Kämpfe mit dem Bösen zu bestehen, den man bald als schwarzer Hund, bald als ein anderes häßliches Tier im Garten umherlaufen sehe, aber über kurz oder lang werde der Major doch gewiß auf eine schreckliche Weise unterliegen müssen. So albern und abgeschmackt mir diese Erzählungen vorkamen, so konnte ich mich doch eines gewissen innern Schauers nicht erwehren, und unerachtet ich die ganz besondere Zuneigung, die der Major mir allein vor allen andern bewies, mit getreuer Anhänglichkeit erwiderte, so mischte sich doch in mein Gefühl für den sonderbaren Mann ein unbegreifliches Etwas, das mich unaufhörlich verfolgte, und das ich mir selbst nicht erklären konnte. Es war, als würde ich von einem höhern Wesen gezwungen, treu an dem Mann zu halten, als würde der Augenblick des Aufhörens meiner Liebe auch der Augenblick des Unterganges sein. Erfüllte mich nun mein Beisammensein mit ihm auch mit einem gewissen Wohlbehagen, so war es doch wieder eine gewisse Angst, das Gefühl eines unwiderstehlichen Zwanges, das mich auf eine unnatürliche Art spannte, ja das mich innerlich erbeben machte. War ich lange bei ihm gewesen, ja hatte er mich besonders freundlich behandelt und mir, wie er dann zu tun pflegte, mit starr auf mich geheftetem Blick, meine Hand in der seinigen festhaltend, allerlei Seltsames erzählt, so konnte mich jene ganz eigne wunderbare Stimmung bis zur höchsten Erschöpfung treiben. Ich fühlte mich krank und matt zum Umsinken. – Ich übergehe alle die sonderbaren Auftritte, die ich mit meinem Freunde und Gebieter hatte, wenn er sogar an meinen kindischen Spielen teilnahm und fleißig an der unüberwindlichen Festung mit bauen half, die ich in dem Garten nach den strengsten Regeln der Befestigungskunst anlegte, – ich komme zur Hauptsache. – Es war, wie ich mich genau erinnere, in der Nacht vom achten auf den neunten September im Jahre 17 –, als ich lebhaft, als geschähe es wirklich, träumte, der Major öffne leise die Tür, käme langsam an mein Bett geschritten und lege, mich mit seinen hohlen schwarzen Augen auf furchtbare Weise anstarrend, die rechte Hand auf meine Stirn über die Augen, und doch könne ich ihn vor mir stehen sehn. – Ich ächzte vor Beklemmung und Entsetzen – da sprach er mit dumpfer Stimme: »Armes Menschenkind, erkenne deinen Meister und Herrn! – Was krümmst und windest du dich in deiner Knechtschaft, die du vergebens abzuschütteln strebst? – Ich bin dein Gott, der dein Innerstes durchschaut, und alles, was du darin jemals verborgen hast oder verbergen willst, liegt hell und klar vor mir. Damit du aber nicht wagst, an meiner Macht über dich, du Erdenwurm, zu zweifeln, will ich auf eine dir selbst sichtbare Weise in die geheimste Werkstatt deiner Gedanken eindringen.« – Plötzlich sah ich ein spitzes glühendes Instrument in seiner Hand, mit dem er in mein Gehirn fuhr. Über den fürchterlichen Schrei des Entsetzens, den ich ausstieß, erwachte ich in Angstschweiß gebadet – ich war der Ohnmacht nahe. Endlich erholte ich mich, aber eine dumpfe, schwüle Luft erfüllte das Zimmer, es war mir, als höre ich die Stimme des Majors, der wie aus weiter Ferne mich mehrmals bei dem Vornamen rief. Ich hielt dies für die Nachwirkung des gräßlichen Traums; ich sprang aus dem Bette, ich öffnete die Fenster, um die freie Luft hineinströmen zu lassen in das schwüle Zimmer. Aber welch ein Schreck ergriff mich, als ich in der mondhellen Nacht den Major in seiner Staatsuniform, ganz so wie er mir im Traum erschienen, durch die Hauptallee nach dem Gattertor, das aufs freie Feld führte, schreiten sah; er riß es auf, ging hindurch, warf die Flügel hinter sich zu, daß Riegel und Angel klirrend und rasselnd zusammensprangen und das Getöse weit in der stillen Nacht widerhallte. – Was war das, was will der Major in der Nacht draußen im Felde? dachte ich, und es überfiel mich eine unbeschreibliche Angst und Unruhe. Wie von unwiderstehlicher Gewalt getrieben zog ich mich schnell an, weckte den guten Inspektor, einen frommen Greis von siebzig Jahren, den Einzigen, den der Major selbst in seinem ärgsten Paroxismus scheute und schonte, und erzählte ihm meinen Traum sowie den Vorgang nachher. Der Alte wurde sehr aufmerksam und sagte: auch ich habe das Gattertor stark zuwerfen gehört, es aber für Täuschung gehalten; auf jeden Fall möge wohl etwas Besonderes mit dem Major vorgegangen und deshalb es gut sein, in seinem Zimmer nachzusehen. Die Hausglocke weckte Zöglinge und Lehrer, und wir gingen mit Lichtern wie in feierlicher Prozession durch den langen Gang nach den Zimmern des Majors. Die Tür war verschlossen, und vergebliche Versuche, sie mit dem Hauptschlüssel zu öffnen, überzeugten uns, daß von innen der Riegel vorgeschoben war. Auch die Haupttür, durch die der Major hätte gehen müssen, um in den Garten zu kommen, war verschlossen und verriegelt wie den Abend zuvor. Man erbrach endlich, als alles Rufen ohne Antwort blieb, die Tür des Schlafzimmers, und – mit starrem gräßlichen Blick, blutigen Schaum vor dem Munde, lag der Major in seiner roten dänischen Staatsuniform, den Degen mit zusammengekrampfter Hand festhaltend, tot auf der Erde! – Alle Versuche, ihn wieder in das Leben zu bringen, blieben fruchtlos.« – Der Baron schwieg – Ottmar war im Begriff, etwas zu sagen, doch unterließ er es und schien, die Hand an die Stirn gelegt, alles, was er vielleicht über die Erzählung äußern wollte, erst im Innern zu regeln und zu ordnen. Maria unterbrach das Stillschweigen, indem sie rief: »Ach, bester Vater! – welche schauerliche Begebenheit, ich sehe den fürchterlichen Major in seiner dänischen Uniform vor mir stehen, den Blick starr auf mich gerichtet; um meinen Schlaf in dieser Nacht ist es geschehen.« – Der Maler Franz Bickert, nun schon seit fünfzehn Jahren im Hause des Barons als wahrer Hausfreund, hatte, wie er manchmal pflegte, bisher an dem Gespräch keinen Anteil genommen, sondern war mit über den Rücken zusammengeflochtenen Armen, allerlei skurrile Gesichter schneidend und wohl gar bisweilen einen possierlichen Sprung versuchend, auf und ab geschritten. Nun brach er los: »die Baronesse hat ganz recht, – wozu schauerliche Erzählungen, wozu abenteuerliche Begebenheiten gerade vor dem Schlafengehen? Das ist wenigstens ganz gegen meine Theorie vom Schlafen und Träumen, die sich auf die Kleinigkeit von ein paar Millionen Erfahrungen stützt. – Wenn der Herr Baron nur lauter Unglücksträume hatte, so war es bloß, weil er meine Theorie nicht kannte und also danach nicht verfahren konnte. Wenn Ottmar von magnetischen Einflüssen – Planetenwirkung und was weiß ich spricht, so mag er nicht unrecht haben, aber meine Theorie schmiedet den Panzer, den kein Mondstrahl durchdringt.« – »Nun, so bin ich denn wirklich auf deine vortreffliche Theorie begierig«, sagte Ottmar. »Laß den Franz nur reden«, fiel der Baron ein, »er wird uns bald von allem, was und wie er will, überzeugen.« Der Maler setzte sich Marien gegenüber, und indem er mit komischem Anstande und mit einem höchst skurrilen süßlichen Lächeln eine Prise nahm, fing er an:

»Geehrte Versammlung! Träume sind Schäume, das ist ein altes körnichtes, recht ehrlich deutsches Sprichwort, aber Ottmar hat es so fein gewendet, so subtilisiert, daß ich, indem er sprach, in meinem Haupte ordentlich die Bläschen fühlte, die aus dem Irdischen entwickelt aufstiegen, um sich mit dem höheren geistigen Prinzip zu vermählen. Aber ist es denn nicht wider unser Geist, der den Hefen bereitet, aus dem jene subtileren Teile, die auch nur das Erzeugnis eines und desselben Prinzips sind, emporsteigen? – Findet unser Geist in sich selbst allein alle Elemente, alles Zubehör, woraus er, um in dem Gleichnis zu bleiben, jenen Hefen bereitet, oder kommt ihm außerhalb ihm Liegendes dabei zu Hülfe? frage ich ferner und antworte schnell: Die ganze Natur mit allen ihren Erscheinungen steht ihm nicht sowohl bei, als sie selbst in Raum und Zeit die Werkstatt darbietet, in welcher er, sich ein freier Meister wähnend, nur als Arbeiter für ihre Zwecke schafft und wirkt. Wir stehen mit allen Außendingen mit der ganzen Natur in solch enger psychischer und physischer Verbindung, daß das Loslösen davon, sollte es möglich sein, auch unsere Existenz vernichten würde. Unser sogenanntes intensives Leben wird von dem extensiven bedingt, es ist nur ein Reflex von diesem, in dem aber die Figuren und Bilder, wie in einem Hohlspiegel aufgefangen, sich oft in veränderten Verhältnissen und daher wunderlich und fremdartig darstellen, unerachtet auch wieder diese Karikaturen im Leben ihre Originale finden. Ich behaupte keck, daß niemals ein Mensch im Innern etwas gedacht oder geträumt hat, wozu sich nicht die Elemente in der Natur finden ließen; aus ihr heraus kann er nun einmal nicht. – Abgesehen von äußern unabwendbaren Eindrücken, die unser Gemüt aufregen und in eine unnatürliche Spannung versetzen, z. B. plötzlicher Schreck – großes Herzeleid u. s. w., so meine ich, daß unser Geist, hält er sich bescheiden in den ihm angewiesenen Schranken, aus den angenehmsten Erscheinungen des Lebens bequem den Hefen bereiten kann, aus dem dann die Bläschen aufsteigen, die nach Ottmars

Ausspruch den Schaum des Traums bilden. Ich meinesteils, dessen gute Laune vorzüglich abends unverwüstlich ist, wie man mir einräumen wird, präpariere förmlich die Träume der Nacht, indem ich mir tausend närrische Dinge durch den Kopf laufen lasse, die mir dann nachts meine Fantasie in den lebendigsten Farben auf eine höchst ergötzliche Weise darstellt; am liebsten sind mir aber meine theatralischen Darstellungen.« »Was meinst du damit?« fragte der Baron. »Wir sind«, fuhr Bickert fort, »im Traum, wie schon ein geistreicher Schriftsteller bemerkt hat, die herrlichsten Schauspieldichter und Schauspieler, indem wir jeden außer uns liegenden Charakter mit allen seinen individuellsten Zügen richtig auffassen und mit der vollendetsten Wahrheit darstellen. Darauf baue ich denn und denke so manchmal an die vielfachen komischen Abenteuer auf meinen Reisen, an manche komische Charaktere, mit denen ich lebte, und da gibt mir denn nachts meine Fantasie, indem sie diese Personen mit allen ihren närrischen Zügen und Albernheiten auftreten läßt, das ergötzlichste Schauspiel von der Welt. Es ist, als habe ich mir abends vorher nur den Cannevas, die Skizze des Stücks, gegeben, und im Traum würde dann alles mit Feuer und Leben nach des Dichters Willen improvisiert. Ich trage die ganze Sacchische Truppe in mir, die das Gozzische Märchen mit allen aus dem Leben gegriffenen Nuancen so lebendig darstellt, daß das Publikum, welches ich auch wieder selbst repräsentiere, daran als an etwas Wahrhaftiges glaubt. – Wie gesagt, von diesen gleichsam willkürlich erregten Träumen rechne ich jeden ab, den eine besondere, durch äußere Zufälle herbeigeführte Gemütsstimmung oder ein äußerer physischer Eindruck erzeugt. So werden alle diejenigen Träume, welche beinahe jeden bisweilen quälen, als da sind: vom Turm fallen, enthauptet werden u. s. w. von irgend einem physischen Schmerz erzeugt, den der Geist, im Schlaf von dem animalischen Leben mehr getrennt und für sich allein arbeitend, nach seiner Weise deutet und ihm die fantastische Ursache gibt, die gerade in die Reihe seiner Vorstellungen paßt. Ich erinnere mich, im Traum in einer lustigen Punschgesellschaft gewesen zu sein; ein mir wohlbekannter Bramarbas von Offizier zog unaufhörlich einen Studenten auf, bis dieser ihm ein Glas ins Gesicht warf; nun entstand eine allgemeine Schlägerei, und ich, der ich Frieden stiften wollte, wurde hart an der Hand verwundet, so daß der brennende Schmerz mich weckte, – und siehe da! – meine Hand blutete wirklich, denn an einer starken, in der Bettdecke verborgenen Nadel, hatte ich sie aufgerissen.« »Ei, Franz!« rief der Baron, »das war kein angenehmer Traum, den du dir bereitet.« »Ach, ach!« sagte der Maler mit kläglicher Stimme, »wer kann dafür, was uns oft das Schicksal als Strafe auferlegt. Auch ich habe freilich schreckliche, qualvolle, entsetzliche Träume gehabt, die mir Angstschweiß auspreßten, die mich außer mich selbst setzten.« »Heraus damit«, rief Ottmar, »und sollte es deine Theorie über den Haufen werfen.« »Aber um des Himmels willen«, klagte Maria, »wollt ihr denn meiner gar nicht schonen?« »Nein«, rief Franz, »nun keine Schonung mehr! – Auch ich habe das Entsetzliche geträumt, so gut wie einer. – War ich nicht bei der Prinzessin von Amaldasongi zum Tee eingeladen? hatte ich nicht den herrlichsten Tressenrock an mit gestickter Weste? sprach ich nicht das reinste Italienisch? – *lingua toscana in bocca romana* – war ich nicht verliebt in die herrliche Frau, wie es einem Künstler wohl ansteht? sagte ich ihr nicht die erhabensten, göttlichsten, poetischsten Dinge, als ein zufällig abwärts gerichteter Blick mich zu meinem Entsetzen wahrnehmen ließ, daß ich mich zwar auf das sorgfältigste hofmäßig eingekleidet, aber das Beinkleid vergessen hatte?« – »Noch ehe jemand über die Unart zürnen konnte«, fuhr Bickert in Begeisterung fort: »Gott! was soll ich noch von manchen Höllenqualen meiner Träume sagen! War ich nicht wieder in mein zwanzigstes Jahr zurückgegangen und wollte auf dem Ball mit den gnädigen Fräuleins sehr tanzen? hatte ich nicht mein letztes Geld daran gewandt, einem alten Rock durch schickliches Umkehren einige Neuheit geben zu lassen und ein Paar weißseidene Strümpfe zu kaufen? – und als ich endlich glücklich vor der Tür des von tausend Lichtern und schön geputzten Menschen schimmernden Saals angekommen und mein Billet abgegeben, öffnete da nicht ein teuflischer Hund von Portier ein kleines Ofenloch und sagte zum Erdrosseln höflich: ich möge doch nur gefälligst hineinspazieren, denn da müßte man durch, um in den Saal zu kommen? Aber alles dieses sind Kleinigkeiten gegen den gräßlichen Traum, der mich gestern Nacht geängstiget und gefoltert hat. Ach! – ich war ein Bogen Kavalierpapier, ich saß recht in der Mitte als Wasserzeichen, und jemand – es war ja eigentlich ein weltbekannter Satan von Dichter, aber mag's bei jemand bleiben – dieser Jemand also hatte eine unmenschlich lange, übel-zweispaltig-zahnicht-geschnittene Truthahnsfeder und kratzte auf mir Armen herum, indem er diabolische holperichte Verse niederschrieb. Hat nicht ein anderer anatomischer Satan mich einmal zu seiner Lust wie eine Gliederpuppe auseinandergenommen und nun allerlei teuflische Versuche angestellt? – Z. B. wie es wohl aussehen würde, wenn mir aus dem Nacken ein Fuß wüchse oder der rechte Arm sich zum linken Bein gesellte?« – Der Baron und Ottmar unterbrachen den Maler durch ein schallendes Gelächter, die ernste Stimmung war verschwunden, und der Baron fing an: »Sag' ich es denn nicht, daß in unserm kleinen Familienzirkel der alte Franz der wahrhafte Maitre de Plaisir ist? – Wie pathetisch fing er nicht seine Diskussion über unser Thema an, und um so herrlicher war die Wirkung des humoristischen Scherzes, den er zuletzt ganz unerwartet losbrannte, und der wie mit einer gewaltsamen Explosion unsern feierlichen Ernst zerstörte; mit einem Ruck waren wir aus der Geisterwelt heraus in das wirkliche, lebendige, frohe Leben.« »Glaubt ja nicht«, erwiderte Bickert, »daß ich als euer Pagliasso Spaß gemacht habe, um euch aufzuheitern. Nein! jene abscheulichen Träume haben mich wirklich gequält, und es mag sein, daß ich sie mir unbewußt auch selbst bereitet habe.« »Unser Franz«, fiel Ottmar ein, »hat Rücksichts seiner Theorie des Entstehens der Träume manche Erfahrung für sich, indessen war sein Vortrag, was den Zusammenhang und die Folgerungen aus hypothetischen Prinzipen betrifft, eben nicht zu rühmen. Überdem gibt es eine höhere Art des Träumens, und nur *diese* hat der Mensch in dem gewissen beseelenden und beseligenden Schlafe, der ihm vergönnt, die Strahlen des Weltgeistes, dem er sich näher geschwungen, in sich zu ziehen, die ihn mit göttlicher Kraft nähren und stärken.« »Gebt acht«, sagte der Baron, »Ottmar wird gleich wieder auf seinem Steckenpferde sitzen, um einen Ritt in das unbekannte Reich zu machen, welches wir Ungläubigen, wie er behauptet, nur von ferne, wie Moses das gelobte Land, erblicken können. Aber wir wollen es ihm schwer machen, uns zu verlassen – es ist eine recht unfreundliche Herbstnacht, wie wäre es, wenn wir noch ein Stündchen zusammenblieben, wenn wir Feuer in den Kamin legen ließen und Maria uns nach ihrer Art einen köstlichen Punsch bereitete, den wir vorderhand wenigstens als den Geist annehmen könnten, der unsere muntere Laune nährte und stärkte.« – Bickert schaute wie mit verklärtem Blick zum Himmel hinauf, stark seufzend, und neigte sich dann schnell in demütig bittender Stellung zu Marien herab. Maria, die so lange ziemlich stumm und in sich gekehrt dagesessen, lachte, wie sie selten zu tun pflegte, recht herzlich über des alten Malers possierliche Stellung und stand dann schnell auf, um alles nach des Barons Wünschen sorglich zu veranstalten. Bickert trippelte geschäftig hin und her, er half Kasparn das Holz herbeitragen, und indem er, auf einem Knie ruhend, in seitwärts gedrehter Stellung die Flamme anblies, rief er Ottmarn unaufhörlich zu, sich doch als sein gelehriger Schüler zu zeigen und schnell ihn als gute Studie zu zeichnen mit genauer Beachtung des Feuereffekts und der schönen Reflexe, in denen jetzt sein Gesicht erglühe. Der alte Baron wurde immer heiterer und ließ sich sogar, welches nur in den gemütlichsten Stunden geschah, sein langes türkisches Rohr, dem ein seltener Bernstein zum Mundstück diente, reichen. – Als nun der feine flüchtige Duft des türkischen Tabaks durch den Saal zog und Maria auf den Zucker, den sie selbst in Stücke zerschlagen, den Zitronensaft in den silbernen Punschnapf tröpfelte, war es allen, als ginge ihnen ein freundlicher heimatlicher Geist auf, und das innere Wohlbehagen, das er erzeuge, müsse den Genuß des Augenblicks so anregen und beleben, daß alles *Vorher* und *Nachher* farblos und unbeachtet bliebe. – »Wie ist es doch so eigen«, fing der Baron an, »daß Marien die Bereitung des Punsches immer so wohl gerät, ich mag ihn kaum anders genießen. Ganz vergebens ist ihr genauester Unterricht über das Verhältnis der Bestandteile und was weiß ich sonst. – So hatte einmal in meiner Gegenwart ganz nach Mariens Weise unsere launische Katinka den Punsch bereitet, aber ich habe kein Glas herunterbringen können; es ist, als ob Maria noch eine Zauberformel über den Trank spräche, die ihm eine besondere magische Kraft gäbe.« »Ist es denn anders?« rief Bickert, »es ist der Zauber der Zierlichkeit, der Anmut, mit dem Maria alles, was sie tut, belebt; schon das Bereiten *sehen* des Punsches macht ihn herrlich und schmackhaft.« »Sehr galant«, fiel Ottmar ein, »aber mit deiner Erlaubnis, liebe Schwester! nicht ganz wahr. Ich stimme darin dem guten Vater bei, daß alles, was du bereitest, was durch deine Hände gegangen, auch mir bei dem Genuß, bei der Berührung ein inneres Wohlbehagen erregt. Den Zauber, der dies bewirkt, suche ich aber in tieferen geistigen Beziehungen und nicht in deiner Schönheit und Anmut, wie Bickert, der natürlicherweise alles nur darauf bezieht, weil er dir den Hof gemacht hat schon seit deinem achten Jahr.« »Was ihr nur noch heute aus mir machen werdet«, rief Maria mit heiterm Ton; »kaum habe ich die nächtlichen Fantasien und Erscheinungen überstanden, so findest du in mir selbst etwas Geheimnisvolles, und wenn ich auch weder an den fürchterlichen Major noch sonst an irgend einen Doppelgänger mehr denke, so laufe ich doch Gefahr, mir selbst gespenstisch zu werden und vor meinem eigenen Bilde im Spiegel zu erschrecken.« »Das wäre denn doch arg«, sagte der Baron lachend, »wenn ein sechzehnjähriges Mädchen nicht mehr in den Spiegel sehen dürfte, ohne Gefahr ihr eigenes Bild für eine gespenstische Erscheinung zu halten. Aber wie kommt es, daß wir heute von dem fantastischen Zeuge nicht loskommen können?« »Und daß«, erwiderte Ottmar, »Sie selbst, guter Vater, mir unwillkürlich jeden Augenblick Gelegenheit geben, mich über alle jene Dinge auszusprechen, die Sie als unnütze, ja sündliche Geheimniskrämerei geradehin verwerfen und deshalb meinen guten Alban – gestehen Sie es nur – nicht recht leiden mögen. Den Forschungstrieb, den Drang zum Wissen, den die Natur selbst in uns legte, kann sie nicht strafen, und es scheint vielmehr, als ob, je nachdem er in uns tätig wirkt, wir desto fähiger würden, auf einer Stufenleiter, die sie uns selbst hingestellt hat, zum Höheren emporzuklimmen.« – »Und wenn wir uns recht hoch glauben«, fiel Bickert ein, »schändlich hinunterzupurzeln und an dem Schwindel, der uns ergriff, zu bemerken, daß die subtile Luft in der obern Region für unsere schweren Köpfe nicht taugt.« »Ich weiß nicht«, antwortete Ottmar, »was ich aus dir, Franz! seit einiger Zeit, ja ich möchte sagen, seitdem Alban im Hause ist, machen soll. Sonst hingst du mit ganzer Seele, mit dem ganzen Gemüte am Wunderbaren, du sannst über die farbigen Flecken, über die sonderbaren Figuren auf Schmetterlingsflügeln, auf Blumen, auf Steinen nach, du« – »Halt«, rief der Baron, »nicht lange dauert's, so sind wir in unser altes Kapitel geraten. Alles das, was du mit deinem mystischen Alban aus allen Winkeln, ja ich möchte sagen, gleichsam aus einer fantastischen Rumpelkammer zusammensuchst, um daraus ein künstliches Gebäude, dem jedes feste Fundament fehlt, aufzuführen, rechne ich zu den Träumen, die nach meinem Grundsatz Schäume sind und bleiben. Der Schaum, den das Getränk aufwirft, ist unhaltbar, geschmacklos, kurz, ebensowenig das höhere Resultat der innern Arbeit als die Späne, welche dem Drechsler wegfliegen, die, hat der Zufall ihnen auch eine gewisse Form gegeben, man doch wohl nie für das Höhere halten wird, welches der Künstler bei seiner Arbeit bezweckte. Übrigens ist mir Bickerts Theorie so einleuchtend, daß ich mich ihrer praktisch zu bedienen suchen werde.« »Da wir doch nun einmal von den Träumen nicht loskommen«, sagte Ottmar, »so sei es mir erlaubt, eine Begebenheit zu erzählen, die mir neulich Alban mitteilte, und die uns alle in der gemütlichen Stimmung erhalten wird, in der wir uns jetzt befinden.« »Nur unter der Bedingung«, erwiderte der Baron, »magst du erzählen: daß du von dem letztern überzeugt bist, und daß Bickert frei seine Anmerkungen dreinwerfen darf.« »Sie sprechen mir aus der Seele, lieber Vater!« sagte Maria, »denn Albans Erzählungen sind gemeinhin, wenn auch nicht schrecklich und schauderhaft, doch auf eine solche seltsame Weise spannend, daß der Eindruck zwar in gewisser Art wohltätig ist, aber man sich doch erschöpft fühlt.« »Meine gute Maria wird mit mir zufrieden sein«, erwiderte Ottmar, »und Bickerts Anmerkungen darf ich mir deshalb verbitten, weil er in meiner Erzählung eine Bestätigung seiner Theorie des Träumens zu finden glauben wird. Mein guter Vater soll sich aber überzeugen, wie unrecht er meinem guten Alban und der Kunst tut, welche auszuüben ihn Gott die Macht verliehen.« »Ich werde«, sagte Bickert, »jede Anmerkung, die schon auf die Zunge gekommen, mit Punsch herabspülen, aber Gesichter schneiden muß ich frei können, soviel ich will, das lasse ich mir nicht nehmen.« »Das sei dir vergönnt«, rief der Baron, und Ottmar fing nun ohne weitere Vorrede zu erzählen an:

»Meinem Alban wurde auf der Universität in J. ein Jüngling bekannt, dessen vorteilhaftes Äußere bei dem ersten Blick jeden einnahm, und er daher überall mit Zutrauen und Wohlwollen empfangen wurde. Das gleiche Studium der Arzneikunde und der Umstand, daß beide im regen Eifer für ihre Wissenschaft in einem Frühkollegium immer die ersten der sich Versammelnden waren und sich zu einander gesellten, führte bald ein näheres Verhältnis herbei, das endlich, da Theobald (so nannte Alban seinen Freund) mit ganzer Seele, mit dem treuesten Gemüt sich hingab, in die engste Freundschaft überging. Theobald entwickelte immer mehr einen überaus zarten, beinahe weiblich weichlichen Charakter und eine idyllische Schwärmerei, welche in der jetzigen Zeit, die wie ein geharnischter Riese, nicht dessen achtend, was die donnernden Tritte zermalmen, vorüberschreitet, sich so kleinlich, so süßlich ausnahm, daß die mehrsten ihn darob verlachten. Nur Alban, seines Freundes zartes Gemüt schonend, verschmähte es nicht, ihm in seine kleinen fantastischen Blumengärten zu folgen, wiewohl er nicht unterließ, ihn dann auch oft wieder in die rauhen Stürme des wirklichen Lebens zurückzuführen und so jeden Funken von Kraft und Mut, der vielleicht im Innern glimmte, zur Flamme zu entzünden. Alban glaubte um so mehr dies seinem Freunde schuldig zu sein, als er die Universitätsjahre für die einzige Zeit halten mußte, die dem Manne in jetziger Zeit so nötige Kraft, tapfern Widerstand zu leisten, da wo unvermutet wie ein Blitz aus heitrer Luft das Unglück einschlägt, in Theobald zu wecken und zu stärken. Theobalds Lebensplan war nämlich ganz nach seiner einfachen, nur die nächste Umgebung beachtenden Sinnesart zugeschnitten. Nach vollendeten Studien und erlangter Doktorwürde wollte er in seine Vaterstadt zurückkehren, dort die Tochter seines Vormundes (er war elternlos), mit der er aufgewachsen, heiraten und, im Besitz eines beträchtlichen Vermögens, ohne Praxis zu suchen, nur sich selbst und der Wissenschaft leben. Der wieder erweckte tierische Magnetismus sprach seine ganze Seele an, und indem er unter Albans Leitung eifrig alles, was je darüber geschrieben, studierte und selbst auf Erfahrungen ausging, wandte er sich bald, jedes physische Medium, als der tiefen Idee rein psychisch wirkender Naturkräfte zuwider, verwerfend, zu dem sogenannten Barbareiischen Magnetismus oder der älteren Schule der Spiritualisten.« – Sowie Ottmar das Wort: Magnetismus aussprach, zuckte es auf Bickerts Gesicht, erst leise, dann aber crescendo durch alle Muskeln, so daß zuletzt wie ein Fortissimo solch eine über alle Maßen tolle Fratze dem Baron ins Gesicht guckte, daß dieser im Begriff war, hell aufzulachen, als Bickert aufsprang und anfangen wollte zu dozieren; in dem Augenblick reichte ihm Ottmar ein Glas Punsch, das er in voller Bosheit hineinschluckte, während Ottmar in seiner Erzählung fortfuhr: »Alban war früher, und zwar als noch ganz in der Stille sich nur hier und da die Lehre von dem tierischen Magnetismus fortpflanzte, dem Mesmerismus mit Leib und Seele ergeben und verteidigte selbst die Herbeiführung der gewaltsamen Krisen, welche Theobald mit Abscheu erfüllten. Indem nun beide Freunde ihre verschiedenen Meinungen in dieser Materie zum Gegenstande mannigfacher Diskussionen machten, kam es, daß Alban, der manche von Theobald gemachte Erfahrung nicht leugnen konnte, und den Theobalds liebliche Schwärmerei von dem rein psychischen Einflusse unwillkürlich hinriß, sich auch mehr zum psychischen Magnetismus hinneigte und zuletzt der neueren Schule, die wie die

Puysegursche beide Arten verbindet, ganz anhing, ohne daß der sonst so leicht fremde Überzeugungen auffassende Theobald auch nur im mindesten von seinem System abwich, sondern beharrlich jedes physische Medium verwarf. Seine ganze Muße – und daher sein Leben wollte er dazu verwenden, soviel als möglich in die geheimnisvollen Tiefen der psychischen Einwirkungen zu dringen, und fortwährend seinen Geist fester und fester darauf fixierend, sich rein erhaltend von allem dem Widerstrebenden, ein würdiger Lehrling der Natur zu werden. In dieser Hinsicht sollte sein kontemplatives Leben eine Art Priestertum sein und ihn wie in immer höheren Weihen zum Betreten der inneren Gemächer in dem großen Isistempel heiligen. Alban, der von des Jünglings frommem Gemüte alles hoffte, bestärkte ihn in diesem Vorsatz, und als nun endlich Theobald seinen Zweck erreicht und in die Heimat zurückkehrte, war Albans letztes Wort: er solle treu bleiben dem, was er begonnen. – Bald darauf erhielt Alban von seinem Freunde einen Brief, dessen Mangel an Zusammenhang von der Verzweiflung, ja von der innern Zerrüttung zeugte, die ihn ergriffen. Sein ganzes Lebensglück, schrieb er, sei dahin, in den Krieg müsse er, denn dort wäre das Mädchen seiner Seele hingezogen aus stiller Heimat, und nur der Tod könne ihn von dem Elend, in dem er dahinschmachte, erlösen. Alban hatte nicht Ruh', nicht Rast; auf der Stelle reiste er zu seinem Freunde, und es gelang ihm nach mehreren vergeblichen Versuchen, den Unglücklichen wenigstens bis zu einem gewissen Grade zu beruhigen. – Bei dem Durchmarsch fremder Truppen, so erzählte die Mutter der Geliebten Theobalds, wurde ein italienischer Offizier in das Haus einquartiert, der sich bei dem ersten Blick auf das heftigste in das Mädchen verliebte, und der mit dem Feuer, das seiner Nation eigen, sie bestürmend, und dabei mit allem ausgestattet, was der Weiber Herz befängt, in wenigen Tagen ein solches Gefühl in ihr erweckte, daß der arme Theobald ganz vergessen war und sie nur in dem Italiener lebte und webte. Er mußte fort in den Krieg, und nun verfolgte das Bild des Geliebten, wie er in gräßlichen Kämpfen blute, wie er, zu Boden geworfen, sterbend ihren Namen rufe, unaufhörlich das arme Mädchen, so daß sie in eine wirkliche Verstandesverwirrung geriet und den unglücklichen Theobald, als er wiederkehrte und die frohe Braut in seine Arme zu schließen hoffte, gar nicht wiedererkannte. Kaum war es Alban gelungen, Theobald wieder ins Leben zurückzuführen, als er ihm das untrügliche Mittel vertraute, das er ersonnen, ihm die Geliebte wiederzugeben, und Theobald fand Albans Rat so aus seiner innersten Überzeugung entnommen, daß er keinen Augenblick an dem glücklichsten Erfolg zweifelte; er gab sich allem gläubig hin, was der Freund als wahr erkannt hatte. – Ich weiß, Bickert!« (unterbrach sich hier Ottmar) »was du jetzt sagen willst, ich fühle deine Pein, es ergötzt mich die komische Verzweiflung, in der du jetzt das Glas Punsch ergreifst, das dir Maria so freundlich reicht. Aber schweige, ich bitte dich – dein sauersüßes Lächeln ist die schönste Anmerkung, viel besser als jedes Wort, jede Redensart, die du nur ersinnen könntest, um mir allen Effekt zu verderben. Aber was ich euch zu sagen habe, ist so herrlich und so wohltuend, daß du selbst zum gemütvollsten Anteil bekehrt werden wirst. Also merk' auf, und Sie, bester Vater! werden mir auch eingestehen, daß ich mein Wort im ganzen Umfange erfülle.« Der Baron ließ es bei einem: hm, hm, bewenden, und Maria schaute Ottmarn mit klarem Blick ins Auge, indem sie gar lieblich das Köpfchen auf die Hand stützte, so daß die blonden Locken in üppiger Fülle über den Arm wallten. – »Waren des Mädchens Tage«, fuhr Ottmar in seiner Erzählung fort, »qualvoll und schrecklich, so waren die Nächte geradezu verderbend. Alle schrecklichen Bilder, die sie tagsüber verfolgten, traten dann mit verstärkter Kraft hervor. Mit herzzerschneidendem Ton rief sie den Namen ihres Geliebten, und in halberstickten Seufzern schien sie bei seinem blutigen Leichnam die Seele auszuatmen. Wenn nun eben nächtlich die schrecklichsten Träume das arme Mädchen ängsteten, führte die Mutter Theobald an ihr Bett. Er setzte sich daneben hin, und den Geist mit der ganzen Kraft des Willens auf sie fixierend, schaute er sie mit festem Blicke an. Nachdem er dies einige Mal wiederholt, schien der Eindruck ihrer Träume schwächer zu werden, denn der Ton, mit dem sie sonst den Namen des Offiziers gewaltsam hervorschrie, hatte nicht mehr das die ganze Seele Durchdringende, und tiefe Seufzer machten der gepreßten Brust Luft. – Nun legte Theobald auf ihre Hand die seinige und nannte leise, ganz leise seinen Namen. Bald zeigte sich die Wirkung. Sie nannte nun den Namen des Offiziers abgebrochen, es war, als müßte sie sich auf jede Silbe, auf jeden Buchstaben besinnen, als dränge sich etwas Fremdes in die Reihe ihrer Vorstellungen. – Bald darauf sprach sie gar nicht mehr, nur eine Bewegung der Lippen zeigte, daß sie sprechen wollte und wie durch irgend eine äußere Einwirkung daran verhindert würde. Dies hatte wieder einige Nächte hindurch gedauert; nun fing Theobald an, ihre Hand in der seinigen festhaltend und mit leiser Stimme in abgebrochenen Sätzen zu sprechen. Es war die frühe Kinderzeit, in die er sich zurückversetzte. Bald sprang er mit Augusten (erst jetzt fällt mir wieder der Name des Mädchens ein) in des Onkels großem Garten umher und pflückte von den höchsten Bäumen die schönsten Kirschen für sie, denn immer das Beste wußte er den Blicken der anderen Kinder zu entziehen und es ihr zuzustecken. Bald hatte er den Onkel mit Bitten so lange gequält, bis er ihm das schöne teure Bilderbuch mit den Trachten fremder Nationen hervorgelangt. Nun durchblätterten beide Kinder, auf einem Lehnstuhl zusammen kniend über den Tisch gelehnt, das Buch. Immer war ein Mann und eine Frau in der Gegend ihres Landes abgebildet, und immer waren es Theobald und Auguste. In solchen fremden Gegenden, seltsamlich gekleidet, wollten sie allein sein und mit den schönen Blumen und Kräutern spielen. – Wie erstaunte die Mutter, als Auguste in einer Nacht zu sprechen begann und ganz in Theobalds Ideen einging. Auch sie war das siebenjährige Mädchen, und nun spielten beide ihre Kinderspiele durch. Auguste führte selbst die charaktervollsten Begebenheiten ihrer Kindheit herbei. Sie war immer sehr heftig und lehnte sich oft gegen ihre ältere Schwester, die übrigens von wirklich bösartiger Natur sie unverdienterweise quälte, förmlich auf, welches manchen tragikomischen Vorfall veranlaßte. So saßen die drei Kinder einmal an einem Winterabend beisammen, und die ältere Schwester, übellauniger als je, quälte die kleine Auguste mit ihrem Eigensinn, daß diese vor Zorn und Unmut weinte. Theobald zeichnete wie gewöhnlich allerlei Figuren, denen er dann eine sinnige Deutung zu geben wußte; um besser zu sehen, wollte er das Licht putzen, löschte es aber unversehens aus; da benutzte Auguste schnell die Gelegenheit und gab zur Wiedervergeltung des erlittenen Verdrusses der älteren Schwester eine derbe Ohrfeige. Das Mädchen lief weinend und schreiend zum Vater, dem Onkel Theobalds, und klagte, wie Theobald das Licht ausgelöscht und sie dann geschlagen habe. Der Onkel eilte herbei, und als er Theobald seine gehässige Bosheit vorhielt, leugnete dieser, der die Schuldige wohl kannte, die Tat keineswegs. Auguste war zerrissen von innerem Gram, als sie ihren Theobald beschuldigen hörte, er habe, um alles auf sie schieben zu können, erst das Licht ausgelöscht und dann geschlagen; aber je mehr sie weinte, desto mehr tröstete sie der Onkel, daß nun ja doch der Täter entdeckt und alle List des boshaften Theobalds vereitelt sei. Als nun der Onkel zur harten Strafe schritt, da brach ihr das Herz, sie klagte sich an, sie gestand alles, allein in diesem Selbstbekenntnis fand der Onkel nur die überschwengliche Liebe des Mädchens zu dem Knaben, und gerade Theobalds Standhaftigkeit, der sich mit wahrhaftem Heroismus glücklich fühlte, für Augusten zu leiden, gab ihm den Anlaß, ihn als den halsstarrigsten Buben bis aufs Blut zu züchtigen. Augustens Schmerz war grenzenlos, alle ihre Heftigkeit, ihr gebieterisches Wesen war verschwunden, der sanfte Theobald war nun ihr Gebieter, dem sie sich willig schmiegte; mit ihrem Spielzeug, mit ihren schönsten Puppen konnte er schalten und walten, und wenn er sonst, um nur bei ihr bleiben zu dürfen, sich fügen mußte, Blätter und Blumen für ihre kleine Küche zu suchen, so ließ sie es sich jetzt gefallen, ihm durchs Gesträuch auf dem mutigen Steckenhengst zu folgen. Aber so wie das Mädchen jetzt mit ganzer Seele an ihm hing, so war es auch, als habe das für sie erlittene Unrecht Theobalds Zuneigung zur glühendsten Liebe entzündet. Der Onkel bemerkte alles, aber nur dann, als er in späteren Jahren zu seinem Erstaunen den wahren Zusammenhang jenes Vorfalls erfuhr, zweifelte er nicht länger an der tiefen Wahrheit der wechselseitigen Liebe, die die Kinder geäußert, und billigte mit ganzer Seele die innigste Verbindung, in die sie für ihr ganzes Leben treten zu wollen erklärten. Eben jener tragikomische Vorfall sollte auch jetzt das Paar aufs neue vereinigen. – Auguste fing seine Darstellung von dem Moment an, als der Onkel zürnend hineinfuhr, und Theobald unterließ nicht, richtig in seine Rolle einzugreifen. Bis jetzt war Auguste am Tage still und in sich gekehrt gewesen, aber an dem Morgen nach jener Nacht äußerte sie ganz unerwartet der Mutter, wie sie seit einiger Zeit lebhaft von Theobald träume, und warum er denn nicht käme, ja nicht einmal schriebe. Immer mehr stieg diese Sehnsucht, und nun zögerte Theobald nicht länger, als käme er erst jetzt von der Reise, vor Augusten zu erscheinen; sorgfältig hatte er nämlich seit dem schrecklichen Augenblick, als Auguste ihn nicht wiedererkannte, vermieden, sich vor ihr sehen zu lassen. Auguste empfing ihn mit der höchsten Aufwallung der innigsten Liebe. Bald nachher gestand sie unter vielen Tränen, wie sie sich gegen ihn vergangen; wie es einem Fremden auf eine seltsame Weise gelungen, sie von ihm abwendig zu machen, so daß sie, wie von einer fremden

Gewalt befangen, ganz aus ihrem eigenen Wesen herausgetreten sei, aber Theobalds wohltätige Erscheinung in lebhaften Träumen habe die feindlichen Geister, die sie bestrickt, verjagt; ja sie müsse gestehen, daß sie jetzt nicht einmal des Fremden äußere Gestalt sich ins Gedächtnis zurückrufen könne, und nur Theobald lebe in ihrem Innern. Alban und Theobald, beide waren überzeugt, daß Augusten der wirkliche Wahnsinn, von dem sie ergriffen worden, gänzlich verlassen hatte, und kein Hindernis stand der Vereinigung des –«

So wollte Ottmar seine Erzählung endigen, als Maria mit einem dumpfen Schrei ohnmächtig vom Stuhle in die Arme des schnell herbeigesprungenen Bickert sank. Der Baron fuhr entsetzt auf, Ottmar eilte Bickerten zu Hülfe, und beide brachten Marien auf das Sofa. Sie lag totenbleich da, jede Spur des Lebens war auf dem krampfhaft verzogenen Gesichte verschwunden. – »Sie ist tot, sie ist tot!« schrie der Baron. – »Nein«, rief Ottmar, »sie soll leben, sie muß leben. Alban wird helfen.« – »Alban! Alban! kann *der* Tote erwecken«, schrie Bickert auf; in dem Augenblick öffnete sich die Tür, und Alban trat herein. Mit dem ihm eignen imponierenden Wesen trat er schweigend vor die Ohnmächtige. Der Baron sah ihm mit zornglühendem Gesichte ins Auge – keiner vermochte zu sprechen. Alban schien nur Marien zu gewahren; er heftete seinen Blick auf sie; »Maria, was ist Ihnen?« sprach er mit feierlichem Ton, und es zuckte durch ihre Nerven. Jetzt faßte er ihre Hand. Ohne sich von ihr wegzuwenden, sagte er: »Warum dieses Erschrecken meine Herren? der Puls geht leise, aber gleich – ich finde das Zimmer voll Dampf, man öffne ein Fenster, gleich wird sich Maria von dem unbedeutenden ganz gefahrlosen Nervenzufall erholen.« Bickert tat es, da schlug Maria die Augen auf; ihr Blick fiel auf Alban. »Verlaß mich, entsetzlicher Mensch, ohne Qual will ich sterben«, lispelte sie kaum hörbar, und indem sie, sich von Alban abwendend, das Gesicht in die Sofakissen verbarg, sank sie in einen tiefen Schlaf, wie man an den schweren Atemzügen bemerken konnte. Ein seltsames, furchtbares Lächeln durchflog Albans Gesicht; der Baron fuhr auf, er schien etwas mit Heftigkeit sagen zu wollen. Alban faßte ihn scharf ins Auge, und mit einem Tone, in dem des Ernstes unerachtet eine gewisse höhnende Ironie lag, sprach er: »Ruhig, Herr Baron! die Kleine ist etwas ungeduldig, aber erwacht sie aus ihrem wohltätigen Schlafe, welches genau morgens um sechs Uhr geschehen wird, so gebe man ihr zwölf von diesen Tropfen, und alles ist vergessen.« – Er reichte Ottmarn das Fläschchen, das er aus der Tasche gezogen, und verließ langsamen Schrittes den Saal.

»Da haben wir den Wunder-Doktor!« rief Bickert, als man die schlafende Marie in ihr Zimmer gebracht und Ottmar den Saal verlassen hatte. – »Der tiefsinnige Blick des Geistersehers – das feierliche Wesen – das prophetische Voraussagen – das Fläschchen mit dem Wunderelixier. – Ich habe nur gepaßt, ob er nicht wie Schwedenborg vor unsern Augen in der Luft verdampfen, oder wenigstens wie Beireis mit dem urplötzlich aus Schwarz in Rot umgefärbten Frack zum Saal hinausschreiten würde.« – »Bickert«, antwortete der Baron, der starr und stumm in den Lehnstuhl gedrückt Marien wegbringen gesehen: »Bickert! was ist aus unserm frohen Abend geworden! – aber gefühlt im Innern habe ich es, daß mich noch heute etwas Unglückliches treffen, ja daß ich noch Alban aus besonderm Anlaß sehen würde. – Und gerade in dem Augenblick, als ihn Ottmar zitierte, erschien er wie der waltende Schutzgeist. Sage mir, Bickert! – kam er nicht durch jene Tür?« – »Allerdings«, erwiderte Bickert, »und erst jetzt fällt es mir ein, daß er wie ein zweiter Cagliostro uns ein Kunststückchen gemacht hat, das uns in der Angst und Not ganz entgangen; die einzige Tür des Vorzimmers da drüben habe ich ja von innen verschlossen, und hier ist der Schlüssel, – einmal habe ich mich aber doch geirrt und sie offen gelassen.« – Bickert untersuchte die Tür, und zurückkehrend rief er mit Lachen: »Der Cagliostro ist fertig, die Tür ist richtig fest verschlossen wie vorher.« »Hm«, sagte der Baron, »der Wunder-Doktor fängt an, in einen gemeinen Taschenspieler überzugehen.« »Es tut mir leid«, erwiderte Bickert, »Alban hat den allgemeinen Ruf eines geschickten Arztes, und wahr ist es, daß, als unsere Marie, die sonst so gesund gewesen, an den heillosen Nervenübeln erkrankte und alle Mittel scheiterten, sie durch Albans magnetische Kur in wenigen Wochen geheilt wurde. – Schwer entschlossest du dich dazu, nur auf vieles Zureden Ottmars, und weil du die herrliche Blume, die sonst ihr Haupt keck und frei zur Sonne emporrichtete, immer mehr hinwelken sahst.« »Glaubst du, daß ich wohl getan habe, Ottmarn nachzugeben?« fragte der Baron. »In jener Zeit allerdings«, erwiderte Bickert, »aber Albans verlängerte Gegenwart ist mir gerade nicht angenehm; und was den Magnetismus betrifft« – »den verwirfst du ganz und gar«, fiel der Baron ein. »Mitnichten«, antwortete Bickert. »Nicht Zeuge mancher dadurch herbeigeführten Erscheinung hätte ich sein dürfen, um daran zu glauben, – ja ich fühle es nur zu sehr, wie alle die wunderbaren Beziehungen und Verknüpfungen des organischen Lebens der ganzen Natur in ihm liegen. All' unser Wissen darüber ist und bleibt aber Stückwerk, und sollte der Mensch den völligen Besitz dieses tiefen Naturgeheimnisses erlangen, so käme es mir vor, als habe die Mutter unversehens ein schneidendes Werkzeug verloren, womit sie manches Herrliche zur Lust und Freude ihrer Kinder geformt; die Kinder fänden es, verwundeten sich aber selbst damit, im blinden Eifer, es der Mutter im Formen und Bilden nachmachen zu wollen.« »Meine innerste Meinung hast du richtig ausgesprochen«, sagte der Baron, »was aber besonders den Alban betrifft, so liegt es dunkel in meiner Seele, wie ich mir all' die besonderen Gefühle, die mich in seiner Nähe befangen, zusammenreimen und erklären soll; zuweilen glaube ich über ihn ganz im klaren zu sein. – Seine tiefe Wissenschaft machte ihn zum Schwärmer, aber sein Eifer, sein Glück erwirbt ihm Achtung! Allein, nur wenn ich ihn nicht sehe, erscheint er mir so; nahet er sich mir, so ist jenes Bild aus der Perspektive gerückt, und deformierte Züge, die mit einer furchtbaren Charakteristik im Einzelnen sich doch nicht zum Ganzen fügen wollen, erfüllen mich mit Grauen. Als Ottmar ihn vor mehreren Monaten als seinen innigsten Freund zu uns brachte, war es mir, als habe ich ihn irgend einmal schon gesehen; seine Feinheit, sein gewandtes Betragen gefielen mir, aber im ganzen war mir seine Gegenwart nicht wohltuend. Bald darauf und zwar, wie es mir schon oft schwer aufs Herz gefallen, gleich nach Albans Erscheinung erkrankte, wie du weißt, Maria auf eine ganz seltsame Weise, und ich muß es gestehen, Alban, als er endlich herbeigerufen wurde, unterzog sich der Kur mit einem beispiellosen Eifer, mit einer Ergebenheit, mit einer Liebe und Treue, die ihm bei dem glücklichsten Erfolg die höchste, unzweideutigste Liebe und Achtung erwerben mußte. Ich hätte ihn mit Gold überschütten mögen, aber jedes Wort des Dankes wurde mir schwer; ja, in eben dem Grade, als die magnetische Kur anschlug, erfüllte sie mich mit Abscheu, und Alban wurde mir mit jedem Tag verhaßter. Zuweilen war es mir, als könne er mich aus der dringendsten Lebensgefahr retten, ohne auch nur im mindesten für sich bei mir zu gewinnen. Sein feierliches Wesen, seine mystischen Reden, seine Charlatanerien, wie er z.B. die Ulmen, die Linden und was weiß ich noch was für Bäume magnetisiert, wenn er, mit ausgestreckten Armen nach Norden gerichtet, von dem Weltgeist neue Kraft in sich zieht; alles spannt mich auf eine gewisse Weise, trotz der herzlichen Verachtung, die ich dagegen spüre. Aber, Bickert! merk' wohl auf! – Die sonderbarste Erscheinung dünkt mir, daß, seitdem Alban hier ist, ich öfter als je an meinen dänischen Major, von dem ich vorhin erzählt habe, denken muß. – Jetzt, eben jetzt, als er so höhnisch, so wahrhaft diabolisch lächelte und mich mit seinen großen schwarzen Augen anstarrte, da stand der Major ganz vor mir – die Ähnlichkeit ist auffallend.« – »Und«, fiel Bickert ein, »so ist mit einem Mal deine seltsame Empfindung, deine Idiosynkrasie erklärt. Nicht Alban, nein, der dänische Major ist es, der dich ängstigt und quält; der wohltuende Arzt trägt die Schuld seiner Habichtsnase und seiner schwarzen feurigen Augen; beruhige dich ganz und schlage dir alles Böse aus dem Sinn. – Alban mag ein Schwärmer sein, aber er will gewiß das Gute und vollbringt es, und so lasse man ihm seine Charlatanerien als ein unschädliches Spielwerk und achte ihn als den geschickten, tiefschauenden Arzt.« – Der Baron stand auf und sagte, indem er Bickerts beide Hände faßte, »Franz, das hast du gegen deine innere Überzeugung gesprochen; es soll ein Palliativmittel sein für meine Angst, für meine Unruhe. – Aber – tief liegt es in meiner Seele; Alban ist mein feindlicher Dämon – Franz, ich beschwöre dich! sei achtsam – rate – hilf – stütze, wenn du an meinem morschen Familiengebäude etwas wanken siehst. Du verstehst mich – kein Wort weiter.«

Die Freunde umarmten sich, und Mitternacht war längst vorüber, als jeder gedankenvoll mit unruhigem, aufgeregtem Gemüt in sein Zimmer schlich. Punkt sechs Uhr erwachte Maria, wie es Alban vorausgesagt, man gab ihr zwölf Tropfen aus dem Fläschchen, und zwei Stunden später trat sie heiter und blühend in das Gesellschaftszimmer, wo der Baron, Ottmar und Bickert sie freudig empfingen. Alban hatte sich in sein Zimmer eingeschlossen und sagen lassen, wie ihn eine dringende Korrespondenz den ganzen Tag darin festhalten werde.

Mariens Brief an Adelgunde

So hast Du Dich endlich aus den Stürmen, aus den Bedrängnissen des bösen Krieges gerettet und eine sichere Freistatt gefunden? – Nein! ich kann es Dir nicht sagen, geliebte Herzensfreundin, was ich empfand, als ich nach so langer, langer Zeit endlich Deine kleinen niedlichen Schriftzüge wiedererblickte. Vor lauter Ungeduld hätte ich beinahe den festgesiegelten Brief zerrissen. Erst habe ich gelesen und gelesen, und ich wußte doch nicht, was darin gestanden, bis ich endlich ruhiger wurde und nun mit Entzücken erfuhr, daß Dein teurer Bruder, mein geliebter Hypolit, wohl ist, daß ich ihn bald wiedersehen werde. Also keiner meiner Briefe hat Dich erreicht? Ach, liebe Adelgunde! Deine Marie ist recht krank gewesen, recht sehr krank, aber nun ist alles wieder besser, wiewohl mein Übel von einer solchen mir selbst unbegreiflichen Art war, daß ich noch jetzt mich ordentlich entsetze, wenn ich daran denke, und Ottmar und der Arzt sagen, diese Empfindung sei eben auch noch Krankheit, die von Grund aus gehoben werden müsse. Verlange nicht, daß ich Dir sagen soll, was mir eigentlich gefehlt hat; ich weiß es selbst nicht; kein Schmerz, kein mit Namen zu sagendes Leiden, und doch alle Ruhe, alle Heiterkeit hin. – Alles kam mir verändert vor. – Laut gesprochene Worte, Fußtritte bohrten wie Stacheln in meinen Kopf. Zuweilen hatte alles um mich herum, leblose Dinge, Stimme und Klang und neckte und quälte mich mit wundersamen Zungen; seltsame Einbildungen rissen mich heraus aus dem wirklichen Leben. Kannst Du es Dir denken, Adelgundchen, daß die närrischen Kindermärchen vom grünen Vogel, vom Prinzen Fakardin von Trebisond und was weiß ich sonst, die uns Tante Klara so hübsch zu erzählen wußte, nun auf eine für mich schreckbare Weise ins Leben traten, denn ich selbst unterlag ja den Verwandlungen, die der böse Zauberer über mich verhängte – ja es ist wohl lächerlich zu sagen, wie diese Albernheiten so feindselig auf mich wirkten, daß ich zusehends matter und kraftloser wurde. Indem ich mich oft über ein Unding, über ein Nichts bis zum Tode betrüben und wieder eben über solch ein Nichts bis zur Ausgelassenheit erfreuen konnte, zehrte sich mein Selbst auf in den gewaltsamen Ausbrüchen einer innern mir unbekannten Kraft. – Gewisse Dinge, die ich sonst gar nicht beachtete, fielen mir jetzt nicht allein auf, sondern konnten mich recht quälen. So hatte ich einen solchen Abscheu gegen Lilien, daß ich jedesmal ohnmächtig wurde, sobald, war es auch in weiter Ferne, eine blühte; denn aus ihren Kelchen sah ich glatte, glänzende, züngelnde Basiliske auf mich zuspringen. Doch was trachte ich Dir, liebe Adelgunde, auch nur eine Idee von dem Zustande zu geben, den ich nicht Krankheit nennen möchte, wenn er mich nicht immer mehr und mehr ermattet hätte; mit jedem Tage schwächer werdend, sah ich den Tod vor Augen. – Nun muß ich Dir aber etwas Besonderes sagen – nämlich, was mein Genesen betrifft, das habe ich einem herrlichen Mann zu danken, den Ottmar schon früher ins Haus gebracht, und der in der Residenz unter all' den großen und geschickten Ärzten der einzige sein soll, der das Geheimnis besitzt, eine solche sonderbare Krankheit wie die meinige schnell und sicher zu heilen. – Das Besondere ist aber, daß in meinen Träumen und Erscheinungen immer ein schöner ernster Mann im Spiele war, der unerachtet seiner Jugend mir wahrhafte Ehrfurcht einflößte, und der bald auf diese, bald auf jene Weise, aber immer in langen Talaren gekleidet, mit einer diamantnen Krone auf dem Haupte, mir wie der romantische König in der märchenhaften Geisterwelt erschien und allen bösen Zauber löste. Ich mußte ihm lieb und innig verwandt sein, denn er nahm sich meiner besonders an, und ich war ihm dafür mit meinem Leben verpflichtet. Bald kam er mir vor wie der weise Salomo, und dann mußte ich auch wieder auf ganz ungereimte Weise an den Sarastro in der Zauberflöte denken, wie ich ihn in der Residenz gesehen. – Ach, liebe Adelgunde, wie erschrak ich nun, als ich auf den ersten Blick in Alban jenen romantischen König aus meinen Träumen erkannte. – Alban ist nämlich eben der seltene Arzt, den Ottmar schon vor langer Zeit einmal als seinen Herzensfreund aus der Residenz mitbrachte; indessen war er mir damals bei dem kurzen Besuch so gleichgültig geblieben, daß ich mich nachher nicht einmal seines Äußern zu entsinnen wußte. – Alsdann aber, als er wiederkam, zu meiner Heilung berufen, wußte ich mir selbst von der innern Empfindung, die mich durchdrang, nicht Rechenschaft zu geben. – So wie Alban überhaupt in seiner Bildung, in seinem ganzen Betragen eine gewisse Würde, ich möchte sagen etwas Gebietendes, hat, das ihn über seine Umgebung erhebt, so war es mir gleich, als er seinen ernsten durchdringenden Blick auf mich richtete: ich müßte alles unbedingt tun, was er gebieten würde, und als ob er meine Genesung nur recht lebhaft wollen dürfe, um mich ganz herzustellen. Ottmar sagte: ich solle durch den sogenannten Magnetismus geheilt werden, und Alban werde durch gewisse Mittel mich in einem exaltierten Zustand setzen, in dem ich schlafend und in diesem Schlaf erwachend, selbst meine Krankheit genau einsehen und die Art meiner Kur bestimmen werde. Du glaubst nicht, liebe Adelgunde, welch ein eignes Gefühl von Angst – Furcht, ja Grausen und Entsetzen mich durchbebte, wenn ich an den bewußtlosen und doch höher lebenden Zustand dachte, und doch war es mir nur zu klar, daß ich mich vergebens dagegen sträuben würde, was Alban beschlossen. – Jene Mittel sind angewendet worden, und ich habe meiner Scheu, meiner Furcht zum Trotz nur wohltätige Folgen gespürt. – Meine Farbe, meine Munterkeit ist wiedergekehrt, und statt der entsetzlichen Spannung, in der mir oft das Gleichgültigste zur Qual wurde, befinde ich mich in einem ziemlich ruhigen Zustande. Jene närrischen Traumbilder sind verschwunden, und der Schlaf erquickt mich, indem selbst das tolle Zeug, was mir oft darin vorkommt, statt mich zu quälen, mich belebt und erheitert. – Denke einmal, liebe Adelgunde, ich träume jetzt oft: ich könne mit geschlossenen Augen, als sei mir ein anderer Sinn aufgegangen, Farben erkennen, Metalle unterscheiden, lesen u. s. w., sobald es nur Alban verlange; ja oft gebietet er mir, mein Inneres zu durchschauen und ihm alles zu sagen, was ich darin erblicke, und ich tue es mit der größten Bestimmtheit; zuweilen muß ich plötzlich an Alban denken, er steht vor mir, und ich versinke nach und nach in einen träumerischen Zustand, dessen letzter Gedanke, in dem mein Bewußtsein untergeht, mir fremde Ideen bringt, welche mit besonderem, ich möchte sagen, golden glühendem Leben mich durchstrahlen, und ich weiß, daß Alban diese göttlichen Ideen in mir denkt, denn er ist dann selbst in meinem Sein wie der höhere belebende Funke, und entfernt er sich, was nur geistig geschehen kann, da die körperliche Entfernung gleichgültig ist, so ist alles erstorben. Nur in diesem *mit Ihm* und *in Ihm* Sein kann ich wahrhaftig leben, und es müßte, wäre es ihm möglich, sich mir geistig ganz zu entziehn, mein Selbst in toter Öde erstarren; ja, indem ich dieses schreibe, fühle ich nur zu sehr, daß nur Er es ist, der mir den Ausdruck gibt, mein Sein in ihm wenigstens anzudeuten. – Ich weiß nicht, Adelgundchen, ob ich Dir nicht fremdartig oder vielleicht als eine fantastische Schwärmerin erscheine, ob Du mich überhaupt verstehst, und es war mir, als ob eben jetzt leise und wehmütig der Name: Hypolit, über Deine Lippen gleite. –

Glaube mir, daß Hypolit nie inniger von mir geliebt wurde, ich nenne ihn oft im frommen Gebet um sein Heil. – Die heiligen Engel mögen ihn schirmen vor jedem feindlichen Streich, der ihm in wilder Feldschlacht droht. Aber, seitdem Alban mein Herr und Meister ist, dünkt es mich, nur durch *Ihn* könne ich meinen Hypolit stärker und inniger lieben, und als habe ich die Macht, mich wie sein Schutzgeist zu ihm zu schwingen und ihn mit meinem Gebet wie mit einem Seraphsfittich zu umhüllen, so daß der Mord ihn vergebens listig spähend umschleicht. Alban, der hohe, herrliche Mann, führt mich als die durch das höhere Leben geweihte Braut in seine Arme; aber nicht ohne seinen Meister darf das Kind sich in die Stürme der Welt wagen. – Erst seit wenigen Tagen erkenne ich ganz Albans wahrhaftige Größe. – Aber glaubst du wohl, liebe Adelgunde, daß, als ich noch kränker und über alle Maßen reizbar war, sich oft niedrige Zweifel gegen meinen Herrn und Meister in meiner Brust erhoben? – Da hielt ich es denn für gesündigt gegen Liebe und Treue, wenn selbst im Gebet für meinen Hypolit Albans Gestalt in meinem Innern aufstieg, zürnend und drohend, daß ich ohne ihn mich hinauswagen wolle aus dem Kreise, den er mir beschrieben, wie ein böses Kind, das des Vaters Warnung vergessend hinauslaufe aus dem friedlichen Garten in den Wald, wo feindliche Tiere blutgierig hinter den grünen anmutigen Büschen lauern. Ach, Adelgunde! – diese Zweifel quälen mich schrecklich. Lache mich recht aus, wenn ich Dir sage, daß ich sogar auf den Gedanken geriet: Alban wolle mich künstlich umstricken und unter dem Schein des heiligen Wunders irdische Liebe in meinem Innern entzünden. – Ach, Hypolit! – Neulich saßen wir, der Vater, der Bruder, der alte Bickert und ich, traulich abends beisammen; Alban war, wie es seine Gewohnheit ist, noch auf weitem Spaziergange begriffen. Es war die Rede von Träumen, und der Vater sowie Bickert wußten davon allerlei Wunderbares und Ergötzliches zu sagen. Da nahm auch Ottmar das Wort und erzählte, wie nach Albans Rat und unter seiner Leitung es einem seiner Freunde gelungen sei, eines Mädchens innige Liebe dadurch zu gewinnen, daß er ohne ihr Wissen, wenn sie schlief, in ihrer Nähe war und ihre innersten Gedanken durch magnetische Mittel auf sich leitete. Dazu kam, daß der Vater und auch mein alter treuer Bickert sich, wie sie noch nie in meiner Gegenwart getan, bestimmt und hart gegen den Magnetismus und auch in gewisser Art gegen Alban erklärten – alle Zweifel gegen den Meister erwachten mit doppelter Stärke in meiner Seele – wie wenn er sich geheimer höllischer Mittel bediente, mich zu seiner Sklavin zu fesseln; wie wenn er dann geböte, ich solle, nur *ihn* in Sinn und Gedanken tragend, Hypolit lassen? Ein nie gekanntes Gefühl ergriff mich mit tötender Angst; ich sah Alban in seinem Zimmer mit unbekannten Instrumenten und häßlichen Pflanzen und Tieren und Steinen und blinkenden Metallen umgeben, wie er in krampfhafter Bewegung seltsame Kreise mit den Armen und Händen beschrieb. Sein Gesicht, sonst so ruhig und ernst, war zur grausigen Larve verzogen, und aus seinen glutroten Augen schlängelten sich in ekelhafter Schnelle blanke, glatte Basiliske, wie ich sie sonst in den Lilienkelchen zu erblicken wähnte. Da war es, als gleite ein eiskalter Strom über meinen Rücken hin, ich erwachte aus meinem Ohnmacht ähnlichen Zustande; Alban stand vor mir – aber, du heiliger Gott! – nicht *er* war's, nein! jene entsetzliche Larve, die meine Einbildung geschaffen! – Wie habe ich am andern Morgen mich vor mir selbst geschämt! – Alban war mit meinen Zweifeln gegen ihn bekannt, und nur in seiner gütigen Milde hat er mir wohl verschwiegen, daß er es auch wohl wußte, wie ich ihn selbst mir gebildet, denn er lebt ja in meinem Innern und weiß meine geheimsten Gedanken, die ich in Frömmigkeit und Demut auch nicht trachte, ihm zu verschweigen. Übrigens machte er aus meinem krankhaften Anfall nicht viel, sondern schob alles auf den Dunst des türkischen Tabaks, den mein Vater an jenem Abend geraucht. Du hättest nur sehen sollen, mit welchem gütigen Ernst, mit welcher väterlichen Sorgfalt mich jetzt der herrliche Meister behandelte. Es ist nicht allein der Körper, den er gesund zu erhalten weiß, nein! – es ist der Geist, den er dem höhern Leben zuführt. Könnte meine liebe, treue Adelgunde nur hier sein und sich an dem wahrhaft frommen Leben erlaben, das wir in friedlicher Stille führen. Bickert ist noch der frohe Alte wie immer, nur mein Vater und Ottmar sind zuweilen in sonderbarer Verstimmung; den im treibenden Leben wühlenden Männern mag oft unsere Einförmigkeit nicht zusagen. – Alban spricht ganz herrlich über die Sagen und Mythen der alten Ägypter und Indier; oft versinke ich darüber, zumal unter den großen Buchen im Park, unwillkürlich in einen Schlaf, von dem ich wie neu belebt erwache. Ich komme mir dann beinahe vor wie die Miranda in Shakespeares Sturm, die von Prospero vergebens ermuntert wird, seine Erzählung zu hören. Recht mit Prosperos Worten sagte neulich Ottmar

zu mir: »Gib deiner Müdigkeit nach – du kannst nicht anders.«
Nun, Adelgundchen! hast Du mein inneres Leben ganz, ich habe Dir alles erzählt, und das tut meinem Herzen wohl. Beiliegende Zeilen für Hypolit u. s. w.

Fragment von Albans Brief an Theobald

—— zurückgeblieben ist. Die Frömmigkeit schließt das *Frommtun* in sich, und jedes Frommtun ist eine Heuchelei, sei es auch nicht sowohl um andere zu betrügen, als sich selbst an dem Reflex des in unechtem Golde blinkernden Strahlenscheins zu ergötzen, mit dem man sich zum Heiligen gekrönt hat. – Regten sich denn in Deiner eigenen Brust nicht manchmal Gefühle, die Du, mein lieber Bramin! mit dem, was Du aus Gewohnheit und bequem in dem Geleise bleibend, das die verjährte Ammenmoral eingefurcht hat, als gut und weise erkennen willst, nicht zusammenreimen konntest? Alle diese Zweifel gegen die Tugendlehre der Mutter Gans, alle diese über die künstlichen Ufer des durch Moralsysteme eingedämmten Stroms überbrausenden Neigungen, der unwiderstehliche Drang, den Fittich, den man kräftig befiedert an den Schultern fühlt, frisch zu schütteln und sich dem Höhern zuzuschwingen, sind *die* Anfechtungen des Satans, vor denen die aszetischen Schulmeister warnen. Wir sollen wie gläubige Kinder die Augen zudrücken, um an dem Glanz und Schimmer des heil. Christs, den uns die Natur überall in den Weg stellt, nicht zu erblinden. – Jede Neigung, die den höheren Gebrauch der inneren Kräfte in Anspruch nimmt, kann nicht verwerflich sein, sondern muß, eben aus der menschlichen Natur entsprungen und in ihr begründet, nach der Erfüllung des Zwecks unseres Daseins streben. Kann dieser denn ein anderer sein als die höchstmöglichste, vollkommenste Ausbildung und Anwendung unserer physischen und psychischen Kräfte? – Ich weiß, daß ohne weiter zu reden ich Dich, mein lieber Bramin! (so, und nicht anders, muß ich Dich nach Deinen Lebensansichten nennen) schon zum Widerspruch gereizt habe, da Dein ganzes Tun und Treiben der innigen Meinung entgegenstrebt, die ich nur angedeutet. – Sei indessen überzeugt, daß ich Dein kontemplatives Leben und Deine Bemühungen, durch immer geschärfteres Anschauen in die Geheimnisse der Natur einzudringen, achte; aber statt Dich an dem Glanz des diamantnen Schlüssels in stiller untätiger Betrachtung zu erfreuen, ergreife ihn keck und kühn und öffne die geheimnisvolle Pforte, vor der Du sonst stehen bleiben wirst in Ewigkeit. – Du bist zum Kampfe gerüstet, was weilst Du in träger Ruhe? – Alle Existenz ist Kampf und geht aus dem Kampfe hervor. In einem fortsteigenden Klimax wird dem Mächtigern der Sieg zuteil, und mit dem unterjochten Vasallen vermehrt er seine Kraft. – Du weißt, lieber Theobald! wie ich immer diesen Kampf auch im geistigen Leben statuiert, wie ich keck behauptet, daß eben die geheimnisvolle geistige Übermacht dieses oder jenes Schoßkindes der Natur, die Herrschaft, die er sich anmaßen darf, ihm auch Nahrung und Kraft zu immer höherem Schwunge gibt. Die Waffe, mit der wir, denen die Kraft und Übermacht inwohnt, diesen geistigen Kampf gegen das untergeordnete Prinzip kämpfen und uns dasselbe unterjochen, ist uns, ich möchte sagen, sichtbarlich in die Hand gegeben. Wie ist es doch gekommen, daß man jenes Eindringen, jenes gänzliche Inunsziehen und Beherrschen des außer uns liegenden geistigen Prinzips durch uns bekannt gewordene Mittel Magnetismus genannt hat, da diese Benennung nicht genügt oder vielmehr, als von einer einzelnen physisch wirkenden Kraft hergenommen, gar nicht das bezeichnet, was wir darunter verstanden wissen wollen. Es mußte gerade ein Arzt sein, der zuerst von meinem Geheimnisse zur Welt sprach, das eine unsichtbare Kirche wie ihren besten Schatz im Stillen aufbewahrte, um eine ganz untergeordnete Tendenz als den einzigen Zweck der Wirkung aufzustellen, denn so wurde der Schleier gewebt, den die blöden Augen der Ungeweihten nicht durchdringen. – Ist es denn nicht lächerlich zu glauben, die Natur habe uns den wunderbaren Talisman, der uns zum König der Geister macht, anvertraut, um Zahnweh oder Kopfschmerz oder was weiß ich sonst zu heilen? – Nein, es ist die unbedingte Herrschaft über das geistige Prinzip des Lebens, die wir, immer vertrauter werdend mit der gewaltigen Kraft jenes Talismans, erzwingen. Sich unter seinem Zauber schmiegend, muß das unterjochte fremde Geistige nur in Uns existieren und mit seiner Kraft nur uns nähren und stärken! – Der Fokus, in dem sich alles Geistige sammelt, ist Gott! – Je mehr Strahlen sich zur Feuerpyramide sammeln – desto näher ist der Fokus! – Wie breiten sich diese Strahlen aus – sie umfassen das organische Leben der ganzen Natur, und es ist der Schimmer des Geistigen, der uns in Pflanze und Tier unsere durch dieselbe Kraft belebten Genossen erkennen läßt. – Das Streben nach jener Herrschaft ist das Streben nach dem Göttlichen, und das Gefühl der Macht steigert in dem Verhältnis seiner Stärke den Grad der Seligkeit. Der Inbegriff aller Seligkeit ist im Fokus! – Wie klein und erbärmlich erscheint mir alles Geschwätz über jene herrliche Kraft, die den Geweihten verliehen, und es ist wohl zu begreifen, daß nur die höhere Ansicht als der Ausdruck der inneren Weihe auch die höhere Wirksamkeit herbeiführt. – Nach allem diesem wirst Du glauben müssen, daß mir bei der Anwendung alle physischen Mittel fremd geworden, allein es ist dem nicht so. Hier ist es, wo wir noch im Dunkeln tappen, solange uns die geheime Verbindung des Geistigen mit dem Körper nicht klar vor Augen liegt, und ich möchte sagen, die physischen Hülfsmittel sind uns nur wie Zeichen des Herrschers in die Hand gegeben, denen sich unbekannte Vasallen unterwerfen. – Ich weiß selbst nicht, wie ich dazu gekommen bin, Dir, mein Theobald! so viel über einen Gegenstand zu sagen, von dem ich ungern spreche, da ich es fühle, wie nur die aus einer besondern innern geistigen Organisation entsprießende Überzeugung den leeren Worten Gewicht und Nachdruck geben muß. Deinen Vorwurf, einer lebhaft aufwallenden Neigung gefolgt zu sein und gegen Deine sogenannten moralischen Ansichten gesündigt zu haben, wollte ich beantworten, und jetzt erst werde ich gewahr, daß ich Dir neulich meine Verhältnisse in dem Hause des Barons viel zu rhapsodisch entwickelte, um nicht mißverstanden zu werden. – Ich gebe mir Zeit und Mühe, manches von meinem Eintritt in dies Haus nachzuholen, und wenn mein lieber frommer Bramin in einem höher beschwingten Augenblick mir nur einigermaßen in mein Gebiet folgen will, so werde ich von aller Schuld gereinigt sein. –

Ottmar ist nun einmal einer von den vielen Menschen, die, nicht ohne Geist und Verstand, ja selbst mit einer enthusiastischen Lebendigkeit, alles Neue im Gebiet der Wissenschaft auffassen; aber eben dieses Auffassen ist ihr letzter Zweck, und es ist nur die Kenntnis der Form, die sie, der inneren Kraft sich freuend, mit leichter Mühe erringen. Mit dieser Kenntnis ist ihr Geist, dem selbst die Ahnungen des Innern fremd bleiben, zufrieden; dem Gemüt, das man ihnen nicht absprechen kann, fehlt Tiefe. – Ottmar hat sich, wie Du weißt, an mich gedrängt, und, indem er mir wie der Koryphäus einer ganz überzahlreichen Klasse von jungen Leuten, wie sie jetzt so häufig angetroffen werden, erschien, ergötzte es mich, mit ihm höhnend zu spielen. Mein Zimmer hat er mit einer Ehrfurcht betreten, als sei es das innerste heiligste Gemach im Tempel zu Sais, und da er sich als mein Schüler willig unter meine Zuchtrute schmiegte, hielt ich es für billig, ihm manches unschuldige Spielzeug anzuvertrauen, das er triumphierend den Knaben vorwies und recht groß tat mit der Liebe des Meisters. – Als ich seinen Bitten nachgab und ihn auf seines Vaters Gut begleitete, fand ich in dem Baron, seinem Vater, einen störrischen Alten, umgeben von einem wunderlichen humoristischen alten Maler, der manchmal den weinerlichen moralischen Pagliasso macht. – Was ich Dir über den Eindruck, den Marie auf mich machte, früher gesagt habe, weiß ich nicht mehr; aber ich fühle es in diesem Augenblick, daß es schwer sein wird, mich so darüber auszusprechen, daß ich von Dir ganz verstanden werde. – In Wahrheit, ich muß mich darauf beziehen, daß Du mich kennst, ja daß Du von jeher mein ganzes Tun und Treiben in den höheren Tendenzen, die dem Volke ewig verschlossen, begriffen. Du bist daher überzeugt, daß eine schlanke Gestalt, die wie eine herrliche Pflanze in zartem Wuchs üppige Blätter und Blüten treibend, aufgeschossen; ein blaues Auge, das emporblickend sich nach dem zu sehnen scheint, was die fernen Wolken verschleiern, – kurz, daß ein engelschönes Mädchen mich nicht in den süßlich schmachtenden Zustand des lächerlichen Amoroso versetzen kann. – Es war einzig und allein die augenblickliche Erkenntnis der geheimen geistigen Beziehung zwischen Marien und mir, die mich mit dem wunderbarsten Gefühl durchbebte. Der innigsten Wonne mischte sich ein schneidender, stechender Grimm bei, den die Opposition in Marien erzeugte – eine fremde feindliche Kraft widerstrebte meiner Einwirkung und hielt Mariens Geist befangen. Mit ganzer Macht meinen Geist darauf fixierend, wurde ich den Feind gewahr, und in vollem Kampf suchte ich alle Strahlen, die aus Mariens Innern mir zuströmten, wie in einem Brennspiegel aufzufangen. Der alte Maler beachtete nicht mehr, als die übrigen es taten; er schien die innere Spannung, die Marie in mir hervorgebracht, zu ahnen. Vielleicht war es mein Blick, der mich verriet, denn so zwängt der Körper den Geist ja ein, daß die leiseste seiner Bewegungen in den Nerven oszillierend nach außen wirkt und die Gesichtszüge – wenigstens den Blick des Auges verändert. Wie ergötzte es mich aber, daß er die Sache so gemein nahm; er sprach unaufhörlich von dem Grafen Hypolit, Mariens verlobtem Bräutigam, und daß er die bunte Musterkarte von allen seinen Tugenden recht mit Behagen vor mir ausbreitete, diente mir nur dazu, die läppischen Verhältnisse, welche die Menschen in einfältiger kindischer Tätigkeit anknüpfen, im Innersten zu belachen und mich meiner tiefern Erkenntnis jener Verbindungen, die die Natur knüpft, und der Kraft diese zu hegen und zu pflegen, zu erfreuen. – Marien ganz in mein Selbst zu ziehen, ihre ganze Existenz, ihr Sein so in dem meinigen zu verweben, daß die Trennung davon sie vernichten muß, das war der Gedanke, der mich hoch beseligend nur die Erfüllung dessen aussprach, was die Natur wollte. Diese innigste geistige Verbindung mit dem Weibe, in Seligkeitsgefühl jeden andern als den höchsten ausgeschrieenen tierischen Genuß himmelhoch überflügelnd, ziemt dem Priester der Isis, und Du kennst mein System in diesem Punkt, ich darf nichts weiter darüber sagen. Die Natur organisierte das Weib in allen seinen Tendenzen passiv. – Es ist das willige Hingeben, das begierige Auffassen des fremden außerhalb liegenden, das Anerkennen und Verehren des höheren Prinzips, worin das wahrhaft kindliche Gemüt besteht, das nur dem Weibe eigen, und das ganz zu beherrschen, ganz in sich aufzunehmen, die höchste Wonne ist. – Von diesen Augenblicken an blieb ich, unerachtet ich mich wieder, wie Du weißt, von dem Gute des Barons entfernte, Marien geistig nah', und welcher Mittel ich mich bediente, insgeheim mich auch körperlich ihr zu nahen, um kräftiger zu wirken, mag ich Dir nicht sagen, da manches sich peinlich ausnehmen würde, unerachtet es zu dem vorgesetzten Zweck führte. – Maria fiel bald darauf in einen fantastischen Zustand, den Ottmar natürlicherweise für eine Nervenkrankheit halten mußte, und ich kam wieder als Arzt in das Haus, wie ich es vorausgesehen. – Maria erkannte in mir *den,* der ihr schon oft in der Glorie der beherrschenden Macht als ihr Meister im Traume erschienen, und alles, was sie nur dunkel geahnet, sah sie nun hell und klar mit ihres Geistes Augen. – Nur meines Blicks, meines festen Willens bedurfte es, sie in den sogenannten somnambulen Zustand zu versetzen, der nichts anders war als das gänzliche Hinaustreten aus sich selbst und das Leben in der höheren Sphäre des Meisters. Es war *mein* Geist, der sie dann willig aufnahm und ihr die Schwingen gab, dem Kerker, mit dem sie die Menschen überbaut hatten, zu entschweben. Nur in diesem Sein in mir kann Maria fortleben, und sie ist ruhig und glücklich. – Hypolits Bild kann in ihr nur noch in schwachen

Umrissen existieren, und auch diese sollen bald in Duft zerfließen. Der Baron und der alte Maler sehen mich mit feindlichen Blicken an, aber es ist herrlich, wie sich auch da die Kraft bewährt, die mir die Natur verliehen. Ein unheimliches Gefühl mag es sein, daß sie widerstrebend doch den Meister erkennen müssen. Du weißt, auf welche wunderbare Weise ich mir einen Schatz geheimer Kenntnisse gesammelt. Nie hast Du das Buch lesen mögen, unerachtet es Dich überrascht haben würde, wie noch in keinem der physikalischen Lehrbücher solche herrliche Kombinationen mancher Naturkräfte und ihrer Wirkung so wie hier entwickelt sind. Ich verschmähe es nicht, manches sorglich zu bereiten; und kann man es denn Trug nennen, wenn der gaffende Pöbel über etwas erschrickt und staunt, das er mit Recht für wunderbar hält, da die Kenntnis der nächsten Ursache nicht das Wundervolle, sondern nur die Überraschung vernichtet? – Hypolit ist Obrister in ...en Diensten, mithin im Felde; ich wünsche nicht seinen Tod; er mag zurückkommen, und mein Triumph wird herrlicher sein, denn der Sieg ist gewiß. Sollte sich der Gegner kräftiger zeigen, als ich es gedacht, so wirst Du mir im Gefühl meiner Kraft zutrauen, daß etc. —

Das einsame Schloß

Das Gewitter war vorüber, und in rotem Feuer brennend, brach die sinkende Sonne durch die finsteren Wolken, die schnell fliehend in den tiefen Gründen verdampften. Der Abendwind rührte seine Fittiche, und wie in schwellenden Wogen strömten die Wohlgerüche, die aus Bäumen, Blumen, Gräsern emporstiegen, durch die warme Luft. Als ich aus dem Walde trat, lag das freundliche Dorf, dessen Nähe mir der Postillon verheißen, dicht vor mir im blumigen Wiesengrunde, und hoch hervor ragten die gotischen Türme des Schlosses, dessen Fenster im Schein der Sonne glühten, als wollten innere Flammen hervorbrechen. Glockengeläute und geistlicher Gesang tönten zu mir herüber; in der Ferne sah ich einen feierlichen Leichenzug auf der Straße von dem Schlosse her nach dem Kirchhofe wallen; als ich endlich ankam, war der Gesang verstummt; man hatte nach der dortigen Sitte den Sarg geöffnet, vor dem Grabe niedergesetzt, und der Pfarrer hielt den Leichen-Sermon, als ich hinzutrat und den Toten erblickte. Es war ein hochbejahrter Mann, der mit heiterm Gesicht unentstellt dalag, als schlummerte er sanft und friedlich. Der alte Bauer sagte tief gerührt: »Sieh', wie unser alter Franz so schön daliegt; Gott schenke mir ein so frommes Ende – ja! – selig sind, die in dem Herrn entschlafen.« – Mir war es, als sei dies die rechte Totenfeier für den frommen Entschlafenen, und des Bauers einfache Worte die herrlichste Leichenrede. – Sie senkten den Sarg hinab, und als nun die Erdschollen mit dumpfem Klang hinabfielen, ergriff mich die bitterste Wehmut, als läge der Herzensfreund in der toten kalten Erde. – Eben wollte ich den Berg hinaufsteigen, auf dem das Schloß lag, als mir der Pfarrer entgegentrat, bei dem ich mich nach dem Toten, den man eben zu Grabe getragen, erkundigte. Der alte Maler Franz Bickert, der seit drei Jahren allein in dem verödeten Schloß gewohnt und den Kastellan gemacht hatte, war es, den man beerdigt hatte. Ich wünschte in das Schloß zu gehen; der Geistliche hatte bis zur Ankunft des Bevollmächtigten des jetzigen Besitzers die Schlüssel übernommen, und ich trat nicht ohne Schauer in die verödeten weiten Säle, wo sonst fröhliche Menschen gehauset, und worin nun eine Totenstille herrschte. Bickert hatte sich in den letzten drei Jahren, die er wie ein Einsiedler in dem Schlosse zubrachte, auf eine wunderliche Weise mit der Kunst beschäftigt. Ohne alle Hülfe, selbst was die mechanischen Vorrichtungen betrifft, unternahm er es, den ganzen obern Stock, in welchem er selbst ein Zimmer bewohnte, im gotischen Stil auszumalen, und auf den ersten Blick ahnte man in den fantastischen Zusammenstellungen fremdartiger Dinge, wie sie dem Charakter der gotischen Verzierungen eigen, tiefsinnige Allegorien. Sehr oft wiederholt war eine häßliche Teufelsgestalt, die ein schlafendes Mädchen belauscht. – Ich eilte nach Bickerts Zimmer. – Der Lehnstuhl stand noch so abgerückt vom Tische, auf dem eine angefangene Zeichnung lag, als sei Bickert eben von der Arbeit aufgestanden; ein grauer Überrock hing auf der Lehne, und ein kleines graues Mützchen lag neben der Zeichnung. – Es war, als werde im Augenblick der Alte mit dem freundlichen frommen Gesichte, über das selbst die Qual des Todes keine Macht gehabt, hineintreten und den Fremden mit offener Gutherzigkeit in seiner Werkstatt bewillkommen. – Ich eröffnete dem Geistlichen meinen Wunsch, mehrere Tage, ja vielleicht Wochen im Schlosse zu wohnen. Das schien ihm befremdlich; er äußerte wie leid es ihm täte, meinen Wunsch nicht erfüllen zu können, da bis zur Ankunft des Bevollmächtigten die gerichtliche Siegelung vorgenommen werden müsse, und kein Fremder im Schlosse wohnen dürfe. »Wie aber«, fuhr ich fort, »wenn ich dieser Bevollmächtigte selbst wäre?« indem ich ihm die ausgedehnte Vollmacht des Barons von F., als des jetzigen Besitzers, vorwies. Er erstaunte nicht wenig und überschüttete mich mit Höflichkeitsbezeugungen. Er bot mir Zimmer im Pfarrgebäude an, da mir die Wohnung im öden Schlosse doch wahrscheinlich nicht zusagen werde. Ich lehnte dies ab; ich blieb im Schlosse, und es waren Bickerts nachgelassene Papiere, die mich in den Stunden der Muße auf das Anziehendste beschäftigten. – Bald fanden sich ein paar Blätter vor, die in kurzen hingeworfenen Notizen nach Art eines Tagebuchs Aufschluß über die Katastrophe gaben, in der ein ganzer Zweig einer bedeutenden Familie unterging. Durch die Zusammenstellung mit einem ziemlich humoristischen Aufsatz: Träume sind Schäume, und den Fragmenten zweier Briefe, die dem Maler auf ganz eigne Weise zu Händen gekommen sein müssen, rundet sich das Ganze. –

Aus Bickerts Tagebuch

Hab' ich mich denn nicht trotz dem h. Antonius mit dreitausend Teufeln herumgebalgt und mich ebenso tapfer gehalten? – Sieht man dem Volke keck ins Auge, so verdunstet es von selbst in Staub und Rauch. – Könnte Alban in meiner Seele lesen, so würde er eine förmliche Abbitte und Ehrenerklärung darin finden, daß ich ihm alles Satanische aufgebürdet, was alle allzurege Fantasie mir in grellen Farben dargestellt, zu eigner Buße und Belehrung! – Er ist da! – frisch – gesund – herrlich blühend – Apollos Locken, Jovis hohe Stirn – ein Aug' wie Mars, des Götter-Herolds Stellung – ja ganz wie Hamlet den Helden schildert. – Maria ist nicht mehr auf der Erde, sie schwebt im strahlenden Himmel – Hypolit und Maria – welch ein Paar.

Aber trauen kann ich ihm doch nicht – warum verschließt er sich in sein Zimmer? – warum schleicht er in der Nacht auf den Zehen umher wie der lauernde Mord? – ich kann ihm nicht trauen! – Zuweilen ist es mir, als müßte ich ihm in möglichster Kürze und Schnelligkeit meinen Stockdegen durch den Leib rennen und nachher höflich sagen: »*pardonnez!*« – Ich kann ihm nicht trauen!

Sonderbares Ereignis! – Als ich meinen Freund, mit dem ich in die

Nacht hinein manches vom Herzen zum Herzen gesprochen, über den Korridor in sein Zimmer begleitete, rauschte ein hagere Figur im weißen Schlafrock mit dem Licht in der Hand vorüber. – Der Baron schrie auf: »– Der Major! – Franz! – der Major!« – Es war unbestritten Alban, und nur die Beleuchtung von unten herauf mochte sein Gesicht, welches alt und häßlich schien, verzerren. – Er kam von der Seite, wie aus Mariens Zimmern. Der Baron bestand darauf, zu ihr zu gehen. Sie schlief ruhig wie ein frommer Engel Gottes. – Morgen ist endlich der lang ersehnte Tag! – Glücklicher Hypolit! – Aber jene Erscheinung erfüllt mich mit Grausen, unerachtet ich mich zu überzeugen bemühe, daß es Alban war. – Sollte der feindliche Dämon, der sich dem Baron schon in früher Jugend verkündete, nun wie ein über ihn waltendes böses Prinzip wieder sichtbarlich und das Gute entzweiend ins Leben treten? Doch weg mit den finstern Ahnungen! – Überzeuge dich, Franz! daß das häßliche träumerische Zeug oft das Erzeugnis des verdorbenen Magens ist. – Sollte man nicht Diavolinis verschlucken, um sich gegen die Unbill böser Träume zu verwahren?

Gerechter Gott! – Sie ist hin – hin! Ew. Hochgeboren soll ich melden, wie es mit dem Tode der holdseligen Baronesse Marie zugegangen, des Familien-Archivs wegen – ich habe durchaus wenig Sinn für diplomatische Geschäfte. – Hätte mir Gott nicht das bißchen Faust verliehen des Malens halber! – Aber so viel ist gewiß, daß sie in dem Augenblick, als Hypolit sie vor dem Altar in seine Arme schließen wollte, tot – tot – tot niedersank – das übrige empfehle ich der Gerechtigkeit Gottes. –

Ja, du warst es! – Alban – hämischer Satan! – Du hast sie gemordet mit höllischen Künsten; welcher Gott hat es Hypolit offenbart! – Du bist entflohen, aber flieh' nur – verbirg dich im Mittelpunkt der Erde, die Rache wird dich auffinden und zermalmen.

Nein, ich kann dich nicht entschuldigen, Ottmar! – Du warst es, der sich von dem Satan verlocken ließ, von Dir fordert Hypolit die Geliebte seiner Seele! – Sie haben heute zu harte Worte gewechselt, der Zweikampf ist unvermeidlich.

Hypolit ist geblieben! – Wohl ihm! er sieht sie wieder. – Unglücklicher Ottmar! – Unglücklicher Vater!

Exeunt omnes! – Friede und ewige Ruhe den Verstorbenen! – Heute am neunten September in der Mitternachtsstunde starb mein Freund in meinen Armen! – Wie bin ich doch so wunderbar getröstet, da ich weiß, daß ich ihn bald wiedersehe. – Die Nachricht, daß Ottmar auf erhabene Weise gebüßt, durch den Heldentod in der Schlacht, zerschnitt den letzten Faden, der den Geist noch an das Irdische knüpfte. – Hier im Schlosse will ich bleiben, in den Zimmern will ich wandeln, wo sie lebten und mich liebten. – Oft werd' ich ihre Stimme hören – manches freundliche Wort der holdseligen frommen Maria, mancher gemütliche Scherz des unwandelbaren Freundes wird wie ein Geisterruf widerhallen und mich aufrecht und stark erhalten, des Lebens Bürde leicht zu tragen. – Es gibt für mich keine Gegenwart mehr, nur der Vergangenheit glücklicher Tage schließen sich an das ferne Jenseits, das mich oft in wunderbaren Träumen und lieblichem Schimmer, aus dem die geliebten Freunde lächelnd mir zuwinken, umfängt. – Wann! – wann werde ich zu Euch hinüber wallen?

Und er ist hinüber!

Das öde Haus

Man war darüber einig, daß die wirklichen Erscheinungen im Leben oft viel wunderbarer sich gestalteten als alles, was die regste Fantasie zu erfinden trachte. »Ich meine«, sprach Lelio, »daß die Geschichte davon hinlänglichen Beweis gibt, und daß eben deshalb die sogenannten historischen Romane, worin der Verfasser in seinem müßigen Gehirn bei ärmlichem Feuer ausgebrütete Kindereien den Taten der ewigen, im Universum waltenden Macht beizugesellen sich unterfängt, so abgeschmackt und widerlich sind.« »Es ist«, nahm Franz das Wort, »die tiefe Wahrheit der unerforschlichen Geheimnisse, von denen wir umgeben, welche uns mit einer Gewalt ergreift, an der wir den über uns herrschenden, uns selbst bedingenden Geist erkennen.« »Ach!« fuhr Lelio fort, »die Erkenntnis, von der du sprichst! – Ach, das ist ja eben die entsetzlichste Folge unserer Entartung nach dem Sündenfall, daß diese Erkenntnis, uns fehlt!« »Viele«, unterbrach Franz den Freund, »viele sind berufen und wenige auserwählt! Glaubst du denn nicht, daß das Erkennen, das beinahe noch schönere Ahnen der Wunder unseres Lebens manchem verliehen ist wie ein besonderer Sinn? Um nur gleich aus der dunklen Region, in die wir uns verlieren könnten, heraufzuspringen in den heitren Augenblick, werf' ich euch das skurrile Gleichnis hin, daß Menschen, denen die Sehergabe, das Wunderbare zu schauen, mir wohl wie die Fledermäuse bedünken wollen, an denen der gelehrte Anatom Spalanzani einen vortrefflichen sechsten Sinn entdeckte, der als schalkhafter Stellvertreter nicht allein alles, sondern viel mehr ausrichtet als alle übrige Sinne zusammengenommen.« »Ho ho«, rief Franz lächelnd, »so wären denn die Fledermäuse eigentlich recht die gebornen natürlichen Somnambulen! Doch in dem heitern Augenblick dessen du gedachtest, will ich Posto fassen und bemerken, daß jener sechste bewunderungswürdige Sinn vermag an jeder Erscheinung, sei es Person, Tat oder Begebenheit, sogleich dasjenige Exzentrische zu schauen, zu dem wir in unserm gewöhnlichen Leben keine Gleichung finden und es daher wunderbar nennen. Was ist denn aber gewöhnliches Leben? – Ach, das Drehen in dem engen Kreise, an den unsere Nase überall stößt, und doch will man wohl Courbetten versuchen im taktmäßigen Paßgang des Alltagsgeschäfts. Ich kenne jemanden, dem jene Sehergabe, von der wir sprechen, ganz vorzüglich eigen scheint. Daher kommt es, daß er oft unbekannten Menschen, die irgend etwas Verwunderliches in Gang, Kleidung, Ton, Blick haben, tagelang nachläuft, daß er über eine Begebenheit, über eine Tat, leichthin erzählt, keiner Beachtung wert und von niemanden beachtet, tiefsinnig wird, daß er antipodische Dinge zusammenstellt und Beziehungen herausfantasiert, an die niemand denkt.« Lelio rief laut: »halt, halt, das ist ja unser Theodor, der ganz was Besonderes im Kopfe zu haben scheint, da er mit solch seltsamen Blicken in das Blaue herausschaut.« »In der Tat«, fing Theodor an, der so lange geschwiegen, »in der Tat waren meine Blicke seltsam, solang darin der Reflex des wahrhaft Seltsamen, das ich im Geiste schaute. Die Erinnerung eines unlängst erlebten Abenteuers« – »O erzähle, erzähle«, unterbrachen ihn die Freunde. »Erzählen«, fuhr Theodor fort, »möcht' ich wohl, doch muß ich zuvörderst dir, lieber Lelio, sagen, daß du die Beispiele, die meine Sehergabe dartun sollten, ziemlich schlecht wähltest. Aus Eberhards Synonymik mußt du wissen, daß *wunderlich* alle Äußerungen der Erkenntnis und des Begehrens genannt werden, die sich durch keinen vernünftigen Grund rechtfertigen lassen, *wunderbar* aber dasjenige heißt, was man für unmöglich, für unbegreiflich hält, was die bekannten Kräfte der Natur zu übersteigen oder, wie ich hinzufüge, ihrem gewöhnlichen Gange entgegen zu sein scheint. Daraus wirst du entnehmen, daß du vorhin rücksichts meiner angeblichen Sehergabe das Wunderliche mit dem Wunderbaren verwechseltest. Aber gewiß ist es, daß das anscheinend Wunderliche aus dem Wunderbaren sproßt, und daß wir nur oft den wunderbaren Stamm nicht sehen, aus dem die wunderlichen Zweige mit Blättern und Blüten hervorsprossen. In dem Abenteuer, das ich euch mitteilen will, mischt sich beides, das Wunderliche und Wunderbare, auf, wie mich dünkt, recht schauerliche Weise.« Mit diesen Worten zog Theodor sein Taschenbuch hervor, worin er, wie die Freunde wußten, allerlei Notizen von seiner Reise her eingetragen hatte, und erzählte, dann und wann in dies Buch hineinblickend, folgende Begebenheit, die der weiteren Mitteilung nicht unwert scheint:

Ihr wißt (so fing Theodor an), daß ich den ganzen vorigen Sommer in ***n zubrachte. Die Menge alter Freunde und Bekannten, die ich vorfand, das freie gemütliche Leben, die mannigfachen Anregungen der Kunst und der Wissenschaft, das alles hielt mich fest. Nie war ich heitrer, und meiner alten Neigung, oft allein durch die Straßen zu wandeln und mich an jedem ausgehängten Kupferstich, an jedem Anschlagzettel zu ergötzen oder die mir begegnenden Gestalten zu betrachten, ja wohl manchem in Gedanken das Horoskop zu stellen, hing ich hier mit Leidenschaft nach, da nicht allein der Reichtum der ausgestellten Werke der Kunst und des Luxus, sondern der Anblick der vielen herrlichen Prachtgebäude unwiderstehlich mich dazu antrieb. Die mit Gebäuden jener Art eingeschlossene Allee, welche nach dem ***ger Tore führt, ist der Sammelplatz des höheren, durch Stand oder Reichtum zum üppigeren Lebensgenuß berechtigten Publikums. In dem Erdgeschoß der hohen breiten Paläste werden meistenteils Waren des Luxus feilgeboten, indes in den obern Stockwerken Leute der beschriebenen Klasse hausen. Die vornehmsten Gasthäuser liegen in dieser Straße, die fremden Gesandten wohnen meistens darin, und so könnt ihr denken, daß hier ein besonderes Leben und Regen mehr als in irgend einem andern Teile der Residenz stattfinden muß, die sich eben auch hier volkreicher zeigt, als sie es wirklich ist. Das Zudrängen nach diesem Orte macht es, daß mancher sich mit einer kleineren Wohnung, als sein Bedürfnis eigentlich erfordert, begnügt, und so kommt es, daß manches von mehreren Familien bewohnte Haus einem Bienenkorbe gleicht. Schon oft war ich die Allee durchwandelt, als mir eines Tages plötzlich ein Haus ins Auge fiel, das auf ganz wunderliche seltsame Weise von allen übrigen abstach. Denkt euch ein niedriges, vier Fenster breites, von zwei hohen schönen Gebäuden eingeklemmtes Haus, dessen Stock über dem Erdgeschoß nur wenig über die Fenster im Erdgeschoß des nachbarlichen Hauses hervorragt, dessen schlecht verwahrtes Dach, dessen zum Teil mit Papier verklebte Fenster, dessen farblose Mauern von gänzlicher Verwahrlosung des Eigentümers zeugen. Denkt euch, wie solch ein Haus zwischen mit geschmackvollem Luxus ausstaffierten Prachtgebäuden sich ausnehmen muß. Ich blieb stehen und bemerkte bei näherer Betrachtung, daß alle Fenster dicht verzogen waren, ja daß vor die Fenster des Erdgeschosses eine Mauer aufgeführt schien, daß die gewöhnliche Glocke an dem Torwege, der an der Seite angebracht zugleich zur Haustüre diente, fehlte, und daß an dem Torwege selbst nirgends ein Schloß, ein Drücker zu entdecken war. Ich wurde überzeugt, daß dieses Haus ganz unbewohnt sein müsse, da ich niemals, niemals, so oft und zu welcher Tageszeit ich auch vorübergehen mochte, auch nur die Spur eines menschlichen

Wesens darin wahrnahm. Ein unbewohntes Haus in dieser Gegend der Stadt! Eine wunderliche Erscheinung, und doch findet das Ding vielleicht darin seinen natürlichen einfachen Grund, daß der Besitzer, auf einer lange dauernden Reise begriffen oder auf fernen Gütern hausend, dies Grundstück weder vermieten noch veräußern mag, um, nach ***n zurückkehrend, augenblicklich seine Wohnung dort aufschlagen zu können. – So dacht' ich, und doch weiß ich selbst nicht, wie es kam, daß bei dem öden Hause vorüberschreitend ich jedesmal wie festgebannt stehen bleiben und mich in ganz verwunderliche Gedanken nicht sowohl vertiefen als verstricken mußte. – Ihr wißt es ja alle, ihr wackern Kumpane meines fröhlichen Jugendlebens, ihr wißt es ja alle, wie ich mich von jeher als Geisterseher gebärdete und wie *mir* nur einer wunderbaren Welt seltsame Erscheinungen ins Leben treten wollten, die ihr mit derbem Verstande wegzuleugnen wußtet! – Nun! zieht nur eure schlauen spitzfündigen Gesichter, wie ihr wollt, gern zugestehen darf ich ja, daß ich oft mich selbst recht arg mystifiziert habe, und daß mit dem öden Hause sich dasselbe ereignen zu wollen schien, aber – am Ende kommt die Moral, die euch zu Boden schlägt, horcht nur auf! – Zur Sache! – Eines Tages und zwar in der Stunde, wenn der gute Ton gebietet, in der Allee auf und ab zu gehen, stehe ich, wie gewöhnlich in tiefen Gedanken hinstarrend, vor dem öden Hause. Plötzlich bemerke ich, ohne gerade hinzusehen, daß jemand neben mir sich hingestellt und den Blick auf mich gerichtet hatte. Es ist Graf P., der sich schon in vieler Hinsicht als mir geistesverwandt kundgetan hat, und sogleich ist mir nichts gewisser, als daß auch ihm das Geheimnisvolle des Hauses aufgegangen war. Um so mehr fiel es mir auf, daß, als ich von dem seltsamen Eindruck sprach, den dies verödete Gebäude hier in der belebtesten Gegend der Residenz auf mich gemacht hatte, er sehr ironisch lächelte, bald war aber alles erklärt. Graf P. war viel weiter gegangen als ich, aus manchen Bemerkungen, Kombinationen etc. hatte er die Bewandtnis herausgefunden, die es mit dem Hause hatte, und eben diese Bewandtnis lief auf eine solche ganz seltsame Geschichte heraus, die nur die lebendigste Fantasie des Dichters ins Leben treten lassen konnte. Es wäre wohl recht, daß ich euch die Geschichte des Grafen, die ich noch klar und deutlich im Sinn habe, mitteilte, doch schon jetzt fühle ich mich durch das, was sich wirklich mit mir zutrug, so gespannt, daß ich unaufhaltsam fortfahren muß. Wie war aber dem guten Grafen zu Mute, als er mit der Geschichte fertig erfuhr, daß das verödete Haus nichts anders enthalte als die Zuckerbäckerei des Konditors, dessen prachtvoll eingerichteter Laden dicht anstieß. Daher waren die Fenster des Erdgeschosses, wo die Öfen eingerichtet, vermauert und die zum Aufbewahren des Gebacknen im obern Stock bestimmten Zimmer mit dicken Vorhängen gegen Sonne und Ungeziefer verwahrt. Ich erfuhr, als der Graf mir dies mitteilte, so wie er die Wirkung des Sturzbades, oder es zupfte wenigstens der allem Poetischen feindliche Dämon den Süßträumenden empfindlich und schmerzhaft bei der Nase. – Unerachtet der prosaischen Aufklärung mußte ich doch noch immer vorübergehend nach dem öden Hause hinschauen, und noch immer gingen im leisen Frösteln, das mir durch die Glieder bebte, allerlei seltsame Gebilde von dem auf, was dort verschlossen. Durchaus konnte ich mich nicht an den Gedanken der Zuckerbäckerei, des Marzipans, der Bonbons, der Torten, der eingemachten Früchte usw. gewöhnen. Eine seltsame Ideen-Kombination ließ mir das alles erscheinen wie süßes beschwichtigendes Zureden. Ungefähr: »Erschrecken Sie nicht, Bester! wir alle sind liebe, süße Kinderchen, aber der Donner wird gleich ein bißchen einschlagen.« Dann dachte ich wieder: »Bist du nicht ein recht wahnsinniger Tor, daß du das Gewöhnlichste in das Wunderbare zu ziehen trachtest, schelten deine Freunde dich nicht mit Recht einen überspannten Geisterseher?« – Das Haus blieb, wie es bei der angeblichen Bestimmung auch nicht anders sein konnte, immer unverändert, und so geschah es, daß mein Blick sich daran gewöhnte und die tollen Gebilde, die sonst ordentlich aus den Mauern hervorzuschweben schienen, allmählich verschwanden. Ein Zufall weckte alles, was eingeschlummert, wieder auf. – Daß, unerachtet ich mich, so gut es gehen wollte, ins Alltägliche gefügt hatte, ich doch nicht unterließ, das fabelhafte Haus im Auge zu behalten, das könnt ihr euch bei meiner Sinnesart, die nun einmal mit frommer ritterlicher Treue am Wunderbaren festhält, wohl denken. So geschah es, daß ich eines Tages, als ich wie gewöhnlich zur Mittagsstunde in der Allee lustwandelte, meinen Blick auf die verhängten Fenster des öden Hauses richtete. Da bemerkte ich, daß die Gardine an dem letzten Fenster dicht neben dem Konditorladen sich zu bewegen begann. Eine Hand, ein Arm kam zum Vorschein. Ich riß meinen Operngucker heraus und gewahrte nun deutlich die blendend weiße, schön geformte Hand eines Frauenzimmers, an deren kleinem

Finger ein Brillant mit ungewöhnlichem Feuer funkelte, ein reiches Band blitzte an dem in üppiger Schönheit geründeten Arm. Die Hand setzte eine hohe, seltsam geformte Krystallflasche hin auf die Fensterbank und verschwand hinter dem Vorhange. Erstarrt blieb ich stehen, ein sonderbar bänglich wonniges Gefühl durchströmte mit elektrischer Wärme mein Inneres, unverwandt blickte ich herauf nach dem verhängnisvollen Fenster, und wohl mag ein sehnsuchtsvoller Seufzer meiner Brust entflohen sein. Ich wurde endlich wach und fand mich umringt von vielen Menschen allerlei Standes, die so wie ich mit neugierigen Gesichtern heraufguckten. Das verdroß mich, aber gleich fiel mir ein, daß jedes Hauptstadtvolk jenem gleiche, das zahllos vor dem Hause versammelt nicht zu gaffen und sich darüber zu verwundern aufhören konnte, daß eine Schlafmütze aus dem sechsten Stock herabgestürzt, ohne eine Masche zu zerreißen. – Ich schlich mich leise fort, und der prosaische Dämon flüsterte mir sehr vernehmlich in die Ohren, daß soeben die reiche, sonntäglich geschmückte Konditorsfrau eine geleerte Flaschen feinen Rosenwassers o. s. auf die Fensterbank gestellt. – Seltner Fall! – mir kam urplötzlich ein sehr gescheuter Gedanke. – Ich kehrte um und geradezu ein in den leuchtenden Spiegelladen des dem öden Hause nachbarlichen Konditors. – Mit kühlendem Atem den heißen Schaum von der Chokolade wegblasend fing ich leicht hingeworfen an: »In der Tat, Sie haben da nebenbei Ihre Anstalt sehr schön erweitert.« – Der Konditor warf noch schnell ein paar bunte Bonbons in die Viertel-Tüte, und diese dem lieblichen Mädchen, das darnach verlangt, hinreichend, lehnte er sich mit aufgestemmtem Arm weit über den Ladentisch herüber und schaute mich mit solch lächelnd fragendem Blick an, als habe er mich gar nicht verstanden. Ich wiederholte, daß er sehr zweckmäßig in dem benachbarten Hause seine Bäckerei angelegt, wiewohl das dadurch verödete Gebäude in der lebendigen Reihe der übrigen düster und traurig absteche. »Ei, mein Herr!« fing nun der Konditor an, »wer hat Ihnen denn gesagt, daß das Haus nebenan uns gehört? – Leider blieb jeder Versuch, es zu akquirieren, vergebens, und am Ende mag es auch gut sein, denn mit dem Hause nebenan hat es eine eigne Bewandtnis.« – Ihr, meine treuen Freunde, könnt wohl denken, wie mich des Konditors Antwort spannte, und wie sehr ich ihn bat, mir mehr von dem Hause zu sagen. »Ja, mein Herr!« sprach er, »recht Sonderliches weiß ich selbst nicht davon, soviel ist aber gewiß, daß das Haus der Gräfin von S. gehört, die auf ihren Gütern lebt und seit vielen Jahren nicht in ***n gewesen ist. Als noch keins der Prachtgebäude existierte, die jetzt unsere Straße zieren, stand dies Haus, wie man mir erzählt hat, schon in seiner jetzigen Gestalt da, und seit der Zeit wurd' es nur gerade vor dem gänzlichen Verfall gesichert. Nur zwei lebendige Wesen hausen darin, ein steinalter menschenfeindlicher Hausverwalter und ein grämlicher, lebenssatter Hund, der zuweilen auf dem Hinterhofe den Mond anheult. Nach der allgemeinen Sage soll es in dem öden Gebäude häßlich spuken, und in der Tat, mein Bruder (der Besitzer des Ladens) und ich, wir beide haben in der Stille der Nacht, vorzüglich zur Weihnachtszeit, wenn uns unser Geschäft hier im Laden wach erhielt, oft seltsame Klagelaute vernommen, die offenbar sich hier hinter der Mauer im Nebenhause erhoben. Und dann fing es an, so häßlich zu scharren und zu rumoren, daß uns beiden ganz graulich zumute wurde. Auch ist es nicht lange her, daß sich zur Nachtzeit ein solch sonderbarer Gesang hören ließ, den ich Ihnen nun gar nicht beschreiben kann. Es war offenbar die Stimme eines alten Weibes, die wir vernahmen, aber die Töne waren so gellend klar und liefen in bunten Kadenzen und langen schneidenden Trillern so hoch hinauf, wie ich es, unerachtet ich doch in Italien, Frankreich und Deutschland soviel Sängerinnen gekannt, noch nie gehört habe. Mir war so, als würden französische Worte gesungen, doch konnt' ich das nicht genau unterscheiden und überhaupt das tolle gespenstige Singen nicht lange anhören, denn mir standen die Haare zu Berge. Zuweilen, wenn das Geräusch auf der Straße nachläßt, hören wir auch in der hintern Stube tiefe Seufzer und dann ein dumpfes Lachen, das aus dem Boden hervor zu dröhnen scheint, aber das Ohr an die Wand gelegt, vernimmt man bald, daß es eben auch im Hause nebenan so seufzt und lacht. – Bemerken Sie« – (er führte mich in das hintere Zimmer und zeigte durchs Fenster) »bemerken Sie jene eiserne Röhre, die aus der Mauer hervorragt, die raucht zuweilen so stark, selbst im Sommer, wenn doch gar nicht geheizt wird, daß mein Bruder schon oft wegen Feuersgefahr mit dem alten Hausverwalter gezankt hat, der sich aber damit entschuldigt, daß er sein Essen koche, was *der* aber essen mag, das weiß der Himmel, denn oft verbreitet sich, eben wenn jene Röhre recht stark raucht, ein sonderbarer, ganz eigentümlicher Geruch« – Die Glastüre des Ladens knarrte, der Konditor eilte hinein und warf mir, nach der hineingetretenen Figur hinnickend, einen bedeutenden Blick zu. – Ich verstand ihn vollkommen. Konnte denn die sonderbare Gestalt jemand anders sein als der Verwalter des geheimnisvollen Hauses? – Denkt euch einen kleinen dürren Mann mit einem mumienfarbnen Gesichte, spitze Nase, zusammengekniffenen Lippen, grünfunkelnden Katzenaugen, stetem wahnsinnigem Lächeln, altmodig mit aufgetürmtem Toupet und Klebelöckchen, frisiertem, stark gepudertem Haar, großem Haarbeutel, Postillon d'Amour, kaffeebraunem altem verbleichtem, doch wohlgeschontem, gebürstetem Kleide, grauen Strümpfen, großen abgestumpften Schuhen mit Steinschnällchen. Denkt euch, daß diese kleine dürre Figur doch, vorzüglich was die übergroßen Fäuste mit langen starken Fingern betrifft, robust geformt ist und kräftig nach dem Ladentisch hinschreitet, dann aber, stets lächelnd und starr hinschauend nach den in Krystallgläsern aufbewahrten Süßigkeiten, mit ohnmächtiger klagender Stimme herausweint: »Ein paar eingemachte Pomeranzen – ein paar Makronen – ein paar Zuckerkastanien usw.« Denkt euch das und urteilt selbst, ob hier Grund war, Seltsames zu ahnen oder nicht. Der Konditor suchte alles, was der Alte gefordert, zusammen. »Wiegen Sie, wiegen Sie, verehrter Herr Nachbar«, jammerte der seltsame Mann, holte ächzend und keuchend einen kleinen ledernen Beutel aus der Tasche und suchte mühsam Geld hervor. Ich bemerkte, daß das Geld, als er es auf den Ladentisch aufzählte, aus verschiedenen alten, zum Teil schon ganz aus dem gewöhnlichen Kurs gekommenen Münzsorten bestand. Er tat dabei sehr kläglich und murmelte: »Süß – süß – süß soll nun alles sein – süß meinethalben; der Satan schmiert seiner Braut Honig ums Maul – puren Honig.« Der Konditor schaute mich lachend an und sprach dann zu dem Alten: »Sie scheinen nicht recht wohl zu sein, ja, ja, das Alter, das Alter, die Kräfte nehmen ab immer mehr und mehr.« Ohne die Miene zu ändern, rief der Alte mit erhöhter Stimme: »Alter? – Alter? – Kräfte abnehmen? – Schwach – matt werden! Ho ho – ho ho – ho ho!« Und damit schlug er die Fäuste zusammen, daß die Gelenke knackten, und sprang, in der Luft ebenso gewaltig die Füße zusammenklappend, hoch auf, daß der ganze Laden dröhnte und alle Gläser zitternd erklangen. Aber in dem Augenblick erhob sich auch ein gräßliches Geschrei, der Alte hatte den schwarzen Hund getreten, der hinter ihm hergeschlichen, dicht an seine Füße geschmiegt, auf dem Boden lag. »Verruchte Bestie! satanischer

Höllenhund«, stöhnte leise im vorigen Ton der Alte, öffnete die Tüte und reichte dem Hunde eine große Makrone hin. Der Hund, der in ein menschliches Weinen ausgebrochen, war sogleich still, setzte sich auf die Hinterpfoten und knapperte an der Makrone wie ein Eichhörnchen. Beide waren zu gleicher Zeit fertig, der Hund mit seiner Makrone, der Alte mit dem Verschließen und Einstecken seiner Tüte. »Gute Nacht, verehrter Herr Nachbar«, sprach er jetzt, reichte dem Konditor die Hand und drückte die des Konditors so, daß er laut aufschrie vor Schmerz. »Der alte schwächliche Greis wünscht Ihnen eine gute Nacht, bester Herr Nachbar Konditor«, wiederholte er dann und schritt zum Laden heraus, hinter ihm der schwarze Hund, mit der Zunge die Makronenreste vom Maule wegleckend. Mich schien der Alte gar nicht bemerkt zu haben, ich stand da ganz erstarrt vor Erstaunen. »Sehn Sie«, fing der Konditor an, »sehen Sie, so treibt es der wunderliche Alte hier zuweilen, wenigstens in vier Wochen zwei, dreimal, aber nichts ist aus ihm herauszubringen, als daß er ehemals Kammerdiener des Grafen von S. war, daß er jetzt hier das Haus verwaltet und jeden Tag (schon seit vielen Jahren) die Gräflich S-sche Familie erwartet, weshalb auch nichts vermietet werden kann. Mein Bruder ging ihm einmal zu Leibe wegen des wunderlichen Getöns zur Nachtzeit, da sprach er aber sehr gelassen: »ja! – die Leute sagen alle, es spuke im Hause, glauben Sie es aber nicht, es tut nicht wahr sein.« – Die Stunde war gekommen, in der der gute Ton gebot, diesen Laden zu besuchen, die Tür öffnete sich, elegante Welt strömte hinein, und ich konnte nicht weiter fragen. –

So viel stand nun fest, daß die Nachrichten des Grafen P. über das Eigentum und die Benutzung des Hauses falsch waren, daß der alte Verwalter dasselbe seines Leugnens unerachtet nicht allein bewohnte, und daß ganz gewiß irgend ein Geheimnis vor der Welt dort verhüllt werden sollte. Mußte ich denn nicht die Erzählung von dem seltsamen schauerlichen Gesange mit dem Erscheinen des schönen Arms am Fenster in Verbindung setzen? Der Arm saß nicht, konnte nicht sitzen an dem Leibe eines alten verschrumpften Weibes, der Gesang nach des Konditors Beschreibung nicht aus der Kehle des jungen blühenden Mädchens kommen. Doch für das Merkzeichen des Arms entschieden, konnt' ich leicht mich selbst überreden, daß vielleicht nur eine akustische Täuschung die Stimme alt und gellend klingen lassen, und daß ebenso vielleicht nur des vom Graulichen befangenen Konditors trügliches Ohr die Töne so vernommen. – Nun dacht' ich an den Rauch, den seltsamen Geruch, an die wunderlich geformte Krystallflasche, die ich sah, und bald stand das Bild eines herrlichen, aber in verderblichen Zauberdingen befangenen Geschöpfs mir lebendig vor Augen. Der Alte wurde mir zum fatalen Hexenmeister, zum verdammten Zauberkerl, der vielleicht ganz unabhängig von der Gräflich S-schen Familie geworden nun auf seine eigne Hand in dem verödeten Hause Unheilbringendes Wesen trieb. Meine Fantasie war im Arbeiten, und noch in selbiger Nacht, nicht sowohl im Traum, als im Delirieren des Einschlafens, sah ich deutlich die Hand mit dem funkelnden Diamant am Finger, den Arm mit der glänzenden Spange. Wie aus dünnen grauen Nebeln trat nach und nach ein holdes Antlitz mit wehmütig flehenden blauen Himmelsaugen, dann die ganze wunderherrliche Gestalt eines Mädchens in voller anmutiger Jugendblüte hervor. Bald bemerkte ich, daß das, was ich für Nebel hielt, der feine Dampf war, der aus der Krystallflasche, die die Gestalt in den Händen hielt, in sich kreiselndem Gewirbel emporstieg. »O, du holdes Zauberbild«, rief ich voll Entzücken, »o, du holdes Zauberbild, tu' es mir kund, wo du weilst, was dich gefangen hält? – O, wie du mich so voll Wehmut und Liebe anblickst! – Ich weiß es, die schwarze Kunst ist es, die dich befangen, du bist die unglückselige Sklavin des boshaften Teufels, der herumwandelt kaffeebraun und behaarbeutelt in Zuckerladen und in gewaltigen Sprüngen alles zerschmeißen will und Höllenhunde tritt, die er mit Makronen füttert, nachdem sie den satanischen Murki im Fünfachteltakt abgeheult. – O, ich weiß ja alles, du holdes, anmutiges Wesen! – Der Diamant ist der Reflex innerer Glut! – ach, hätt'st du ihn nicht mit deinem Herzblut getränkt, wie könnt' er so funkeln, so tausendfarbig strahlen in den allerherrlichsten Liebestönen, die je ein Sterblicher vernommen. – Aber ich weiß es wohl, das Band, was deinen Arm umschlingt, ist das Glied einer Kette, von der der Kaffeebraune spricht, sie sei magnetisch – Glaub' es nicht, Herrliche! – ich sehe ja, wie sie herabhängt in die von blauem Feuer glühende Retorte. – Die werf' ich um, und du bist befreit! – Weiß ich denn nicht alles – weiß ich denn nicht alles, du Liebliche? Aber nun, Jungfrau! – nun öffne den Rosenmund, o sage« – In dem Augenblick griff eine knotige Faust über meine Schulter weg nach der Krystallflasche, die in tausend Stücke zersplittert in der Luft verstäubte. Mit einem leisen Ton dumpfer Wehklage war die anmutige Gestalt verschwunden in finstrer Nacht. – Ha! – ich merk' es an euerm Lächeln, daß ihr schon wieder in mir den träumerischen Geisterseher findet, aber versichern kann ich euch, daß der ganze Traum, wollt ihr nun einmal nicht abgehen von dieser Benennung, den vollendeten Charakter der Vision hatte. Doch da ihr fortfahrt, mich so im prosaischen Unglauben anzulächeln, so will ich lieber gar nichts mehr davon sagen, sondern nur rasch weitergehen. – Kaum war der Morgen angebrochen, als ich voll Unruhe und Sehnsucht nach der Allee lief und mich hinstellte vor das öde Haus! – Außer den innern Vorhängen waren noch dichte Jalousien vorgezogen. Die Straße war noch völlig menschenleer, ich trat dicht an die Fenster des Erdgeschosses und horchte und horchte, aber kein Laut ließ sich hören, still blieb es wie im tiefen Grabe. – Der Tag kam herauf, das Gewerbe rührte sich, ich mußte fort. Was soll ich euch damit ermüden, wie ich viele Tage hindurch das Haus zu jeder Zeit umschlich, ohne auch nur das mindeste zu entdecken, wie alle Erkundigung, alles Forschen zu keiner bestimmten Notiz führte, und wie endlich das schöne Bild meiner Vision zu verblassen begann. – Endlich, als ich einst am späten Abend von einem Spaziergange heimkehrend bei dem öden Hause herangekommen, bemerkte ich, daß das Tor halb geöffnet war; ich schritt heran, der Kaffeebraune guckte heraus. Mein Entschluß war gefaßt. »Wohnt nicht der Geheime Finanzrat Binder hier in diesem Hause?« So frug ich den Alten, indem ich, ihn beinahe zurückdrängend, in den von einer Lampe matt erleuchteten Vorsaal trat. Der Alte blickte mich an mit seinem stehenden Lächeln und sprach leise und gezogen: »Nein, *der* wohnt nicht hier, hat niemals hier gewohnt, wird niemals hier wohnen, wohnt auch in der ganzen Allee nicht. – Aber die Leute sagen, es spuke hier in diesem Hause, jedoch kann ich versichern, daß es nicht wahr ist, es ist ein ruhiges, hübsches Haus, und morgen zieht die gnädige Gräfin von S. ein und – Gute Nacht, mein lieber Herr!« – Damit manövrierte mich der Alte zum Hause hinaus und verschloß hinter mir das Tor. Ich vernahm, wie er keuchend und hustend mit dem klirrenden Schlüsselbunde über den Flur wegscharrte und dann Stufen, wie mir vorkam, *herab*stieg. Ich hatte in der kurzen Zeit so viel bemerkt, daß der Flur mit alten bunten Tapeten behängt, und wie ein Saal mit großen, mit rotem Damast beschlagenen Lehnsesseln möbliert war, welches denn doch ganz verwunderlich aussah.

Nun gingen, wie geweckt durch mein Eindringen in das geheimnisvolle Haus, die Abenteuer auf! – Denkt euch, denkt euch, sowie ich den andern Tag in der Mittagsstunde die Allee durchwandere und mein Blick schon in der Ferne sich unwillkürlich nach dem öden Hause richtet, sehe ich an dem letzten Fenster des obern Stocks etwas schimmern. – Näher getreten bemerke ich, daß die äußere Jalousie ganz, der innere Vorhang halb aufgezogen ist. Der Diamant funkelt mir entgegen. – O Himmel! gestützt auf den Arm blickt mich wehmütig flehend jenes Antlitz meiner Vision an. – War es möglich, in der auf und abgewogenen Masse stehen zu bleiben? – In dem Augenblick fiel mir die Bank ins Auge, die für die Lustwandler in der Allee in der Richtung des öden Hauses, wiewohl man sich darauf niederlassend dem Hause den Rücken kehrte, angebracht war. Schnell sprang ich in die Allee, und mich über die Lehne der Bank wegbeugend, konnt' ich nun ungestört nach dem verhängnisvollen Fenster schauen. Ja! Sie war es, das anmutige, holdselige Mädchen, Zug für Zug! – Nur schien ihr Blick ungewiß. – Nicht nach mir, wie es vorhin schien, blickte sie, vielmehr hatten die Augen etwas Totstarres, und die Täuschung eines lebhaft gemalten Bildes wäre möglich gewesen, hätten sich nicht Arm und Hand zuweilen bewegt. Ganz versunken in den Anblick des verwunderlichen Wesens am Fenster, das mein Innerstes so seltsam aufregte, hatte ich nicht die quäkende Stimme des italienischen Tabulettkrämers gehört, der mir vielleicht schon lange unaufhörlich seine Waren anbot. Er zupfte mich endlich am Arm; schnell mich umdrehend, wies ich ihn ziemlich hart und zornig ab. Er ließ aber nicht nach mit Bitten und Quälen. Noch gar nichts habe er heute verdient, nur ein paar Bleifedern, ein Bündelchen Zahnstocher möge ich ihm abkaufen. Voller Ungeduld, den Überlästigen nur geschwind los zu werden, griff ich in die Tasche nach dem Geldbeutel. Mit den Worten: »Auch hier hab' ich noch schöne Sachen!« zog er den untersten Schub seines Kastens heraus und hielt mir einen kleinen runden Taschenspiegel, der in dem Schub unter anderen Gläsern lag, in kleiner Entfernung seitwärts vor. – Ich erblickte das öde Haus hinter mir, das Fenster und in den schärfsten, deutlichsten Zügen die holde Engelsgestalt meiner Vision. – Schnell kauft' ich den kleinen Spiegel, der mir es nun möglich machte, in bequemer Stellung, ohne den Nachbarn aufzufallen, nach dem Fenster hinzuschauen. – Doch, indem ich nun länger und länger das Gesicht im Fenster anblickte, wurd' ich von einem seltsamen, ganz unbeschreiblichen Gefühl, das ich beinahe waches Träumen nennen möchte, befangen. Mir war es, als lähme eine Art Starrsucht nicht sowohl mein ganzes Regen und Bewegen als vielmehr nur meinen Blick, den ich nun niemals mehr würde abwenden können von dem Spiegel. Mit Beschämung muß ich euch bekennen, daß mir jenes Ammenmärchen einfiel, womit mich in früher Kindheit meine Wart'frau augenblicklich zu Bette trieb, wenn ich mich etwa gelüsten ließ, abends vor dem großen Spiegel in meines Vaters Zimmer stehen zu bleiben und hinein zu gucken. Sie sagte nämlich, wenn Kinder nachts in den Spiegel blickten, gucke ein fremdes garstiges Gesicht heraus, und der Kinder Augen blieben dann erstarrt stehen. Mir war das ganz entsetzlich graulich, aber in vollem Grausen konnt' ich doch oft nicht unterlassen, wenigstens nach dem Spiegel hinzublinzeln, weil ich neugierig war auf das fremde Gesicht. Einmal glaubt' ich ein Paar gräßliche glühende Augen aus dem Spiegel fürchterlich herausfunkeln zu sehen, ich schrie auf und stürzte dann ohnmächtig nieder. In diesem Zufall brach eine langwierige Krankheit aus, aber noch jetzt ist es mir, als hätten jene Augen mich wirklich angefunkelt. – Kurz, alles dieses tolle Zeug aus meiner frühen Kindheit fiel mir ein, Eiskälte bebte durch meine Adern – ich wollte den Spiegel von mir schleudern – ich vermocht' es nicht – nun blickten mich die Himmelsaugen der holden Gestalt an – ja, ihr Blick war auf mich gerichtet und strahlte bis ins Herz hinein. – Jenes Grausen, das mich plötzlich ergriffen, ließ von mir ab und gab Raum dem wonnigen Schmerz süßer Sehnsucht, die mich mit elektrischer Wärme durchglüht. »Sie haben da einen niedlichen Spiegel«, sprach eine Stimme neben mir. Ich erwachte aus dem Traum und war nicht wenig betroffen, als ich neben mir von beiden Seiten mich zweideutig anlächelnde Gesichter erblickte. Mehrere Personen hatten auf derselben Bank Platz genommen, und nichts war gewisser, als daß ich ihnen mit dem starren Hineinblicken in den Spiegel und vielleicht auch mit einigen seltsamen Gesichtern, die ich in meinem exaltiertem Zustande schnitt, auf meine Kosten ein ergötzliches Schauspiel gegeben. »Sie haben da einen niedlichen Spiegel«, wiederholte der Mann, als ich nicht antwortete, mit einem Blick, der jener Frage noch hinzufügte: »Aber sagen Sie mir, was soll das wahnsinnige Hineinstarren, erscheinen Ihnen Geister« etc. Der Mann, schon ziemlich hoch in Jahren, sehr sauber gekleidet, hatte im Ton der Rede, im Blick etwas ungemein Gutmütiges und Zutrauen Erweckendes. Ich nahm gar keinen Anstand, ihm geradehin zu sagen, daß ich im Spiegel ein wundervolles Mädchen erblickt, das hinter mir im Fenster des öden Hauses gelegen. – Noch weiter ging ich, ich fragte den Alten, ob er nicht auch das holde Antlitz gesehen. »Dort drüben? – in dem alten Hause – in dem letzten Fenster?« so fragte mich nun wieder ganz verwundert der Alte. »Allerdings, allerdings«, sprach ich; da lächelte der Alte sehr und fing an: »nun das ist doch eine wunderliche Täuschung – nun, meine alten Augen – Gott ehre mir meine alten Augen. Ei, ei, mein Herr, wohl habe ich mit unbewaffnetem Auge das hübsche Gesicht dort im Fenster gesehen, aber es war ja ein, wie es mir schien, recht gut und lebendig in Öl gemaltes Portrait.« Schnell drehte ich mich um nach dem Fenster, alles war verschwunden, die Jalousie heruntergelassen. »Ja!« fuhr der Alte fort, »ja, mein Herr, nun ist's zu spät, sich davon zu überzeugen, denn eben nahm der Bediente, der dort, wie ich weiß, als Kastellan das Absteigequartier der Gräfin von S. ganz allein bewohnt, das Bild, nachdem er es abgestäubt, vom Fenster fort und ließ die Jalousie herunter.« »War es denn gewiß ein Bild?« fragte ich nochmals ganz bestürzt. »Trauen Sie meinen Augen«, erwiderte der Alte. »Daß Sie nur den Reflex des Bildes im Spiegel sahen, vermehrte gewiß sehr die optische Täuschung und – wie ich noch in Ihren Jahren war, hätt' ich nicht auch das Bild eines schönen Mädchens kraft meiner Fantasie ins Leben gerufen?« »Aber Hand und Arm bewegten sich doch«, fiel ich ein. »Ja, ja, sie regten sich, alles regte sich«, sprach der Alte, lächelnd und sanft mich auf die Schulter klopfend. Dann stand er auf und verließ mich, höflich sich verbeugend, mit den Worten: »Nehmen Sie sich doch vor Taschenspiegeln in acht, die so häßlich lügen. – Ganz gehorsamster Diener.« – Ihr könnt denken, wie mir zu Mute war, als ich mich so als einen törichten, blödsichtigen Fantasten behandelt sah. Mir kam die Überzeugung, daß der Alte recht hatte, und daß nur in mir selbst das tolle Gaukelspiel aufgegangen, das mich mit dem öden Hause, zu meiner eignen Beschämung, so garstig mystifizierte.

Ganz voller Unmut und Verdruß lief ich nach Hause, fest entschlossen, mich ganz loszusagen von jedem Gedanken an die Mysterien des öden Hauses und wenigstens einige Tage hindurch die Allee zu vermeiden. Dies hielt ich treulich, und kam noch hinzu, daß mich den Tag über dringend gewordene Geschäfte am

Schreibtisch, an den Abenden aber geistreiche fröhliche Freunde in ihrem Kreise festhielten, so muß es wohl geschehen, daß ich beinahe gar nicht mehr an jene Geheimnisse dachte. Nur begab es sich in dieser Zeit, daß ich zuweilen aus dem Schlaf auffuhr, wie plötzlich durch äußere Berührung geweckt, und dann war es mir doch deutlich, daß nur der Gedanke an das geheimnisvolle Wesen, das ich in meiner Vision und in dem Fenster des öden Hauses erblickt, mich geweckt hatte. Ja selbst während der Arbeit, während der lebhaftesten Unterhaltung mit meinen Freunden, durchfuhr mich oft plötzlich ohne weitern Anlaß jener Gedanke wie ein elektrischer Blitz. Doch waren dies nur schnell vorübergehende Momente. Den kleinen Taschenspiegel, der mir so täuschend das anmutige Bildnis reflektiert, hatte ich zum prosaischen Hausbedarf bestimmt. Ich pflegte mir vor demselben die Halsbinde festzuknüpfen. So geschah es, daß er mir, als ich einst dies wichtige Geschäft abtun wollte, blind schien und ich ihn nach bekannter Methode anhauchte, um ihn dann hell zu polieren. – Alle meine Pulse stockten, mein Innerstes bebte vor wonnigem Grauen! – ja, so muß ich das Gefühl nennen, das mich übermannte, als ich, sowie mein Hauch den Spiegel überlief, im bläulichen Nebel das holde Antlitz sah, das mich mit jenem wehmütigem, das Herz durchbohrendem Blick anschaute! – Ihr lacht? – Ihr seid mit mir fertig, ihr haltet mich für einen unheilbaren Träumer, aber sprecht, denkt, was ihr wollt, genug, die Holde blickte mich an aus dem Spiegel, aber sowie der Hauch zerrann, verschwand das Gesicht in dem Funkeln des Spiegels. – Ich will euch nicht ermüden, ich will euch nicht herzählen alle Momente, die sich, einer aus dem andern, entwickelten. Nur so viel will ich sagen, daß ich unaufhörlich die Versuche mit dem Spiegel erneuerte, daß es mir oft gelang, das geliebte Bild durch meinen Hauch hervorzurufen, daß aber manchmal die anstrengtesten Bemühungen ohne Erfolg blieben. Dann rannte ich wie wahnsinnig auf und ab vor dem öden Hause und starrte in die Fenster, aber kein menschliches Wesen wollte sich zeigen. – Ich lebte nur in dem Gedanken an Sie, alles übrige war abgestorben für mich, ich vernachlässigte meine Freunde, meine Studien. – Dieser Zustand, wollte er in mildern Schmerz, in träumerische Sehnsucht übergehen, ja schien es, als wolle das Bild an Leben und Kraft verlieren, wurde oft bis zur höchsten Spitze gesteigert durch Momente, an die ich noch jetzt mit tiefem Entsetzen denke. – Da ich von einem *Seelen*zustande rede, der mich hätte ins Verderben stürzen können, so ist für euch, ihr Ungläubigen, da nichts zu belächeln und zu bespötteln, hört und fühlt mit mir, was ich ausgestanden. – Wie gesagt, oft, wenn jenes Bild ganz verblaßt war, ergriff mich ein körperliches Übelbefinden, die Gestalt trat, wie sonst niemals, mit einer Lebendigkeit, mit einem Glanz hervor, daß ich sie zu erfassen wähnte. Aber dann kam es mir auf grauliche Weise vor, ich sei selbst die Gestalt und von den Nebeln des Spiegels umhüllt und umschlossen. Ein empfindlicher Brustschmerz und dann gänzliche Apathie endigte den peinlichen Zustand, der immer eine das innerste Mark wegzehrende Erschöpfung hinterließ. In diesen Momenten mißlang jeder Versuch mit dem Spiegel, hatte ich mich aber erkräftigt, und trat dann das Bild wieder lebendig aus dem Spiegel hervor, so mag ich nicht leugnen, daß sich damit ein besonderer, mir sonst fremder physischer Reiz verband. – Diese ewige Spannung wirkte gar verderblich auf mich ein, blaß wie der Tod und zerstört im ganzen Wesen schwankte ich umher, meine Freunde hielten mich für krank, und ihre ewigen Mahnungen brachten mich endlich dahin, über meinen Zustand, so wie ich es nur vermochte, ernstlich nachzusinnen. War es Absicht oder Zufall, daß einer der Freunde, welcher Arzneikunde studierte, bei einem Besuch Reils Buch über Geisteszerrüttungen zurückließ. Ich fing an zu lesen, das Werk zog mich unwiderstehlich an, aber wie ward mir, als ich in allem, was über fixen Wahnsinn gesagt wird, mich selbst widerfand! – Das tiefe Entsetzen, das ich, mich selbst auf dem Wege zum Tollhause erblickend, empfand, brachte mich zur Besinnung und zum festen Entschluß, den ich rasch ausführte. Ich steckte meinen Taschenspiegel ein und eilte schnell zu dem Doktor K., berühmt durch seine Behandlung und Heilung der Wahnsinnigen, durch sein tieferes Eingehen in das psychische Prinzip, welches oft sogar körperliche Krankheiten hervorzubringen und wieder zu heilen vermag. Ich erzählte ihm alles, ich verschwieg ihm nicht den kleinsten Umstand und beschwor ihn mich zu retten von dem ungeheuern Schicksal, von dem bedroht ich mich glaubte. Er hörte mich sehr ruhig an, doch bemerkte ich wohl in seinem Blick tiefes Erstaunen. »Noch«, fing er an, »noch ist die Gefahr keineswegs so nahe, als Sie glauben, und ich kann mit Gewißheit behaupten, daß ich sie ganz abzuwenden vermag. Daß Sie auf unerhörte Weise psychisch angegriffen sind, leidet gar keinen Zweifel, aber die völlige klare Erkenntnis dieses Angriffs irgend eines bösen Prinzips gibt Ihnen selbst die Waffen in die Hand, sich dagegen zu wehren. Lassen Sie mir Ihren Taschenspiegel, zwingen Sie sich zu irgend einer Arbeit, die Ihre Geisteskräfte in Anspruch nimmt, meiden Sie die Allee, arbeiten Sie von der Frühe an, solange Sie es nur auszuhalten vermögen, dann aber, nach einem tüchtigen Spaziergange, fort in die Gesellschaft Ihrer Freunde, die Sie so lange vermißt. Essen Sie nahrhafte Speisen, trinken Sie starken kräftigen Wein. Sie sehen, daß ich bloß die fixe Idee, das heißt, die Erscheinung des Sie betörenden Antlitzes im Fenster des öden Hauses und im Spiegel vertilgen, Ihren Geist auf andere Dinge leiten und Ihren Körper stärken will. Stehen Sie selbst meiner Absicht redlich bei.« – Es wurde mir schwer, mich von dem Spiegel zu trennen, der Arzt, der ihn schon genommen, schien es zu bemerken, er hauchte ihn an und frug, indem er mir ihn vorhielt: »Sehen Sie etwas?« »Nicht das Mindeste«, erwiderte ich, wie es sich auch in der Tat verhielt. »Hauchen *Sie* den Spiegel an«, sprach dann der Arzt, indem er mir den Spiegel in die Hand gab. Ich tat es, das Wunderbild trat deutlicher als je hervor. »Da ist sie«, rief ich laut. Der Arzt schaute hinein und sprach dann: »Ich sehe nicht das Mindeste, aber nicht verhehlen mag ich Ihnen, daß ich in dem Augenblick, als ich in Ihren Spiegel sah, einen unheimlichen Schauer fühlte, der aber gleich vorüberging. Sie bemerken, daß ich ganz aufrichtig bin und eben deshalb wohl Ihr ganzes Zutrauen verdiene. Wiederholen Sie doch den Versuch.« Ich tat es, der Arzt umfaßte mich, ich fühlte seine Hand auf dem Rückenwirbel. – Die Gestalt kam wieder, der Arzt, mit mir in den Spiegel schauend, erblaßte, dann nahm er mir den Spiegel aus der Hand, schaute nochmals hinein, verschloß ihn in dem Pult und kehrte erst, als er einige Sekunden hindurch die Hand vor der Stirn schweigend dagestanden, zu mir zurück. »Befolgen Sie«, fing er an, »befolgen Sie genau meine Vorschriften. Ich darf Ihnen bekennen, daß jene Momente, in denen Sie, außer sich selbst gesetzt, Ihr eignes Ich in physischem Schmerz fühlten, mir noch sehr geheimnisvoll sind, aber ich hoffe Ihnen recht bald mehr darüber sagen zu können.« – Mit festem, unabänderlichem Willen, so schwer es mir auch ankam, lebte ich zur Stunde den Vorschriften des Arztes gemäß, und so sehr ich auch bald den wohltätigen Einfluß anderer Geistesanstrengung und der übrigen verordneten Diät verspürte, so blieb ich doch nicht frei von jenen furchtbaren Anfällen, die mittags um zwölf Uhr, viel stärker aber nachts um zwölf Uhr sich einzustellen pflegten. Selbst in munterer Gesellschaft bei Wein und Gesang war es oft, als durchführen plötzlich mein Inneres spitzige glühende Dolche, und alle Macht des Geistes reichte dann nicht hin zum Widerstande, ich mußte mich entfernen und durfte erst wiederkehren, wenn ich aus dem ohnmachtähnlichen Zustande erwacht. – Es begab sich, daß ich mich einst bei einer Abendgesellschaft befand, in der über psychische Einflüsse und Wirkungen, über das dunkle unbekannte Gebiet des Magnetismus gesprochen wurde. Man kam vorzüglich auf die Möglichkeit der Einwirkung eines entfernten psychischen Prinzips, sie wurde aus vielen Beispielen bewiesen, und vorzüglich führte ein junger dem Magnetismus ergebener Arzt an, daß er wie mehrere andere oder vielmehr wie *alle* kräftige Magnetiseure es vermöge, aus der Ferne bloß durch den festfixierten Gedanken und Willen auf seine Somnambulen zu wirken. Alles was Kluge, Schubert, Bartels u. m. darüber gesagt haben, kam nach und nach zum Vorschein. »Das Wichtigste«, fing endlich einer der Anwesenden, ein als scharfsinniger Beobachter bekannter Mediziner, an, »das Wichtigste von allem bleibt mir immer, daß der Magnetismus manches Geheimnis, das wir als gemeine schlichte Lebenserfahrung nun eben für kein Geheimnis erkennen wollen, zu erschließen scheint. Nur müssen wir freilich behutsam zu Werke gehen. – Wie kommt es denn, daß ohne allen äußern oder innern uns bekannten Anlaß, ja unsere Ideenkette zerreißend, irgend eine Person oder wohl gar das treue Bild irgend einer Begebenheit so lebendig, so sich unsers ganzen Ichs bemeisternd uns in den Sinn kommt, daß wir selbst darüber erstaunen. Am merkwürdigsten ist es, daß wir oft im Traume auffahren. Das ganze Traumbild ist in den schwarzen Abgrund versunken, und im neuen, von jenem Bilde ganz unabhängigen Traum tritt uns mit voller Kraft des Lebens ein Bild entgegen, das uns in ferne Gegenden versetzt und plötzlich scheinbar uns ganz fremd gewordene Personen, an die wir seit Jahren nicht mehr dachten, uns entgegenführt. Ja, noch mehr! oft schauen wir auf eben die Weise ganz fremde unbekannte Personen, die wir vielleicht Jahre nachher erst kennen lernen. Das bekannte: ›Mein Gott, der Mann, die Frau kommt mir so zum Erstaunen bekannt vor, ich dächt', ich hätt' ihn, sie, schon irgendwo gesehen,‹ ist vielleicht, da dies oft schlechterdings unmöglich, die dunkle Erinnerung an ein solches Traumbild. Wie, wenn dies plötzliche Hineinspringen fremder Bilder in unsere Ideenreihe, die uns gleich mit besonderer Kraft zu ergreifen pflegen, eben durch ein fremdes psychisches Prinzip veranlaßt würde? Wie, wenn es dem fremden Geiste unter gewissen Umständen möglich wäre, den magnetischen Rapport auch ohne Vorbereitung so herbeizuführen, daß wir uns willenlos ihm fügen müßten?« »So kämen wir«, fiel ein anderer lachend ein, »mit einem gar nicht zu großen Schritt auf die Lehre von Verhexungen, Zauberbildern, Spiegeln und andern unsinnigen abergläubischen Fantastereien längst verjährter alberner Zeit.« »Ei«, unterbrach der Mediziner den Ungläubigen, »keine Zeit kann verjähren, und noch viel weniger hat es jemals eine alberne Zeit gegeben, wenn wir nicht etwa jede Zeit, in der Menschen zu denken sich unterfangen mögen, mithin auch die unsrige, für albern erkennen wollen. – Es ist ein eignes Ding, etwas geradezu wegleugnen zu wollen, was oft sogar durch streng juristisch geführten Beweis festgestellt ist, und so wenig ich der Meinung bin, daß in dem dunklen geheimnisvollen Reiche, welches unseres Geistes Heimat ist, auch nur ein einziges, unserm blödem Auge recht hell leuchtendes Lämpchen brennt, so ist doch so viel gewiß, daß uns die Natur das Talent und die Neigung der Maulwürfe nicht versagt hat. Wir suchen, verblindet wie wir sind, uns weiter zu arbeiten auf finstern Wegen. Aber so wie der Blinde auf Erden an dem flüsternden Rauschen der Bäume, an dem Murmeln und Plätschern des Wassers die Nähe des Waldes, der ihn in seinen kühlenden Schatten aufnimmt, des Baches, der den Durstenden labt, erkennt und so das Ziel seiner Sehnsucht erreicht, so ahnen wir an dem tönenden Flügelschlag unbekannter, uns mit Geisteratem berührender Wesen, daß der Pilgergang uns zur Quelle des Lichts führt, vor dem unsere Augen sich auftun!« – Ich konnte mich nicht länger halten: »Sie statuieren also«, wandte ich mich zu dem Mediziner, »die Einwirkung eines fremden geistigen Prinzips, dem man sich willenlos fügen muß?« »Ich halte«, erwiderte der Mediziner, »ich halte, um nicht zu weit zu gehen, diese Einwirkung nicht allein für möglich, sondern auch andern, durch den magnetischen Zustand deutlicher gewordenen Operationen des psychischen Prinzips für ganz homogen.« »So könnt' es auch«, fuhr ich fort, »dämonischen Kräften verstattet sein, feindlich verderbend auf uns zu wirken?« »Schnöde Kunststücke gefallner Geister«, erwiderte der Mediziner lächelnd. – »Nein, denen wollen wir nicht erliegen. Und überhaupt bitt' ich, meine Andeutungen für nichts anders zu nehmen als eben nur für Andeutungen, denen ich noch hinzufüge, daß ich keinesweges an *unbedingte* Herrschaft eines geistigen Prinzips über das andere glauben, sondern vielmehr annehmen will, daß entweder irgend eine Abhängigkeit, Schwäche des innern Willens, oder eine Wechselwirkung stattfinden muß, die jener Herrschaft Raum gibt.« »Nun erst«, fing ein ältlicher Mann an, der so lange geschwiegen und nur aufmerksam zugehört, »nun erst kann ich mich mit Ihren seltsamen Gedanken über Geheimnisse, die uns verschlossen bleiben sollen, einigermaßen befreunden. Gibt es geheimnisvolle tätige Kräfte, die mit bedrohlichen Angriffen auf uns zutreten, so kann uns dagegen nur irgend eine Abnormität im geistigen Organism Kraft und Mut zum sieghaften Widerstande rauben. Mit einem Wort, nur geistige Krankheit – die Sünde macht uns untertan dem dämonischen Prinzip. Merkwürdig ist es, daß von den ältesten Zeiten her die den Menschen im Innersten verstörendste Gemütsbewegung es war, an der sich dämonische Kräfte übten. Ich meine nichts anders als die Liebesverzauberungen, von denen alle Chroniken voll sind. In tollen Hexenprozessen kommt immer dergleichen vor, und selbst in dem Gesetzbuch eines sehr aufgeklärten Staats wird von den Liebestränken gehandelt, die insofern auch rein psychisch zu wirken bestimmt sind, als sie nicht Liebeslust im allgemeinen erwecken, sondern unwiderstehlich an eine bestimmte Person bannen sollen. Ich werde in diesen Gesprächen an eine tragische Begebenheit erinnert, die sich in meinem eignen Hause vor weniger Zeit zutrug. Als Bonaparte unser Land mit seinen Truppen überschwemmt hatte, wurde ein Obrister von der italienischen Nobelgarde bei mir einquartiert. Er war einer von den wenigen Offizieren der sogenannten großen Armee, die sich durch ein stilles bescheidnes edles Betragen auszeichneten. Sein todbleiches Gesicht, seine düstern Augen zeugten von Krankheit oder tiefer Schwermut. Nur wenige Tage war er bei mir, als sich auch der besondere Zufall kund tat, von dem er behaftet. Eben befand ich mich auf seinem Zimmer, als er plötzlich mit tiefen Seufzern die Hand auf die Brust oder vielmehr auf die Stelle des Magens legte, als empfinde er tödliche Schmerzen. Er konnte bald nicht mehr sprechen, er war genötigt sich in den Sofa zu werfen, dann aber verloren plötzlich seine Augen die Sehkraft, und er erstarrte zur bewußtlosen Bildsäule. Mit einem Ruck, wie aus dem Traume auffahrend, erwachte er endlich, aber von Mattigkeit konnte er mehrere Zeit hindurch sich nicht regen und bewegen. Mein Arzt, den ich ihm sandte, behandelte ihn, nachdem andere Mittel fruchtlos geblieben, magnetisch, und dies schien zu wirken; wiewohl der Arzt bald davon ablassen mußte, da er selbst beim Magnetisieren des Kranken von einem unerträglichen Gefühl des Übelseins ergriffen wurde. Er hatte übrigens des Obristen Zutrauen gewonnen, und dieser sagte ihm, daß in jenen Momenten sich ihm das Bild eines Frauenzimmers nahe, die er in Pisa gekannt; dann würde es ihm, als wenn ihre glühenden Blicke in sein Inneres führen, und er fühle die unerträglichsten Schmerzen, bis er in völlige Bewußtlosigkeit versinke. Aus diesem Zustande bleibe ihm ein dumpfer Kopfschmerz und eine Abspannung, als habe er geschwelgt im Liebesgenuß, zurück. Nie ließ er sich über die näheren Verhältnisse aus, in denen er vielleicht mit jenem Frauenzimmer stand. Die Truppen sollten aufbrechen, gepackt stand der Wagen des Obristen vor der Türe; er frühstückte, aber in dem Augenblicke, als er ein Glas Madera zum Munde führen wollte, stürzte er mit einem dumpfen Schrei vom Stuhle herab. Er war tot. Die Ärzte fanden ihn vom Nervenschlag getroffen. Einige Wochen nachher wurde ein an den Obristen adressierter Brief bei mir abgegeben. Ich hatte gar kein Bedenken ihn zu öffnen, um vielleicht ein Näheres von den Verwandten des Obristen zu erfahren und ihnen Nachricht von seinem plötzlichen Tode geben zu können. Der Brief kam von Pisa und enthielt ohne Unterschrift die wenigen Worte: ›Unglückseliger! Heute, am 7. – um zwölf Uhr Mittag sank Antonia, dein trügerisches Abbild mit liebenden Armen umschlingend, tot nieder!‹ – Ich sah den Kalender nach, in dem ich des Obristen Tod angemerkt hatte, und fand, daß Antonias Todesstunde auch die seinige gewesen.« – Ich hörte nicht mehr, was der Mann noch seiner Geschichte hinzusetzte; denn in dem Entsetzen, das mich ergriffen, als ich in des italienischen Obristen Zustand den meinigen erkannte, ging mit wütendem Schmerz eine solche wahnsinnige Sehnsucht nach dem unbekannten Bilde auf, daß ich, davon überwältigt, aufspringen und hineilen mußte nach dem verhängnisvollen Hause. Es war mir in der Ferne, als säh' ich Lichter blitzen durch die festverschlossenen Jalousien, aber der Schein verschwand, als ich näher kam. Rasend vor dürstendem Liebesverlangen stürzte ich auf die Tür; sie wich meinem Druck, ich stand auf dem matt erleuchteten Hausflur, von einer dumpfen, schwülen Luft umfangen. Das Herz pochte mir vor seltsamer Angst und Ungeduld, da ging ein langer schneidender, aus weiblicher Kehle strömender Ton durch das Haus, und ich weiß selbst nicht, wie es geschah, daß ich mich plötzlich in einem mit vielen Kerzen hellerleuchteten Saale befand, der in altertümlicher Pracht mit vergoldeten Möbeln und seltsamen japanischen Gefäßen verziert war. Starkduftendes Räucherwerk wallte in blauen Nebelwolken auf mich zu. »Willkommen – willkommen, süßer Bräutigam – die Stunde ist da, die Hochzeit nah!« – So rief laut und lauter die Stimme eines Weibes, und ebensowenig, als ich weiß, wie ich plötzlich in den Saal kam, ebensowenig vermag ich zu sagen, wie es sich begab, daß plötzlich aus dem Nebel eine hohe jugendliche Gestalt in reichen Kleidern hervorleuchtete. Mit dem wiederholten gellenden Ruf: »Willkommen, süßer Bräutigam«, trat sie mit ausgebreiteten Armen mir entgegen – und ein gelbes, von Alter und Wahnsinn gräßlich verzerrtes Antlitz starrte mir in die Augen. Von tiefem Entsetzen durchbebt wankte ich zurück; wie durch den glühenden, durchbohrenden Blick der Klapperschlange festgezaubert, konnte ich mein Auge nicht abwenden von dem greulichen alten Weibe, konnte ich keinen Schritt weiter mich bewegen. Sie trat näher auf mich zu, da war es mir, als sei das scheußliche Gesicht nur eine Maske von dünnem Flor, durch den die Züge jenes holden Spiegelbildes durchblickten. Schon fühlt' ich mich von den Händen des Weibes berührt, als sie laut aufkreischend vor mir zu Boden sank und hinter mir eine Stimme rief: »Hu hu! – treibt schon wieder der Teufel sein Bockspiel mit Ew. Gnaden, zu Bette, zu Bette, meine Gnädigste, sonst setzt es Hiebe, gewaltige Hiebe!« – Ich wandte mich rasch um und erblickte den alten Hausverwalter im bloßen Hemde, eine tüchtige Peitsche über dem Haupte schwingend. Er wollte losschlagen auf die Alte, die sich heulend am Boden krümmte. Ich fiel ihm in den Arm, aber mich von sich schleudernd rief er: »Donnerwetter, Herr, der alte Satan hätte Sie ermordet, kam ich nicht dazwischen – fort, fort, fort.« – Ich stürzte zum Saal heraus, vergebens sucht' ich in dicker Finsternis die Tür des Hauses. Nun hört' ich die zischenden Hiebe der Peitsche und das Jammergeschrei der Alten. Laut wollte ich um Hülfe rufen, als der Boden unter meinen Füßen schwand, ich fiel eine Treppe herab und traf an eine Tür so hart, daß sie aufsprang und ich der Länge nach in ein kleines Zimmer stürzte. An dem Bette, das jemand soeben verlassen zu haben schien, an dem kaffeebraunen, über einem Stuhl gehängten Rocke mußte ich augenblicklich die Wohnung des alten Hausverwalters erkennen. Wenige Augenblicke nachher polterte es die Treppe herab, der Hausverwalter stürzte herein und hin zu meinen Füßen. »Um aller Seligkeit willen«, flehte er mit aufgehobenen Händen, »um aller Seligkeit willen, wer Sie auch sein mögen, wie der alte gnädige Hexensatan Sie auch hierher gelockt haben mag, verschweigen Sie, was hier geschehen, sonst komme ich um Amt und Brot! – Die wahnsinnige Exzellenz ist abgestraft und liegt gebunden im Bette. O schlafen Sie doch, geehrtester Herr! recht sanft und süß. – Ja ja, das tun Sie doch fein – eine schöne warme Juliusnacht, zwar kein Mondschein, aber beglückter Sternenschimmer. – Nun ruhige, glückliche Nacht.« – Unter diesen Reden war der Alte aufgesprungen, hatte ein Licht genommen, mich herausgebracht aus dem Souterrain, mich zur Türe hinausgeschoben und diese fest verschlossen. Ganz verstört eilt' ich nach Hause, und ihr könnt wohl denken, daß ich, zu tief von dem grauenvollen Geheimnis ergriffen, auch nicht den mindesten nur wahrscheinlichen Zusammenhang der Sache mir in den ersten Tagen denken konnte. Nur so viel war gewiß, daß, hielt mich so lange ein böser Zauber gefangen, dieser jetzt in der Tat von mir abgelassen hatte. Alle schmerzliche Sehnsucht nach dem Zauberbilde in dem Spiegel war gewichen, und bald gemahnte mich jener Auftritt im öden Gebäude wie das unvermutete Hineingeraten in ein Tollhaus. Daß der Hausverwalter zum tyrannischen Wächter einer wahnsinnigen Frau von vornehmer Geburt, deren Zustand vielleicht der Welt verborgen bleiben sollte, bestimmt worden, daran war nicht zu zweifeln, wie aber der Spiegel – das tolle Zauberwesen überhaupt – doch weiter – weiter!

Später begab es sich, daß ich in zahlreicher Gesellschaft den Grafen P. fand, der mich in eine Ecke zog und lachend sprach: »Wissen Sie wohl, daß sich die Geheimnisse unseres öden Hauses zu enthüllen anfangen?« Ich horchte hoch auf, aber indem der Graf weiter erzählen wollte, öffneten sich die Flügeltüren des Eßsaals, man ging zur Tafel. Ganz vertieft in Gedanken an die Geheimnisse, die mir der Graf entwickeln wollte, hatte ich einer jungen Dame den Arm geboten und war mechanisch der in steifem Zeremoniell sehr langsam daherschreitenden Reihe gefolgt. Ich führe meine Dame zu dem offnen Platz, der sich uns darbietet, schaue sie nun erst recht an und – erblicke mein Spiegelbild in den getreusten Zügen, so daß gar keine Täuschung möglich ist. Daß ich im Innersten erbebte, könnt ihr euch wohl denken, aber ebenso muß ich euch versichern, daß sich auch nicht der leiseste Anklang jener verderblichen wahnsinnigen Liebeswut in mir regte, die mich ganz und gar befing, wenn mein Hauch das wunderbare Frauenbild aus dem Spiegel hervorrief. – Meine Befremdung, noch mehr, mein Erschrecken muß lesbar gewesen sein in meinem Blick, denn das Mädchen sah mich ganz verwundert an, so daß ich für nötig hielt, mich so, wie ich nur konnte, zusammen zu nehmen und so gelassen als möglich anzuführen, daß eine lebhafte Erinnerung mich gar nicht zweifeln lasse, sie schon irgendwo gesehen zu haben. Die kurze Abfertigung, daß dies wohl nicht gut der Fall sein könne, da sie gestern erst und zwar das erstemal in ihrem Leben nach ***n gekommen, machte mich im eigentlichen Sinn des Wortes etwas verblüfft. Ich verstummte. Nur der Engelsblick, den die holdseligen Augen des Mädchens mir zuwarfen, half mir wieder auf. Ihr wißt, wie man bei derlei Gelegenheit die geistigen Fühlhörner ausstrecken und leise, leise tasten muß, bis man die Stelle findet, wo der angegebene Ton wiederklingt. So macht' ich es und fand bald, daß ich ein zartes, holdes, aber in irgend einem psychischen Überreiz verkränkeltes Wesen neben mir hatte. Bei irgend einer heitern Wendung des Gesprächs, vorzüglich wenn ich zur Würze wie scharfen Cayenne-Pfeffer irgend ein keckes bizarres Wort hineinstreute, lächelte sie zwar, aber seltsam schmerzlich wie zu hart berührt. »Sie sind nicht heiter, meine Gnädige, vielleicht der Besuch heute Morgen.« – So redete ein nicht weit entfernt sitzender Offizier meine Dame an, aber in dem Augenblick faßte ihn sein Nachbar schnell beim Arm und sagte ihm etwas ins Ohr, während eine Frau an der andern Seite des Tisches, Glut auf den Wangen und im Blick, laut der herrlichen Oper erwähnte, deren Darstellung sie in Paris gesehen und mit der heutigen vergleichen werde. – Meiner Nachbarin stürzten die Tränen aus den Augen: »Bin ich nicht ein albernes Kind«, wandte sie sich zu mir. Schon erst hatte sie über Migräne geklagt. »Die gewöhnliche Folge des nervösen Kopfschmerzes«, erwiderte ich daher mit unbefangenem Ton, »wofür nichts besser hilft als der muntre kecke Geist, der in dem Schaum dieses Dichtergetränks sprudelt.« Mit diesen Worten schenkte ich Champagner, den sie erst abgelehnt, in ihr Glas ein, und indem sie davon nippte, dankte ihr Blick meiner Deutung der Tränen, die sie nicht zu bergen vermochte. Es schien heller geworden in ihrem Innern, und alles wäre gut gegangen, wenn ich nicht zuletzt unversehens hart an das vor mir stehende englische

Glas gestoßen, so daß es in gellender schneidender Höhe ertönte. Da erbleichte meine Nachbarin bis zum Tode, und auch mich ergriff ein plötzliches Grauen, weil der Ton mir die Stimme der wahnsinnigen Alten im öden Hause schien. – Während daß man Kaffee nahm, fand ich Gelegenheit, mich dem Grafen P. zu nähern; er merkte gut, warum. »Wissen Sie wohl, daß Ihre Nachbarin die Gräfin Edwine von S. war? – Wissen Sie wohl, daß in dem öden Hause die Schwester ihrer Mutter, schon seit Jahren unheilbar wahnsinnig, eingesperrt gehalten wird? – Heute Morgen waren beide, Mutter und Tochter, bei der Unglücklichen. Der alte Hausverwalter, der einzige, der den gewaltsamen Ausbrüchen des Wahnsinns der Gräfin zu steuern wußte, und dem daher die Aufsicht über sie übertragen wurde, liegt todkrank, und man sagt, daß die Schwester endlich dem Doktor K. das Geheimnis anvertraut, und daß dieser noch die letzten Mittel versuchen wird, die Kranke, wo nicht herzustellen, doch von der entsetzlichen Tobsucht, in die sie zuweilen ausbrechen soll, zu retten. Mehr weiß ich vor der Hand nicht.« – Andere traten hinzu, das Gespräch brach ab. – Doktor K. war nun gerade derjenige, an den ich mich meines rätselhaften Zustandes halber gewandt, und ihr möget euch wohl vorstellen, daß ich, sobald es sein konnte, zu ihm eilte und alles, was mir seit der Zeit widerfahren, getreulich erzählte. Ich forderte ihn auf, zu meiner Beruhigung so viel, als er von der wahnsinnigen Alten wisse, zu sagen, und er nahm keinen Anstand, mir, nachdem ich ihm strenge Verschwiegenheit gelobt, folgendes anzuvertrauen:

Angelika, Gräfin von Z., (so fing der Doktor an) unerachtet in die Dreißig vorgerückt, stand noch in der vollsten Blüte wunderbarer Schönheit, als der Graf von S., der viel jünger an Jahren, sie hier in ***n bei Hofe sah und sich in ihren Reizen so verfing, daß er zur Stunde die eifrigsten Bewerbungen begann und selbst, als zur Sommerszeit die Gräfin auf die Güter ihres Vaters zurückkehrte, ihr nachreiste, um seine Wünsche, die nach Angelikas Benehmen durchaus nicht hoffnungslos zu sein schienen, dem alten Grafen zu eröffnen. Kaum war Graf S. aber dort angekommen, kaum sah er Angelikas jüngere Schwester Gabriele, als er wie aus einer Bezauberung erwachte. In verblühter Farblosigkeit stand Angelika neben Gabrielen, deren Schönheit und Anmut den Grafen S. unwiderstehlich hinriß, und so kam es, daß er, ohne Angelika weiter zu beachten, um Gabrielens Hand warb, die ihm der alte

Graf Z. um so lieber zusagte, als Gabriele gleich die entschiedenste Neigung für den Grafen S. zeigte. Angelika äußerte nicht den mindesten Verdruß über die Untreue ihres Liebhabers. »Er glaubt mich verlassen zu haben. Der törichte Knabe! er merkt nicht, daß nicht ich, daß er mein Spielzeug war, das ich wegwarf!« – So sprach sie in stolzem Hohn, und in der Tat, ihr ganzes Wesen zeigte, daß es wohl Ernst sein mochte mit der Verachtung des Ungetreuen. Übrigens sah man, sobald das Bündnis Gabrielens mit dem Grafen von S. ausgesprochen war, Angelika sehr selten. Sie erschien nicht bei der Tafel, und man sagte, sie schweife einsam im nächsten Walde umher, den sie längst zum Ziel ihrer Spaziergänge gewählt hatte. – Ein sonderbarer Vorfall störte die einförmige Ruhe, die im Schlosse herrschte. Es begab sich, daß die Jäger des Grafen von Z., unterstützt von den in großer Anzahl aufgebotenen Bauern, endlich eine Zigeunerbande eingefangen hatten, der man die Mordbrennereien und Räubereien, welche seit kurzer Zeit so häufig in der Gegend vorfielen, schuld gab. An eine lange Kette geschlossen, brachte man die Männer, gebunden auf einem Wagen gepackt die Weiber und Kinder auf den Schloßhof. Manche trotzige Gestalt, die mit wildem funkelnden Blick wie ein gefesselter Tiger keck umherschaute, schien den entschlossenen Räuber und Mörder zu bezeichnen, vorzüglich fiel aber ein langes, hageres, entsetzliches Weib, in einen blutroten Shawl vom Kopf bis zu Fuß gewickelt, ins Auge, die aufrecht im Wagen stand und mit gebietender Stimme rief: man solle sie herabsteigen lassen, welches auch geschah. Der Graf von Z. kam auf den Schloßhof und befahl eben, wie man die Bande abgesondert in den festen Schloßgefängnissen verteilen solle, als mit fliegenden Haaren, Entsetzen und Angst in bleichem Gesicht, Gräfin Angelika aus der Tür hinausstürzte und, auf die Knie geworfen, mit schneidender Stimme rief: »Diese Leute los – diese Leute los – sie sind unschuldig, unschuldig – Vater, laß diese Leute los! – ein Tropfen Bluts vergossen an einem von diesen, und ich stoße mir dieses Messer in die Brust!« – Damit schwang die Gräfin ein spiegelblankes Messer in den Lüften und sank ohnmächtig nieder. »Ei, mein schönes Püppchen, mein trautes Goldkind, das wußt' ich ja wohl, daß du es nicht leiden würdest!« – So meckerte die rote Alte. Dann kauerte sie nieder neben der Gräfin und bedeckte Gesicht und Busen mit ekelhaften Küssen, indem sie fortwährend murmelte: »Blanke Tochter, blanke Tochter – wach' auf, wach' auf, der Bräutigam kommt – hei hei, blanker Bräutigam kommt.« Damit nahm die Alte eine Phiole hervor, in der ein kleiner Goldfisch in silberhellem Spiritus auf und ab zu gaukeln schien. Diese Phiole hielt die Alte der Gräfin an das Herz, augenblicklich erwachte sie, aber kaum erblickte sie das Zigeunerweib, als sie aufsprang, das Weib heftig und brünstig umarmte und dann mit ihr davoneilte in das Schloß hinein. Der Graf von Z. – Gabriele, ihr Bräutigam, die unterdessen erschienen, schauten ganz erstarrt und von seltsamen Grauen ergriffen das alles an. Die Zigeuner blieben ganz gleichgültig und ruhig, sie wurden nun abgelöst von der Kette und einzeln gefesselt in die Schloßgefängnisse geworfen. Am andern Morgen ließ der Graf von Z. die Gemeinde versammeln, die Zigeuner wurden vorgeführt, der Graf erklärte laut, daß sie ganz unschuldig wären an allen Räubereien, die in der Gegend verübt, und daß er ihnen freien Durchzug durch sein Gebiet verstatte, worauf sie entfesselt und zum Erstaunen aller mit Pässen wohl versehen entlassen wurden. Das rote Weib wurde vermißt. Man wollte wissen, daß der Zigeunerhauptmann, kenntlich an den goldnen Ketten um den Hals und dem roten Federbusch an dem spanisch niedergekrempten Hut, nachts auf dem Zimmer des Grafen gewesen. Einige Zeit nachher ward es unbezweifelt dargetan, daß die Zigeuner an den Rauben und Morden in dem Gebiet umher in der Tat auch nicht den mindesten Anteil hatten. – Gabrieles Hochzeit rückte heran, mit Erstaunen bemerkte sie eines Tages, daß mehrere Rüstwagen mit Möbeln, Kleidungsstücken, Wäsche, kurz, mit einer ganz vollständigen Hauseinrichtung bepackt wurden und abfuhren. Andern Morgens erfuhr sie, daß Angelika, begleitet von dem Kammerdiener des Grafen S. und einer vermummten Frau, die der alten roten Zigeunerin ähnlich gesehen, nachts abgereist sei. Graf Z. löste das Rätsel, indem er erklärte, daß er sich aus gewissen Ursachen genötigt gesehen, den freilich seltsamen Wünschen Angelikas nachzugehen und ihr nicht allein das in ***n belegne Haus in der Allee als Eigentum zu schenken, sondern auch zu erlauben, daß sie dort einen eignen, ganz unabhängigen Haushalt führe, wobei sie sich bedungen, daß keiner aus der Familie, ihn selbst nicht ausgenommen, ohne ihre ausdrückliche Erlaubnis das Haus betreten solle. Der Graf von S. fügte hinzu, daß auf Angelikas dringenden Wunsch er seinen Kammerdiener ihr überlassen müssen, der mitgereiset sei nach ***n. Die Hochzeit wurde vollzogen, Graf S. ging mit seiner Gemahlin nach D., und ein Jahr verging ihnen in ungetrübter Heiterkeit. Dann fing aber der Graf an, auf ganz eigne Weise zu kränkeln. Es war, als wenn ihm ein geheimer Schmerz alle Lebenslust, alle Lebenskraft raube, und vergebens waren alle Bemühungen seiner Gemahlin, das Geheimnis ihm zu entreißen, das sein Innerstes verderblich zu verstören schien. – Als endlich tiefe Ohnmachten seinen Zustand lebensgefährlich machten, gab er den Ärzten nach und ging angeblich nach Pisa. – Gabriele konnte nicht mitreisen, da sie ihrer Niederkunft entgegensah, die indessen erst nach mehrern Wochen erfolgte. – »Hier«, sprach der Arzt, »werden die Mitteilungen der Gräfin Gabriele von S. so rhapsodisch, daß nur ein tieferer Blick den näheren Zusammenhang auffassen kann. – Genug – ihr Kind, ein Mädchen, verschwindet auf unbegreifliche Weise aus der Wiege, alle Nachforschungen bleiben vergebens – ihre Trostlosigkeit geht bis zur Verzweiflung, als zur selbigen Zeit Graf von Z. ihr die entsetzliche Nachricht schreibt, daß er den Schwiegersohn, den er auf dem Wege nach Pisa glaubte, in ***n und zwar in Angelikas Hause vom Nervenschlage zum Tode getroffen, gefunden; daß Angelika in furchtbaren Wahnsinn geraten sei, und daß er solchen Jammer wohl nicht lange tragen werde. – Sowie Gabriele von S. nur einige Kräfte gewonnen, eilt sie auf die Güter des Vaters; in schlafloser Nacht das Bild des verlornen Gatten, des verlornen Kindes vor Augen, glaubt sie ein leises Wimmern vor der Tür des Schlafzimmers zu vernehmen; ermutigt zündet sie die Kerzen des Armleuchters bei der Nachtlampe an und tritt heraus. – Heiliger Gott! niedergekauert zur Erde, in den roten Shawl gewickelt starrt das Zigeunerweib mit stierem, leblosen Blick ihr in die Augen – in den Armen hält sie ein kleines Kind, das so ängstlich wimmert; das Herz schlägt der Gräfin hoch auf in der Brust! – es ist ihr Kind! – es ist die verlorne Tochter! – Sie reißt das Kind der Zigeunerin aus den Armen, aber in diesem Augenblick kugelt diese um wie eine leblose Puppe. Auf das Angstgeschrei der Gräfin wird alles wach, man eilt hinzu, man findet das Weib tot auf der Erde, kein Belebungsmittel wirkt, und der Graf läßt sie einscharren. – Was bleibt übrig, als nach ***n zur wahnsinnigen Angelika zu eilen und vielleicht dort das Geheimnis mit dem Kinde zu erforschen. Alles hat sich verändert. Angelikas wilde Raserei hat alle weibliche Dienstboten entfernt, nur der Kammerdiener ist geblieben. Angelika ist ruhig und vernünftig geworden. Als der Graf die Geschichte von Gabrielens Kinde erzählt, schlägt sie die Hände zusammen und ruft mit lautem Lachen: ›Ist's Püppchen angekommen? – richtig angekommen? – eingescharrt, eingescharrt? O Jemine, wie prächtig sich der Goldfasan schüttelt! wißt ihr nichts vom grünen Löwen mit den blauen Glutaugen?‹ – Mit Entsetzen bemerkt der Graf die Rückkehr des Wahnsinns, indem plötzlich Angelikas Gesicht die Züge des Zigeunerweibes anzunehmen scheint, und beschließt, die Arme mitzunehmen auf die Güter, welches der alte Kammerdiener widerrät. In der Tat bricht auch der Wahnsinn Angelikas in Wut und Raserei aus, sobald man Anstalten macht, sie aus dem Hause zu entfernen. – In einem lichten Zwischenraum beschwört Angelika mit heißen Tränen den Vater, sie in dem Hause sterben zu lassen, und tiefgerührt bewilligt er dies, wiewohl er das Geständnis, das dabei ihren Lippen entflieht, nur für das Erzeugnis des aufs neue ausbrechenden Wahnsinns hält. Sie bekennt, daß Graf S. in ihre Arme zurückgekehrt, und daß das Kind, welches die Zigeunerin ins Haus des Grafen von Z. brachte, die Frucht dieses Bündnisses sei. – In der Residenz glaubt man, daß der Graf von Z. die Unglückliche mitgenommen hat auf die Güter, indessen sie hier tiefverborgen und der Aufsicht des Kammerdieners übergeben in dem verödeten Hause bleibt. – Graf von Z. ist gestorben vor einiger Zeit, und Gräfin Gabriele von S. kam mit Edmonden her, um Familienangelegenheiten zu berichtigen. Sie durfte es sich nicht versagen, die unglückliche Schwester zu sehen. Bei diesem Besuch muß sich Wunderliches ereignet haben, doch hat mir die Gräfin nichts darüber vertraut, sondern nur im allgemeinen gesagt, daß es nun nötig geworden, dem alten Kammerdiener die Unglückliche zu entreißen. Einmal habe er, wie es herausgekommen, durch harte grausame Mißhandlungen den Ausbrüchen des Wahnsinns zu steuern gesucht, dann aber durch Angelikas Vorspieglung, daß sie Gold zu machen verstehe, sich verleiten lassen, mit ihr allerlei sonderbare Operationen vorzunehmen und ihr alles Nötige dazu herbeizuschaffen.« – »Es würde wohl« (so schloß der Arzt seine Erzählung) »ganz überflüssig sein, *Sie,* gerade *Sie* auf den tiefern Zusammenhang aller dieser seltsamen Dinge aufmerksam zu machen. Es ist mir gewiß, daß *Sie* die Katastrophe herbeigeführt haben, die der Alten Genesung oder baldigen Tod bringen wird. Übrigens mag ich jetzt nicht verhehlen, daß ich mich nicht wenig entsetzte, als ich, nachdem ich mich mit Ihnen in magnetischen Rapport gesetzt, ebenfalls das Bild im Spiegel sah. Daß dies Bild Edmonde war, wissen wir nun beide.« –

Ebenso, wie der Arzt glaubte, für mich nichts hinzufügen zu dürfen, ebenso halte ich es für ganz unnütz, mich nun noch darüber etwa zu verbreiten, in welchem geheimen Verhältnis Angelika, Edmonde, ich und der alte Kammerdiener standen, und wie mystische Wechselwirkungen ein dämonisches Spiel trieben. Nur so viel sage ich noch, daß mich nach diesen Begebenheiten ein drückendes, unheimliches Gefühl aus der Residenz trieb, welches erst nach einiger Zeit mich plötzlich verließ. Ich glaube, daß die Alte in dem Augenblick, als ein ganz besonderes Wohlsein mein Innerstes durchströmte, gestorben ist. – So endete Theodor seine Erzählung. Noch manches sprachen die Freunde über Theodors Abenteuer und gaben ihm recht, daß sich darin das Wunderliche mit dem Wunderbaren auf seltsame grauliche Weise mische. – Als sie schieden, nahm Franz Theodors Hand und sprach, sie leise schüttelnd, mit beinahe wehmütigem Lächeln: »Gute Nacht, du Spalanzanische Fledermaus!«

Die Brautwahl

eine Geschichte, in der mehrere ganz unwahrscheinliche Abenteuer vorkommen.

Erstes Kapitel

Welches von Bräuten, Hochzeiten, Geheimen Kanzlei-Sekretären, Turnieren, Hexenprozessen, Zauberteufeln und andern angenehmen Dingen handelt.

In der Nacht des Herbst-Äquinoktiums kehrte der Geheime Kanzlei-Sekretär Tusmann aus dem Kaffeehause, wo er regelmäßig jeden Abend ein paar Stunden zuzubringen pflegte, nach seiner Wohnung zurück, die in der Spandauerstraße gelegen. In allem, was er tat, war der Geheime Kanzlei-Sekretär pünktlich und genau. Er hatte sich daran gewöhnt, gerade während es auf den Türmen der Marien- und Nikolai-Kirchen elf Uhr schlug, mit dem Rock- und Stiefelnausziehen fertig zu werden, so daß er, in die geräumigen Pantoffeln gefahren, mit dem letzten dröhnenden Glockenschlage sich die Nachtmütze über die Ohren zog.

Um das heute nicht zu versäumen, da die Uhren sich schon zum Elfschlagen anschickten, wollte er eben mit einem raschen Schritt (beinahe war es ein behender Sprung zu nennen) aus der Königsstraße in die Spandauerstraße hineinbiegen, als ein seltsames Klopfen, daß sich dicht neben ihm hören ließ, ihn an den Boden festwurzelte.

Unten an dem Turm des alten Rathauses wurde er in dem hellen Schimmer der Reverberen eine lange hagere, in einen dunkeln Mantel gehüllte Gestalt gewahr, die an die verschlossene Ladentüre des Kaufmanns Warnatz, der dort bekanntlich seine Eisenwaren feil hält, stark und stärker pochte, zurücktrat, tief seufzte, hinaufblickte nach den verfallenen Fenstern des Turms.

»Mein bester Herr«, wandte sich der Geheime Kanzlei-Sekretär gutmütig zu dem Mann, »mein bester Herr, Sie irren sich, dort oben in dem Turm wohnt keine menschliche Seele, ja, nehme ich wenige Ratten und Mäuse und ein paar kleine Eulen aus, kein lebendiges Wesen. Wollen Sie von dem Herrn Warnatz einiges Vortreffliche in Eisen oder Stahl erstehen, so müssen Sie sich morgen wieder herbemühen.«

»Verehrter Herr Tusmann« – »Geheimer Kanzlei-Sekretär seit mehreren Jahren«, fiel Tusmann dem Fremden unwillkürlich ins Wort, ungeachtet er etwas verdutzt darüber war, von dem Fremden gekannt zu sein. Der achtete darauf aber gar nicht im mindesten, sondern begann von neuem: »Verehrter Herr Tusmann, Sie belieben sich in meinem Beginnen hier ganz und gar zu irren. Weder der Eisen- noch der Stahlwaren bin ich bedürftig, habe es auch gar nicht mit dem Herrn Warnatz zu tun. Es ist heute das Herbst-Äquinoktium, und da will ich die Braut schauen. Sie hat schon mein sehnsüchtiges Pochen, meine Liebesseufzer vernommen und wird gleich oben am Fenster erscheinen.«

Der dumpfe Ton, in dem der Mann diese Worte sprach, hatte etwas seltsam Feierliches, ja Gespenstisches, so daß es dem Geheimen Kanzlei-Sekretär eiskalt durch alle Glieder rieselte. Der erste Schlag der elften Stunde dröhnte von dem Marienkirchturm herab, in dem Augenblicke klirrte und rauschte es an dem verfallenen Fenster des Rathausturms, und eine weibliche Gestalt wurde sichtbar. Sowie der volle Laternenglanz ihr ins Antlitz fiel, wimmerte Tusmann ganz kläglich: »O du gerechter Gott im Himmel, o all ihr himmlischen Heerscharen, was ist denn das!«

Mit dem letzten Schlage und also im selbigen Augenblick, wo Tusmann, wie sonst, die Schlafmütze aufzusetzen gedachte, war auch die Gestalt verschwunden.

Es war, als hätt' die verwunderliche Erscheinung den Geheimen Kanzlei-Sekretär ganz außer sich selbst gebracht. Er seufzte, stöhnte, starrte hinauf nach dem Fenster, lispelte in sich hinein: »Tusmann – Tusmann, Geheimer Kanzlei-Sekretär! – besinne dich doch nur! werde nicht verrückt, mein Herz! – Laß dich vom Teufel nicht blenden, gute Seele!« –

»Sie scheinen«, begann der Fremde, »von dem, was Sie sahen, sehr ergriffen worden zu sein, bester Herr Tusmann? – Ich habe bloß die Braut schauen wollen, und Ihnen selbst, Verehrter, muß dabei noch anderes aufgegangen sein.«

»Bitte, bitte«, wimmerte Tusmann, »wollen Sie mir nicht meinen schlichten Titel vergönnen, ich bin geheimer Kanzlei-Sekretär, und zwar in diesem Augenblick ein höchst alterierter, ja wie ganz von Sinnen gekommener. Bitte ergebenst, mein wertester Herr, gebe ich Ihnen selbst nicht den gebührenden Rang, so geschieht das lediglich aus völliger Unbekanntschaft mit Ihrer werten Person; aber ich will Sie Herr Geheimer Rat nennen, denn deren gibt es in unserm lieben Berlin so gar absonderlich viele, daß man mit diesem würdigen Titel selten irrt. Bitte also, Herr Geheimer Rat mögen es mir nicht länger verhehlen, was für eine Braut Sie hier zu der unheimlichen Stunde zu schauen gedachten!«

»Sie sind«, sprach der Fremde mit erhöhter Stimme, »Sie sind ein besonderer Mann mit ihren Titeln, mit ihrem Rang. Ist man dann Geheimer Rat, wenn man sich auf manches Geheimnis versteht und auch wohl nebenher guten Rat zu erteilen vermag, so kann ich wohl billigen Fugs mich so nennen. Mich nimmt es wunder, daß ein so in alten Schriften und seltenen Manuskripten belesener Mann wie Sie, wertester Herr Geheimer Kanzlei-Sekretär, es nicht weiß, daß wenn ein Kundiger – verstehen Sie wohl! – ein Kundiger, zur elften Stunde in der Nacht des Äquinoktiums hier unten an die Türe oder auch nur an die Mauer des Turms klopft, ihm oben am Fenster dasjenige Mädchen erscheint, das bis zum Frühlings-Äquinoktium die glücklichste Braut in Berlin wird.«

»Herr Geheimer Rat«, rief Tusmann wie plötzlich begeistert von Freude und Entzücken, »verehrungswürdigster Herr Geheimer Rat, sollte das wirklich der Fall sein?«

»Es ist nicht anders«, erwiderte der Fremde, »aber was stehen wir hier länger auf der Straße. Sie haben Ihre Schlafstunde bereits versäumt, wir wollen uns stracks in das neue Weinstübchen auf dem Alexanderplatz begeben. Es ist nur darum, daß Sie mehr von mir über die Braut erfahren, wenn Sie wollen, und wieder in die Gemütsruhe kommen, aus der Sie, selbst weiß ich nicht recht warum, ganz und gar herausgebracht zu sein scheinen.« –

Der Geheime Kanzlei-Sekretär war ein höchst mäßiger Mann. Seine einzige Erholung bestand, wie schon erwähnt wurde, darin, daß er jeden Abend ein paar Stunden in einem Kaffeehause zubrachte und politische Blätter, Flugschriften durchlaufend, ja auch in mitgebrachten Büchern emsig lesend ein Glas gutes Bier genoß. Wein trank er beinahe gar nicht, nur Sonntags nach der Predigt pflegte er in einem Weinkeller ein Gläschen Malaga mit etwas Zwieback zu sich zu nehmen. Des Nachts zu schwärmen, war ihm sonst ein Greuel; unbegreiflich schien es daher, daß er sich ohne Widerstand, ja ohne auch nur ein einziges Wort zu sagen, von dem Fremden fortziehen ließ, der mit starken, durch die Nacht dröhnenden Schritten forteilte nach dem Alexanderplatz.

Als sie in die Weinstube eintraten, saß nur noch ein einziger Mann einsam an einem Tisch und hatte ein großes Glas mit

Rheinwein gefüllt vor sich stehen. Die tief eingefurchten Züge seines Antlitzes zeugten von sehr hohem Alter. Sein Blick war scharf und stechend, und nur der stattliche Bart verriet den Juden, der alter Sitte und Gewohnheit treu geblieben. Dabei war er sehr altfränkisch, ungefähr wie man sich ums Jahr Eintausendsiebenhundertundzwanzig bis dreißig trug, gekleidet, und daher mocht' es wohl kommen, daß er aus längst vergangener Zeit zurückgekehrt schien.

Noch seltsamer war aber wohl der Fremde anzuschauen, auf den Tusmann getroffen.

Ein großer, hagerer, dabei kräftiger, in Gliedern und Muskeln stark gebauter Mann, scheinbar in den fünfziger Jahren. Sein Antlitz mochte sonst für schön gegolten haben, noch blitzten die großen Augen unter den schwarzen buschichten Augenbrauen mit jugendlichem Feuer hervor – eine freie offene Stirn – eine stark gebogene Adlersnase – ein fein geschlitzter Mund – ein gewölbtes Kinn – das alles hätte den Mann vor hundert andern eben nicht ausgezeichnet; während aber Rock und Unterkleid nach Art der neuesten Zeit zugeschnitten waren, gehörten Kragen, Mantel und Barett dem Ende des sechzehnten Jahrhunderts an; vorzüglich mocht' es aber wohl der eigne, wie aus tiefer schauerlicher Nacht hinausstrahlende Blick des Fremden, der dumpfe Ton seiner Stimme, sein ganzes Wesen, das durchaus gegen jede Form der jetzigen Zeit grell abstach, vorzüglich mochte es das alles sein, was in seiner Nähe jedem ein seltsames, beinahe unheimliches Gefühl einflößen mußte.

Der Fremde nickte dem Alten, der am Tische saß, zu wie einem alten Bekannten.

»Seh' ich Euch einmal wieder nach langer Zeit«, rief er, »seid Ihr noch immer wohlauf?«

»Wie Ihr mich findet«, erwiderte der Alte mürrisch, »wohl und gesund und noch zur rechten Zeit auf den Beinen, und munter und tätig, wenn es darauf ankommt!«

»Das fragt sich, das fragt sich«, rief der Fremde laut lachend und bestellte bei dem aufwartenden Burschen eine Flasche des ältesten Franzweins, der im Keller vorhanden.

»Mein bester, verehrungswürdigster Herr Geheimer Rat!« – begann Tusmann deprezierend.

Aber der Fremde fiel ihm schnell in die Rede: »Lassen wir doch jetzt alle Titel, bester Herr Tusmann. Ich bin weder Geheimer Rat noch Geheimer Kanzlei-Sekretär, sondern nichts mehr und nichts weniger als ein Künstler, der in edlen Metallen und köstlichem Gestein arbeitet, und heiße mit Namen Leonhard.«

»Also ein Goldschmied, ein Juwelier«, murmelte Tusmann vor sich hin. Er besann sich nun auch, daß er bei dem ersten Anblick des Fremden in der erleuchteten Weinstube es hätte wohl einsehen müssen, wie der Fremde unmöglich ein ordentlicher Geheimer Rat sein könne, da er in altdeutschem Mantel, Kragen und Barett angetan, wie solches bei Geheimen Räten nicht üblich.

Beide, Leonhard und Tusmann, setzten sich nun hin zu dem Alten, der sie mit einem grinsenden Lächeln begrüßte.

Nachdem Tusmann auf vieles Nötigen Leonhards ein paar Gläser des gehaltigen Weins getrunken, trat Röte auf seine blassen Wangen; vor sich hinblickend, den Wein gemütlich einschlürfend, lächelte und schmunzelte er überaus freundlich, als gingen die angenehmsten Bilder in seinem Inneren auf.

»Und nun«, begann Leonhard, »und nun sagen Sie mir unverhohlen, bester Herr Tusmann, warum Sie so gar besonders sich gebärdeten, als die Braut im Fenster des Turms erschien, und was jetzt so ganz und gar Ihr Inneres erfüllt? Wir sind, Sie mögen das nun glauben oder nicht, alte Freunde und Bekannte, und vor diesem guten Mann brauchen Sie sich gar nicht zu genieren.«

»O Gott«, erwiderte der Geheime Kanzlei-Sekretär, »o Gott, mein verehrtester Herr Professor – lassen Sie mich Ihnen diesen Titel geben; denn da Sie, wie ich überzeugt bin, ein sehr wackrer Künstler sind, könnten Sie mit Fug und Recht Professor bei der Akademie der Künste sein – Also! mein verehrtester Herr Professor – vermag ich denn zu schweigen? Wovon das Herz voll ist, davon geht der Mund über! – Erfahren Sie es! – Ich gehe, wie man sprüchwörtlich zu sagen pflegt, auf Freiers Füßen und gedenke zum Frühlings-Äquinoktium ein glückliches Bräutlein heimzuführen. Konnt' es denn nun wohl fehlen, daß es mir durch alle Adern fuhr, als Sie, verehrtester Herr Professor, beliebten, mir eine glückliche Braut zu zeigen?«

»Was«, unterbrach der Alte den Geheimen Kanzlei-Sekretär mit kreischender, krächzender Stimme, »was? – Sie wollen heiraten? Sie sind ja viel zu alt dazu und häßlich wie ein Pavian.«

Tusmann erschrak über die entsetzliche Grobheit des jüdischen Alten so sehr, daß er kein Wort herauszubringen vermochte.

»Nehmen Sie«, sprach Leonhard, »dem Alten da das harte Wort

nicht übel, lieber Herr Tusmann, er meint es nicht so böse, als es wohl den Anschein haben möchte. Aufrichtig gesagt muß ich aber auch selbst gestehen, wie es mich bedünken will, daß Sie etwas spät sich zur Heirat entschlossen haben, da Sie mir beinahe ein Fünfziger zu sein scheinen.«

»Auf den 9ten Oktober, am Tage des heiligen Dionysius, erreiche ich mein achtundvierzigstes Jahr«, fiel Tusmann etwas empfindlich ein. »Dem sei, wie ihm wolle«, fuhr Leonhard fort, »es ist auch nicht das Alter allein, das Ihnen entgegensteht. Sie haben bisher ein einfaches, einsames Junggesellenleben geführt, Sie kennen das weibliche Geschlecht nicht, Sie werden sich nicht zu raten, nicht zu helfen wissen.«

»Was raten, was helfen«, unterbrach Tusmann den Goldschmied, »ei, bester Herr Professor. Sie müssen mich für ungemein leichtsinnig und unverständig halten, wenn Sie glauben, daß ich blindlings ohne Rat und Überlegung zu handeln imstande wäre. Jeden Schritt, den ich tue, erwäge und bedenke ich weislich, und als ich mich in der Tat von dem Liebespfeil des losen Gottes, den die Alten Cupido nannten, getroffen fühlte, sollte da nicht all mein Dichten und Trachten dahin gegangen sein, mich für diesen Zustand gehörig auszubilden? – Wird jemand, der ein schweres Examen zu überstehen gedenkt, nicht emsig alle Wissenschaften studieren, aus denen er befragt werden soll? – Nun, verehrtester Herr Professor, meine Heirat ist ein Examen, zu dem ich mich gehörig vorbereite und wohl zu bestehen glaube. Sehen Sie, bester Mann, dieses kleine Buch, das ich, seit ich mich zu lieben und zu heiraten entschlossen, beständig bei mir trage und unaufhörlich studiere, sehen Sie es an und überzeugen Sie sich, daß ich die Sache gründlich und gescheut beginne und keineswegs als ein Unerfahrner erscheinen werde, ungeachtet mir, wie ich gestehen will, das ganze weibliche Geschlecht bis dato fremd geblieben.«

Mit diesen Worten hatte der Geheime Kanzlei-Sekretär ein kleines in Pergament gebundenes Buch aus der Tasche gezogen und den Titel aufgeschlagen, welcher folgendermaßen lautete:

»Kurzer Entwurff der politischen Klugheit, sich selbst und andern in allen Menschlichen Gesellschafften wohl zu rathen und zu einer gescheiden *Conduite* zu gelangen; Allen Menschen, die sich klug zu seyn dünken, oder noch klug werden wollen, zu höchst nöthiger Bedürfniß und ungemeinem Nutzen, aus dem Lateinischen des Herrn *Thomasii* übersetzet. Nebst einem ausführlichen Register. Frankfurt und Leipzig. In Verlag Johann Großens Erben. *1710.*«

»Bemerken Sie«, sprach Tusmann mit süßem Lächeln, »bemerken Sie, wie der würdige Autor im siebenten Kapitel, das lediglich vom Heiraten und von der Klugheit eines Hausvaters handelt, § 6 ausdrücklich sagt:

›Zum wenigsten soll man damit nicht eilen. Wer bei vollkommenem männlichen Alter heirathet, wird so viel klüger, weil er so viel weiser wird. Frühzeitige Heirathen machen unverschämte oder arglistige Leute, und werffen sowohl des Leibes, als des Gemüths Kräffte übern Hauffen. Das männliche Alter ist zwar nicht ein Anfang der Jugend, dieselbe aber soll nicht eher, als mit demselben zugleich sich enden.‹

Und dann, was die Wahl des Gegenstandes betrifft, den man zu lieben und zu heiraten gesonnen, so sagt der vortreffliche Thomasius § 9:

›Die Mittelstraße ist die sicherste, man nehme keine allzu Schöne noch Häßliche, keine sehr Reiche noch sehr Arme, keine Vornehmere noch Geringere, sondern, die mit uns gleichen Standes ist, und so wird auch bey den meisten übrigen Eigenschafften die Mittelstraße zu treffen das Beste seyn.‹

Dem bin ich denn auch gefolgt und habe mit der anmutigen Person, die ich erwählet, nach dem Rat, den Herr Thomasius im § 17 erteilet, nicht nur einmal Konversation gepfleget, weil man durch Verstellung der Fehler und Annehmung von allerhand Scheintugenden leicht hintergangen werden kann, sondern zum öftern, da es denn unmöglich ist, sich gänzlich in die Länge zu bergen.«

»Aber«, sprach der Goldschmied, »aber, mein werter Herr Tusmann, eben dieser Umgang, oder wie Sie es zu nennen belieben, diese Konversation mit den Weibern scheint mir, soll man nicht getäuscht werden auf schnöde Weise, langer Erfahrung und Übung zu bedürfen.«

»Auch hierin«, erwiderte Tusmann, »steht der große Thomasius zur Seite, indem er sattsam lehrt, wie eine vernünftige angenehme Konversation einzurichten, und wie vorzüglich, konversiert man mit Frauenzimmern, dabei einiger Scherz auf liebliche Art einzumischen. Aber Scherzreden, sagt mein Autor im fünften Kapitel, soll man sich bedienen wie ein Koch des Salzes, ja selbst der spitzigen Redensarten wie eines Gewehrs, nicht andere damit anzutasten, sondern zu unserer Beschützung, ebenmäßig als ein Igel seine Stacheln zu brauchen pfleget. Und soll man dabei als ein kluger Mann auf die Gebärden fast noch mehrt als auf die Worte regardieren, indem öfters das, was einer in Diskursen verbirget, durch Gebärden hervorbricht und die Worte gemeiniglich nicht so viel als die übrige Aufführung zu Erweckung Freund- oder Feindschaft vermögen.«

»Ich merk' es schon«, nahm der Goldschmied das Wort, »man kommt Ihnen auf keine Weise bei, Sie sind gegen alles gewappnet und gerüstet. Wetten will ich daher auch, daß Sie durch Ihr Betragen die Liebe der von Ihnen erkornen Dame ganz und gar gewonnen.«

»Ich befleißige mich«, sprach Tusmann, »nach Thomasii Rat einer ehrerbietigen und freundlichen Gefälligkeit, denn diese ist sowohl das natürlichste Merkmal der Liebe als der natürlichste Zug zur Erweckung der Gegenliebe, gleichwie das Hojanen oder Gähnen eine ganze Gesellschaft zur Nachahmung antreibt. Doch gehe ich in der allzugroßen Ehrerbietung nicht zu weit, denn ich bedenke wohl, daß, wie Thomasius lehrt, die Weiber weder gute noch böse Engel sondern bloße Menschen und zwar, den Leibes- und Gemütskräften nach, schwächere Kreaturen sind als wir, welches der Unterschied des Geschlechts sattsam anzeiget.«

»Ein schwarz Jahr«, rief der Alte ergrimmt, »komme über Euch, daß Ihr läppisches Zeug schwatzt ohne Aufhören und mir die gute Stunde verderbt, in der ich hier mich zu erlaben gedachte nach vollbrachtem großen Werk!« –

»Schweigt nur, Alter«, sprach der Goldschmied mit erhöhter Stimme, »seid froh, daß wir Euch hier leiden; denn mit Euerm brutalen Wesen seid Ihr ein unangenehmer Gast, den man eigentlich hinauswerfen sollte. – Lassen Sie sich, wertester Herr Tusmann, durch den Alten nicht irren. Sie sind der alten Zeit hold, Sie lieben den Thomasius; was mich betrifft, so gehe ich noch viel weiter zurück, da ich nur auf *die* Zeit etwas gebe, der, wie Sie sehen, zum Teil meine Kleidung angehört. Ja, Verehrter, jene Zeit war wohl herrlicher als die jetzige, und aus ihr stammt noch jener schöne Zauber her, den Sie heute am alten Rathausturm geschaut haben.«

»Wie das, wertester Herr Professor?« fragte der Geheime Kanzlei-Sekretär.

»Ei«, fuhr der Goldschmied fort, »damals gab es gar öfters

fröhliche Hochzeit auf dem Rathause, und solche Hochzeiten sahen ein wenig anders aus als die jetzigen. – Nun! manche glückliche Braut blickte damals zum Fenster heraus, und so ist es ein anmutiger Spuk, wenn noch jetzt ein luftiges Gebilde das, was sich jetzt begeben wird, weissagt aus dem, was vor langer Zeit geschehen. Überhaupt muß ich bekennen, daß damals unser Berlin bei weitem lustiger und bunter sich ausnahm als jetzt, wo alles auf einerlei Weise ausgeprägt wird, und man in der Langeweile selbst die Luft sucht und findet, sich zu langweilen. Da gab's Feste, andere Feste, als man sie jetzt ersinnen mag. Ich will nur daran denken, wie im Jahre Eintausend fünfhundert und ein und achtzig zu Okuli in der Fasten der Kurfürst Augustus zu Sachsen mit seinem Gemahl und Sohne Christian von allen anwesenden Herrn herrlich und prächtig zu Cölln eingeholt wurde mit etlichen hundert Pferden. Und die Bürger beider Städte, Berlin und Cölln, samt den Spandauischen, standen zu beiden Seiten vom Köpenikker Tore bis zum Schlosse in vollständiger Rüstung. Tages darauf gab es ein stattliches Ringrennen, bei dem der Kurfürst zu Sachsen und Graf Jost zu Barby mit mehreren vom Adel aufzogen in goldener Kleidung, hohen goldnen Stirnhauben, an Schultern, Ellenbogen und Knien mit goldenen Löwenköpfen, sonst an Armen und Beinen mit fleischfarbener Seide, als wären sie bloß gewesen, angetan, wie man die heidnischen Kämpfer zu malen pflegt. Sänger und Instrumentisten saßen verborgen in einer goldenen Arche Noahs und darauf ein kleiner Knabe mit fleischfarbener Seide bekleidet, mit Flügeln, Bogen, Köcher und mit verbundenen Augen, wie der Cupido gemalt wird. Zwei andere Knaben mit schönen weißen Straußfedern bekleidet, goldenen Augen und Schnäbeln wie Täubelein führten die Arche, in welcher, wenn der Fürst gerannt und getroffen, die Musik ertönte. Darauf ließ man etliche Tauben aus der Arche, von denen sich eine auf die spitze Zobelmütze unsers gnädigen Herrn Kurfürsten setzte, mit den Flügeln schlug und eine welsche Arie zu singen begann, gar lieblich und viel schöner, als siebenzig Jahre später unter Hofsänger Bernhard Pasquino Grosso aus Mantua zu singen pflegte, wiewohl nicht so anmutig als zu jetziger Zeit unsere Theatersängerinnen, die freilich, zeigen sie ihre Kunst, besser plaziert sind als jenes Täubelein. Dann gab es ein Fußturnier, zu dem zog der Kurfürst von Sachsen mit dem Grafen von Barby in einem Schiffe auf, das war mit gelbem und schwarzem Zeuge bekleidet und hatte ein Segel von goldenem Zindel. Und es saß hinter dem Herrn der kleine Knabe, der tags zuvor Cupido gewesen, mit einem langen bunten Rocke und spitzigem Hute von gelbem und schwarzem Zeuge und langem grauen Barte. Sänger und Instrumentisten waren ebenso gekleidet. Aber rings um das Schiff tanzten und sprangen viele Herren vom Adel her mit Köpfen und Schwänzen von Lachsen, Heringen und andern lustigen Fischen angetan, welches sich gar anmutig ausnahm. Am Abend um die zehnte Stunde wurde ein schönes Feuerwerk angezündet, welches einige tausend Schüsse hatte, in der Gestalt einer viereckigen Festung mit Landsknechten besetzt, die alle voller Schüsse waren, und trieben die Büchsenmeister viel merkliche Possen mit Stechen und Fechten und ließen feurige Rosse und Männer, seltsame Vögel und andere Tiere in die Höhe fahren mit schrecklichem Gerassel und Geprassel. Das Feuerwerk dauerte an die zwei Stunden.« – Während der Goldschmied dies alles erzählte, gab der Geheime Kanzlei-Sekretär alle Zeichen der innigsten Teilnahme, des höchsten Wohlgefallens von sich. Er rief mit feiner Stimme: »Ei – O – Ach –« dazwischen, schmunzelte, rieb sich die Hände, rutschte auf dem Stuhle hin und her und schlürfte dabei ein Glas Wein nach dem andern hinunter.

»Mein verehrtester Herr Professor«, rief er endlich im Falsett, den ihm die höchste Freude abzunötigen pflegte, »mein teuerster, verehrtester Herr Professor, was sind das für herrliche Dinge, von denen Sie so lebhaft zu erzählen belieben, als wären Sie selbst persönlich dabei gewesen.«

»Ei«, erwiderte der Goldschmied, »soll ich denn vielleicht nicht dabei gewesen sein?«

Tusmann wollte, den Sinn dieser verwunderlichen Rede nicht fassend, eben weiter fragen, als der Alte mürrisch zum Goldschmied sprach: »Vergeßt doch die schönsten Feste nicht, an denen sich die Berliner ergötzten in jener Zeit, die Ihr so hoch erhebt. Wie auf dem Neumarkt die Scheiterhaufen dampften und das Blut floß der unglücklichen Schlachtopfer, die auf die entsetzlichste Weise gemartert alles gestanden, was der tollste Wahn, der plumpste Aberglaube nur sich erträumen konnte.«

»Ach«, nahm der Geheime Kanzlei-Sekretär das Wort, »ach, Sie meinen gewiß die schnöden Hexen- und Zauberprozesse, wie sie in alter Zeit stattfanden, mein bester Herr! – Ja, das war freilich ein schlimmes Ding, dem unsere schöne Aufklärung ein Ende gemacht hat.«

Der Goldschmied warf seltsame Blicke auf den Alten und auf Tusmann und fragte endlich mit geheimnisvollem Lächeln diesen: »Kennen Sie die Geschichte vom Münzjuden Lippold, wie sie sich im Jahr Eintausend fünfhundert und zwei und siebenzig zutrug?«

Noch ehe Tusmann antworten konnte, fuhr der Goldschmied weiter fort: »Großen Betruges und arger Schelmerei war der Münzjude Lippold angeklagt, der sonst das Vertrauen des Kurfürsten besaß, dem ganzen Münzwesen im Lande vorstand und allemal, wenn es not tat, gleich mit bedeutenden Summen bei der Hand war. Sei es aber nun, daß er sich gut auszureden wußte, oder daß ihm andere Mittel zu Gebote standen, sich vor den Augen des Kurfürsten rein zu waschen von aller Schuld, oder daß, wie man damals sich auszudrücken pflegte, etzliche, die beim Herrn Tun und Lassen waren, mit der silbernen Büchse geschossen; genug, es war an dem, daß er als unschuldig loskommen sollte; er wurde nur noch in seinem kleinen, in der Stralauer Straße belegenen Hause von Bürgern bewacht. Da trug es sich zu, daß er sich mit seinem Weibe erzürnte, und daß diese in zornigem Mute sprach: ›Wenn der gnädige Herr Kurfürst nur wüßte, was du für ein böser Schelm bist, und was für Bubenstücke du mit deinem Zauberbuche kannst zuwege bringen, würdest du lange kalt sein.‹ Das wurde dem Kurfürsten berichtet, der ließ strenge nachforschen in Lippolds Hause nach dem Zauberbuche, das man endlich fand, und das, als es Leute, die dessen Verstand hatten, lasen, seine Schelmerei klar an den Tag brachte. Böse Künste hatte er getrieben, um den Herrn sich ganz zu eigen zu machen und das ganze Land zu beherrschen, und nur des Kurfürsten Gottseligkeit hatte dem satanischen Zauber widerstanden. Lippold wurde auf dem Neumarkt hingerichtet; als aber die Flammen seinen Körper und das Zauberbuch verzehrten, kam unter dem Gerüst eine große Maus hervor und lief ins Feuer. Viele Leute hielten die Maus für Lippolds Zauberteufel.«

Während der Goldschmied dies erzählte, hatte der Alte beide Arme auf den Tisch gestützt, die Hände vors Gesicht gehalten und gestöhnt und geächzt wie einer, der große unerträgliche Schmerzen leidet.

Der Geheime Kanzlei-Sekretär schien dagegen nicht sonderlich auf des Goldschmieds Worte zu achten. Er war über die Maßen freundlich und in dem Augenblick von ganz andern Gedanken und Bildern erfüllt. Als nämlich der Goldschmied geendet, fragte er schmunzelnd mit süß lispelnder Stimme: »Aber sagen Sie mir nur, mein allerwertester, hochverehrtester Herr Professor, war denn das wirklich die Demoiselle Albertine Voßwinkel, die aus dem verfallenen Fenster des Rathausturmes mit ihren schönen Augen auf uns herniederblickte?«

»Was«, fuhr ihn der Goldschmied wild an, »was haben Sie mit der Albertine Voßwinkel?«

»Nun«, erwiderte Tusmann kleinlaut, »nun, du mein lieber Himmel, das ist ja eben diejenige holde Dame, die ich zu lieben und zu heiraten unternommen.«

»Herr«, rief nun der Goldschmied blutrot im ganzen Gesicht und glühenden Zorn in den feuersprühenden Augen. »Herr, ich glaube, Sie sind vom Teufel besessen oder total wahnsinnig? Sie wollen die schöne blutjunge Albertine Voßwinkel heiraten? Sie alter abgelebter armseliger Pedant? Sie, der Sie mit all Ihrer Schulgelehrsamkeit, mitsamt Ihrer aus dem Thomasius geschöpften politischen Klugheit nicht drei Schritt über Ihre eigne Nase wegsehen können? – Solche Gedanken lassen Sie sich nur vergehen, sonst könnte Ihnen noch in dieser Äquinoktialnacht das Genick gebrochen werden.«

Der Geheime Kanzlei-Sekretär war sonst ein sanfter, friedfertiger, ja furchtsamer Mann, der niemanden, wurde er auch angegriffen, ein hartes Wort sagen konnte. Zu schnöde waren aber wohl des Goldschmieds Worte, und kam noch hinzu, daß Tusmann mehr starken Wein, als er gewohnt, getrunken hatte, so konnt' es nicht fehlen, daß er, wie sonst niemals, zornig auffuhr und mit gellender Stimme rief: »Ich weiß gar nicht, wie Sie mir vorkommen, mein unbekannter Herr Goldschmied, was Sie berechtigt, mir so zu begegnen? – Ich glaube gar, Sie wollen mich äffen durch allerhand kindische Künste und vermessen sich, die Demoiselle Albertine Voßwinkel selbst lieben zu wollen und haben die Dame porträtiert auf Glas und mir mittelst einer *Laterna magica,* die Sie unter dem Mantel verborgen, das angenehme Bildnis gezeigt am Rathausturm! – O mein Herr, auch ich verstehe mich auf solche Dinge, und Sie verfehlen den Weg, wenn Sie glauben, mich durch Ihre Künste, durch Ihre groben Redensarten einzuschüchtern!« –

»Nehmen Sie sich in acht«, sprach nun der Goldschmied gelassen und sonderbar lächelnd, »nehmen Sie sich in acht, Tusmann, Sie haben es hier mit kuriosen Leuten zu tun.«

Aber in dem Augenblick grinste statt des Goldschmieds ein

abscheuliches Fuchsgesicht den Geheimen Kanzlei-Sekretär an, der, von dem tiefsten Entsetzen erfaßt, zurücksank in den Sessel.

Der Alte schien sich über des Goldschmieds Verwandlung weiter gar nicht zu verwundern, vielmehr hatte er auf einmal sein mürrisches Wesen ganz verloren und rief lachend: »Sehen Sie doch, welch hübscher Spaß; – aber das sind brotlose Künste, da weiß ich Besseres und vermag Dinge, die dir stets zu hoch geblieben sind, Leonhard.«

»Laß doch sehen«, sprach der Goldschmied, der nun wieder sein menschliches Gesicht angenommen, sich ruhig an den Tisch setzend, »laß doch sehen, was du kannst.«

Der Alte holte einen großen schwarzen Rettich aus der Tasche, putzte und schälte ihn mit einem kleinen Messer, das er ebenfalls hervorgezogen, sauber ab, zerschnitt ihn in dünne Scheiben und legte diese auf den Tisch.

Aber sowie er mit geballter Faust auf eine Rettichscheibe schlug, sprang klappernd ein schön ausgeprägtes flimmerndes Goldstück hervor, das er faßte und dem Goldschmied zuwarf. Doch, sowie dieser das Goldstück auffing, zerstäubte es in tausend knisternde Funken. Das schien den Alten zu ärgern, immer rascher und stärker prägte er die Rettichscheiben aus, immer prasselnder zersprangen sie in des Goldschmieds Hand.

Der Geheime Kanzlei-Sekretär war ganz außer sich, betäubt von Entsetzen und Angst; endlich raffte er sich mit Gewalt auf aus der Ohnmacht, der er nahe war, und sprach mit bebender Stimme: »Da will ich mich doch den hochzuverehrenden Herren lieber ganz gehorsamst empfehlen«; sprang alsbald, nachdem er Hut und Stock ergriffen, schnell zur Tür hinaus.

Auf der Straße hörte er, wie die beiden Unheimlichen hinter ihm her eine gellende Lache aufschlugen, vor der ihm das Blut in den Adern gefror.

Zweites Kapitel

Worin erzählt wird, wie eines Zigarros halber, der nicht brennen wollte, sich ein Liebesverständnis erschloß, nachdem die Verliebten schon früher mit den Köpfen aneinander gerannt.

Auf weniger verfängliche Weise als der Geheime Kanzlei-Sekretär Tusmann hatte der junge Maler Edmund Lehsen die Bekanntschaft des alten wunderlichen Goldschmieds Leonhard gemacht.

Edmund entwarf gerade an einer einsamen Stelle des Tiergartens eine schöne Baumgruppe nach der Natur, als Leonhard zu ihm trat und ohne Umstände ihm über die Schulter ins Blatt hineinsah. Edmund ließ sich gar nicht stören, sondern zeichnete emsig fort, bis der Goldschmied rief: »Das ist ja eine ganz sonderbare Zeichnung, lieber junger Mann, das werden ja am Ende keine Bäume, das wird ja ganz etwas anders.«

»Merken Sie etwas, mein Herr?« sprach Edmund mit leuchtenden Blicken. »Nun«, fuhr der Goldschmied fort, »ich meine, aus den dicken Blättern da kuckten allerlei Gestalten heraus im buntesten Wechsel, bald Genien, halb seltsame Tiere, bald Jungfrauen, bald Blumen. Und doch sollte das Ganze wohl nur sich zu jener Baumgruppe uns gegenüber gestalten, durch die die Strahlen der Abendsonne so lieblich funkeln.«

»Ei, mein Herr«, rief Edmund, »Sie haben entweder einen gar tiefen Sinn, ein durchschauendes Auge für dergleichen, oder ich war in diesen Augenblicken glücklicher im Darstellen meiner innersten Empfindungen als jemals. Ist es Ihnen nicht auch so, wenn Sie sich in der Natur ganz Ihrem sehnsüchtigen Gefühl überlassen, als schauten durch die Bäume, durch das Gebüsch allerlei wunderbare Gestalten Sie mit holden Augen an? – Das war es, was ich in dieser Zeichnung recht versinnlichen wollte, und ich merke, es ist mir gelungen.«

»Ich verstehe«, sprach Leonhard etwas kalt und trocken, »Sie wollten frei von allem eigentlichen Studium sich Rast geben und in einem anmutigen Spiel Ihrer Fantasie sich erheitern und erkräften.«

»Keineswegs, mein Herr!« erwiderte Edmund, »gerade diese Art nach der Natur zu zeichnen halte ich für mein bestes, nutzenvollstes Studieren. Aus solchen Studien trag' ich das wahrhaft Poetische, Fantastische in die Landschaft. Dichter muß der Landschaftsmaler ebensogut sein als der Geschichtsmaler, sonst bleibt er ewig ein Stümper.«

»Hilf Himmel«, rief Leonhard, »auch Sie, lieber Edmund Lehsen« –

»Wie«, unterbrach Edmund den Goldschmied, »wie, Sie kennen mich, mein Herr!«

»Warum«, erwiderte Leonhard, »soll ich Sie denn nicht kennen? – Ich machte Ihre erste werte Bekanntschaft in einem Augenblick, auf den Sie sich wahrscheinlich nicht sehr deutlich besinnen werden, nämlich, als Sie soeben geboren waren. Für die wenige Welterfahrung, die Sie damals besitzen konnten, hatten Sie sich überaus sittig und klug betragen, Ihrer Frau Mama ungemein wenig Mühe gemacht und sogleich ein sehr wohlklingendes Freudengeschrei erhoben, auch heftig ans Tageslicht verlangt, das man Ihnen nach meinem Rat nicht verweigern durfte, da nach dem Ausspruch der neuesten Ärzte dieses den neugebornen Kindern nicht nur keineswegs schadet, sondern vielmehr wohltätig auf ihren Verstand, auf ihre physischen Kräfte überhaupt wirkt. Ihr Herr Papa war auch dermaßen fröhlich, daß er auf einem Beine im Zimmer herumhopste und aus der Zauberflöte sang: ›Bei Männern, welche Liebe fühlen‹ etc. Nachher gab er mir Ihre kleine Person in die Hände und bat mich, Ihr Horoskop zu stellen, welches ich auch tat. Dann kam ich noch öfters in Ihres Vaters Haus, und Sie verschmähten nicht, manche Tüte Rosinen und Mandeln aufzunaschen, die ich Ihnen mitbrachte. Nachher ging ich auf Reisen, Sie mochten damals sechs oder acht Jahre alt sein. Dann kam ich hieher nach Berlin, sah Sie und vernahm mit Vergnügen, daß Ihr Vater Sie aus Müncheberg hieher geschickt, um die edle Malerkunst zu studieren, für welches Studium in Müncheberg eben nicht sonderlicher Fond vorhanden an Bildern, Marmorn, Bronzen, Gemmen und andern bedeutenden Kunstschätzen. Ihre gute Vaterstadt kann sich darin nicht mit Rom, Florenz oder Dresden messen, wie vielleicht künftig Berlin, wenn funkelnagelneue Antiken aus der Tiber gefischt und hieher transportiert werden.« –

»Mein Gott«, sprach Edmund, »jetzt gehen mir alle Erinnerungen aus meiner frühesten Jugend lebhaft auf. Sind Sie nicht Herr Leonhard?«

»Allerdings«, erwiderte der Goldschmied, »heiße ich Leonhard und nicht anders, indessen möcht' es mich doch wundern, wenn Sie sich aus so früher Zeit meiner noch erinnern sollten.«

»Und doch«, fuhr Edmund fort, »ist es der Fall. Ich weiß, daß ich mich jedesmal, wenn Sie in meines Vaters Hause erschienen, sehr freute, weil Sie mir immer allerlei Näschereien mitbrachten und sich überhaupt viel mit mir abgaben, und dabei verließ mich nicht eine scheue Ehrfurcht, ja eine gewisse Angst und Beklommenheit, die oft noch fortdauerte, wenn Sie schon weggegangen waren. Aber noch mehr sind es die Erzählungen meines Vaters von Ihnen, die Ihr Andenken in meiner Seele frisch erhalten haben. Er rühmte sich Ihrer Freundschaft, da Sie ihn mit besonderer Gewandtheit aus allerlei verdrießlichen Vorfällen und Verwickelungen, wie sie im Leben wohl vorkommen, glücklich gerettet hatten. Mit Begeisterung sprach er aber davon, wie Sie in die tiefen geheimen Wissenschaften eingedrungen, über manche verborgene Naturkraft geböten und Willkür, und manchmal – verzeihen Sie – gab er nicht undeutlich zu verstehen, Sie wären wohl am Ende, das Ding bei Lichte besehen, Ahasverus, der ewige Jude!« –

»Warum nicht gar der Rattenfänger von Hameln oder der Alte Überall und Nirgends oder das Petermännchen oder sonst ein Kobold« unterbrach der Goldschmied den Jüngling; »aber wahr mag es sein, und ich will es gar nicht leugnen, daß es mit mir eine gewisse eigene Bewandtnis hat, von der ich nicht sprechen darf, ohne Ärgernis zu erregen. Ihrem Herrn Papa habe ich in der Tat viel Gutes erzeigt durch meine geheimen Künste; vorzüglich erfreute ihn gar sehr das Horoskop, das ich Ihnen stellte nach Ihrer Geburt.«

»Nun«, sprach der Jüngling, indem hohe Röte seine Wangen überflog, »nun, mit dem Horoskop war es eben nicht so sehr erfreulich. Mein Vater hat es mir oft wiederholt, Ihr Ausspruch sei gewesen, es würde was Großes aus mir werden, entweder ein großer Künstler oder ein großer Narr. – Wenigstens hab' ich es aber diesem Ausspruch zu verdanken, daß mein Vater meiner Neigung zur Kunst freien Lauf ließ, und glauben Sie nicht, daß Ihr Horoskop zutreffen wird?«

»O ganz gewiß«, erwiderte der Goldschmied sehr kalt und gelassen, »es ist gar nicht daran zu zweifeln, denn Sie sind eben jetzt auf dem schönsten Wege, ein großer Narr zu werden.«

»Wie, mein Herr«, rief Edmund betroffen, »wie mein Herr Sie sagen mir das so gerade ins Gesicht? Sie –«

»Es liegt«, fiel ihm der Goldschmied ins Wort, »nun gänzlich an dir, der schlimmen Alternative meines Horoskops zu entgehen und ein tüchtiger Künstler zu werden. Deine Zeichnungen, deine Entwürfe verraten eine reiche lebendige Fantasie, eine rege Kraft des Ausdrucks, eine kecke Gewandtheit der Darstellung; auf tiefe Fundamente läßt sich ein wacheres Gebäude aufführen. Laß ab von aller modischen Überspanntheit und gib dich ganz hin dem ersten Studium. Ich rühm' es, daß du nach der Würde und Einfachheit der alten deutschen Maler trachtest, aber auch hier magst du sorglich die Klippe vermeiden, an der so viele scheitern. Es gehört wohl ein tiefes Gemüt, eine Seelenkraft, die der Erschlaffung der modernen Kunst widerstehen vermag, dazu, ganz aufzufassen den wahren Geist der alten deutschen Meister, ganz einzudringen in den Sinn der Gebilde. Nur dann wird sich aus dem Innersten heraus der Funke entzünden und die wahre Begeisterung Werke schaffen, die ohne blinde Nachahmerei eines besseren Zeitalters würdig sind. Aber jetzt meinen die jungen Leute, wenn sie irgend ein biblisches Bild mit klapperdürren Figuren, ellenlangen Gesichtern, steifen eckichten Gewändern und falscher Perspektive zusammenstoppeln, sie hätten gemalt in der Manier der alten deutschen hohen Meister. Solche geistestote Nachähmler mögen dem Bauernjungen zu vergleichen sein, der in der Kirche bei dem Vaterunser den Hut vor die Nase hielt, ohne es auswendig beten zu können, angebend, wisse er auch das Gebet nicht, so kenne er doch die Melodie davon.«

Der Goldschmied sprach noch vieles Wahres und Schönes über die edle Kunst der Malerei und gab dem künstlerischen Edmund weise vortreffliche Lehren, so daß dieser, ganz durchdrungen, zuletzt fragte, wie es möglich sei, daß Leonhard so viel Kenntnis habe erwerben können, ohne selbst Maler zu sein, und daß er so im Verborgenen lebe, ohne sich Einfluß zu verschaffen auf die Kunstbestrebungen aller Art?

»Ich habe«, erwiderte der Goldschmied mit sehr mildem ernsten Ton,« ich habe dir schon gesagt, daß eine lange, ja in der Tat sehr wunderbar lange Erfahrung meinen Blick, mein Urteil geschärft hat. Was aber meine Verborgenheit betrifft, so bin ich mir bewußt, daß ich überall etwas seltsam auftreten würde, wie es nun einmal nicht nur meine ganze Organisation, sondern auch das Gefühl einer gewissen mir innewohnenden Macht gebietet und dies könnte mein ganzes ruhiges Leben hier in Berlin verstören. Ich gedenke noch eines Mannes, der in gewisser Hinsicht mein Ahnherr sein könnte, und der mir so in Geist und Fleisch gewachsen ist, daß ich zuweilen im seltsamen Wahn glaube, ich sei es eben selbst. Niemanden anders meine ich als jenen Schweizer Leonhard Turnhäuser zum Thurm, der ums Jahr Eintausend fünfhundert und zwei und achtzig hier in Berlin am Hofe des Kurfürsten Johann George lebte. Damals war, wie du wissen wirst, jeder Chemiker ein Alchimist und jeder Astronom ein Astrolog genannt, und so mochte Turnhäuser auch beides sein.

Soviel ist indessen gewiß, daß Turnhäuser die merkwürdigsten Dinge zustande brachte und außerdem sich als tüchtiger Arzt bewies. Er hatte indessen den Fehler, seine Wissenschaft überall geltend machen zu wollen, sich in alles zu mischen, überall mit Rat und Tat bei der Hand zu sein. Das zog ihm Haß und Neid zu, wie der Reiche, der mit seinem Reichtum, ist er auch wohl erworben, eitlen Prunk treibt, sich am ersten Feinde auf den Hals zieht. Nun begab es sich, daß man dem Kurfürsten eingeredet hatte, Turnhäuser vermöge Gold zu machen, und daß dieser, sei es nun, weil er sich wirklich nicht darauf verstand, oder weil andere Gründe ihn dazu trieben, hartnäckig verweigerte, zu laborieren. Da kamen Turnhäusers Feinde und redeten zum Kurfürsten: ›Seht Ihr wohl, was das für ein verschmitzter unverschämter Geselle ist? Er prahlt mit Kenntnissen, die er nicht besitzt, und treibt allerlei zauberische Possen und jüdische Händel, die er büßen sollte mit schmachvollem Tode wie der Jude Lippolt.‹ Turnhäuser war sonst wirklich ein Goldschmied gewesen, das kam heraus, und nun bestritt man ihm vollends alle Wissenschaft, die er doch sattsam an den Tag gelegt. Man behauptete sogar, daß er all die scharfsinnigen Schriften, die bedeutungsvollen Prognostica, die er herausgegeben, nicht selbst verfertigt, sondern sich habe machen lassen von andern Leuten um bares Geld. Genug, Haß, Neid, Verleumdung brachten es dahin, daß er, um dem Schicksal des Juden Lippolt zu entgehen, in aller Stille Berlin und die Mark verlassen mußte. Da schrien die Widersacher, er habe sich zum päpstlichen Haufen begeben das ist aber nicht wahr. Er ging nach Sachsen und trieb sein Goldschmieds-Handwerk, ohne der Wissenschaft zu entsagen.« –

Edmund fühlte sich auf wunderbare Weise zu dem alten Goldschmied hingezogen, und dieser lohnte ihm das ehrfurchtsvolle Vertrauen, wie er es gegen ihn äußerte, dadurch, daß er nicht allein in seinem Kunststudium sein strenger, aber tief belehrender Kritiker blieb, sondern ihm auch in Ansehung der Bereitung und Mischung der Farben gewisse Geheimnisse, die den alten Malern zu Gebote standen, entdeckte, welche sich in der Ausführung auf das herrlichste bewährten.

So bildete sich nun zwischen Edmund und dem alten Leonhard das Verhältnis, in dem der hoffnungsvolle geliebte Zögling mit dem väterlichen Lehrer und Freunde steht.

Bald darauf begab es sich, daß an einem schönen Sommerabende bei dem Hofjäger im Tiergarten dem Kommissionsrat Herrn Melchior Voßwinkel kein einziger von den mitgebrachten Zigarren brennen wollte. Sie hatten sämtlich keine Luft. Mit steigendem Unwillen warf der Kommissionsrat einen nach dem andern an die Erde und rief zuletzt: »O Gott, hab' ich darum mit vieler Mühe und nicht unbedeutenden Kosten Zigarren direkte aus Hamburg verschrieben, damit mich die schmählichen Dinger in meiner besten Lust stören sollten? – Kann ich jetzt wohl auf vernünftige Weise die schöne Natur genießen und einen nützlichen Diskurs führen? – Es ist doch entsetzlich!«

Er hatte diese Worte gewissermaßen an Edmund Lehsen gerichtet der neben ihm stand, und dessen Zigarro ganz fröhlich dampfte.

Edmund, ohne den Kommissionsrat weiter zu kennen, zog sogleich seine gefüllte Zigarrenbüchse hervor und reichte sie freundlich dem Verzweifelnden hin mit der Bitte, zuzulangen, da er für die Güte und Brennbarkeit der Zigarren einstehe, ungeachtet er sie nicht direkte von Hamburg bekommen, sondern aus einem Laden in der Friedrichsstraße erkauft habe.

Der Kommissionsrat, ganz Freude und Fröhlichkeit, langte mit einem: bitt' ganz ergebenst, wirklich zu, und als, nur kaum mit dem brennenden Fidibus berührt, die feinen lichtgrauen Wolken aus dem angenehmen Glimmstengel oder Tabaksröhrlein, wie die Puristen den Zigarro benannt haben wollen, sich emporhäuselten, rief der Mann ganz entzückt: »O mein wertester Herr, sie reißen mich wirklich aus arger Verlegenheit! – Tausend Dank dafür, und beinahe möcht' ich unverschämt genug sein, Sie, wenn dieser Zigarro verraucht, um einen zweiten zu bitten.«

Edmund versicherte, daß er über seine Zigarrenbüchse gebieten könne, und beide trennten sich dann.

Als nun aber, da es schon ein wenig zu dämmern begann, Edmund, den Entwurf eines Bildes im Kopfe, mithin ziemlich abwesend und die bunte Gesellschaft nicht beachtend, sich durch Tische und Stühle drängte, um ins Freie zu kommen, stand plötzlich der Kommissionsrat wieder vor ihm und fragte sehr freundlich, ob er nicht an seinem Tisch Platz nehmen wolle. Im Begriff, es auszuschlagen, weil er sich hinaussehnte in den Wald, fiel ihm ein Mädchen ins Auge, das, die Jugend, Anmut, der Liebreiz selbst, an dem Tische saß, von dem der Kommissionsrat aufgestanden war.

»Meine Tochter Albertine«, sprach der Kommissionsrat zu

Edmund, der regungslos das Mädchen anstarrte und beinahe vergaß, sie zu begrüßen. Er erkannte auf den ersten Blick in Albertinen das bildschöne, mit der höchsten Eleganz gekleidete Frauenzimmer wieder, das er in der vorjährigen Kunstausstellung vor einer von seinen Zeichnungen antraf. Sie erklärte mit Scharfsinn der ältern Frau und den beiden jungen Mädchen, die mit ihr gekommen, den Sinn des fantastischen Gebildes, sie ging ein auf Zeichnung, Gruppierung, sie rühmte den Meister, der das Werk geschaffen, und bemerkte, daß es ein sehr junger hoffnungsvoller Künstler sein solle, den sie wohl kennen zu lernen wünsche. Edmund stand dicht hinter ihr und sog begierig das Lob ein, das von den schönsten Lippen floß. Vor lauter süßer Angst und bangem Herzklopfen vermochte er es nicht über sich, hervorzutreten als Schöpfer des Bildes. – Da läßt Albertine den Handschuh, den sie eben von der Hand gezogen, auf die Erde fallen; schnell bückt sich Edmund, ihn aufzuheben, Albertine ebenfalls, beide fahren mit den Köpfen zusammen, daß es knackt und kracht! – »Herr Gott im Himmel«, ruft Albertine, vor Schmerz sich den Kopf haltend.

Entsetzt prallt Edmund zurück, tritt bei dem ersten Schritt den kleinen Mops der alten Dame wund, daß er laut aufquiekt, bei dem zweiten einem podagrischen Professor auf die Füße, der ein furchtbares Gebrülle erhebt und den unglücklichen Edmund zu allen tausend Teufeln in die flammende Hölle wünscht. Und aus allen Sälen laufen die Menschen herbei, und alle Lorgnetten sind auf den armen Edmund gerichtet, der unter dem trostlosen Wimmern des wunden Mopses, unter dem Fluchen des Professors, unter dem Schelten der alten Dame, unter dem Kickern und Lachen der Mädchen, über und über glühend vor Scham, ganz verzweifelt herausstürzt, während mehrere Frauenzimmer ihre Riechfläschchen öffnen und Albertinen die hoch aufgelaufene Stirn mit starkem Wasser reiben. –

Schon damals, in dem kritischen Augenblick des lächerlichen Auftritts, war Edmund, ohne doch dessen sich selbst deutlich bewußt zu sein, in Liebe gekommen, und nur das schmerzliche Gefühl seiner Tölpelei hielt ihn zurück, das Mädchen an allen Ecken und Enden der Stadt aufzusuchen. Er konnte sich Albertinen nicht anders denken als mit roter wunder Stirn und den bittersten Vorwurf, den entschiedensten Zorn im Gesicht, im ganzen Wesen.

Davon war aber heute nicht die mindeste Spur anzutreffen. Zwar errötete Albertine über und über, als sie den Jüngling erblickte, und schien ebensosehr außer Fassung; als aber der Kommissionsrat ihn um Stand und Namen fragte, fiel sie holdlächelnd mit süßer Stimme ein, daß sie sehr irren müßte, wenn sie nicht Herrn Lehsen vor sich sähe, den vortrefflichen Künstler, dessen Zeichnungen, dessen Gemälde ihr tiefstes Gemüt ergriffen.

Man kann denken, daß diese Worte Edmunds Inneres zündend durchfuhren wie ein elektrischer Schlag. Begeistert wollte er ausbrechen in die vortrefflichsten Redensarten, der Kommissionsrat ließ es aber nicht dazu kommen, sondern drückte den Jüngling stürmisch an die Brust und sprach: »Bester! um den versprochenen Zigarro!« – Und dann weiter, während er den Zigarro, den ihm Edmund darbot, geschickt mit dem Brennstoff, der noch in der Asche des eben verrauchten enthalten, anzündete: »Also ein Maler sind Sie, und zwar ein vortrefflicher, wie meine Tochter Albertine behauptet, die sich auf dergleichen Dinge genau versteht. – Nun, das freut mich außerordentlich, ich liebe die Malerei, oder um mit meiner Tochter Albertine zu reden, die Kunst überhaupt ganz ungemein, ich habe einen wahren Narren daran gefressen! – bin auch Kenner – ja wahrhaftig ein tüchtiger Kenner von Gemälden, mir kann ebensowenig als meiner Tochter Albertine jemand ein X vor ein U machen, wir haben Augen – wir haben Augen! – Sagen Sie mir, teurer Maler, sagen Sie mir's ehrlich ohne Scheu, nicht wahr, Sie sind der wackre Künstler, vor dessen Gemälden ich täglich vorbeigehe und jedesmal stehen bleibe wohl einige Minuten lang, weil ich vor lauter Freude über die schönen Farben gar nicht loskommen kann?«

Edmund begriff nicht recht, wie es der Kommissionsrat anstellen sollte, täglich bei seinen Gemälden vorüber zu gehen, da er sich nicht erinnern konnte, jemals Aushängeschilder gemalt zu haben. Nach einigem Hin- und Herfragen kam es aber heraus, daß Melchior Voßwinkel nichts anders meinte als die lackierten Teebretter, Ofenschirme und dergleichen in dem Stobwasserschen Laden unter den Linden, die er in der Tat jeden Morgen um elf Uhr, wenn er bei Sala Tarone vier Sardellen gegessen und ein Gläschen Danziger genommen, mit wahrem Entzücken betrachtete. Diese Kunstfabrikate galten ihm für das Höchste, was jemals die Kunst geleistet. – Das verschnupfte den Edmund nicht wenig, er verwünschte den Kommissionsrat, der mit seinem faden Wortschwall ihm jede Annäherung an Albertinen unmöglich machte.

Endlich erschien ein Bekannter des Kommissionsrats, der ihn in ein Gespräch zog. Diesen Moment nutzte Edmund und setzte sich hin dicht neben Albertinen, die das gar gern zu sehen schien.

Jeder, der die Demoiselle Albertine Voßwinkel kennt, weiß, daß sie, wie gesagt, die Jugend, Schönheit und Anmut selbst ist, daß sie sich, wie die Berliner Mädchen überhaupt, nach der besten Mode sehr geschmackvoll zu kleiden weiß, daß sie in der Zelterschen Akademie singt, von Herrn Lauska Unterricht auf dem Fortepiano erhält, in den niedlichsten Sprüngen der ersten Tänzerin nachtanzt, schon eine schön gestickte Tulpe nebst diversen Vergißmeinnicht und Veilchen zur Kunstausstellung geliefert hat und, von Natur heitern aufgeweckten Temperaments, doch, zumal beim Tee, genügende Empfindsamkeit an den Tag legen kann. Jeder weiß auch endlich, daß sie mit niedlicher, sauberer Perlschrift Gedichte und Sentenzen, die ihr in Goethes, Jean Pauls und anderer geistreicher Männer und Frauen Schriften vorzüglich wohlgefallen, in ein Büchlein mit einem goldverzierten Maroquindeckel einträgt und das Mir und Mich, Sie und Ihnen niemals verwechselt.

Wohl war es natürlich, daß Albertine an der Seite des jungen Malers, dem das Entzücken der scheuen Liebe aus dem Herzen strömte, in noch höhere als in die gewöhnliche Tee- und Vorlese-Empfindsamkeit geraten mußte, und daß sie daher von Kindlichkeit, poetischem Gemüt, Lebenstiefe u. d. g. auf die artigste Weise melodisch lispelnd sprach.

Der Abendwind hatte sich erhoben und wehete süße Blütendüfte vor sich her, und im dichten dunkeln Gebüsch duettierten zwei Nachtigallen in den zärtlichsten Liebesklagen.

Da begann Albertine aus Fouqués Gedichten:

Ein Flüstern, Rauschen, Klingen
Geht durch den Frühlingshain,
Fängt wie mit Liebesschlingen
Geist, Sinn und Leben ein!

Kühner geworden in der tiefen Dämmerung, die nun eingebrochen, faßte Edmund Albertinens Hand, drückte sie an seine Brust und sprach weiter:

Säng' ich es nach, was leise
Solch stilles Leben spricht,
So schien' aus meiner Weise
Das ew'ge Liebeslicht. –

Albertine entzog ihm ihre Hand, aber nur, um sie von dem feinen Glacéhandschuh zu befreien und dann dem Glücklichen wieder zu überlassen, der sie eben feurig küssen wollte, als der Kommissionsrat dazwischen fuhr: »Potztausend, das wird kühl! – Ich wollte, ich hätt' einen Mantel oder einen Überrock zu mir gesteckt oder mit mir genommen, will ich vielmehr sagen. Hülle dich in deinen Shawl, Tinchen, – es ist ein türkischer, bester Maler und kostet 50 bare Dukaten. – Hülle dich wohl ein, sag' ich, Tinchen, wir wollen uns auf den Weg machen. Leben Sie wohl mein Bester.« –

Von einem richtigen Takt getrieben, griff in diesem Augenblick Edmund nach der Zigarrenbüchse und bot dem Kommissionsrat den dritten Glimmstengel an.

»O ich bitte ganz gehorsamst«, rief Voßwinkel, »Sie sind ja ein überaus artiger gefälliger Mann. Die Polizei will nicht erlauben, daß man im Tiergarten wandelnd rauche, damit man das schöne Gras nicht versenge; aber deshalb schmeckt ein Pfeifchen aber ein Zigarro nur desto schöner.«

In dem Augenblick, als der Kommissionsrat sich der Laterne nahte, um den Zigarro anzuzünden, bat Edmund leise und scheu, Albertinen nach Hause begleiten zu dürfen. Sie nahm seinen Arm, beide schritten vor, und der Kommissionsrat schien, als er hinantrat, es vorausgesetzt zu haben, daß Edmund mit ihnen nach der Stadt gehen würde.

Jeder, der jung war und verliebt, oder beides noch ist (manchem passiert das niemals), wird es sich einbilden können, daß es dem Edmund an Albertinens Seite dünkte, er gehe nicht durch den Wald, sondern schwebe hoch über den Bäumen im schimmernden Gewölk mit der Schönsten daher. –

Nach Rosalindens Ausspruch in Shakespeares »Wie es Euch gefällt« sind die Kennzeichen eines Verliebten: Eingefallene Wangen, Augen mit blauen Rändern, ein gleichgültiger Sinn, ein verwilderter Bart, lose hängende Kniegürtel, eine ungebundene Mütze, aufgeknüpfte Ärmel, nicht zugeschnürte Schuhe und eine nachlässige Trostlosigkeit in allem Tun und Lassen. Dies alles traf nun zwar bei Edmund ebensowenig zu als bei dem verliebten

Orlando, aber so wie dieser die junge Baumzucht ruinierte, indem er den Namen Rosalinde in alle Rinden grub, Oden an Weißdornen hing und Elegien an die Brombeersträuche; so verdarb Edmund eine Menge Papier, Pergament, Leinwand und Farben, seine Geliebte in hinlänglich schlechten Versen zu besingen und sie zu zeichnen, zu malen, ohne sie jemals zu treffen, da seine Fantasie seine Kunstfertigkeit überflügelte. Kam nun noch der seltsam somnambule Blick des Liebeskranken und ein erkleckliches Seufzen zu jeder Zeit und Stunde hinzu, so konnte es nicht fehlen, daß der alte Goldschmied den Zustand seines jungen Freundes sehr bald erriet. Als er ihn darüber befragte, nahm Edmund gar keinen Anstand, ihm sein ganzes Herz zu erschließen.

»Ei«, rief Leonhard, als Edmund geendet, »ei, du denkst wohl nicht daran, daß es ein schlimmes Ding ist, sich in eine Braut zu verlieben: Albertine Voßwinkel ist so gut wie versprochen an den Geheimen Kanzlei-Sekretär Tusmann.«

Edmund geriet über diese entsetzliche Nachricht sogleich in ganz ungemeine Verzweiflung. Leonhard wartete sehr ruhig den ersten Paroxismus ab und fragte dann, ob er wirklich die Demoiselle Albertine Voßwinkel zu heiraten gedenke? Edmund versicherte, daß die Verbindung mit Albertinen der höchste Wunsch seines Lebens sei, und beschwor den Alten, ihm beizustehen mit aller Kraft, um den Geheimen Kanzlei-Sekretär aus dem Felde zu schlagen und die Schönste für sich zu gewinnen.

Der Goldschmied meinte, verlieben könne ein blutjunger Künstler sich wohl, aber ganz unersprießlich sei es für denselben, wenn er gleich ans Heiraten dächte. Eben deshalb habe auch der junge Sternbald zur Heirat sich durchaus nicht bequemen wollen, und er sei, soviel er wisse, bis dato unverheiratet geblieben.

Der Stich traf; denn Tiecks Sternbald war Edmunds Lieblingsbuch, und er wäre gar zu gern selbst der Held des Romans gewesen. Daher kam es denn, daß er ein gar betrübtes Gesicht schnitt und beinahe ausgebrochen wäre in herbe Tränen.

»Nun«, sprach der Goldschmied, »mag es kommen, wie es will, den Geheimen Kanzlei-Sekretär schaff' ich dir vom Halse; in das Haus des Kommissionsrats auf diese oder jene Weise zu dringen und dich Albertinen mehr und mehr anzunähern, das ist deine Sache. Übrigens können meine Operationen gegen den Geheimen Kanzlei-Sekretär erst in der Äquinoktialnacht beginnen.«

Edmund war über des Goldschmieds Zusicherung außer sich vor

Freuden, denn er wußte, daß der Alte Wort hielt, wenn er etwas versprach.

Auf welche Weise der Goldschmied seine Operationen gegen den Geheimen Kanzlei-Sekretär begann, hat der geneigte Leser bereits im ersten Kapitel erfahren.

Drittes Kapitel

Enthält das Signalement des Geheimen Kanzlei-Sekretärs Tusmann, sowie die Ursache, warum derselbe vom Pferde des großen Kurfürsten herabsteigen mußte, nebst andern lesenswerten Dingen.

Eben aus dem allen, was du, mein sehr günstiger Leser! über den Geheimen Kanzlei-Sekretär Tusmann bereits erfahren, magst du den Mann wohl ganz und gar vor Augen haben nach seinem ganzen Sinn und Wesen. Doch will ich, was sein Äußeres betrifft, noch nachbringen, daß er von kleiner Statur war, kahlköpfig, etwas krummbeinig und ziemlich grotesk im Anzuge. Zu einem altväterisch zugeschnittenen Rock mit unendlich langen Schößen und einem überlangen Gilet trug er lange weite Beinkleider und Schuhe, die aber im Gehen den Klang von Kurierstiefeln von sich gaben, wobei zu bemerken, daß er nie gemessenen Schrittes über die Straße ging, vielmehr in großen unregelmäßigen Sprüngen mit unglaublicher Schnelligkeit forthüpfte, so daß oben besagte Schöße, vom Winde erfaßt, sich ausbreiteten wie ein Paar Flügel. Ungeachtet in seinem Gesicht etwas unbeschreiblich Drolliges lag, so mußte das sehr gutmütige Lächeln, das um seinen Mund spielte, doch jeden für ihn einnehmen, so daß man ihn lieb gewann, während man über seine Pedanterie, über sein linkisches Benehmen, das ihn der Welt entfremdete, von Herzen lachte. Seine Hauptleidenschaft war – Lesen! – Er ging nie aus, ohne beide Rocktaschen voll Bücher gestopft zu haben. Er las, wo er ging und stand, auf dem Spaziergange, in der Kirche, in dem Kaffeehause, er las ohne Auswahl alles, was ihm vorkam, wiewohl nur aus der ältern Zeit, da ihm das Neue verhaßt war. So studierte er heute auf dem Kaffeehause ein algebraisches Buch, morgen das Kavallerie-Reglement Friedrich Wilhelms des Ersten und dann das merkwürdige Buch: Cicero, als großer Windbeutel und Rabulist dargestellt in zehn Reden, aus dem Jahre 1720. Dabei war Tusmann mit einem ungeheuren Gedächtnisvermögen begabt. Er pflegte alles, was ihm bei dem Lesen eines Buchs auffiel, zu zeichnen und dann das Gezeichnete wieder zu durchlaufen, welches er nun nie wieder vergaß. Daher kam es, daß Tusmann ein Polyhistor, ein lebendiges Konversationslexikon wurde, das man aufschlug, wenn es auf irgend eine historische oder wissenschaftliche Notiz ankam. Traf es sich ja etwa einmal, daß er eine solche Notiz nicht auf der Stelle zu geben vermochte, so stöberte er so lange unermüdet in allen Bibliotheken umher, bis er das, was man zu wissen verlangte, aufgefunden, und rückte dann mit der verlangten Auskunft ganz fröhlich heran. Merkwürdig war es, daß er, in Gesellschaft lesend und scheinbar ganz in sein Buch vertieft, doch alles vernahm, was man sprach. Oft fuhr er mit einer Bemerkung dazwischen, die ganz an ihrem Orte stand, und wurde irgend etwas Witziges, Humoristisches vorgebracht, gab er, ohne von dem Buche aufzublicken, durch eine kurze Lache im höchsten Tenor seinen Beifall zu erkennen.

Der Kommissionsrat Voßwinkel war mit dem Geheimen Kanzlei-Sekretär zusammen auf der Schule im grauen Kloster gewesen, und von dieser Schulkameradschaft schrieb sich die enge Verbindung her, in welcher sie geblieben. Tusmann sah Albertinen aufwachsen und hatte ihr wirklich an ihrem zwölften Geburtstage, nachdem er ihr ein duftendes Blumenbukett, das der berühmteste Kunstgärtner in Berlin selbst mit Geschmack geordnet, überreicht, zum erstenmal die Hand geküßt mit einem Anstande, mit einer Galanterie, die man ihm gar nicht hätte zutrauen sollen. Von diesem Augenblick an entstand bei dem Kommissionsrat der Gedanke, daß sein Schulfreund wohl Albertinen heiraten könne. Er meinte, so würde Albertinens Verheiratung, die er wünschte, am wenigsten Umstände machen und der genügsame Tusmann sich auch mit einem geringen Heiratsgut abfinden lassen. Der Kommissionsrat war über die Maßen bequem, fürchtete sich vor jeder neuen Bekanntschaft und hielt dabei als Kommissionsrat das Geld viel mehr zu Rate als nötig. An Albertinens achtzehntem Geburtstage eröffnete er diesen Plan, den er so lange für sich behalten, dem Geheimen Kanzlei-Sekretär. – Der erschrak erst darüber gewaltig. Er vermochte den kühnen Gedanken, zur Ehe zu schreiten, und noch dazu mit einem blutjungen bildschönen Mädchen, gar nicht zu ertragen. Nach und nach gewöhnte er sich daran, und als ihm eines Tages auf des Kommissionsrats Veranlassung Albertine eine kleine Börse, die sie selbst in den anmutigsten Farben gestrickt, überreichte und ihn dabei mit: »Lieber Herr Geheimer Kanzlei-Sekretär« anredete, entzündete sich sein Inneres ganz und gar in Liebe zu der Holden. Er erklärte sofort insgeheim dem Kommissionsrat, daß er Albertinen zu heiraten gesonnen, und da dieser ihn als seinen Schwiegersohn umarmte, sah er sich als Albertinens Bräutigam an, wiewohl der kleine Umstand vielleicht noch zu berücksichtigen gewesen wäre, daß Albertine von dem ganzen Handel zur Zeit auch nicht ein Sterbenswörtchen wußte, ja wohl nicht gut eine Ahnung davon haben konnte.

Am frühsten Morgen, als in der Nacht vorher sich das seltsame Abenteuer am Rathausturme und in der Weinstube auf dem Alexanderplatz begeben, stürzte der Geheime Kanzlei-Sekretär bleich und entstellt in des Kommissionsrats Zimmer. Der Kommissionsrat erschrak nicht wenig, da Tusmann noch niemals ihn um diese Zeit besucht hatte und sein ganzes Wesen irgend ein unglückliches Ereignis zu verkünden schien.

»Geheimer!« (so pflegte der Kommissionsrat den Geheimen Kanzlei-Sekretär abgekürzt zu benennen) »Geheimer! wo kommst du her? wie siehst du aus? was ist geschehen?«

So rief der Kommissionsrat, aber Tusmann warf sich erschöpft in den Lehnsessel, und erst, nachdem er ein paar Minuten Atem geschöpft, begann er mit fein wimmernder Stimme:

»Kommissionsrat, wie du mich hier siehst in diesen Kleidern, mit der politischen Klugheit in der Tasche, komme ich her aus der Spandauer Straße, wo ich die ganze Nacht auf und ab gerannt seit gestern punkt zwölf Uhr! – Nicht mit einem Schritt bin ich in mein Haus gekommen, kein Bette habe ich gesehen, kein Auge zugetan!« –

Und nun erzählte Tusmann dem Kommissionsrat genau, wie sich in der abgewichenen Nacht alles begeben von dem ersten Zusammentreffen mit dem fabelhaften Goldschmied an bis zu dem Augenblick, als er, entsetzt über das tolle Treiben der unheimlichen Schwarzkünstler, aus dem Weinhause herausstürzte.

»Geheimer«, rief der Kommissionsrat, »du hast deiner Gewohnheit zuwider starkes Getränk zu dir genommen am späten Abend und verfielst nachher in wunderliche Träume.«

»Was sprichst du«, erwiderte der Geheime Kanzlei-Sekretär, »was sprichst du, Kommissionsrat? – Geschlafen, geträumt sollt' ich haben? Meinst du, daß ich nicht wohl unterrichtet bin über den Schlaf und den Traum? Ich will dir's aus Nudows Theorie des Schlafes beweisen, was Schlaf heißt, und daß man schlafen kann, ohne zu träumen, weshalb denn auch der Prinz Hamlet sagt: Schlafen, *vielleicht* auch träumen. Und was es mit dem Traume für eine Bewandtnis hat, würdest du ebensogut wissen als ich, wenn du das *Somnium Scipionis* gelesen hättest und Artemidori berühmtes Werk von Träumen und das Frankfurter Traumbüchlein. Aber du liesest nichts, und daher schießest du fehl überall auf schnöde Weise.«

»Nun, nun, Geheimer«, nahm der Kommissionsrat das Wort, »ereifre dich nur nicht; ich will dir's schon glauben, daß du gestern dich bereden ließest, etwas über die Schnur zu hauen und unter schadenfrohe Taschenspieler gerietest, die Unfug mit dir trieben, als der Wein dir zu sehr geschmeckt hatte. Aber sage mir, Geheimer, als du nun glücklich zur Türe heraus warest, warum in aller Welt gingst du nicht geradezu nach Hause, warum triebst du dich auf der Straße umher?«

»O Kommissionsrat«, lamentierte der Geheime Kanzlei-Sekretär, »o teurer Kommissionsrat, getreuer Schulkamerad aus dem grauen Kloster! – Insultiere mich nicht mit schnöden Zweifeln, sondern vernimm ruhig, daß der tolle unselige Teufelsspuk erst recht losging, da ich mich auf der Straße befand. Als ich nämlich an das Rathaus komme, bricht durch alle Fenster helles blendendes Kerzenlicht, und eine lustige Tanzmusik mit der Janitscharen-, oder richtiger gesprochen, Jenjitscherik-Trommel schallt herab. Ich weiß selbst nicht, wie es geschah, daß, ungeachtet ich mich nicht einer sonderlichen Größe erfreue, ich doch auf den Zehen mich so hoch aufzurichten vermochte, daß ich in die Fenster hineinschauen konnte. Was sehe ich! – O du gerechter Schöpfer im Himmel! – wen erblicke ich! – niemanden anders als deine Tochter, die Demoiselle Albertine Voßwinkel, welche im saubersten Brautschmuck mit einem jungen Menschen unmäßig walzt. Ich klopfe ans Fenster, ich rufe: ›Werteste Demoiselle Albertine Voßwinkel, was tun Sie, was beginnen Sie hier in später Nacht!‹ – Aber da kommt eine niederträchtige Menschenseele die Königsstraße herab, reißt mir im Vorbeigehen beide Beine unterm Leibe weg und rennt damit laut lachend spornstreichs fort. Ich armer Geheimer Kanzlei-Sekretär plumpe nieder in den schnöden Gassenkot, ich schreie: ›Nachtwächter – hochlöbliche Polizei – verehrbare Patrouille – lauft herbei – lauft herbei – haltet den Dieb, haltet den Dieb! er hat mir meine Beine gestohlen!‹ Aber oben im Rathause ist alles plötzlich still und finster geworden, und meine Stimme verhallt unvernommen in den Lüften! – Schon will ich verzweifeln, als der Mensch zurückkehrt und, wie rasend vorbeilaufend, mir meine Beine ins Gesicht wirft. Nun raffe ich mich, so schnell es in der totalen Bestürzung gehen will, vom Boden auf, renne in die Spandauer Straße hinein. Aber sowie ich, den herausgezogenen Hausschlüssel in der Hand, an meine Haustür gelange, stehe ich – ja ich selbst – schon vor derselben und schaue mich wild an mit denselben großen schwarzen Augen, wie sie in meinem Kopf befindlich. Entsetzt pralle ich zurück und auf einen Mann zu, der mich mit starken Armen umfaßt. An dem Spieß, den er in der Hand trägt, gewahre ich, daß es der Nachtwächter ist. Getröstet spreche ich: ›Teurer Nachtwächter, Herzensmann, treiben Sie mir doch gefälligst den Filu von Geheimen Kanzlei-Sekretär Tusmann dort von der Türe weg, damit der ehrliche Kanzlei-Sekretär Tusmann, der ich selbst bin, in seine Wohnung hinein kann.‹ ›Ich glaube, Ihr seid besessen, Tusmann!‹ So schnarcht mich der Mann an mit hohler Stimme, und ich merke, daß es nicht der Nachtwächter, nein, daß es der furchtbare Goldschmied ist, der mich umfaßt hält. Da übernimmt mich die Angst, die kalten Schweißtropfen stehen mir auf der Stirne, ich spreche: ›Mein verehrungswürdiger Herr Professor, verübeln Sie es mir doch nur ja nicht, daß ich Sie in der Finsternis für den Nachtwächter gehalten. O Gott! nennen Sie mich, wie Sie wollen, nennen Sie mich auf die schnödeste Weise – Monsieur Tusmann oder gar, mein Lieber, traktieren Sie mich barbarisch per Ihr, wie Sie es soeben zu tun belieben, alles, alles will ich mir gefallen lassen, nur befreien Sie mich von diesem entsetzlichen Spuk, welches ganz in Ihrer Macht steht.‹ ›Tusmann‹, beginnt der schnöde Schwarzkünstler mit seiner fatalen hohlen Stimme, ›Tusmann, Ihr soll fortan unangetastet bleiben, wenn Ihr hier auf der Stelle schwört, an die Heirat mit der Albertine Voßwinkel gar nicht mehr zu denken.‹ Kommissionsrat, du kannst es dir vorstellen, wie mir zumute wurde bei dieser abscheulichen Proposition. Allerliebster Herr Professor, bitte ich, Sie greifen mir ans Herz, daß es blutet. Das Walzen ist ein häßlicher, unanständiger Tanz, und eben walzte die Demoiselle Albertine Voßwinkel, und noch dazu als meine Braut, mit einem jungen Menschen auf eine Weise, daß mir

Hören und Sehen verging; doch kann ich indessen von der Schönsten nicht lassen, nein, ich kann nicht von ihr lassen.‹ Kaum habe ich aber diese Worte gesprochen, als mir der verruchte Goldschmied einen Stoß gibt, daß ich mich sofort zu drehen beginne. Und wie von unwiderstehlicher Gewalt gehetzt, walze ich die Spandauer Straße auf und ab und halte in meinen Armen statt der Dame einen garstigen Besenstiel, der mir das Gesicht zerkratzt, während unsichtbare Hände mir den Rücken zerbläuen, und um mich her wimmelt es von Geheimen Kanzlei-Sekretären Tusmanns, die mit Besenstielen walzen. Endlich sinke ich erschöpft, ohnmächtig nieder. Der Morgen dämmert mir in die Augen, ich schlage sie auf und – Kommissionsrat, entsetze dich mit mir, fall' in Ohnmacht, Schulkamerad! und finde mich wieder sitzend hoch oben auf dem Pferde vor dem großen Kurfürsten, mein Haupt an seine kalte eherne Brust gelehnt. Zum Glück schien die Schildwache eingeschlafen, so daß ich unbemerkt mit Lebensgefahr hinabklettern und mich davonmachen konnte. Ich rannte nach der Spandauer Straße, aber mich überfiel aufs neue unsinnige Angst, die mich dann endlich zu dir trieb.«

»Geheimer«, nahm nun der Kommissionsrat das Wort, »Geheimer, und du vermeintest, daß ich all das tolle, abgeschmackte Zeug glauben soll, was du da vorbringst? – Hat man jemals von solchen Zauberpossen gehört, die sich hier in unserm guten aufgeklärten Berlin ereignet haben sollen?«

»Siehst du«, erwiderte der Geheime Kanzlei-Sekretär, »siehst du nun wohl, Kommissionsrat, in welche Irrtümer dich der Mangel aller Lektüre stürzt? Hättest du wie ich *Haftitii,* des Rektors beider Schulen zu Berlin und Cölln an der Spree, *Microchronicon marchicum* gelesen, so würdest du wissen, daß sich sonst noch ganz andere Dinge begeben haben. – Kommissionsrat, am Ende glaube ich schier, daß der Goldschmied der verruchte Satan selbst ist, der mich foppt und neckt.«

»Ich bitte dich«, sprach der Kommissionsrat, »ich bitte dich, Geheimer, bleibe mir vom Leibe mit den dummen abergläubischen Possen. Besinne dich! – nicht wahr, du hattest dich berauscht und stiegst im Übermut der Betrunkenheit zum großen Kurfürsten hinauf?« –

Dem Geheimen Kanzlei-Sekretär traten die Tränen in die Augen über Voßwinkels Verdacht, den er sich bemühte mit aller Kraft zu widerlegen.

Der Kommissionsrat wurde ernster und ernster. Endlich, als der Geheime Kanzlei-Sekretär nicht aufhörte zu beteuern, daß sich wirklich alles so begeben, wie er es erzählt, begann er: »Hör' einmal, Geheimer, je mehr ich darüber nachdenke, wie du mir den Goldschmied und den alten Juden, mit denen du, ganz deiner sonst sittigen und frugalen Lebensart zuwider, in später Nacht zechtest, beschrieben, desto klarer wird es mir, daß der Jude unbezweifelt mein alter Manasse ist, und daß der schwarzkünstlerische Goldschmied niemand anders sein kann als der Goldschmied Leonhard, der sich zuweilen in Berlin sehen läßt. Nun habe ich zwar nicht so viele Bücher gelesen als du, Geheimer, dessen bedarf es aber auch nicht, um zu wissen, daß beide, Manasse und Leonhard, einfache ehrliche Leute sind und nichts weniger als Schwarzkünstler. Es wundert mich ganz ungemein, daß du, Geheimer, der du doch in den Gesetzen erfahren sein solltest, nicht weißt, daß der Aberglaube auf das strengste verboten ist und ein Schwarzkünstler nimmermehr von der Regierung einen Gewerbschein erhalten würde, auf dessen Grund er seine Kunst treiben dürfte. – Höre, Geheimer, ich will nicht hoffen, daß der Verdacht gegründet ist, der in mir aufsteigt! – Ja! – ich will nicht hoffen, daß du die Lust verloren hast zur Heirat mit meiner Tochter? – daß du nun dich hinter allerlei tolles Zeug verbergen, mir seltsame Dinge vorfabeln, daß du sagen willst: ›Kommissionsrat, wir sind geschiedene Leute, denn heirate ich deine Tochter, so stiehlt mir der Teufel die Beine weg und zerbläut mir den Rücken!‹ Geheimer, es wäre arg, wenn du so mit Lug und Trug umgehen solltest.«

Der Geheime Kanzlei-Sekretär geriet ganz außer sich über des Kommissionsrates schlimmen Verdacht. Er beteuerte einmal übers andere, daß er die Demoiselle Albertine ganz ungemessen liebe, daß er ein zweiter Leander, ein zweiter Troilus in den Tod gehen für sie und sich daher als ein unschuldiger Märtyrer vom leidigen Satan sattsam zerbläuen lassen wolle, ohne seiner Liebe zu entsagen.

Während dieser Beteurungen des Geheimen Kanzlei-Sekretärs klopfte es stark an die Tür und hinein trat der alte Manasse, von dem der Kommissionsrat vorher gesprochen.

Sowie Tusmann den Alten erblickte, rief er: »O du Herr des Himmels, das ist ja der alte Jude, der gestern aus dem Rettich Goldstücke prägte und dem Goldschmied ins Gesicht warf! – Nun wird auch wohl gleich der alte verruchte Schwarzkünstler hereintreten!«

Er wollte schnell zur Türe hinaus, der Kommissionsrat hielt ihn aber fest, indem er sprach: »Nun werden wir ja gleich hören.«

Dann wandte der Kommissionsrat sich zu dem alten Manasse und erzählte, was Tusmann von ihm behauptet, und was sich zur Nachtzeit in der Weinstube auf dem Alexanderplatz zugetragen haben sollte.

Manasse lächelte den Geheimen Kanzlei-Sekretär von der Seite hämisch an und sprach: »Ich weiß nicht, was der Herr will, der Herr kam gestern ins Weinhaus mit dem Goldschmied Leonhard, eben als ich mich erquickte mit einem Glase Wein nach mühseligem Geschäft, das bis beinahe Mitternacht gedauert. Der Herr trank über den Durst, konnte nicht auf den Füßen stehn und taumelte hinaus auf die Straße.«

»Siehst du wohl«, rief der Kommissionsrat, »siehst du wohl, Geheimer, ich hab' es gleich gedacht. Das kommt von dem abscheulichen Saufen, das du lassen mußt ganz und gar, wenn du meine Tochter heiratest.«

Der Geheime Kanzlei-Sekretär, ganz vernichtet von dem unverdienten Vorwurf, sank atemlos in den Lehnsessel, schloß die Augen und quäkte auf unverständliche Weise.

»Da haben wir's«, sprach der Kommissionsrat, »erst die Nacht durchschwärmt und dann matt und elend.«

Aller Protestationen ungeachtet mußte Tusmann es leiden, daß der Kommissionsrat ein weißes Tuch um sein Haupt band und ihn in eine herbeigerufene Droschke packte, in der er fortrollte nach der Spandauer Straße.

»Was bringen Sie Neues, Manasse«, fragte der Kommissionsrat nun den Alten.

Manasse schmunzelte freundlich und meinte, daß der Kommissionsrat wohl nicht ahnen werde, welches Glück er ihm zu verkünden gekommen.

Als der Kommissionsrat eifrig weiter forschte, eröffnete ihm Manasse, daß sein Neffe Benjamin Dümmerl, der schöne junge Mann, der Besitzer von beinahe einer Million, den man seiner unglaublichen Verdienste halber in Wien baronisiert, der nicht längst aus Italien zurückgekehrt – ja! daß dieser Neffe sich plötzlich in die Demoiselle Albertine sterblich verliebt habe und sie zur Frau begehre.

Den jungen Baron Dümmerl sieht man häufig im Theater, wo er

sich in einer Loge des ersten Rangs brüstet, noch häufiger in allen nur möglichen Konzerten; jeder weiß daher, daß er lang und mager ist wie eine Bohnenstange, daß er im schwarzgelben Gesicht, von pechschwarzen krausen Haaren und Backenbart beschattet, im ganzen Wesen den ausgesprochensten Charakter des Volks aus dem Orient trägt, daß er nach der letzten bizarrsten Mode der englischen Stutzer gekleidet geht, verschiedene Sprachen in gleichem Dialekt unserer Leute spricht, die Violine kratzt, auch wohl das Piano hämmert, miserable Verse zusammenstoppelt, ohne Kenntnis und Geschmack den ästhetischen Kunstrichter spielt und den literarischen Mäzen gern spielen möchte, ohne Geist witzig und ohne Witz geistreich sein will, dummdreist, vorlaut, zudringlich, kurz, nach dem derben Ausdruck derjenigen verständigen Leute, denen er gar zu gern sich annähern möchte – ein unausstehlicher Bengel ist. Kommt nun noch hinzu, daß trotz seines vielen Geldes aus allem, was er beginnt, Geldsucht und eine schmutzige Kleinlichkeit hervorblickt, so kann es nicht anders geschehen, als daß selbst niedere Seelen, die sonst vor dem Mammon sich beugen, ihn bald einsam stehen lassen.

Dem Kommissionsrat fuhr nun freilich in dem Augenblick, wo Manasse ihm die Absicht seines liebenswürdigen Neffen kund tat, sehr lebhaft der Gedanke an die halbe Million, die Benschchen wirklich besaß, durch den Kopf, aber auch zugleich kam ihm das Hindernis ein, welches seiner Meinung nach die Sache ganz unmöglich machen müßte.

»Lieber Manasse«, begann er, »Sie bedenken nicht, daß Ihr werter Herr Neveu von altem Glauben ist und« – »Ei«, unterbrach ihn Manasse, »ei, Herr Kommissionsrat, was tut das? – Mein Neffe ist nun einmal verliebt in Ihre Demoiselle Tochter und will sie glücklich machen, auf ein paar Tropfen Wasser wird es ihm daher wohl nicht ankommen, er bleibt ja doch derselbe. Überlegen Sie sich die Sache, Herr Kommissionsrat, in ein paar Tagen komm' ich wieder mit meinem kleinen Baron und hole mir Bescheid.«

Damit ging Manasse von dannen.

Der Kommissionsrat fing sofort an zu überlegen. Trotz seiner grenzenlosen Habsucht, seiner Charakter- und Gewissenlosigkeit empörte sich doch sein Inneres, wenn er sich lebhaft Albertinens Verbindung mit dem widerwärtigen Bensch vorstellte. In einem Anfall von Rechtlichkeit beschloß er, dem alten Schulkameraden Wort zu halten.

Viertes Kapitel

Handelt von Porträts, grünen Gesichtern, springenden Mäusen und jüdischen Flüchen.

Bald, nachdem sie bei dem Hofjäger mit Edmund Lehsen bekannt geworden, fand Albertine, daß des Vaters großes, in Öl gemaltes Bildnis, welches in ihrem Zimmer hing, durchaus unähnlich und auf unausstehliche Weise geklext sei. Sie bewies dem Kommissionsrat, daß, ungeachtet mehrere Jahre darüber vergangen, als er gemalt worden, er doch noch in diesem Augenblicke viel jünger und hübscher aussehe, als ihn der Maler damals aufgefaßt, und tadelte vorzüglich den finstern, mürrischen Blick des Bildes, sowie die altfränkische Tracht und das unnatürliche Rosenbukett, welches der Kommissionsrat auf dem Bilde sehr zierlich zwischen zwei Fingern hielt, an denen stattliche Brillantringe prangten.

Albertine sprach so viel und so lange über das Bild, daß der Kommissionsrat zuletzt selbst fand, das Gemälde sei abscheulich, und nicht begreifen konnte, wie der ungeschickte Maler seine liebenswürdige Person in solch ein häßliches Zerrbild habe umwandeln können. Und je länger er das Porträt anblickte, desto mehr ereiferte er sich über die fatale Sudelei; er beschloß, das Bild herunterzunehmen und in die Polterkammer zu werfen.

Da meinte nun Albertine, das schlechte Bild verdiene dies wohl, indessen habe sie sich so daran gewöhnt, Väterchens Bildnis in ihrem Zimmer zu haben, daß die leere Wand sie gänzlich stören würde in all ihrem Tun. Kein anderer Rat sei vorhanden, Väterchen müsse sich noch einmal malen lassen von einem geschickten, im genauen Treffen glücklichen Künstler, und dieser dürfe kein anderer sein als der junge Edmund Lehsen, der schon die schönsten, wohlgetroffensten Bildnisse gemalt.

»Tochter«, fuhr der Kommissionsrat auf, »Tochter, was verlangst du! Die jungen Künstler kennen sich nicht vor Stolz und Übermut, wissen gar nicht, was sie für ihre geringen Arbeiten an Geld fordern sollen, sprechen von nichts anderm als blanken Friedrichsd'oren, sind mit dem schönsten Courant, sollten es sogar neue Talerstücke sein, nicht zufrieden.«

Albertine versicherte dagegen, daß Lehsen, da er die Malerei mehr aus Neigung als aus Bedürfnis treibe, gewiß sich sehr billig finden lassen würde, und mahnte den Kommissionsrat so lange, bis er sich entschloß, zu Lehsen hinzugehen und mit ihm über das

Gemälde zu sprechen.

Man kann denken, mit welcher Freude Edmund sich bereit erklärte, den Kommissionsrat zu malen, und zum hohen Entzükken stieg diese Freude, als er vernahm, daß Albertine den Kommissionsrat auf den Gedanken gebracht, sich von ihm malen zu lassen. Er ahnte richtig, daß Albertine auf diese Weise ihm die Annäherung an sie verstatten wollen. Ganz natürlich war es auch, daß Edmund, als der Kommissionsrat etwas ängstlich von dem zu bezahlenden Preise des Gemäldes sprach, versicherte, daß er durchaus gar kein Honorar nehmen werde, sondern sich glücklich schätze, durch seine Kunst Eingang zu finden in das Haus eines so vortrefflichen Mannes, als der Kommissionsrat sei.

»Gott!« begann der Kommissionsrat im tiefsten Erstaunen, »was höre ich? – bester Herr Lehsen – gar kein Geld, gar keine Friedrichsd'ore für Ihr Bemühen? – nicht einmal eine Entschädigung für verbrauchte Leinwand und Farben in gutem Courant?«

Edmund meinte lächelnd, diese Auslage sei zu unbedeutend, als daß davon nur im mindesten die Rede sein könne.

»Aber«, fiel der Kommissionsrat kleinlaut ein, »aber Sie wissen vielleicht nicht, daß hier von einem Kniestück in Lebensgröße« – Das sei alles gleich, erwiderte Lehsen.

Da drückte ihn der Kommissionsrat stürmisch an die Brust und rief, indem ihm die Tränen vor inniger Rührung in die Augen traten: »O Gott im Himmel! – gibt es denn auf dieser im Argen liegenden Welt noch solche erhabene uneigennützige Menschenseelen! – Erst die Zigarren, dann das Gemälde! – Sie sind ein vortrefflicher Mann oder Jüngling vielmehr, bester Herr Lehsen, in Ihnen wohnt deutsche Tugend und Biederkeit, von der, wie sie zu unserer Zeit aufgeblüht sein soll, in mehreren Schriften viel Angenehmes zu lesen. Doch glauben Sie mir, ungeachtet ich Kommissionsrat bin und mich durchaus französisch kleide, dennoch hege ich gleichen Sinn, weiß Ihren Edelmut zu schätzen und bin uneigennützig und gastfrei wie einer.« –

Die schlaue Albertine hatte die Art, wie sich Edmund bei des Kommissionsrates Antrag nehmen würde, vorausgesehen. Ihre Absicht war erreicht. Der Kommissionsrat strömte über vom Lobe des vortrefflichen Jünglings, der entfernt sei von jeder gehässigen Habsucht, und schloß damit, daß, da junge Leute, vorzüglich Maler, immer etwas Fantastisches, Romanhaftes in sich trügen, viel auf verwelkte Blumen, Bänder, die an ein hübsches Mädchen geheftet gewesen, hielten, über irgend ein von schönen Händen verfertigtes Fabrikat aber ganz außer sich geraten könnten, Albertine dem Edmund ja ein Geldbeutelchen häkeln möchte und, sei es ihr nicht unangenehm, sogar eine Locke von ihrem schönen kastanienbraunen Haar hinein tun, so aber jede etwaige Verpflichtung gegen Lehsen quitt machen könne. Er erlaube das ausdrücklich und wolle es schon bei dem Geheimen Kanzlei-Sekretär Tusmann verantworten.

Albertine, noch immer nicht von des Kommissionsrats Absichten und Plänen unterrichtet, verstand nicht, was er mit dem Tusmann wollte, und fragte auch weiter nicht darnach.

Noch denselben Abend ließ Edmund seine Malergerätschaften ins Haus des Kommissionsrates tragen, und am andern Morgen fand er sich ein zur ersten Sitzung.

Er bat den Kommissionsrat, sich im Geist in den heitersten, frohsten Moment seines Lebens zu versetzen, etwa wie ihm seine verstorbene Gattin zum erstenmal ihre Liebe versichert, oder wie ihm Albertine geboren, oder wie er vielleicht einen verloren geglaubten Freund unvermutet wieder gesehen. –

»Halt«, rief der Kommissionsrat, »halt, Herr Lehsen, vor ungefähr drei Monaten erhielt ich den Aviso aus Hamburg, daß ich in der dortigen Lotterie einen bedeutenden Gewinst gemacht. – Mit dem offnen Briefe in der Hand lief ich zu meiner Tochter! – Einen froheren Augenblick habe ich in meinem Leben nicht gehabt; *wählen* wir also denselben, und damit mir und Ihnen alles besser vor Augen komme, will ich den Brief holen und ihn wie damals offen in der Hand halten.«

Edmund mußte den Kommissionsrat wirklich in dieser Stellung malen, auf den offenen Brief aber ganz deutlich und leserlich dessen Inhalt hinschreiben:

Ew. Wohlgeb. habe ich die Ehre zu avertieren u. s. w.

Auf einem kleinen Tisch daneben mußte (so wollt' es der Kommissionsrat) das geöffnete Kuvert liegen, so daß man die Aufschrift:

Des Herrn Kommissionsrats, Stadtverordneten und
Feuerherrn Melchior Voßwinkel, Wohlgeboren
zu
Berlin

deutlich lesen konnte, und auch das Postzeichen: Hamburg, durfte Edmund nicht vergessen nach dem Leben zu kopieren. Edmund malte übrigens einen sehr hübschen, freundlichen, stattlich gekleideten Mann, der in der Tat einige entfernte Züge von dem Kommissionsrat im Gesichte trug, so daß jeder, der jenes Briefkuvert las, unmöglich in der Person irren konnte, welche das Bild vorstellen möge.

Der Kommissionsrat war ganz entzückt über das Bild. Da sehe man, sprach er, wie ein geschickter Maler die anmutigen Züge eines hübschen Mannes, sei er auch schon etwas in die Jahre gekommen, aufzufassen wisse, und nun erst merke er, was der Professor gemeint, den er einmal in der Humanitätsgesellschaft behaupten gehört, daß ein gutes Porträt zugleich ein tüchtiges historisches Bild sein müsse. Blicke er nämlich sein Bildnis an, so falle ihm jedesmal die angenehme Historie von dem gewonnenen Lotterielos ein und er verstehe das liebenswürdige Lächeln seines Ichs, das sich auf seinem eigenen Gesicht dann abspiegle.

Noch ehe Albertine ausführen konnte, was weiter in ihrem Plane lag, kam der Kommissionsrat ihren Wünschen zuvor, indem er Edmund bat, nun auch seine Tochter zu malen.

Edmund begann sogleich das Werk. Indessen schien es mit Albertinens Bildnis gar nicht so leicht, so glücklich vonstatten gehen zu wollen, als es bei des Kommissionsrats Porträt der Fall gewesen.

Er zeichnete, löschte aus, zeichnete wieder, fing an zu malen, verwarf das Ganze, begann von neuem, veränderte die Stellung, bald war es ihm zu hell im Zimmer, bald zu dunkel etc. bis der Kommissionsrat, der so lange den Sitzungen beigewohnt, die Geduld verlor und davonblieb.

Edmund kam nun vormittags und nachmittags, und rückte auch das Bild auf der Staffelei nicht sonderlich vor, so geschah dies doch mit dem innigen Liebesverständnis, das sich zwischen Edmund und Albertinen immer fester und fester knüpfte.

Du wirst es, vielgeneigter Leser! ganz gewiß selbst erfahren haben, daß, ist man verliebt, es oftmals durchaus nötig wird, um allen Beteurungen, allen süßen, schmachtenden Worten und Redensarten, allen sehnsüchtigen Wünschen die gehörige Kraft zu geben, so daß sie eindringen mit unwiderstehlicher Gewalt ins tiefste Herz, die Hand der Geliebten zu fassen, zu drücken, zu küssen, und daß dann im Liebkosen, wie vermöge eines elektrischen Prinzips, unvermutet Lipp' an Lippe schlägt und dies Prinzip sich entladet im glühenden Feuerstrom des süßesten Kusses. Nicht allein, daß Edmund deshalb oft das Malen ganz lassen mußte, er wurde auch oft sogar gezwungen, von der Staffelei aufzustehen.

So kam es denn, daß er an einem Vormittage mit Albertinen an dem mit weißen Gardinen verzogenen Fenster stand und, um, wie gesagt, seinen Beteuerungen mehr Kraft zu geben, Albertinen umfaßt hielt und ihre Hand unaufhörlich an den Mund drückte.

Zu selbiger Stunde und zu selbigem Augenblick ging der Geheime Kanzlei-Sekretär Tusmann mit der politischen Klugheit und andern pergamentnen Büchern, worin das Angenehme mit dem Nützlichen verbunden, in der Tasche vor dem Hause des Kommissionsrates vorüber. Ungeachtet er scharf zusprang, da gerade die Uhr auf dem Punkt stand, die Stunde zu schlagen, mit der er in das Bureau einzutreten gewohnt war, hielt er doch einen Augenblick an und warf den schmunzelnden Blick hinauf nach dem Fenster seiner vermeintlichen Braut.

Da gewahrte er wie im Nebel Albertinen mit Edmund, und ungeachtet er durchaus nichts deutlich zu erkennen vermochte, schlug ihm doch das Herz, er wußte selbst nicht warum. Eine seltsame Angst trieb ihn an, das Unerhörte zu beginnen, nämlich zu ganz ungewöhnlicher Stunde hinauf und geradezu nach Albertinens Zimmer zu steigen.

Als er hineintrat, sprach Albertine soeben sehr vernehmlich: »Ja Edmund! ewig, ewig werd' ich dich lieben!« Und damit drückte sie Edmund an seine Brust, und ein ganzes Feuerwerk von elektrischen Schlägen, wie sie oben beschrieben, begann zu rauschen und zu knistern.

Der Geheime Kanzlei-Sekretär schritt unwillkürlich vor und blieb dann starr, sprachlos, wie von der Katalepsie befallen, in der Mitte des Zimmers stehen.

Im Taumel des höchsten Entzückens hatten die Liebenden den eisenschweren Tritt der Stiefelschuhe des Geheimen Kanzlei-Sekretärs nicht vernommen, nicht gehört, wie er die Türe öffnete, wie er ins Zimmer trat, bis in dessen Mitte vorschritt.

Nun quäkte er plötzlich im höchsten Falsett: »Aber Demoiselle Albertine Voßwinkel!« –

Erschrocken fuhren die Liebenden auseinander. Edmund an die Staffelei, Albertine auf den Stuhl, wo sie behufs des Malens sitzen sollte.

»Aber«, begann der Geheime Kanzlei-Sekretär nach einer kleinen Pause, in der er Atem geschöpft, »aber Demoiselle Albertine Voßwinkel, was tun Sie, was beginnen Sie? Erst walzen Sie mit dem jungen Herrn da, den ich zu kennen nicht die Ehre habe, auf dem Rathause in tiefer Mitternacht, daß mir armen Geheimen Kanzlei-Sekretär und geschlagenen Bräutigam Hören und Sehen vergeht, und nun am hellen lichten Tage hier am Fenster hinter den Gardinen – o Gerechter! – Ist das ein ziemliches, sittiges Betragen für eine Demoiselle Braut?« »Wer ist Braut«, fuhr Albertine auf, »wer ist Braut? – von wem sprechen Sie, Herr Geheimer Kanzlei-Sekretär, reden Sie!«

»O du mein Schöpfer im Himmelsthrone«, lamentierte der Geheime Kanzlei-Sekretär, »Sie fragen noch, werteste Demoiselle, wer Braut ist, von wem ich spreche? – Von wem anders kann ich denn hier jetzt reden als von Ihnen. Sind Sie denn nicht meine verehrte, im stillen angebetete Braut? Hat nicht Ihr wertester Herr Papa mir Ihre liebe, weiße, küssenswürdige Hand zugesagt schon seit langer Zeit?«

»Herr Geheimer Kanzlei-Sekretär«, rief Albertine ganz außer sich, »Herr Geheimer Kanzlei-Sekretär, entweder sind Sie schon am Vormittage in die Weinstube geraten, die Sie, wie mein Vater sagt, jetzt zu häufig besuchen sollen, oder von einem seltsamen Wahnsinn heimgesucht. Mein Vater hat, kann nicht daran gedacht haben, Ihnen meine Hand zuzusagen.«

»Allerliebste Demoiselle Voßwinkel«, fiel der Geheime Kanzlei-Sekretär ein, »bedenken Sie doch nur! – Sie kennen mich ja schon seit so vielen Jahren, bin ich denn nicht jederzeit ein mäßiger, besonnener Mann gewesen und soll jetzt auf einmal mich dem schnöden Weintrinken und ungeziemlicher Verrücktheit hingegen? Beste Demoiselle, ein Auge will ich zudrücken, schweigen soll mein Mund darüber, was hier soeben geschehen! – Alles vergeben und vergessen! – Aber besinnen Sie sich doch, angebetete Braut, daß Sie mir ja schon Ihr Jawort gaben aus dem Fenster des Rathausturms zur mitternächtlichen Stunde, und wenn Sie daher auch im Brautschmuck mit diesem jungen Herrn da stark walzten, so –«

»Sehn Sie wohl«, unterbrach Albertine den Geheimen Kanzlei-Sekretär, »sehn Sie wohl, merken Sie wohl, daß Sie unsinniges Zeug durcheinander schwatzen wie ein der Charité Entsprungener? – Gehen Sie – es wird mir bange in Ihrer Gegenwart – gehen

Sie, sag' ich, verlassen Sie mich!«

Die Tränen stürzten dem armen Tusmann aus den Augen. »O Gerechter«, schluchzte er, »solche schnöde Behandlung von der verehrtesten Demoiselle Braut! – Nein, ich gehe nicht, ich bleibe so lange, bis Sie, werteste Demoiselle Voßwinkel, was meine geringe Person betrifft, zu besserer Überzeugung gekommen sind.«

»Gehen Sie!« sprach Albertine mit halb erstickter Stimme, indem sie das Schnupftuch vor die Augen gedrückt in eine Ecke des Zimmers flüchtete.

»Nein«, erwiderte der Geheime Kanzlei-Sekretär, »nein, werteste Demoiselle Braut, nach Thomasii politisch klugem Rat muß ich bleiben, ich gehe nun durchaus nicht eher bis –« Er machte Miene, Albertinen zu verfolgen.

Edmund hatte kochend vor Wut indessen an dem dunkelgrünen Hintergrunde des Gemäldes hin und her gestrichen. Nun konnte er sich nicht länger halten. »Verrückter, überlästiger Satan!« – So schrie er ganz außer sich, sprang los auf Tusmann, fuhr ihm mit dem dicken, in jene dunkelgrüne Farbe getunkten Pinsel drei, viermal übers Gesicht, faßte ihn, gab ihm, nachdem er die Tür geöffnet, solch einen derben Stoß, daß er hinausflog wie ein abgeschossener Pfeil.

Entsetzt prallte der Kommissionsrat, der eben aus der Tür gegenüber heraustreten wollte, zurück, als der grüne Schulkamerad in seine Arme stürzte.

»Geheimer«, rief er aus, »Geheimer, um des Himmels willen, wie siehst du aus?«

Der Geheime Kanzlei-Sekretär, beinahe von Sinnen über alles, was sich eben zugetragen, erzählte in kurzen, abgebrochenen Sätzen, wie Albertine ihn behandelt, was er von Edmund erlitten.

Der Kommissionsrat, ganz Ärger und Zorn, nahm ihn bei der Hand, ging mit ihm zurück in Albertinens Zimmer, fuhr los auf das Mädchen: »Was muß ich hören, was muß ich vernehmen? Führt man sich so auf, behandelt man so den Bräutigam?«

»Bräutigam?« schrie Albertine auf im jähsten Schreck.

»Nun ja«, sprach der Kommissionsrat, »Bräutigam freilich. Ich weiß gar nicht, was du dich alterierst über eine Sache, die ja längst beschlossen. Mein lieber Geheimer ist dein Bräutigam, und in wenigen Wochen feiern wir die vergnügte Hochzeit.«

»Nimmermehr«, rief Albertine, »nimmermehr heirate ich den Geheimen Kanzlei-Sekretär. Wie sollt' ich ihn denn lieben können den alten Mann – nein –«

»Was lieben, was alter Mann«, fiel ihr der Kommissionsrat ins Wort, »von Lieben ist gar nicht die Rede, sondern von Heiraten. Freilich ist mein lieber Geheimer kein leichtsinniger Jüngling mehr, aber so wie ich eben in den Jahren, die man mit Recht die besten nennt, und dabei ein rechtschaffener, gescheuter, belesener, liebenswürdiger Mann und mein Schulkamerad.«

»Nein«, sprach Albertine in der heftigsten Bewegung, indem ihr die Tränen aus den Augen stürzten, »nein, ich kann ihn nicht leiden, er ist mir unausstehlich, ich hasse, ich verabscheue ihn! – O mein Edmund –«

Und damit fiel das Mädchen ganz außer sich, beinahe ohnmächtig dem Edmund in die Arme, der sie mit Heftigkeit an seine Brust dückte.

Der Kommissionsrat, ganz erstarrt, riß die Augen weit auf, als säh' er Gespenster, dann brach er los: »Was ist das, was gewahre ich –«

»Ja«, fiel der Geheime Kanzlei-Sekretär mit kläglicher Stimme ein, »ja, die Demoiselle Albertine scheinen ganz und gar nichts von mir wissen zu wollen, scheinen eine ungemeine Inklination zu dem jungen Herrn Maler zu hegen, da sie ihn ohne Scheu küssen, mir Ärmsten aber kaum die liebe Hand reichen wollen, da ich doch bald den Trauring an dero angenehmen Goldfinger zu stecken gedenke.«

»Heda – Heda, auseinander sage ich«, schrie der Kommissionsrat und riß Albertinen aus Edmunds Armen. *Der* rief aber, daß er Albertinen nicht lassen werde und solle es ihm das Leben kosten. – »So?« sprach der Kommissionsrat mit spottendem Ton, »seht doch, eine saubere Liebesgeschichte hinter meinem Rücken! – Schön, herrlich, mein junger Herr Lehsen, darum Ihre Uneigennützigkeit, darum die Zigarren und die Bilder. – Sich in mein Haus einzuschleichen, mit losen Künsten meine Tochter zu verführen. Feiner Gedanke, daß ich meine Tochter an den Hals hängen soll einem dürftigen, armseligen, nichtswürdigen Farbenkleckser! –«

Außer sich vor Wut über des Kommissionsrats Schimpfreden, ergriff Edmund den Malerstock, hob ihn in die Höhe; da rief mit donnernder Stimme der zur Tür hereinbrechende Leonhard: »Halt, Edmund! Keine Übereilung, Voßwinkel ist ein alberner Narr und wird sich besinnen.«

Der Kommissionsrat, erschrocken über Leonhards unvermutete

Erscheinung, rief aus dem Winkel, in den er zurückgeprallt: »Ich weiß gar nicht, Herr Leonhard, wie Sie sich unterfangen können –« Aber der Geheime Kanzlei-Sekretär war schnurstracks hinter den Sofa geflüchtet, sowie er den Goldschmied erblickt, hatte sich tief niedergeduckt und quäkte mit ängstlicher, weinerlicher Stimme: »O du Gott im Himmel! – Kommissionsrat, sieh dich vor – schweige – halt das Maul, geliebter Schulkamerad. – O du Gott im Himmel, das sind ja der Herr Professor – der grausame Ball-Entrepreneur aus der Spandauer Straße –«

»Kommt nur hervor«, sprach der Goldschmied lachend, »kommt nur hervor, Tusmann, fürchtet Euch nicht, Euch soll nichts mehr angetan werden, Ihr seid ja schon bestraft genug für Eure alberne Heiratslust, da Ihr nun Euer Lebelang ein grünes Gesicht behaltet.«

»O Gott«, schrie der Geheime Kanzlei-Sekretär ganz außer sich, »o Gott, ein grünes Gesicht immerdar! – Was werden die Leute, was werden Se. Exzellenz der Herr Minister sagen? Werden Se. Exzellenz nicht glauben, ich hätte mir aus purer, schnöder, weltlicher Eitelkeit das Gesicht grün gefärbt? – Ich bin ein geschlagener Mann, ich komme um meinen Dienst, denn nicht dulden kann der Staat Geheime Kanzlei-Sekretärs mit grünen Gesichtern – O ich Ärmster –«

»Nun, nun«, unterbrach der Goldschmied Tusmanns Klagen, »nun, nun, Tusmann, lamentiert nur nicht so sehr, es kann doch wohl noch Rat geben für Euch, wenn Ihr gescheut seid und dem tollen Gedanken, Albertinen zu heiraten, entsagt.«

»Das kann ich nicht – das soll er nicht«, so riefen beide durcheinander, der Kommissionsrat und der Geheime Kanzlei-Sekretär.

Der Goldschmied sah beide an mit funkelndem, durchbohrendem Blick; doch eben, als er losbrechen wollte, öffnete sich die Tür, und hinein trat der alte Manasse mit seinem Neffen, dem Baron Benjamin Dümmerl aus Wien. – Bensch ging gerade los auf Albertinen, die ihn zum erstenmal in ihrem Leben sah, und sprach in schnarrendem Ton, indem er ihre Hand faßte: »Ha, bestes Mädchen, da bin ich nun selbst, um mich Ihnen zu Füßen zu werfen. – Verstehen Sie! das ist nur solch eine Redensart, der Baron Dümmerl wirft sich niemanden zu Füßen, auch nicht Sr. Majestät dem Kaiser. Ich meine, Sie sollen mir einen Kuß geben.« – Damit trat er noch näher an Albertinen heran und beugte sich nieder, doch im selben Moment geschah etwas, worüber sich alle, den Goldschmied ausgenommen, tief entsetzten.

Benschs ansehnliche Nase schoß plötzlich zu einer solchen Länge hervor, daß sie dicht bei Albertinens Gesicht vorbeifahrend mit einem lauten Knack hart anstieß an die gegenüberstehende Wand. Bensch prallte einige Schritte zurück, sogleich zog sich die Nase wieder ein. Er näherte sich Albertinen, dasselbe Ereignis; kurz hinaus, hinein schob sich die Nase wie eine Baßposaune.

»Verruchter Schwarzkünstler«, brüllte Manasse, und indem er einen verschlungenen Strick aus der Tasche zog und ihn dem Kommissionsrat zuwarf, rief er: »Ohne Umstände, werfen Sie dem Kerl die Schlinge über den Hals, dem Goldschmied, mein' ich, dann ziehen wir ihn ohne Widerstand zur Tür hinaus, und alles ist in Ordnung.« – Der Kommissionsrat ergriff den Strick, statt aber dem Goldschmied warf er dem alten Juden den Strick über den Hals, und sogleich prallten beide auf in die Höhe bis an die Stubendecke und wieder herab und so immerfort herauf und herab, während Bensch sein Nasenkonzert fortsetzte und Tusmann wie wahnsinnig lachte und plapperte, bis der Kommissionsrat ohnmächtig, ganz erschöpft in den Lehnsessel niedersank.

»Nun ist's Zeit, nun ist's Zeit«, schrie Manasse, schlug an die Tasche, und mit einem Satze sprang eine übergroße abscheuliche Maus hervor und gerade los auf den Goldschmied. Aber noch im Sprunge durchstach sie der Goldschmied mit einer spitzen goldnen Nadel, worauf sie mit einem gellenden Schrei verschwand, man wußte nicht wohin.

Da ballte Manasse die Fäuste gegen den ohnmächtigen Kommissionsrat und rief, indem Zorn und Wut aus seinen feuerroten Augen sprühten: »Ha, Melchior Voßwinkel, du hast dich gegen mich verschworen, du bist im Bunde mit dem verruchten Schwarzkünstler, den du in dein Haus gelockt; aber verflucht, verflucht sollst du sein, du und dein ganzes Geschlecht hinweggenommen wie die hülflose Brut eines Vogels. Gras soll vor deiner Tür wachsen, und alles, was du unternimmst, soll gleichen dem Tun des Hungernden, der sich im Traum ersättigen will an erdichteten Speisen, und der Dales soll sich einlagern in dein Haus und wegzehren deine Habe, und du sollst betteln in zerrissenen Kleidern vor den Türen des verachteten Volks Gottes, das dich verstößt wie einen räudigen Hund. Und du sollst sein wie ein verachteter Zweig, zur Erde geworfen, und statt des Klanges der

Harfen Motten deine Gesellschaft! – Verflucht, verflucht, verflucht, du Kommissionsrat Melchior Voßwinkel!« – Damit faßte der wütende Manasse den Neffen und stürmte mit ihm zur Türe hinaus.

Albertine hatte im Grausen und Entsetzen ihr Gesicht verborgen an Edmunds Brust, der sie umschlungen hielt, mit Mühe Fassung erringend.

Der Goldschmied trat nun hin zu dem Paar und sprach lächelnd mit sanfter Stimme: »Laßt euch nur durch alle diese Narrenstreiche nicht irren. Es wird alles gut werden, ich stehe euch dafür. Aber nun ist es nötig, daß ihr euch trennt, ehe Voßwinkel und Tusmann aus ihrer Schreckenserstarrung erwachen.«

Darauf verließ er mit Edmund Voßwinkels Haus.

Fünftes Kapitel

Worin der geneigte Leser erfährt, wer der Dales ist, auf welche Weise aber der Goldschmied den Geheimen Kanzlei-Sekretär Tusmann rettet vom schmachvollen Tode und den verzweifelnden Kommissionsrat tröstet.

Der Kommissionsrat war durch und durch erschüttert von Manasses Fluch, mehr als von dem tollen Spuk, den, wie er wohl einsah, der Goldschmied getrieben. Jener Fluch war auch in der Tat gräßlich genug, da er dem Kommissionsrat den Dales über den Hals geschickt.

Ich weiß nicht, ob du, sehr geneigter Leser, die Bewandtnis kennst, die es mit diesem Dales der Juden hat?

Das Weib eines armen Juden (so erzählt ein Talmudist) fand, als sie eines Tages auf den Boden ihres kleinen Hauses stieg, daselbst einen dürren, ganz ausgemergelten nackten Menschen, der sie bat, ihm Obdach zu gönnen, ihn zu nähren mit Speis' und Trank. Erschrocken lief das Weib herab und sprach wehklagend zu ihrem Mann: »Ein nackter ausgehungerter Mensch ist in unser Haus gekommen und verlangt von uns Obdach und Nahrung. Wie sollen wir aber den Fremden nähren, da wir selbst kaum unser mühseliges Leben von Tag zu Tag durchfristen.« »Ich will«, erwiderte der Mann, »hinaufsteigen zu dem fremden Menschen und sehen, wie ich ihn hinausschaffe aus unserm Hause.« »Warum«, sprach er dann zu dem fremden Menschen, »warum bist du geflüchtet in mein Haus, der ich arm bin und nicht vermag dich zu ernähren? Hebe dich fort und gehe in das Haus des Reichtums, wo die Schlachttiere längst gemästet und die Gäste geladen sind zum Gastmahl.« »Wie kannst du«, erwiderte der Mensch, »mich forttreiben wollen aus dem Obdach, das ich gefunden? Du siehst, daß ich nackt bin und bloß, wie kann ich fortziehen in das Haus des Reichtums? Doch laß mir ein Kleid machen, das mir paßt, und ich will dich verlassen.« – »Besser ist es«, dachte der Jude, »daß ich mein Letztes daran wende, den Menschen bald fortzuschaffen, als daß er bliebe und verzehre, was ich mit Not zu erwerben vermag.« Er schlachtete sein letztes Kalb, wovon er mit seinem Weibe viele Tage hindurch sich zu nähren gedachte, verkaufte das Fleisch und schaffte von dem gelösten Gelde ein gutes Kleid an für den fremden Menschen. Als er aber hinaufging mit dem Kleide, war der Mensch, der erst klein und dürr gewesen, groß geworden und stark, so daß das Kleid ihm überall zu kurz war und zu enge. Darüber entsetzte sich der arme Jude gar sehr, aber der fremde Mensch sprach: »Laß ab von der Torheit, mich fortschaffen zu wollen aus deinem Hause, denn wisse, ich bin der Dales.« Da rang der arme Jude die Hände und jammerte und schrie: »Gott meiner Väter, so bin ich gezüchtigt mit der Rute des Zorns und elend immerdar, denn bist du der Dales, so wirst du nicht weichen, sondern, all unser Hab und Gut wegzehrend, immer größer und stärker werden.« Der Dales ist aber die Armut, die, wo sie sich einmal einnistet, niemals wieder weicht und immer mehr zunimmt. –

Entsetzte sich nun der Kommissionsrat darüber, daß ihm Manasse in der Wut die Armut auf den Hals geflucht, so fürchtete er dagegen auch den alten Leonhard, der, die seltsamen Zauberkünste abgerechnet, die ihm zu Gebote standen, auch außerdem in seinem ganzen Wesen etwas hatte, was wohl eine scheue Ehrfurcht erwecken mußte. Gegen beide, das fühlte er, konnte er nichts Sonderliches ausrichten; sein ganzer Zorn fiel daher auf Edmund Lehsen, dem er alles Unheil, was ihm widerfahren, in die Schuhe schob. Kam noch hinzu, daß Albertine ganz unverhohlen und mit entschiedener Festigkeit erklärte, wie sie Edmund über die Maßen liebe und niemals weder den alten pedantischen Geheimen Kanzlei-Sekretär noch den unausstehlichen Baron Bensch heiraten werde, so konnt' es gar nicht fehlen, daß der Kommissionsrat sich über die Gebühr erboste und den Edmund fort wünschte dahin, wo der Pfeffer wächst. Da er aber diesen Wunsch nicht so verwirklichen konnte, wie es unter der vorigen französischen Regierung geschah, welche Leute, die sie los sein wollte, in der Tat fortschickte nach dem Ort, wo der Pfeffer wächst, so begnügte er sich damit, dem Edmund ein angenehmes Billett zu schreiben, worin er all sein Gift, all seine Galle ergoß und damit endete, daß er sich nicht unterfangen solle, jemals die Schwelle seines Hauses zu betreten.

Man kann denken, daß Edmund über die grausame Trennung von Albertinen sofort in die gehörige Verzweiflung geriet, in welcher ihn denn Leonhard fand, als er ihn seiner Gewohnheit gemäß in der Abenddämmerung besuchte.

»Was habe ich«, rief Edmund dem Goldschmied entgegen, »was habe ich nun von Euerm Schutz, von Euerm Mühen, mir die gehässigen Nebenbuhler vom Leibe zu schaffen? Durch Eure unheimlichen Taschenspielerkünste verwirrt und entsetzt Ihr alle, selbst mein holdes Mädchen, und Euer Treiben ist es allein, das mir als ein unübersteigliches Hindernis in den Weg tritt. Ich fliehe, ich fliehe den Dolch im Herzen fort nach Rom!«

»Nun«, sprach der Goldschmied, »nun, dann tätest du ja wirklich das, was ich recht von Herzen wünsche. Erinnere dich, daß ich schon damals, als du zum ersten Male von deiner Liebe zu Albertinen sprachst, dir versicherte, daß meiner Meinung nach ein junger Künstler sich wohl verlieben könne, aber nicht gleich ans Heiraten denken müsse, da dies ganz unersprießlich sei. Ich rückte dir damals halb im Scherz das Beispiel des jungen Sternbald vor Augen, aber ganz ernsthaft sage ich dir jetzt, daß, gedenkst du ein tüchtiger Künstler zu werden, du durchaus alle Heiratsgedanken dir aus dem Kopf schlagen mußt. Frei und froh ziehe in das Vaterland der Kunst, studiere in voller Begeisterung ihr innerstes Wesen, und dann erst wird dir die technische Fertigkeit, die du vielleicht auch hier erlangen kannst, etwas nützen.«

»Ha«, rief Edmund, »was für ein Tor war ich, Euch meine Liebe anzuvertrauen! Nun sehe ich es wohl ein, daß gerade Ihr, von dem ich Beistand erwarten durfte mit Rat und Tat, daß gerade Ihr, sage ich, absichtlich mir entgegen handelt und meine schönsten Hoffnungen mit hämischer Schadenfreude zerstört.« –

»Hoho«, erwiderte der Goldschmied, »hoho, junger Herr! mäßigt Euch in Euren Ausdrücken, seid weniger heftig und bedenkt, daß Ihr viel zu unerfahren seid, um mich zu durchschauen. Aber ich will Euern irren Zorn Eurer wahnsinnigen Verliebtheit zugute halten.«

»Und«, fuhr Edmund fort, »und was die Kunst betrifft, so sehe ich gar nicht ein, warum ich, da es mir dazu, wie Ihr wißt, gar nicht an Mitteln fehlt, der innigen Verbindung mit Albertinen unbeschadet, nicht nach Rom gehen und dort die Kunst studieren sollte. Ja, ich gedachte gerade dann, wenn ich Albertinens Besitz gewiß sein konnte, nach Italien zu wandern und dort ein ganzes Jahr hindurch zu verweilen, dann aber bereichert mit wahrer Kunstkenntnis zurückzukehren in die Arme meiner Braut.«

»Wie«, rief der Goldschmied, »wie, Edmund, war das in der Tat dein wirklicher, ernsthafter Vorsatz?«

»Allerdings«, erwiderte der Jüngling, »so sehr mein Inneres entbrannt ist in Liebe zu der holden Albertine, so sehr erfüllt mich doch die Sehnsucht nach dem Lande, das die Heimat meiner Kunst ist.«

»Könnet«, fuhr der Goldschmied fort, »könnet Ihr Euer treues Wort mir darauf geben, daß, wird Albertine Euer, Ihr sogleich die Reise nach Italien antreten wollt?«

»Warum sollte ich das nicht«, erwiderte der Jüngling, »da es mein fester Entschluß war und es bleiben würde, sollte das geschehen, woran ich verzweifeln muß.«

»Nun«, rief der Goldschmied lebhaft, »nun Edmund, so sei guten Mutes, diese feste Gesinnung erwirbt dir die Geliebte. Ich gebe dir mein Wort, daß in wenigen Tagen Albertine deine Braut sein soll. Daß ich das zu bewirken verstehen werde, daran magst du nicht zweifeln.«

Die Freude, das Entzücken strahlte aus Edmunds Augen. Der rätselhafte Goldschmied überließ, schnell davoneilend, den Jüngling all den süßen Hoffnungen und Träumen, die er in seinem Innern aufgeregt. –

In einem abgelegenen Teil des Tiergartens, unter einem großen Baum lag, um mit Celia in »Wie es euch gefällt« zu reden, wie eine abgefallene Eichel oder wie ein verwundeter Ritter der Geheime Kanzlei-Sekretär Tusmann und klagte sein tiefes Herzeleid den treulosen Herbstwinden.

»O Gott gerechter!« lamentierte er, »unglücklicher, bedauernswürdiger Geheimer Kanzlei-Sekretär, womit hast du all diese Schmach verdient, die dir über den Hals gekommen. Sagt denn nicht Thomasius, daß der Ehestand an Erlangung der Weisheit keinesweges hindern solle, und doch hast du schon jetzt, da du nur den Ehestand zu intendieren begonnen, beinahe deinen ganzen angenehmen Verstand verloren. Woher der entsetzliche Widerwille der werten Demoiselle Albertine Voßwinkel gegen deine geringe, aber mit löblichen Eigenschaften sattsam ausgestattete Person? Bist du etwa ein Politikus, der keine Frau haben, oder gar ein Rechtsgelehrter, der nach der Lehre des Cleobulus seine Frau, sobald sie unartig, was weniges prügeln soll, daß die Schönste deshalb eine Scheu tragen könnte, dich zu ehelichen? O Gerechter, welchem Jammer gehst du entgegen! – Warum mußt du, o geliebter Geheimer Kanzlei-Sekretär, in offne Fehde geraten mit schnöden Schwarzkünstlern und malerischen Wütrichen, die dein zartes Gesicht für ein aufgespanntes Pergament halten und mit frechem Pinsel einen wilden Salvator Rosa darauf schmeißen ohne Geschick, Haltung und Manier! Ja, das ist das ärgste! Alle meine Hoffnung hatte ich auf meinen intimen Freund gesetzt, auf den Herrn Streccius, der in der Chemie wohlerfahren ist und in jedem Malheur zu helfen weiß, aber es ist alles vergebens. Je mehr ich mich mit dem Wasser wasche, das er mir angeraten, desto grüner werde ich, wiewohl das Grün sich in den verschiedensten Nuancen und Schattierungen ändert, so daß es bereits Frühling, Sommer und Herbst auf meinem Antlitz gewesen! – Ja, dieses Grün ist es, was mich ins Verderben stürzt, und erlange ich nicht den weißen Winter wieder, welcher die schicklichste Jahreszeit für mein Gesicht, so gerate ich in Desperation, stürze mich hier in den schnöden Froschlaich und sterbe einen grünen Tod!« –

Tusmann hatte wohl recht, so bittre Klagen auszustoßen, denn in der Tat war es arg mit der grünen Farbe seines Antlitzes, die gar nicht gewöhnliche Ölfarbe, sondern irgend eine künstlich zusammengesetzte Tinktur zu sein schien, die, in die Haut eingedrungen, durchaus nicht verschwinden wollte. Zur Tageszeit durfte der arme Geheime Kanzlei-Sekretär gar nicht anders ausgehen als mit tief in die Augen gedrücktem Hut und vorgehaltenem Schnupftuch, und selbst wenn die Dämmerung eingebrochen, wagte er es nur in gestrecktem Galopp durch die entlegenen Gassen zu rennen. Teils fürchtete er den Hohn der Straßenbuben, teils mußte er sich ängstigen, irgend jemanden aus dem Bureau, in dem er arbeitete zu begegnen, da er sich krank melden lassen.

Es geschieht wohl, daß wir das Ungemach, welches uns getroffen, stärker und tötender fühlen in der stillen schwarzen Nacht als am gräuschvollen Tage. So kam es auch, daß, sowie immer dunkler und dunkler die Wolken heraufzogen, wie schwärzer und schwärzer die Schatten des Waldes sich ausbreiteten, wie recht schauerlich verhöhnend der rauhe Herbstwind durch Bäume und Gebüsche pfiff, Tusmann, sein ganzes Elend bedenkend, in vollkommene Trostlosigkeit geriet.

Der entsetzliche Gedanke, in den grünen Froschlaich zu springen und so ein verstörtes Leben zu enden, trat dem Geheimen Kanzlei-Sekretär so lebendig in die Seele, daß er ihn für einen entscheidenden Wink des Schicksals hielt, dem er folgen müsse.

»Ja«, rief er mit gellender Stimme, indem er hastig aufsprang vom Boden, wo er sich hingelagert, »ja, Geheimer Kanzlei-Sekretär, mit dir ist es aus! – Verzweifle, guter Tusmann! – Kein Thomasius kann dich retten, fort mit dir in den grünen Tod! – Leben Sie wohl, grausame Demoiselle Albertine Voßwinkel! – Sie sehen Ihren Bräutigam, den Sie verschmäht auf schnöde Weise, niemals wieder! – Er wird sogleich in den Froschlaich springen!« – Wie rasend rannte er fort nach dem nahe gelegenen Bassin, das in der tiefen Dämmerung anzusehen war wie ein breiter, schön bewachsener Weg, und blieb dicht am Rande stehen.

Der Gedanke an den nahen Tod mochte wohl seine Sinne zerrütten, denn er sang mit hoher durchdringender Stimme das englische Volkslied, dessen Refrain lautet: »Grün sind die Wiesen, grün sind die Wiesen«, warf dann die politische Klugheit, das Handbuch für Hof und Staat, sowie Hufelands Kunst das Leben zu verlängern in das Wasser und war eben im Begriff, mit einem tüchtigen Ansatz nachzuspringen, als er sich von hinten her mit starken Armen umfaßt fühlte.

Zugleich vernahm er die ihm wohlbekannte Stimme des schwarzkünstlerischen Goldschmieds: »Tusmann, was habt Ihr vor? Ich bitte Euch, seid doch kein Esel und macht doch nicht tolle Streiche!«

Der Geheime Kanzlei-Sekretär bot alle Kraft auf, sich aus des Goldschmieds Armen loszuwinden, indem er, kaum der Sprache mehr mächtig, krächzte: »Herr Professor, ich bin in der Desperation, und da hören alle Rücksichten auf, Herr Professor, nehmen Sie es einem desperaten Geheimen Kanzlei-Sekretär, der sonst wohl weiß, was Anstand und Sitte heischt, nicht übel, daß Herr Professor – ich sag' es unverhohlen, ich wünschte, daß Sie der Teufel hole samt Ihren Hexenkünsten, samt Ihrer Grobheit, samt

Ihrem verdammten Ihr – Ihr – Ihr und Tusmann!« –

Der Goldschmied ließ den Geheimen Kanzlei-Sekretär los, und alsbald taumelte er erschöpft nieder in das hohe, durch und durch feuchte Gras.

Wähnend, er liege im Bassin, rief er: »O kalter Tod, o grüne Wiese – Adieu! – Mich ganz gehorsamst zu empfehlen, werteste Demoiselle Albertine Voßwinkel – Lebe wohl, wackrer Kommissionsrat – Der unglückliche Bräutigam liegt bei den Fröschen, die den Herrn loben zur Sommerszeit!« –

»Seht Ihr wohl«, sprach der Goldschmied mit starker Stimme, »seht ihr wohl, Tusmann, daß Ihr von Sinnen seid und matt und elend dazu! – Zum Teufel wollt Ihr mich schicken, wie wenn ich nun selbst der Teufel wäre und Euch den Hals umdrehte hier auf der Stelle, wo Ihr wähnt, im Bassin zu liegen?«

Tusmann ächzte, stöhnte, schüttelte sich wie im stärksten Fieberfrost. –

»Aber«, fuhr der Goldschmied fort, »aber ich mein' es gut mit Euch, Tusmann, und vergebe Eurer Desperation alles, richtet Euch auf, kommt mit mir.«

Der Goldschmied half dem armen Geheimen Kanzlei-Sekretär auf die Beine. Ganz vernichtet lispelte er: »Ich bin in Ihrer Gewalt, verehrtester Herr Professor, machen Sie mit meinem geringen sterblichen Leichnam, was Sie wollen, aber meine unsterbliche Seele bitte ich ganz gehorsamst gütigst verschonen zu wollen.«

»Schwatzt nicht solch aberwitziges Zeug, sondern kommt rasch fort«, rief der Goldschmied, faßte den Geheimen Kanzlei-Sekretär unterm Arm und schritt mit ihm von dannen. Doch mitten in dem Wege, der quer durch den Tiergarten nach den Zelten führte, hielt er inne und sprach: »Halt, Tusmann! Ihr seid ganz naß und seht abscheulich aus, ich will Euch wenigstens das Gesicht abtrocknen.«

Damit holte der Goldschmied ein blendend weißes Tuch aus der Tasche und tat, wie er verheißen.

Als nun schon die hellen Laternen des Weberschen Zeltes durch die Gebüsche funkelten, rief Tusmann plötzlich ganz erschrocken: »Um tausend Gottes willen, verehrtester Herr Professor, wo führen Sie mich denn hin? – Nicht nach der Stadt? Nicht nach meiner Wohnung? – Doch nicht etwa in Gesellschaft? unter Menschen? – Gerechter! Ich kann mich ja gar nicht blicken lassen – Ich errege ja Ärgernis – ein Scandalum« –

»Ich weiß nicht«, erwiderte der Goldschmied, »ich weiß nicht, Tusmann, was Ihr wollt mit Euerm menschenscheuen Wesen, seid doch kein Hase! Ihr müßt durchaus etwas Starkes genießen. – Vielleicht ein Glas warmen Punsch, sonst bekommt Ihr das Fieber vor Erkältung. Kommt nur mit!«

Der Geheime Kanzlei-Sekretär lamentierte, sprach unaufhörlich von seinem grünen Gesicht, von seinem schnöden Salvator Rosa im Antlitz, der Goldschmied achtete aber nicht im mindesten darauf, sondern zog ihn fort mit unwiderstehlicher Gewalt.

Als sie nun in den erleuchteten Saal traten, bedeckte Tusmann mit dem Schnupftuch sein ganzes Gesicht, da noch ein paar Gäste an der langen Tafel speisten.

»Was habt Ihr denn«, sprach der Goldschmied dem Geheimen Sekretär ins Ohr, »was habt Ihr denn, Tusmann, daß Ihr Euer rechtschaffenes Antlitz so verhüllen wollt und verbergen?«

»Ach Gott«, stöhnte der Geheime Kanzlei-Sekretär, »ach Gott, verehrtester Herr Professor, Sie wissen es ja, mein Gesicht, das der jähzornige junge Herr Maler mit grüner Farbe überstrichen« – »Possen«, rief der Goldschmied aus, indem er den Geheimen Kanzlei-Sekretär mit gewaltiger Faust packte und hinstellte vor den großen Spiegel am Ende des Saals und hinleuchtete mit der Kerze, die er ergriffen.

Tusmann schaute unwillkürlich hinein und konnte sich eines lauten Ach! nicht erwehren.

Nicht allein, daß die häßliche grüne Farbe gänzlich verschwunden war, Tusmanns Gesicht hatte überdies noch ein lebhafteres Kolorit erhalten als jemals, so daß er in der Tat um einige Jahre jünger aussah als sonst. Im Übermaß des Entzückens sprang der Geheime Kanzlei-Sekretär mit beiden Füßen zugleich in die Höhe und sprach dann mit süßweinerlicher Stimme: »O Gerechter, was sehe, was erblicke ich! – Wertester, ungemein verehrter Herr Professor, das Glück habe ich gewiß Ihnen allein zu verdanken! – Ja! – nun wird die Demoiselle Albertine Voßwinkel, um derentwillen ich beinahe hinabgesprungen in den Abgrund zu den Fröschen, gewiß keinen Anstand nehmen, mich zu ihrem Gemahl zu erkiesen! – Ja, wertester Herr Professor, Sie haben mich geborgen aus tiefem Elend! – Ich fühlte sogleich eine gewisse Behaglichkeit, als Sie über mein geringes Antlitz mit dero schneeweißem Schnupftuch zu fahren beliebten. – O sprechen Sie, gewiß waren Sie mein Wohltäter?« –

»Nicht leugnen«, erwiderte der Goldschmied, »nicht leugnen will ich, Tusmann, daß ich es war, der Euch die grüne Farbe wegwusch, und Ihr könnt daraus abnehmen, daß ich gar nicht so feindlich wider Euch gesinnt bin, als Ihr es wohl vermeinen möget. Bloß Eure alberne Faselei, daß Ihr Euch von dem Kommissionsrat überreden lasset, Ihr könntet Euch noch mit einem blutjungen, hübschen Mädchen, welche aufsprudelt vor Lebenslust, verheiraten, bloß diese Faselei, sage ich, kann ich an Euch gar nicht leiden und möchte Euch, da Ihr selbst jetzt, kaum den Schabernack los, den man Euch antat, wiederum gleich ans Heiraten denkt, den Appetit dazu auf nachdrückliche Weise vertreiben, welches ganz und gar in meiner Macht steht. Doch will ich das nicht tun, sondern Euch raten, ruhig zu sein bis zum künftigen Sonntag in der Mittagsstunde, da werdet Ihr denn das Weitere hören. Wagt Ihr es, früher Albertinen zu sehen, so laß ich Euch vor ihren Augen erst tanzen, daß Euch Sinn und Atem vergeht, verwandle Euch dann in den grünsten Frosch und schmeiße Euch hier im Tiergarten in das Bassin oder gar in die Spree, wo Ihr quaken könnet bis an Euer Lebensende! – Gehabt Euch wohl! Ich habe heute noch etwas vor, das mich nach der Stadt eilen heißt. Ihr würdet meinen Schritten nicht folgen können. Gehabt Euch wohl!«

Der Goldschmied hatte recht, daß wohl keiner so leicht ihm hätte folgen können, denn als hätte er Schlemihls berühmte Siebenmeilenstiefel an den Füßen, war er mit einem einzigen Schritt, den er zur Saaltür hinaus machte, dem bestürzten Geheimen Kanzlei-Sekretär aus den Augen verschwunden. –

So mochte es denn auch geschehen, daß er schon in der nächsten Minute wie ein Gespenst plötzlich in dem Zimmer des Kommissionsrates stand und ihm mit ziemlich rauher Stimme einen guten Abend bot.

Der Kommissionsrat erschrak heftig, faßte sich jedoch bald zusammen und fragte den Goldschmied ungestüm, was er so spät in der Nacht noch wolle, er möge sich fortscheren und ihn in Ruhe lassen mit den albernen Taschenspielerstückchen, die ihm vorzugaukeln er vielleicht im Sinne habe.

»So sind«, erwiderte der Goldschmied sehr gelassen, »so sind nun die Menschen und vorzüglich die Kommissionsräte. Gerade diejenigen Personen, die sich Ihnen wohlwollend nähern, denen Sie sich zutrauensvoll in die Arme werfen sollten, gerade diese Personen stoßen Sie von sich! – Sie sind, bester Kommissionsrat, ein armer, unglücklicher, bedauernswürdiger Mann, ich komme – renne her noch in tiefer Nacht, um mich mit Ihnen zu beraten, wie vielleicht noch der tötende Schlag abzuwenden ist, der Sie eben treffen will und Sie« –

»O Gott«, schrie der Kommissionsrat ganz außer sich, »o Gott, gewiß schon wieder ein Falliment in Hamburg, Bremen oder London, das mich vollends zu ruinieren droht, o ich geschlagener Kommissionsrat – das fehlte noch« –

»Nein«, unterbrach der Goldschmied Voßwinkels Klagen, »nein, es ist hier noch von etwas anderm die Rede. Sie wollen also Albertinens Hand durchaus nicht dem jungen Edmund Lehsen geben?«

»Wie kommen Sie«, rief der Kommissionsrat, »auf diesen albernen, ärgerlichen Schnack? Ich! meine Tochter dem armseligen Pinsler!«

»Nun«, sprach der Goldschmied, »er hat doch Sie und Albertinen recht wacker gemalt.«

»Hoho!« erwiderte der Kommissionsrat, »das wäre ein schöner Kauf, meine Tochter für ein paar bunte Bilder! – Ich habe ihm die Dinger ins Haus zurückgeschickt.«

»Edmund«, fuhr der Goldschmied fort, »Edmund wird, versagen Sie ihm Albertinen, sich rächen.«

»Nun«, rief der Kommissionsrat, »nun, das möcht' ich doch wissen, welche Rache der Schlucker, der Kiek in die Welt an dem Kommissionsrat Melchior Voßwinkel zu nehmen vermöchte!«

»Das will«, erwiderte der Goldschmied, »das will ich Ihnen gleich sagen, mein sehr wackrer Herr Kommissionsrat. Edmund ist eben im Begriff, Ihr liebes Bild auf würdige Weise zu retuschieren. Das fröhliche, lächelnde Antlitz verkehrt er in ein bittergrämliches, mit heraufgezogenen Brauen, trüben Augen, herunterhängenden Lippen. Stärker markiert er die Runzeln auf Stirn und Wangen, vergißt nicht die vielen grauen Haare, die der Puder verbergen soll, hinlänglich anzudeuten durch gehörige Färbung. Statt der freudigen Botschaft von dem Lotteriegewinst schreibt er die höchst betrübte Nachricht in den Brief, die Sie vorgestern erhielten, nämlich: daß das Haus Campbell et Compagnie in London falliert, und auf dem Kuvert steht: ›An den verfehlten Stadt- und Kommissionsrat‹ u. s. f., denn er weiß, daß Sie vor einem halben Jahre vergebens darnach trachteten, Stadtrat zu werden. Aus den zerrissenen Westentaschen fallen Dukaten, Taler und Tresorscheine heraus, den Verlust andeutend, den Sie erlitten. So wird das Bild dann ausgehängt bei dem Bilderhändler am Bankgebäude in der Jägerstraße.« –

»Der Satan«, schrie der Kommissionsrat, »der Halunke, nein, das soll er nicht unternehmen! – Polizei, Justiz rufe ich zu Hülfe.« –

»Haben«, fuhr der Goldschmied gelassen fort, »haben nur fünfzig Menschen eine Viertelstunde hindurch das Bild gesehen, dann dringt die Kunde davon mit tausend stärkeren Nuancen, die dieser, jener Witzbold hinzufügt, durch die ganze Stadt. Alles Lächerliche, alles Alberne, das man von Ihnen erzählt hat und noch erzählt, wird aufgefrischt mit neuen, glänzenden Farben, jeder, dem Sie begegnen, lacht Ihnen ins Gesicht, und was das Schlimmste ist, man spricht dabei unaufhörlich von dem Verlust, den Sie durch Campbells Fall erlitten, und Ihr Kredit ist hin.«

»O Gott«, rief der Kommissionsrat, »o Gott! – Aber er muß mir das Bild herausgeben, der Bösewicht, ja, das muß er morgen mit dem frühsten Tage.«

»Und«, sprach der Goldschmied weiter, »und täte er das wirklich, woran ich sehr zweifle, was würd' es Ihnen helfen? Er radiert Ihre werte Person, wie ich es erst beschrieben, auf eine Kupferplatte, besorgt viele hundert Abdrücke, illuminiert sie selbst recht *con amore* und schickt sie in die ganze Welt, nach Hamburg, Bremen, Lübeck, Stettin, ja nach London« –

»Halten Sie ein«, unterbrach der Kommissionsrat den Goldschmied, »halten Sie ein! – Gehen Sie hin zu dem entsetzlichen Menschen, bieten Sie ihm fünfzig – ja – bieten Sie ihm hundert Taler, wenn er die Sache mit meinem Bilde ganz unterläßt.« –

»Ha ha ha!« lachte der Goldschmied, »Sie vergessen, daß sich Lehsen ganz und gar nichts macht aus dem Gelde, daß seine Eltern wohlhabend sind, daß seine Großtante, die Demoiselle Lehsen, die in der Breiten Straße wohnt, ihm längst ihr ganzes Vermögen vermacht hat, das nicht weniger als bare achtzigtausend Taler beträgt.« –

»Was«, rief der Kommissionsrat erbleicht vor plötzlichem Erstaunen, »was sagen Sie – achtzig – Hören Sie, Herr Leonhard, ich glaube, Albertinchen ist ganz vernarrt in den jungen Lehsen – Ich bin nun einmal ein guter Kerl – ein weichmütiger Vater – kann keine Tränen, keinen Bitten widerstehen – Zudem gefällt mir der junge Mensch. Er ist ein tüchtiger Künstler. – Sie wissen, was die Kunst betrifft, da bin ich ein rechter Narr mit meiner Vorliebe – Er hat hübsche Eigenschaften, der liebe, gute Lehsen – Achtzig – Nun, wissen Sie was, Leonhard, aus purer Herzensgüte geb' ich ihm meine Tochter, dem artigen Jungen!« –

»Hm«, sprach der Goldschmied, »ich muß Ihnen doch etwas Spaßhaftes erzählen. Soeben komme ich aus dem Tiergarten. Dicht an dem großen Bassin fand ich Ihren alten Freund und Schulkameraden, den Geheimen Kanzlei-Sekretär Tusmann, der darüber, daß ihn Albertine verschmäht, in wilde Verzweiflung geraten sich ins Wasser stürzen wollte. Nur mit Mühe gelang es mir, ihn von der Ausführung seines schrecklichen Entschlusses abzuhalten, indem ich ihm vorstellte, daß Sie, mein wackrer Kommissionsrat, gewiß Ihr treugegebenes Wort halten und durch väterliche Ermahnungen Albertinen dahin bringen würden, ihm unverweigerlich die Hand zu reichen. Geschieht dies nun nicht, geben Sie Albertinens Hand dem jungen Lehsen, so springt Ihr Geheimer in das Bassin, das ist so gut wie gewiß. Denken Sie, was dieser entsetzliche Selbstmord des soliden Mannes für Aufsehn erregen würde? – Jeder klagt Sie – Sie allein als Tusmanns Mörder an und begegnet Ihnen mit tiefer Verachtung. Sie werden nirgends mehr zur Tafel geladen, und finden Sie sich auf irgend einem Kaffeehause ein, um Neues zu erwischen, so wirft man Sie zur Tür hinaus – die Treppe hinunter. Aber noch mehr! – Der Geheime Kanzlei-Sekretär ist hochgeachtet von allen seinen Vorgesetzten, sein Ruf als tüchtiger Geschäftsmann hat alle Bureaus durchdrungen. Haben Sie nun durch Ihren Wankelmut, durch Ihre Falschheit den Ärmsten zum Selbstmorde gebracht, so ist gar nicht daran zu denken, daß Sie jemals in Ihrem ganzen Leben noch einen Geheimen Legations-, einen Geheimen Ober-Finanz-Rat zu Hause finden sollten, die Wirklichen am allerwenigsten. Keine Behörde, deren Geneigtheit ihr Geschäft bedarf, nimmt sich hinfort Ihrer mehr im mindesten an. Von simplen Kommerzienräten werden Sie verhöhnt, Expedienten verfolgen Sie mit Mordwaffen, und Kanzleiboten drücken, Ihnen begegnend, die Hüte fester auf den Kopf. Man nimmt Ihnen den Titel als Kommissionsrat, Stoß erfolgt auf Stoß, Ihr Kredit ist hin, Ihr Vermögen gerät in Verfall, schlechter und schlechter geht's, bis Sie zuletzt in Verachtung, Armut und Elend« –

»Hören Sie auf«, schrie der Kommissionsrat, »Sie martern mich! – Wer hätte denken sollen, daß der Geheime noch in seinen Jahren solch ein verliebter Affe sein würde! – Aber Sie haben recht. – Mag es nun gehen, wie es in der Welt will, ich muß dem Geheimen Wort halten, sonst bin ich ein ruinierter Mann. – Ja, es ist beschlossen, der Geheime erhält Albertinens Hand.« –

»Sie vergessen«, sprach der Goldschmied, »die Bewerbung des Barons Dümmerl. Sie vergessen den fürchterlichen Fluch des alten Manasse! – An diesem haben Sie, wird Bensch verschmäht, den fürchterlichsten Feind. In allen Ihren Spekulationen tritt Ihnen Manasse entgegen. Er scheut kein Mittel, Ihren Kredit zu schmälern, er benutzt jede Gelegenheit, Ihnen zu schaden, er ruht nicht, bis er Sie in Schimpf und Schande heruntergebracht hat, bis der Dales, den er Ihnen auf den Hals geflucht hat, wirklich eingekehrt ist in Ihr Haus. – Genug, Sie mögen nun Albertinens Hand diesem oder jenem der drei Freier geben, immer geraten Sie in Not, und eben deshalb nannte ich Sie vorhin einen armen, bedauernswürdigen Mann.«

Der Kommissionsrat rannte wie unsinnig im Zimmer auf und ab, rief einmal über das andere: »Ich bin verloren – ein unglücklicher Mensch, ein ruinierter Kommissionsrat – Hätt' ich nur das Mädchen gar nicht auf dem Halse. Möge sie alle der Satan davonführen, den Lehsen, den Bensch und – meinen Geheimen dazu.« –

»Nun, nun«, begann der Goldschmied, »noch gibt es wohl ein Mittel, Sie aus aller Verlegenheit zu reißen.«

»Welches«, sprach der Kommissionsrat, indem er plötzlich still stand und den Goldschmied starr anblickte, »welches? Ich gehe alles ein.«

»Haben Sie«, fragte der Goldschmied, »haben Sie in dem Theater den Kaufmann von Venedig gesehen?«

»Das ist«, erwiderte der Kommissionsrat, »das ist das Stück, in welchem Herr Devrient einen mordsüchtigen Juden spielt, Namens Shylock, dem es gelüstet nach frischem Negoziantenfleisch. – Allerdings habe ich dies Stück gesehen, aber was sollen jetzt die Possen?«

»Kennen Sie«, fuhr der Goldschmied fort, »den Kaufmann von Venedig, so werden Sie sich erinnern, daß darin ein gewisses reiches Fräulein Porzia vorkommt, deren Vater vermöge testamentarischer Verfügung die Hand seiner Tochter zum Gewinst in einer Art von Lotterie gemacht hatte. Drei Kästchen werden hingestellt, unter denen die Bewerber eins wählen und öffnen müssen. Derjenige von den Bewerbern erhält Porzias Hand, der in dem Kästchen, das er gewählt, ihr Porträt eingeschlossen findet. Machen Sie es, Kommissionsrat, als lebendiger Vater wie Porzias verstorbener. Sagen Sie den drei Freiern, daß, da Ihnen einer so lieb wäre als der andere, Sie die Entscheidung dem Zufall überlassen wollten. Drei verschlossene Kästchen werden hingestellt, den Freiern zur Wahl, und der, der Albertinens Bildnis gefunden, erhält ihre Hand.«

»Welch ein abenteuerlicher Vorschlag«, rief der Kommissionsrat. »Und ginge ich wirklich darauf ein, glauben Sie denn, werter Herr Leonhard, daß mir das im mindesten etwas helfen, daß ich mir nicht, hat auch der Zufall entschieden, den Zorn und Haß derjenigen auf den Hals laden würde, die das Porträt nicht getroffen, hinfolglich abziehen müssen?« –

»Halt«, sprach der Goldschmied, »das ist eben der wichtigste Punkt! – Sehn Sie, Kommissionsrat, ich verspreche Ihnen hiermit feierlichst, die Sache mit dem Kästchen so einzurichten, daß sich alles glücklich und friedlich enden soll. Die beiden, welche fehlgegriffen, werden in ihrem Kästchen keineswegs, wie die Prinzen von Marokko und Aragon, eine schnöde Abfertigung finden, vielmehr etwas erhalten, welches sie dermaßen befriedigt, daß sie an die Heirat mit Albertinen gar nicht mehr denken und noch dazu Sie, Kommissionsrat, für den Schöpfer eines gar nicht geahnten Glücks halten.«

»Wäre das möglich!« rief der Kommissionsrat.

»Nicht allein möglich«, erwiderte der Goldschmied, »es wird, es muß so kommen, wie ich es Ihnen sage, mein festes Wort darauf.«

Nun nahm der Kommissionsrat keinen Anstand mehr, einzugehen in des Goldschmieds Plan, und beide kamen darin überein, daß in der Mittagsstunde des nächsten Sonntags die Wahl vor sich gehen solle.

Die drei Kästchen versprach der Goldschmied herbeizuschaffen.

Sechstes Kapitel

Worin von der Art, wie die Brautwahl vor sich ging, gehandelt, dann aber die Geschichte geschlossen wird.

Man kann denken, daß Albertine ganz und gar in Verzweiflung geriet, als der Kommissionsrat sie mit der unglückseligen Lotterie, in der ihre Hand gewonnen werden sollte, bekannt machte, als alles Bitten, alles Flehen, alles trostlose Weinen nicht vermochte, ihn von dem einmal gefaßten Entschluß abzubringen. Dazu kam, daß Lehsen ihr so gleichgültig, so indolent schien, wie es keiner sein kann, der wirklich liebt, da er nicht das mindeste versuchte, sie heimlich zu sehen oder ihr wenigstens eine Liebesbotschaft zuzustecken. Am Sonnabend vor dem verhängnisvollen Sonntage, der ihr Schicksal entscheiden sollte, saß, als schon tiefe Abenddämmerung eingebrochen, Albertine einsam in ihrem Zimmer. Ganz erfüllt von dem Gedanken an das Unglück, von dem sie bedroht, kam es ihr ein, ob es nicht besser sei, einen raschen Entschluß zu fassen, schnell aus dem väterlichen Hause zu entfliehen, als das Fürchterlichste abzuwarten, zur Heirat gezwungen zu werden mit dem alten pedantischen Geheimen Kanzlei-Sekretär oder gar mit dem ekelhaften Baron Bensch. Da kam ihr aber auch plötzlich der rätselhafte Goldschmied in den Sinn und die seltsame zauberische Art, wie er den zudringlichen Bensch ihr vom Leibe gehalten. Es war ihr nur zu gewiß, daß er dem Lehsen beigestanden, und so dämmerte in ihr die Hoffnung auf, daß es eben der Goldschmied sein müsse, von dem Hülfe zu hoffen in dem kritischen Moment. Sie empfand den lebhaften Wunsch, den Goldschmied zu sprechen, und war im Innern überzeugt, daß sie sich nicht im mindesten entsetzen würde, sollte der Goldschmied sich ihr auch im Augenblick offenbaren auf gespenstige Weise.

Es geschah auch wirklich, daß Albertine nicht im mindesten erschrak, als sie gewahrte, daß das, was sie für den Ofen gehalten, eigentlich der Goldschmied Leonhard war, der sich ihr näherte und mit sanfter, sonorer Stimme folgendermaßen begann:

»Laß, mein liebes Kind! all deine Traurigkeit, all dein Herzeleid fahren. Wisse, daß Edmund Lehsen, den du wenigstens jetzt zu lieben vermeinst, wisse, daß er mein Schützling ist, dem ich mit aller Macht beistehe. Wisse ferner, daß ich es bin, der deinen Vater auf den Gedanken der Lotterie gebracht, daß ich es bin, der die verhängnisvollen Kästchen besorgt hat, und nun kannst du es dir doch wohl denken, daß niemand anders dein Bildnis finden wird als eben Edmund.« – Albertine wollte aufjauchzen vor Entzücken; der Goldschmied fuhr fort:

»Edmund deine Hand zu verschaffen, wäre mir auch auf andere Weise gelungen; es war mir aber daran gelegen, zu gleicher Zeit die Mitbewerber, den Geheimen Kanzlei-Sekretär Tusmann und den Baron Bensch, ganz und gar zufrieden zu stellen. Auch das wird geschehen, und ihr beide, du und dein Vater, werdet vor jeder

Anfechtung der verschmähten Freier sicher sein.«

Albertine strömte über in heißen Dank. Sie wäre dem alten Goldschmied beinahe zu Füßen gesunken, sie drückte seine Hand an ihre Brust, sie versicherte, daß sie trotz aller Zauberkünste, die er treibe, ja selbst bei der gespenstigen Art, wie er auch heute abend plötzlich in ihrem Zimmer erschienen, durchaus nichts Unheimliches in seiner Nähe fühle, und schloß mit der naiven Frage, was es denn eigentlich für eine Bewandtnis mit ihm habe, wer er denn eigentlich sei?

»Ei, mein liebes Kind«, begann der Goldschmied lächelnd, »sehr schwer wird es mir zu sagen, wer ich eigentlich bin. Mir geht es so wie vielen, die weit besser wissen, wofür sie die Leute halten, als was sie eigentlich sind! – Erfahre also, mein liebes Kind, daß manche mich für niemand anders halten als für jenen Goldschmied Leonhard Turnhäuser, der in den fünfzehnhundertundachtziger Jahren am Hofe des Kurfürsten Johann George in solch großem Ansehen stand, und der, als Neid und Bosheit ihn zu verderben trachteten, verschwunden war, man wußte nicht wie und wohin. Geben mich nun solche Leute, die man Romantiker oder Fantasten zu nennen pflegt, für jenen Turnhäuser, mithin für einen gespenstischen Mann aus, so kannst du dir denken, welchen Verdruß ich von den soliden, aufgeklärten Leuten, die als tüchtige Bürger und Geschäftsmänner den Teufel was nach Romantik und Poesie fragen, auszustehen habe. Ja selbst handfeste Ästhetiker wollen mir zu Leibe, verfolgen mich wie die Doktoren und Schriftgelehrten zu Johann Georgs Zeiten und suchen mir das bißchen Existenz, das ich mir anmaße, zu verbittern und zu verkümmern, wie sie nur können.«

»Ach, mein liebes Kind, ich merk' es schon, ungeachtet ich mich des jungen Edmund Lehsen und deiner so sorglich annehme und überall wie ein echter *Deus ex machina* erscheine; so werden doch viele, die mit jenen Ästhetikern gleichen Sinnes sind, mich in der Geschichte gar nicht leiden wollen, da sie an meine wirkliche Existenz nun einmal durchaus nicht glauben können! – Um mich nur einigermaßen sicher zu stellen, habe ich niemals geradehin zugestehen mögen, daß ich der schweizerische Goldschmied Leonhard Turnhäuser aus dem sechzehnten Jahrhundert bin. Jenen Leuten bleibt es daher vergönnt, anzunehmen, ich sei ein geschickter Taschenspieler, und die Erklärung aller Spukereien, wie sie vorgekommen, in Wieglebs natürlicher Magie oder sonst aufzusuchen. Freilich habe ich in diesem Augenblick noch kein Kunststück vor, das mir kein Philidor, kein Philadelphia, kein Cagliostro nachmacht, und das als durchaus unerklärlich jenen Leuten ein ewiger Anstoß bleiben wird; indessen kann ich davon deshalb keineswegs abstehen, da es zur Vollendung der Berlinischen Geschichte, welche von der Brautwahl dreier bekannten Personen, die sich um die Hand der hübschen Demoiselle Albertine Voßwinkel bewerben, handelt, unumgänglich nötig ist. – Nun also Mut gefaßt, mein liebes Kind, stehe morgen fein früh auf, ziehe das Kleid an, das du am liebsten trägst, weil es dir am besten steht, flechte dein Haar auf in den zierlichsten Zöpfen und erwarte das übrige, wie es sich dann begeben mag, ruhig und in bescheidener Geduld.« –

Hierauf verschwand der Goldschmied, wie er gekommen.

Sonntags um die bestimmte Stunde, d. h. punkt elf Uhr, fanden sich ein der alte Manasse mit seinem hoffnungsvollen Neffen, der Geheime Kanzlei-Sekretär Tusmann und Edmund Lehsen mit dem Goldschmied. Die Freier, den Baron Bensch nicht ausgenommen, erschraken beinahe, als sie Albertinen erblickten, denn noch niemals war sie ihnen so überaus schön und anmutig vorgekommen. Jedem Mädchen, jeder Dame, die etwas hält auf geschmackvollen Anzug und zierlichen Schmuck (und wo wäre diejenige hier in Berlin zu finden, die das nicht täte), kann ich aber auch versichern, daß die Garnitur des Kleides, welches Albertine trug, von ausnehmender Eleganz, das Kleid aber gerade kurz genug war, um den niedlichen, weiß beschuhten Fuß zu zeigen, daß die kurzen Ärmel sowie der Busenstreif aus den kostbarsten Spitzen bestanden, daß die weißen französischen Glacéhandschuhe, nur was weniges über die Ellbogen heraufgestreift, den schönsten Oberarm sehen ließen, daß der Kopfputz in nichts weiter als in einem zierlichen goldenen, mit Steinen besetzten Kamm bestand, kurz, daß zu dem bräutlichen Schmuck nichts weiter fehlte als die Myrtenkrone in den dunkeln Flechten. Warum aber Albertine eigentlich viel reizender aussah als sonst, kam wohl daher, daß Liebe und Hoffnung in den Augen strahlten, auf den Wangen blühten.

In einem Anfall von Gastlichkeit hatte der Kommissionsrat ein Gabelfrühstück bereiten lassen. Mit hämischen, scheelen Blicken betrachtete der alte Manasse den gedeckten Tisch, und da der Kommissionsrat ihn einlud, zuzulangen, las man auf seinem Antlitz jene Antwort Shylocks: »Ja, um Schinken zu riechen, von der Behausung zu essen, wo euer Prophet, der Nazarener, den Teufel hineinbeschwor. Ich will mit euch handeln und wandeln, mit euch stehen und gehen, und was dergleichen mehr ist; aber ich will nicht mit euch essen, mit euch trinken, noch mit euch beten!« –

Baron Bensch war weniger gewissenhaft, denn er aß viel mehr Beefsteaks als ziemlich und schwatzte dabei sehr läppisches Zeug, wie es in seiner Art lag.

Der Kommissionsrat verleugnete in der verhängnisvollen Stunde ganz und gar seine Natur; denn außerdem, daß er rücksichtslos Madera und Portwein einschenkte, ja sogar verriet, daß er hundertjährigen Malaga im Keller habe, machte er auch, nachdem das Frühstück beendet, den Freiern die Art, wie über die Hand seiner Tochter entschieden werden sollte, in einer solchen wohlgesetzten Rede bekannt, wie man es ihm gar nicht hätte zutrauen sollen. Die Freier mußten es sich einprägen, daß nur *der* Albertinens Besitz errungen, der das Kästchen, worin ihr Bild befindlich, gewählt.

Mit dem Glockenschlage zwölf ging die Türe des Saals auf, und man erblickte in der Mitte desselben einen mit einem reichen Teppich behängten Tisch, auf welchem drei kleine Kästchen standen.

Das eine von gleißendem Gold hatte auf dem Deckel einen Kranz von funkelnden Dukaten, in dessen Mitte die Worte standen:

Wer mich erwählt, Glück ihm nach seines Sinnes Art!

Das zweite Kästchen war sehr zierlich in Silber gearbeitet. Auf dem Deckel standen zwischen mancherlei Schriftzügen fremder Sprachen die Worte:

Wer mich erwählt, bekömmt viel mehr, als er gehofft!

Das dritte Kästchen, sauber aus Elfenbein geschnitzt, trug die Aufschrift:

Wer mich erwählt, dem wird geträumte Seligkeit!

Albertine nahm Platz auf einem Lehnsessel hinter dem Tisch, ihr zur Seite stellte sich der Kommissionsrat; Manasse und der Goldschmied zogen sich zurück in den Hintergrund des Zimmers.

Als das Los entschieden, daß der Geheime Kanzlei-Sekretär Tusmann zuerst wählen sollte, mußten Bensch und Lehsen abtreten ins Nebenzimmer.

Der Geheime Kanzlei-Sekretär trat bedächtig an den Tisch, betrachtete mit Sorgfalt die Kästchen, las einmal über das andere die Inschriften. Bald fühlte er sich aber durch die schönen verschlungenen Schriftzüge, die auf dem silbernen Kästchen befindlich, unwiderstehlich angezogen. »Gerechter«, rief er begeistert aus, »welch schöne Schrift, wie angenehm paart sich hier das Arabische mit römischer Fraktur! Und ›wer mich erwählt, bekömmt viel mehr, als er gehofft‹. – Habe ich denn noch gehofft, daß Demoiselle Albertine Voßwinkel mich mit ihrer werten Hand jemals beglücken werde? Bin ich nicht vielmehr in totale Verzweiflung geraten? – Habe ich mich nicht – im Bassin – Nun! hier ist Trost, hier ist mein Glück! – Kommissionsrat! – Demoiselle Albertine – ich wähle das silberne Kästchen!« –

Albertine stand auf und reichte dem Geheimen Kanzlei-Sekretär einen kleinen Schlüssel, mit dem er sofort das Kästchen öffnete. Doch wie erschrak er, als er keineswegs Albertinens Bild, wohl aber ein kleines, in Pergament gebundenes Buch vorfand, das, als er es aufschlug, nur leere weiße Blätter enthielt.

Dabei lag ein Zettel mit den Worten:

War dein Treiben auch verkehrt,
Großes Heil dir widerfährt.
Was du findest, ist bewährt,
Ignorantiam macht's gelehrt,
Sapientiam dir's beschert!

»Gerechter«, stammelte der Geheime Kanzlei-Sekretär, »ein Buch – nein, kein Buch – gebundenes Papier statt des Bildes – alle Hoffnung zerstört. – O geschlagener Geheimer Kanzlei-Sekretär! mit dir ist es aus, rein aus! – fort in den Froschteich!« –

Tusmann wollte davon, da vertrat ihm aber der Goldschmied den Weg und sprach: »Tusmann, Ihr seid nicht gescheut, kein Schatz kann Euch ersprießlicher sein als der, den Ihr gefunden! Die Verse hätten Euch schon darauf aufmerksam machen sollen. Tut mir den Gefallen und steckt das Buch, das Ihr aus dem Kästchen nahmt, in die Tasche.« – Tusmann tat es.

»Nun«, fuhr der Goldschmied fort, »nun denkt Euch ein Buch, das Ihr gern in diesem Augenblick bei Euch tragen möchtet.«

»O Gott«, sprach der Geheime Kanzlei-Sekretär verdutzt, »o Gott, unbesonnener, unchristlicher Weise warf ich Thomasii kurzen Entwurf der politischen Klugheit in den Froschteich!« –

»Faßt in die Tasche, zieht das Buch hervor«, rief der Goldschmied.

Tusmann tat, wie ihm geheißen, und siehe – das Buch war eben kein anderes als Thomasii Entwurf.

»Ha, was ist das«, rief der Geheime Kanzlei-Sekretär ganz außer sich, »o Gott, mein lieber Thomasius gerettet vor den feindlichen Rachen schnöder Frösche, die doch nimmermehr daraus Conduite gelernt!«

»Still«, unterbrach ihn der Goldschmied, »steckt das Buch wieder in die Tasche.« – Tusmann tat es.

»Denkt«, fuhr der Goldschmied fort, »denkt Euch jetzt irgend ein seltnes Werk, dem Ihr vielleicht lange vergebens nachgetrachtet, das Ihr aus keiner Bibliothek erhalten konntet.«

»O Gott«, sprach der Geheime Kanzlei-Sekretär beinahe wehmütig, »o Gott, da ich nun auch zu meiner Erheiterung bisweilen die Oper zu besuchen gesonnen, wollte ich mich vorher etwas in der edlen *Musica* feststellen und trachtete bis jetzt vergebens, ein kleines Büchlein zu erhalten, das allegorischerweise die ganze Kunst des Komponisten und Virtuosen darlegt. Ich meine nichts anders als Johannes Beers musikalischen Krieg oder die Beschreibung des Haupttreffens zwischen beiden Heroinen, als der Komposition und Harmonie, wie diese gegeneinander zu Felde gezogen, gescharmutzieret und endlich nach blutigem Treffen wieder verglichen worden.« –

»Faßt in die Tasche«, rief der Goldschmied, und vor Freude jauchzte der Geheime Kanzlei-Sekretär laut auf, als er das Buch aufschlug, das nun eben wieder Johannes Beers musikalischen Krieg enthielt.

»Sehr Ihr wohl«, sprach nun der Goldschmied, »mittelst des Buchs, das Ihr in dem Kästchen gefunden, habt Ihr die reichste, vollständigste Bibliothek erlangt, die jemals einer besessen, und die Ihr noch dazu beständig bei Euch tragen könnt. Denn habt Ihr dieses merkwürdige Buch in der Tasche, so wird es, zieht ihr es hervor, jedesmal das Werk sein, das Ihr eben zu lesen wünscht.«

Ohne auf Albertine, ohne auf den Kommissionsrat zu achten, sprang der Geheime Kanzlei-Sekretär schnell in die Ecke des Zimmers, warf sich in einen Lehnsessel, steckte das Buch in die Tasche, zog es wieder hervor, und man sah an dem Entzücken, das in seinen Augen strahlte, wie herrlich eintraf, was der Goldschmied verheißen.

Nun kam die Reihe der Wahl an den Baron Bensch. Er trat hinein, schritt nach seiner läppischen, tölpelhaften Manier geradezu los auf den Tisch, beschaute mit der Lorgnette die Kästchen und murmelte die Inschriften her. Aber bald fesselte ihn ein natürlicher unwiderstehlicher Instinkt an das goldene Kästchen mit den blinkenden Dukaten auf dem Deckel. »Wer mich erwählt, Glück ihm nach seines Sinnes Art – Nun ja, Dukaten, die sind nach meinem Sinn, und Albertine, die ist auch nach meinem Sinn, was ist da lange zu wählen und zu überlegen!« So sprach Bensch, griff nach dem goldenen Kästchen, empfing von Albertinen den Schlüssel, öffnete und fand – eine kleine saubere englische Feile! Dabei lag ein Zettel mit den Versen:

Hast gewonnen, was dein Herz
Wünschen konnt' mit wehem Schmerz.
Alles andre ist nur Scherz,
Immer vor, niemals rückwärts
Geht ein blühendes Kommerz.

»He«, rief er erbost, »was tu' ich mit der Feile? – ist die Feile ein Porträt, ist die Feile Albertinens Porträt? Ich nehm' das Kästchen und schenk' es Albertinen als Brautgabe – Kommen Sie, mein Mädchen.« –

Damit wollt' er los auf Albertinen, aber der Goldschmied hielt ihn bei den Schultern zurück, indem er sprach: »Halt, mein Herr, das ist wider die Abrede. Sie müssen mit der Feile zufrieden sein und werden es unbezweifelt sein, sobald Sie den Wert, den unschätzbaren Wert des köstlichen Kleinods, das Sie erhalten, erkannt haben, den schon die Verse andeuten. – Haben Sie einen schönen rändigen Dukaten in der Tasche?« –

»Nun ja«, erwiderte Bensch verdrießlich, »nun ja, was soll's?«

»Nehmen Sie«, fuhr der Goldschmied fort, »einen solchen Dukaten aus der Tasche und feilen Sie den Rand ab.« –

Bensch tat es mit einer Geschicklichkeit, die von langer Übung zeugte. Und siehe – noch schöner kam der Rand des Dukatens zum Vorschein, und so ging es mit dem zweiten, dritten Dukaten, je mehr Bensch feilte, desto rändiger wurden sie.

Manasse hatte bis jetzt ruhig alles, was sich begeben, mitangesehen, doch jetzt sprang er mit wildfunkelnden Augen los auf den Neffen und schrie mit hohler entsetzlicher Stimme: »Gott meiner Väter – was ist das – mir her die Feile – mir her die Feile – es ist das Zauberstück, für das ich meine Seele verkauft vor mehr als dreihundert Jahren. – Gott meiner Väter – her mit der Feile.«

Damit wollte er die Feile dem Bensch entreißen, der stieß ihn aber zurück und schrie: »Weg von mir, alter Narr, ich habe die Feile gefunden, nicht du« –

Darauf Manasse in voller Wut: »Natter – wurmstichige Frucht meines Stammes, her mit der Feile! – Alle Teufel über dich, verfluchter Dieb!« –

Unter einem Strom hebräischer Schimpfwörter krallte sich Manasse nun fest an den Baron und strengte knirschend und schäumend alle seine Kraft an, ihm die Feile zu entwinden. Bensch verteidigte aber das Kleinod wie die Löwin ihr Junges, bis zuletzt Manasse schwach ward. Da packte der Neffe den lieben Onkel mit derben Fäusten, warf ihn zur Türe hinaus, daß ihm die Glieder knackten, kehrte pfeilschnell zurück, schob einen kleinen Tisch in die Ecke des Zimmers dem Geheimen Kanzlei-Sekretär gegenüber, schüttete eine ganze Handvoll Dukaten aus und fing mit Eifer an zu feilen.

»Nun«, sprach der Goldschmied, »nun sind wir den entsetzlichen Menschen, den alten Manasse, auf immer los. Man will behaupten, er sei ein zweiter Ahasverus und spuke seit dem Jahre Eintausend fünfhundert und zweiundsiebzig umher. Damals wurde er unter dem Namen des Münzjuden Lippolt wegen teuflischer Zauberei hingerichtet. – Aber der Teufel rettete ihn vom Tode um den Preis seiner unsterblichen Seele. Viele Leute, die sich auf so etwas verstehen, haben ihn hier in Berlin unter verschiedenen Gestalten bemerkt, woher denn die Sage entsteht, daß es noch zur Zeit nicht einen, sondern viele, viele Lippolts gäbe. – Nun! – ich habe ihm, da ich auch einige Erfahrung in geheimnisvollen Dingen besitze, den Garaus gemacht!« –

Es würde dich, sehr geliebter Leser, ungemein langweilen müssen, wenn ich nun noch weitläufig erzählen wollte, was du, da es sich von selbst versteht, schon längst weißt. Ich meine, daß Edmund Lehsen das elfenbeinerne Kästchen mit der Aufschrift:

»Wer mich erwählt, dem wird geträumte Seligkeit«

wählte und darin Albertinens wohlgetroffenes Miniaturbild mit den Versen fand:

Ja du trafst es, lies dein Glück
In der Schönsten Liebesblick.
Was da war, kommt nie zurück,
So will's irdisches Geschick.
Was dein Traum dir schaffen muß,
Lehrt dich der Geliebten Kuß.

Daß ferner Edmund dem Bassanio gleich der Anweisung der letzten Worte folgte und die in glühendem Purpur errötende Geliebte an sein Herz drückte – küßte, und daß der Kommissionsrat ganz vergnügt war und glücklich über den fröhlichen Ausgang der verwickeltsten aller Heirats-Angelegenheiten.

Der Baron Bensch hatte ebenso emsig fortgefeilt als der Geheime Kanzlei-Sekretär fortgelesen. Beide nahmen von dem, was sich eben begeben, nicht eher Notiz, als bis der Kommissionsrat laut verkündete, daß Edmund Lehsen das Kästchen, worin Albertinens Porträt befindlich, gewählt, folglich ihre Hand erhalte. Der Geheime Kanzlei-Sekretär schien darüber außer sich vor Freuden, indem er nach der Art, wie er sein Vergnügen zu äußern pflegte, sich die Hände rieb, zwei, dreimal etwas weniges in die Höhe sprang und eine feine Lache aufschlug. Den Baron Bensch schien die Heirat gar nicht weiter zu interessieren; dafür umarmte er aber den Kommissionsrat, nannte ihn einen vortrefflichen Gentleman, der ihn durch das solide Geschenk der Feile ganz und gar glücklich gemacht habe, und versicherte, daß er in jedem Geschäft auf ihn rechnen könne. Dann entfernte er sich schnell.

Ebenso dankte der Geheime Kanzlei-Sekretär dem Kommissionsrat unter vielen Tränen der innigsten Rührung, daß er ihn durch das seltenste aller Bücher, welches er ihm aus seiner Bibliothek verehrt habe, zum glücklichsten aller Menschen gemacht, und folgte, nachdem er sich noch in galanter Höflichkeit gegen Albertine, Edmund und den alten Goldschmied erschöpft, dem Baron eiligst nach.

Bensch quälte von nun an nicht mehr die literarische Welt mit ästhetischen Mißgeburten, wie er sonst getan, sondern verwandte lieber die Zeit, Dukaten abzufeilen. Tusmann fiel dagegen nicht mehr den Bibliothekaren zur Last, die ihm sonst tagelang alte, längst vergessene Bücher herbeischaffen mußten.

Nach einigen Wochen des Entzückens und der Freude ging in des Kommissionsrats Hause aber schreckliches Herzeleid los. Der

Goldschmied hatte nämlich den jungen Edmund dringend ermahnt, seiner Kunst, sich selbst zur Ehre sein gegebenes Wort zu halten und nach Italien zu gehen.

Edmund, so schmerzlich ihm die Trennung von der Geliebten werden mußte, fühlte doch den dringenden Trieb, zu wallfahrten nach dem Lande der Kunst, und auch Albertine dachte, während sie die bittersten Tränen vergoß, daran, wie interessant es sein würde, in diesem, jenem Tee Briefe, die sie aus Rom erhalten, aus dem Strickkörbchen hervorzuziehen.

Edmund ist nun schon länger als ein Jahr in Rom, und man will behaupten, daß der Briefwechsel mit Albertinen immer seltener und kälter werde. Wer weiß, ob am Ende einmal gar aus der Heirat der beiden jungen Leute etwas wird. Ledig bleibt Albertine auf keinen Fall, dazu ist sie viel zu hübsch, viel zu reich. Überdies bemerkt man auch, daß der Referendarius Gloxin, ein hübscher junger Mann mit schmaler, engeingeschnürter Taille, zwei Westen und auf englische Art geknüpftem Halstuch, die Demoiselle Albertine Voßwinkel, mit der er den Winter hindurch auf den Bällen die angenehmsten Françoisen getanzt, häufig nach dem Tiergarten führt, und daß der Kommissionsrat dem Pärchen nachtrippelt mit der Miene des zufriedenen Vaters. Zudem hat der Referendarius Gloxin schon das zweite Examen bei dem Kammergericht gemacht und ist nach der Aussage der Examinatoren, die ihn in der frühsten Morgenstunde sattsam gequält, oder wie man zu sagen pflegt, auf den Zahn gefühlt haben, welches weh tut, vorzüglich wenn der Zahn hohl, vortrefflich bestanden. Eben aus diesem Examen soll sich denn auch ergeben haben, daß der Referendarius offenbar Heiratsgedanken im Kopfe hat, da er in der Lehre von gewagten Geschäften ganz vorzüglich bewandert.

Vielleicht heiratet Albertine gar den artigen Referendarius, wenn er einen guten Posten erschwungen. – Nun! man muß abwarten, was geschieht! –

»Das ist«, sprach Ottmar, als Lothar geendet hatte, »das ist ein wunderlich tolles Ding, was du da aufgeschrieben hast. Mir will deine sogenannte Geschichte mit den unwahrscheinlichen Abenteuern vorkommen wie eine aus allerlei bunten Steinen willkürlich zusammengefügte Mosaik, die das Auge verwirrt, so daß es keine bestimmte Figur zu erfassen vermag.« »Was mich betrifft«, nahm Theodor das Wort, »so leugne ich nicht, daß ich manches in

Lothars Erzählung ergötzlich genug finde, und es ist sogar möglich, daß das Ganze hätte ziemlich gut geraten können, wenn Lothar nicht unvorsichtigerweise den Hafftitz las. Die beiden spukhaften Männer aus jener Zeit, der Goldschmied und der Münzjude, mußten nun einmal hinein in die ›Brautwahl‹, es half nichts, und nun erscheinen die beiden unglückseligen Revenants als fremdartige Prinzipe, die mit ihren Zauberkräften nur auf gezwungene Weise einwirken in die Handlung. Es ist gut, daß deine Erzählung nicht gedruckt wird, Lothar, sonst würdest du schlecht wegkommen vor dem strengen Richterstuhl der Kritik.«

»Könnte«, sprach Lothar nach seiner skurrilen Art lächelnd, »könnte meine angenehme Geschichte von den seltsamen Drangsalen des Geheimen Kanzlei-Sekretärs Tusmann nicht wenigstens einem Berliner Almanach zieren? Ich würde nicht unterlassen, die Lokalität noch lokaler zu machen, einige celebre Namen hinzuzufügen und mir so den Beifall wenigstens des literarisch-ästhetischen Theaterpublikums erwerben.* Doch nun im Ernste gesprochen, Leute! Habt ihr nicht, während ich las, manchmal recht herzlich gelacht, und sollte das nicht die Strenge eurer Kritik beugen? – Vergleichst du, Ottmar, meine Geschichte mit einer bunten willkürlich zusammengefügten Mosaik, so sei wenigstens nachgiebig genug, dem Dinge, das du wunderlich toll nennst, eine kaleidoskopische Natur einzuräumen, nach welcher die heterogensten Stoffe, willkürlich durcheinander geschüttelt, doch zuletzt artige Figuren bilden. Wenigstens für artig sollt ihr nämlich manche Figur in meiner ›Brautwahl‹ erkennen, und an die Spitze dieser artigen Personen stelle ich den liebenswürdigen Baron Bensch, der durchaus der Familie des Münzjuden Lippolt entsprossen sein muß. – Doch schon viel zu viel von meinem Machwerk, das euch nur als ein bizarrer Scherz für den Augenblick aufregen sollte. Übrigens gewahrt ihr, daß ich meinem Hange, das Märchenhafte in die Gegenwart, in das wirkliche Leben zu versetzen, wiederum treulich gefolgt bin.«

* Diese Äußerung Lothars zeigt, was er schon damals im Sinne trug. Seine Erzählung, die Brautwahl, erschien nämlich in der Tat abgedruckt in dem Berliner Taschenbuch für das Jahr 1820, und es sind wirklich celebre Namen aus der Berliner Kunstwelt genannt und manche Lokalitäten hinzugefügt. Wie gerecht aber der Tadel der Freunde, beweiset der Umstand, daß die Redaktion jenes Taschenbuchs den Verfasser dringend bat, sich künftig doch im Gebiet der Möglichkeit zu halten.

D. H. [Hoffmann.]

»Und diesen Hang«, begann Theodor, »nehme ich gar sehr in Schutz. Sonst war es üblich, ja Regel, alles, was nur Märchen hieß, ins Morgenland zu verlegen und dabei die Märchen der Dschehezerade zum Muster zu nehmen. Die Sitten des Morgenlandes nur eben berührend, schuf man sich eine Welt, die haltlos in den Lüften schwebte und vor unsern Augen verschwamm. Deshalb gerieten aber jene Märchen meistens frostig, gleichgültig und vermochten nicht den innern Geist zu entzünden und die Fantasie aufzuregen. Ich meine, daß die Basis der Himmelsleiter, auf der man hinaufsteigen will in höhere Regionen, befestigt sein müsse im Leben, so daß jeder nachzusteigen vermag. Befindet er sich dann, immer höher und höher hinaufgeklettert, in einem fantastischen Zauberreich, so wird er glauben, dies Reich gehöre auch noch in sein Leben hinein und sei eigentlich der wunderbar herrlichste Teil desselben. Es ist ihm der schöne prächtige Blumengarten vor dem Tore, in dem er zu seinem hohen Ergötzen lustwandeln kann, hat er sich nur entschlossen, die düstern Mauern der Stadt zu verlassen.«

»Vergiß«, sprach Ottmar, »vergiß aber nicht, Freund Theodor! daß mancher gar nicht die Leiter besteigen mag, weil das Klettern einem verständigen gesetzten Manne nicht ziemt, mancher schon auf der dritten Sprosse schwindlicht wird, mancher aber auch wohl die auf der breiten Straße des Lebens befestigte Leiter, bei der er täglich, ja stündlich vorübergeht, gar nicht bemerkt! – Was aber die Märchen der Tausendundeinen Nacht betrifft, so ist es seltsam genug, daß die mehrsten Nachahmer gerade das übersehen, was ihnen Leben und Wahrheit gibt, und was eben auf Lothars Prinzip hinausläuft. All die Schuster, Schneider, Lastträger, Derwische, Kaufleute etc., wie sie in jenen Märchen vorkommen, sind Gestalten, wie man sie täglich auf den Straßen sah, und da nun das eigentliche Leben nicht von Zeit und Sitte abhängt, sondern in der tieferen Bedingung ewig dasselbe bleibt und bleiben muß, so kommt es, daß wir glauben, jene Leute, denen sich mitten in der Alltäglichkeit der wunderbarste Zauber erschloß, wandelten noch unter uns. So groß ist die Macht der Darstellung in jenem ewigen Buch.« –

Der Abend wurde kühler und kühler. Des kaum genesenen Theodors halber fanden es daher die Freunde geraten, in den Gartensaal zu treten und statt jedes starken nervenreizenden Getränks in aller Demut und Milde Tee zu genießen.

Als die Teemaschine auf dem Tische stand und wie gewöhnlich ihr Liedchen zischte und summte, sprach Ottmar: »Wahrhaftig, keinen bessern Anlaß hätte ich finden können, euch eine Erzählung vorzulesen, die ich schon vor langer Zeit aufschrieb, und die gerade mit einem Tee beginnt. Zum voraus bemerke ich, daß sie in Cyprians Manier abgefaßt ist.«

Ottmar las.

Eine Vampir-Geschichte

»Es ist«, nahm Cyprian das Wort, »es ist mir bei dem Gespräch über den Vampirismus eine gräßliche Geschichte eingefallen, die ich vor langer Zeit entweder las oder hörte. Doch glaube ich beinahe das letztere, denn wie ich mich erinnere, setzte der Erzähler hinzu, daß die Geschichte sich wirklich zugetragen, und nannte die gräfliche Familie und das Stammhaus, wo sich alles begeben. Sollte die Geschichte dennoch gedruckt und euch bekannt sein, so fallt mir nur gleich in die Rede, denn es gibt nichts Langweiligeres, als sich längst bekannte Dinge auftischen zu lassen.« – »Ich merke«, sprach Ottmar, »daß du wieder etwas sehr Tolles und Greuliches zu Markte bringen wirst; denke wenigstens an den heiligen Serapion, sei so kurz, als du nur vermagst, um unsern Vinzenz zu Worte kommen zu lassen, der, wie ich merke, schon ungeduldig darauf harrt, uns das längst versprochene Märchen mitzuteilen.«

»Still, still«, rief Vinzenz. »Nichts Besseres kann ich mir wünschen, als daß Cyprian einen rechten schwarzen Teppich als Hintergrund aufhänge, auf dem dann die mimisch-plastische Darstellung meiner bunten und, wie ich meine, genugsam bockspringenden Figuren sich ganz hübsch ausnehmen muß. Darum beginne, o mein Cyprianus, und sei düster, schrecklich, ja entsetzlich, trotz dem vampirischen Lord Byron, den ich nicht gelesen.«

»Graf Hyppolit«, so begann Cyprian, »war zurückgekehrt von langen weiten Reisen, um das reiche Erbe seines Vaters, der unlängst gestorben, in Besitz zu nehmen. Das Stammschloß lag in der schönsten, anmutigsten Gegend, und die Einkünfte der Güter reichten hin zu den kostspieligsten Verschönerungen. Alles, was der Art dem Grafen auf seinen Reisen, vorzüglich in England, als reizend, geschmackvoll, prächtig aufgefallen, sollte nun vor seinen Augen noch einmal entstehen. Handwerker und Künstler, wie sie gerade nötig, fanden sich auf seinen Ruf bei ihm ein, und es begann alsbald der Umbau des Schlosses, die Anlage eines weitläufigen Parks in dem größten Stil, so daß selbst Kirche, Totenacker und Pfarrhaus eingegrenzt wurden und als Partie des künstlichen Waldes erschienen. Alle Arbeiten leitete der Graf, der die dazu nötigen Kenntnisse besaß, selbst, er widmete sich diesen Beschäftigungen mit Leib und Seele, und so war ein Jahr vergangen, ohne daß es ihm eingefallen, dem Rat eines alten Oheims gemäß in der Residenz sein Licht leuchten zu lassen vor den Augen der Jungfrauen, damit ihm die schönste, beste, edelste zufalle als Gattin. Eben saß er eines Morgens am Zeichentisch, um den Grundriß eines neuen Gebäudes zu entwerfen, als eine alte Baronesse, weitläufige Verwandte seines Vaters, sich anmelden ließ. Hyppolit erinnerte sich, als er den Namen der Baronesse hörte, sogleich, daß sein Vater von dieser Alten immer mit der tiefsten Indignation, ja mit Abscheu gesprochen und manchmal Personen, die sich ihr nähern wollen, gewarnt, sich von ihr fernzuhalten, ohne jemals eine Ursache der Gefahr anzugeben. Befragte man den Grafen näher, so pflegte er zu sagen, es gäbe gewisse Dinge, über die es besser sei zu schweigen als zu reden. So viel war gewiß, daß in der Residenz dunkle Gerüchte von einem ganz seltsamen und unerhörten Kriminalprozeß gingen, in den die Baronesse befangen, der sie von ihrem Gemahl getrennt, aus ihrem entfernten Wohnort vertrieben, und dessen Unterdrückung sie nur der Gnade des Fürsten zu verdanken habe. Sehr unangenehm berührt fühlte sich Hyppolit durch die Annäherung einer Person, die sein Vater verabscheut, waren ihm auch die Gründe dieses Abscheus unbekannt geblieben. Das Recht der Gastfreundschaft, das vorzüglich auf dem Lande gelten mag, gebot ihm indessen, den lästigen Besuch anzunehmen. Niemals hatte eine Person, ohne im mindesten häßlich zu sein, in ihrer äußern Erscheinung solch einen widerwärtigen Eindruck auf den Grafen gemacht als eben die Baronesse. Bei dem Eintritt durchbohrte sie den Grafen mit einem glühenden Blick, dann schlug sie die Augen nieder und entschuldigte ihren Besuch in beinahe demütigen Ausdrücken. Sie klagte, daß der Vater des Grafen, von den seltsamsten Vorurteilen befangen, die ihm gegen sie feindlich Gesinnte auf hämische Weise beizubringen gewußt, sie bis in den Tod gehaßt und ihr, unerachtet sie in der bittersten Armut beinahe verschmachtet und sich ihres Standes schämen müssen, niemals auch nur die mindeste Unterstützung zufließen lassen. Endlich, ganz unerwartet in den Besitz einer kleinen Geldsumme gekommen, sei es ihr möglich geworden, die Residenz zu verlassen und in ein entferntes Landstädtchen zu fliehen. Auf dieser Reise habe sie dem Drange nicht widerstehen können, den Sohn eines Mannes zu sehen, den sie eines ungerechten unversöhnlichen Hasses unerachtet stets hochverehrt. – Es war der rührende Ton der Wahrheit, mit dem die Baronesse sprach, und der Graf fühlte sich um so mehr bewegt, als er, weggewandt von dem widrigen Antlitz der Alten, versunken war in den Anblick des wunderbar lieblichen anmutigen Wesens, das mit der Baronesse gekommen. Die Baronesse schwieg; der Graf schien es nicht zu bemerken, er blieb stumm. Da bat die Baronesse, es ihrer Befangenheit an diesem Orte zu verzeihen, daß sie dem Grafen nicht gleich bei ihrem Eintritt ihre Tochter Aurelie vorgestellt. Nun erst gewann der Graf Worte und beschwor, rot geworden bis an die Augen in der Verwirrung des liebeentzückten Jünglings, die Baronesse, sie möge ihm vergönnen, das gutzumachen, was sein Vater nur aus Mißverstand verschulden können, und vorderhand es sich auf seinem Schlosse gefallen lassen. Seinen besten Willen beteuernd, faßte er die Hand der Baronesse, aber das Wort, der Atem stockte ihm, eiskalte Schauer durchbebten sein Innerstes. Er fühlte seine Hand von im Tode erstarrten Fingern umkrallt, und die große knochendürre Gestalt der Baronesse, die ihn anstarrte mit Augen ohne Sehkraft, schien ihm in den häßlich bunten Kleidern eine angeputzte Leiche. ›O mein Gott, welch ein Ungemach gerade in diesem Augenblick!‹ So rief Aurelie und klagte dann mit sanfter herzdurchdringender Stimme, daß ihre arme Mutter zuweilen plötzlich vom Starrkrampf ergriffen werde, daß dieser Zustand aber gewöhnlich ohne Anwendung irgendeines Mittels in ganz kurzer Zeit vorüberzugehen pflege. Mit Mühe machte sich der Graf los von der Baronesse, und alles glühende Leben süßer Liebeslust kam ihm wieder, als er Aureliens Hand faßte und feurig an die Lippen drückte. Beinahe zum Mannesalter gereift, fühlte der Graf zum erstenmal die ganze Gewalt der Leidenschaft, um so weniger war es ihm möglich, seine Gefühle zu verbergen, und die Art, wie Aurelie dies aufnahm in hoher kindlicher Liebenswürdigkeit, entzündete in ihm die schönsten Hoffnungen. Wenige Minuten waren vergangen, als die Baronesse aus dem Starrkrampf erwachte und, sich des vorübergehenden Zustandes völlig unbewußt, den Grafen versicherte, wie sie der Antrag, einige Zeit auf dem Schlosse zu verweilen, hoch ehre und alles Unrecht, das ihr der Vater angetan, mit einemmal vergessen lasse. So hatte sich nun plötzlich der Hausstand des Grafen verändert, und er mußte glauben, daß ihm eine besondere Gunst des Schicksals die einzige auf dem ganzen Erdenrund zugeführt, die als heißgeliebte angebetete Gattin ihm das höchste Glück des irdischen Seins gewähren könne. Das Betragen der alten Baronesse blieb sich gleich, sie war still, ernst, ja in sich verschlossen und zeigte, wenn es die Gelegenheit gab, eine milde Gesinnung und ein jeder unschuldigen Lust erschlossenes Herz. Der Graf hatte sich an das in der Tat seltsam gefurchte totenbleiche Antlitz, an die gespenstische Gestalt der Alten gewöhnt, er schrieb alles ihrer Kränklichkeit zu, sowie dem Hange zu düstrer Schwärmerei, da sie, wie er von seinen Leuten erfahren, oft nächtliche Spaziergänge machte durch den Park nach dem Kirchhofe zu. Er schämte sich, daß das Vorurteil des Vaters ihn so habe befangen können, und die eindringlichsten Ermahnungen des alten Oheims, das Gefühl, das ihn ergriffen, zu besiegen und ein Verhältnis aufzugeben, das ihn über kurz oder lang ganz unvermeidlich ins Verderben stürzen würde, verfehlten durchaus ihre Wirkung. Von Aureliens innigster Liebe auf das lebhafteste überzeugt, bat er um ihre Hand, und man kann denken, mit welcher Freude die Baronesse, die sich, aus tiefer Dürftigkeit gerissen, im Schoße des Glücks sah, diesen Antrag aufnahm. Die Blässe und jener besondere Zug, der auf einen schweren innern unverwindlichen Gram deutet, war verschwunden aus Aureliens Antlitz, und die Seligkeit der Liebe strahlte aus ihren Augen, schimmerte rosicht auf ihren Wangen. Am Morgen des Hochzeitstages vereitelte ein erschütternder Zufall die Wünsche des Grafen. Man hatte die Baronesse im Park unfern des Kirchhofes leblos am Boden auf dem Gesicht liegend gefunden und brachte sie nach dem Schlosse, eben als der Graf aufgestanden und im Wonnegefühl des errungenen Glücks hinausschaute. Er glaubte die Baronesse nur von ihrem gewöhnlichen Übel befallen; alle Mittel, sie wieder zurückzurufen ins Leben, blieben aber vergeblich, sie war tot. Aurelie überließ sich weniger den Ausbrüchen eines heftigen Schmerzes, als daß sie verstummt, tränenlos durch den Schlag, der sie getroffen, in ihrem innersten Wesen gelähmt schien. Dem Grafen bangte für die Geliebte, und nur leise und behutsam wagte er es, sie an ihr Verhältnis als gänzlich verlassenes Kind zu erinnern, welches erfordere, das Schickliche aufzugeben, um das noch Schicklichere zu tun, nämlich des Todes der Mutter unerachtet den Hochzeitstag so viel nur möglich zu beschleunigen. Da fiel aber Aurelie dem Grafen in die Arme und rief, indem ihr ein Tränenstrom aus den Augen stürzte, mit schneidender, das Herz durchbohrender Stimme: ›Ja – Ja! – um aller Heiligen, um meiner Seligkeit willen, ja!‹ – Der Graf schrieb diesen Ausbruch innerer Gemütsbewegung dem bittern Gedanken zu, daß sie verlassen, heimatslos nun nicht wisse wohin, und auf dem Schlosse zu bleiben doch der Anstand verbiete. Er sorgte dafür, daß Aurelie eine alte würdige Matrone zur Gesellschafterin erhielt, bis nach wenigen Wochen aufs neue der Hochzeitstag herankam, den weiter kein böser Zufall unterbrach, sondern der Hyppolits und Aureliens Glück krönte. Aurelie hatte sich indessen immerwährend in einem gespannten Zustande befunden. Nicht der Schmerz über den Verlust der Mutter, nein, eine innere, namenlose, tötende Angst schien sie rastlos zu verfolgen. Mitten im süßesten Liebesgespräch fuhr sie plötzlich, wie von jähem Schreck erfaßt, zum Tode erbleicht, auf, schloß den Grafen, indem ihr Tränen aus den Augen quollen, in ihre Arme, als wolle sie sich festhalten, damit eine unsichtbare feindliche Macht sie nicht fortreiße ins Verderben, und rief: ›Nein – nimmer – nimmer!‹ – Erst jetzt, da sie verheiratet mit dem Grafen, schien der gespannte Zustand aufgehört, jene innere entsetzliche Angst sie verlassen zu haben. Es konnte nicht fehlen, daß der Graf irgendein böses Geheimnis vermutete, von dem Aureliens Inneres verstört, doch hielt er es mit Recht für unzart, Aurelien darnach zu fragen, solange ihre Spannung anhielt und sie selbst darüber schwieg. Jetzt wagte er es leise darauf hinzudeuten, was wohl die Ursache ihrer seltsamen Gemütsstimmung gewesen sein möge. Da versicherte Aurelie, daß es ihr eine Wohltat sei, ihm, dem geliebten Gemahl, jetzt ihr ganzes Herz zu erschließen. Nicht wenig erstaunte der Graf, als er nun erfuhr, daß nur das heillose Treiben der Mutter allen sinnverstörenden Gram über Aurelien gebracht. ›Gibt es‹, rief Aurelie, ›etwas Entsetzlicheres, als die eigne Mutter hassen, verabscheuen zu müssen?‹ Also war der Vater, der Oheim von keinem falschen Vorurteil befangen, und die Baronesse hatte mit durchdachter Heuchelei den Grafen getäuscht. Für eine seiner Ruhe günstige Schickung mußte es nun der Graf halten, daß die böse Mutter an seinem Hochzeitstage gestorben. Er hatte dessen kein Hehl; Aurelie erklärte aber, daß gerade bei dem Tode der Mutter sie sich von düstern furchtbaren Ahnungen ergriffen gefühlt, daß sie die entsetzliche Angst nicht verwinden können, die Tote werde erstehn aus dem Grabe und sie hinabreißen aus den Armen des Geliebten in den Abgrund. Aurelie erinnerte sich (so erzählte sie) ganz dunkel aus ihrer früheren Jugendzeit, daß eines Morgens, da sie eben aus dem Schlafe erwacht, ein furchtbarer Tumult im Hause entstand. Die Türen wurden auf- und zugeworfen, fremde Stimmen riefen durcheinander. Endlich als es stiller geworden, nahm die Wärterin Aurelien auf den Arm und trug sie in ein großes Zimmer, wo viele Menschen versammelt, in der Mitte auf einem langen Tisch ausgestreckt lag aber der Mann, der oft mit Aurelien gespielt, sie mit Zuckerwerk gefüttert, und den sie Papa genannt. Sie streckte die Händchen nach ihm aus und wollte ihn küssen. Die sonst warmen Lippen waren aber eiskalt, und Aurelie brach, selbst wußte sie nicht warum, aus in heftiges Weinen. Die Wärterin brachte sie in ein fremdes Haus, wo sie lange Zeit verweilte, bis endlich eine Frau erschien und sie in einer Kutsche mitnahm. Das war nun ihre Mutter, die bald darauf mit Aurelien nach der Residenz reiste. Aurelie mochte ungefähr sechzehn Jahre alt sein, als ein Mann bei der Baronesse erschien, den sie mit Freude und Zutraulichkeit empfing wie einen alten geliebten Bekannten. Er kam oft und öfter, und bald veränderte sich der Hausstand der Baronesse auf sehr merkliche Weise. Statt daß sie sonst in einem Dachstübchen gewohnt und sich mit armseligen Kleidern und schlechter Kost beholfen, bezog sie jetzt ein hübsches Quartier in der schönsten Gegend der Stadt, schaffte sich prächtige Kleider an, aß und trank mit dem Fremden, der ihr täglicher Tischgast war, vortrefflich und nahm teil an allen öffentlichen Lustbarkeiten, wie sie die Residenz darbot. Nur auf Aurelien hatte diese Verbesserung der Lage ihrer Mutter, die diese offenbar dem Fremden verdankte, gar keinen Einfluß. Sie blieb eingeschlossen in ihrem Zimmer zurück, wenn die Baronesse mit dem Fremden dem Vergnügen zueilte, und mußte so armselig einhergehen als sonst. Der Fremde hatte, unerachtet er wohl beinahe vierzig Jahre alt sein mochte, ein sehr frisches jugendliches Ansehen, war von hoher schöner Gestalt, und auch sein Antlitz mochte männlich schön genannt werden. Demunerachtet war er Aurelien widrig, weil oft sein Benehmen, schien er sich auch zu einem vornehmen Anstande zwingen zu wollen, linkisch, gemein, pöbelhaft wurde. Die Blicke, womit er aber Aurelien zu betrachten begann, erfüllten sie mit unheimlichem Grauen, ja mit einem Abscheu, dessen Ursache sie sich selbst nicht zu erklären wußte. Nie hatte bisher die Baronesse es der Mühe wert erachtet, Aurelien auch nur ein Wort über den Fremden zu sagen. Jetzt nannte sie Aurelien seinen Namen mit dem Zusatz, daß der Baron steinreich und ein entfernter Verwandter sei. Sie rühmte seine Gestalt, seine Vorzüge und schloß mit der Frage, wie er Aurelien gefalle. Aurelie verschwieg nicht den innern

Abscheu, den sie gegen den Fremden hegte, da blitzte sie aber die Baronesse an mit einem Blick, der ihr tiefen Schreck einjagte, und schalt sie ein dummes einfältiges Ding. Bald darauf wurde die Baronesse freundlicher gegen Aurelien, als sie es jemals gewesen. Sie erhielt schöne Kleider, reichen modischen Putz jeder Art, man ließ sie teilnehmen an den öffentlichen Vergnügungen. Der Fremde bemühte sich nun um Aureliens Gunst auf eine Weise, die ihn nur immer widerwärtiger ihr erscheinen ließ. Tödlich wurde aber ihr zarter jungfräulicher Sinn berührt, als ein böser Zufall sie geheime Zeugin sein ließ einer empörenden Abscheulichkeit des Fremden und der verderbten Mutter. Als nun einige Tage darauf der Fremde in halbtrunkenem Mut sie auf eine Art in seine Arme schloß, daß die verruchte Absicht keinem Zweifel unterworfen, da gab ihr die Verzweiflung Manneskraft, sie stieß den Fremden zurück, daß er rücklings überstürzte, entfloh und schloß sich in ihr Zimmer ein. Die Baronesse erklärte Aurelien ganz kalt und bestimmt, daß, da der Fremde ihren ganzen Haushalt bestritte und sie gar nicht Lust habe, zurückzukommen in die alte Dürftigkeit, hier jede alberne Ziererei verdrießlich und unnütz sein werde; Aurelie müsse sich dem Willen des Fremden hingeben, der sonst gedroht, sie zu verlassen. Statt auf Aureliens wehmütiges Flehen, statt auf ihre heißen Tränen zu achten, begann die Alte, in frechem Spott laut auflachend, über ein Verhältnis, das ihr alle Lust des Lebens erschließen werde, auf eine Art zu sprechen, deren zügellose Abscheulichkeit jedem sittlichen Gefühl Hohn sprach, so daß Aurelie sich davor entsetzte. Sie sah sich verloren, und das einzige Rettungsmittel schien ihr schleunige Flucht. Aurelie hatte sich den Hausschlüssel zu verschaffen gewußt, die wenigen Habseligkeiten, die dringendste Notwendigkeit erforderte, zusammengepackt und schlich nach Mitternacht, als sie die Mutter in tiefem Schlaf glaubte, über den matt erleuchteten Vorsaal. Schon wollte sie leise, leise hinaustreten, als die Haustüre rasselnd aufsprang und es die Treppe hinaufpolterte. Hinein in den Vorsaal, hin zu Aureliens Füßen stürzte die Baronesse, in einen schlechten schmutzigen Kittel gekleidet, Brust und Arme entblößt, das greise Haar aufgelöst, wild flatternd. Und dicht hinter ihr her der Fremde, der mit dem gellenden Ruf: ›Warte, verruchter Satan, höllische Hexe, ich werd' dir dein Hochzeitmahl eintränken!‹ sie bei den Haaren mitten ins Zimmer schleifte und mit dem dicken Knittel, den er bei sich trug, auf die grausamste Weise zu mißhandeln begann. Die

Baronesse stieß ein fürchterliches Angstgeschrei aus, Aurelie, ihrer Sinne kaum mächtig, rief laut durch das geöffnete Fenster nach Hülfe. Es traf sich, daß gerade eine Patrouille bewaffneter Polizei vorüberging. Diese drang sogleich ins Haus. ›Faßt ihn‹, rief die Baronesse, sich vor Wut und Schmerz krümmend, den Polizei-Soldaten entgegen, ›faßt ihn – haltet ihn fest! – schaut seinen bloßen Rücken an! – es ist –‹ Sowie die Baronesse den Namen nannte, jauchzte der Polizei-Sergeant, der die Patrouille führte, laut auf: ›Hoho – haben wir dich endlich, Urian!‹ Und damit packten sie den Fremden fest und schleppten ihn, so sehr er sich sträuben mochte, fort. Dem allem, was sich zugetragen, unerachtet hatte die Baronesse Aureliens Absicht doch sehr wohl bemerkt. Sie begnügte sich damit, Aurelien ziemlich unsanft beim Arm zu fassen, sie in ihr Zimmer zu werfen und dieses dann abzuschließen, ohne weiter etwas zu sagen. Andern Morgens war die Baronesse ausgegangen und kam erst am späten Abend wieder, während Aurelie, in ihr Zimmer wie in ein Gefängnis eingeschlossen, niemanden sah und hörte, so daß sie den ganzen Tag zubringen mußte ohne Speise und Trank. Mehrere Tage hintereinander ging das so fort. Oft blickte die Baronesse sie mit zornfunkelnden Augen an, sie schien mit einem Entschluß zu ringen, bis sie an einem Abend Briefe fand, deren Inhalt ihr Freude zu machen schien. »Aberwitzige Kreatur, du bist an allem schuld, aber es ist nun gut, und ich wünsche selbst, daß die fürchterliche Strafe dich nicht treffen mag, die der böse Geist über dich verhängt hatte.« So sprach die Baronesse zu Aurelien, dann wurde sie wieder freundlicher, und Aurelie, die, da nun der abscheuliche Mensch von ihr gewichen, nicht mehr an die Flucht dachte, erhielt auch wieder mehr Freiheit. – Einige Zeit war vergangen, als eines Tages, da Aurelie gerade einsam in ihrem Zimmer saß, sich auf der Straße ein großes Geräusch erhob. Das Kammermädchen sprang hinein und berichtete, daß man eben den Sohn des Scharfrichters aus – vorbeibringe, der wegen Raubmord dort gebrandmarkt und nach dem Zuchthause gebracht, seinen Wächtern auf dem Transport aber entsprungen sei. Aurelie wankte, ergriffen von banger Ahnung, an das Fenster, sie hatte sich nicht betrogen, es war der Fremde, der, umringt von zahlreichen Wachen, auf dem Leiterwagen fest angeschlossen, vorübergefahren wurde. Man brachte ihn zurück zur Abbüßung seiner Strafe. Der Ohnmacht nahe, sank Aurelie zurück in den Lehnsessel, als der furchtbar wilde Blick des

Kerls sie traf, als er mit drohender Gebärde die geballte Faust aufhob gegen das Fenster. – Immer noch war die Baronesse viel außer dem Hause, Aurelien ließ sie aber jedesmal zurück, und so führte sie von manchen Betrachtungen über ihr Schicksal, über das, was Bedrohliches ganz unerwartet, plötzlich sie treffen könne, ein trübes trauriges Leben. Von dem Kammermädchen, das übrigens erst nach jenem nächtlichen Ereignis in das Haus gekommen, und der man nun erst wohl erzählt haben mochte, wie jener Spitzbube mit der Frau Baronesse in vertraulichem Verhältnis gelebt, erfuhr Aurelien, daß man in der Residenz die Frau Baronesse gar sehr bedaure, von einem solchen niederträchtigen Verbrecher auf solche verruchte Weise getäuscht worden zu sein. Aurelie wußte nur zu gut, wie ganz anders sich die Sache verhielt, und unmöglich schien es, daß wenigstens die Polizeisoldaten, welche damals den Menschen im Hause der Baronesse ergriffen, nicht, als diese ihn nannte und den gebrandmarkten Rücken angab als gewisses Kennzeichen des Verbrechers, von der guten Bekanntschaft der Baronesse mit dem Scharfrichtersohn überzeugt worden sein sollten. Daher äußerte sich denn auch jenes Kammermädchen bisweilen auf zweideutige Weise darüber, was man so hin und her denke, und daß man auch wissen wolle, wie der Gerichtshof strenge Nachforschung gehalten und sogar die gnädige Frau Baronesse mit Arrest bedroht haben solle, weil der verruchte Scharfrichtersohn gar Seltsames erzählt. – Aufs neue mußte die arme Aurelie der Mutter verworfene Gesinnung darin erkennen, daß es ihr möglich gewesen, nach jenem entsetzlichen Ereignis auch nur noch einen Augenblick in der Residenz zu verweilen. Endlich schien sie gezwungen, den Ort, wo sie sich von schmachvollem, nur zu gegründeten Verdacht verfolgt sah, zu verlassen und in eine entfernte Gegend zu fliehen. Auf dieser Reise kam sie nun in das Schloß des Grafen, und es geschah, was erzählt worden. Aurelie mußte sich überglücklich, aller böser Sorge entronnen fühlen; wie tief entsetzte sie sich aber, als, da sie in diesem seligen Gefühl von der gnadenreichen Schickung des Himmels zur Mutter sprach, diese, Höllenflammen in den Augen, mit gellender Stimme rief: ›Du bist mein Unglück, verworfenes heilloses Geschöpf, aber mitten in deinem geträumten Glück trifft dich die Rache, wenn mich ein schneller Tod dahingerafft. In dem Starrkrampf, den deine Geburt mich kostet, hat die List des Satans‹ – hier stockte Aurelie, sie warf sich an des Grafen Brust und flehte, ihr es zu erlassen, das ganz zu wiederholen, was die Baronesse noch ausgesprochen in wahnsinniger Wut. Sie fühle sich im Innern zermalmt, gedenke sie der fürchterlichen, jede Ahnung des Entsetzlichsten überbietenden Drohung der von bösen Mächten erfaßten Mutter. Der Graf tröstete die Gattin, so gut er es vermochte, unerachtet er selbst sich von kaltem Todesschauer durchbebt fühlte. Gestehen mußte er es sich, auch ruhiger geworden, daß die tiefe Abscheulichkeit der Baronesse doch, war sie auch gestorben, einen schwarzen Schatten in sein Leben warf, das ihm sonnenklar gedünkt.

Kurze Zeit war vergangen, als Aurelie sich gar merklich zu ändern begann. Während die Totenblässe des Antlitzes, das ermattete Auge auf Erkrankung zu deuten schien, ließ wieder Aureliens wirres, unstetes, ja scheues Wesen auf irgendein neues Geheimnis schließen, daß sie verstörte. Sie floh selbst den Gemahl, schloß sich bald in ihr Zimmer ein, suchte bald die einsamsten Plätze des Parks, und ließ sie sich dann wieder blicken, so zeugten die verweinten Augen, die verzerrten Züge des Antlitzes von irgendeiner entsetzlichen Qual, die sie gelitten. Vergebens mühte sich der Graf, die Ursache von dem Zustande der Gattin zu erforschen, und aus der völligen Trostlosigkeit, in die er endlich verfiel, konnte ihn nur die Vermutung eines berühmten Arztes retten, daß bei der großen Reizbarkeit der Gräfin all die bedrohlichen Erscheinungen eines veränderten Zustandes nur auf eine frohe Hoffnung der beglückten Ehe deuten könnten. Derselbe Arzt erlaubte sich, als er einst mit dem Grafen und der Gräfin bei Tische saß, allerlei Anspielungen auf jenen vermuteten Zustand guter Hoffnung. Die Gräfin schien alles teilnahmslos zu überhören, doch plötzlich war sie ganz aufmerksam, als der Arzt von den seltsamen Gelüsten zu sprechen begann, die zuweilen Frauen in jenem Zustande fühlten, und denen sie ohne Nachteil ihrer Gesundheit, ja ohne die schädlichste Einwirkung auf das Kind nicht widerstehen dürften. Die Gräfin überhäufte den Arzt mit Fragen, und dieser wurde nicht müde, aus seiner praktischen Erfahrung die ergötzlichsten, drolligsten Fälle mitzuteilen. ›Doch‹, sprach er, ›hat man auch Beispiele von den abnormsten Gelüsten, durch die Frauen verleitet wurden zu der entsetzlichsten Tat. So hatte die Frau eines Schmieds ein solch unwiderstehliches Gelüste nach dem Fleisch ihres Mannes, daß sie nicht eher ruhte, als bis sie ihn einst, da er betrunken nach Hause kam, unvermutet mit einem großen Messer überfiel und so grausam zerfleischte, daß er nach wenigen Stunden den Geist aufgab.‹

Kaum hatte der Arzt diese Worte gesprochen, als die Gräfin ohnmächtig in den Sessel sank und aus den Nervenzufällen, die dann eintraten, nur mit Mühe gerettet werden konnte. Der Arzt sah nun, daß er sehr unvorsichtig gehandelt, im Beisein der nervenschwachen Frau jener fürchterlichen Tat zu erwähnen.

Wohltätig schien indessen jene Krise auf den Zustand der Gräfin gewirkt zu haben, denn sie wurde ruhiger, wiewohl bald darauf ein ganz seltsames starres Wesen, ein düstres Feuer in den Augen und die immer mehr zunehmende Totenfarbe den Grafen in neue gar quälende Zweifel über den Zustand der Gattin stürzte. Das Unerklärlichste dieses Zustandes der Gräfin lag aber darin, daß sie auch nicht das mindeste an Speise zu sich nahm, vielmehr gegen alles, vorzüglich aber gegen Fleisch, den unüberwindlichsten Abscheu bewies, so daß sie sich jedesmal mit den lebhaftesten Zeichen dieses Abscheues vom Tische entfernen mußte. Die Kunst des Arztes scheiterte, denn nicht das dringendste, liebevollste Flehen des Grafen, nichts in der Welt konnte die Gräfin vermögen, auch nur einen Tropfen Medizin zu nehmen. Da nun Wochen, Monate vergangen, ohne daß die Gräfin auch nur einen Bissen genossen, da es ein unergründliches Geheimnis, wie sie ihr Leben zu fristen vermochte, so meinte der Arzt, daß hier etwas im Spiele sei, was außer dem Bereich jeder getreu menschlichen Wissenschaft liege. Er verließ das Schloß unter irgendeinem Vorwande, der Graf konnte aber wohl merken, daß der Zustand der Gattin dem bewährten Arzt zu rätselhaft, ja zu unheimlich bedünkt, um länger zu harren und Zeuge einer unergründlichen Krankheit zu sein, ohne Macht zu helfen. Man kann es sich denken, in welche Stimmung dies alles den Grafen versetzen mußte; aber es war dem noch nicht genug. – Gerade um diese Zeit nahm ein alter treuer Diener die Gelegenheit wahr, dem Grafen, als er ihn gerade allein fand, zu entdecken, daß die Gräfin jede Nacht das Schloß verlasse und erst beim Anbruch des Tages wiederkehre. Eiskalt erfaßte es den Grafen. Nun erst dachte er daran, wie ihn seit einiger Zeit jedesmal zur Mitternacht ein ganz unnatürlicher Schlaf überfallen, den er jetzt irgendeinem narkotischen Mittel zuschrieb, das die Gräfin ihm beibringe, um das Schlafzimmer, das sie, vornehmer Sitte entgegen, mit dem Gemahl teilte, unbemerkt verlassen zu können. Die schwärzesten Ahnungen kamen in seine Seele; er dachte an die teuflische Mutter, deren Sinn vielleicht erst jetzt in der Tochter erwacht, an irgendein abscheuliches ehebrecherisches Verhältnis, an den verruchten Scharfrichterknecht. – Die nächste Nacht sollte ihm das entsetzliche Geheimnis erschließen, das allein die Ursache des unerklärlichen Zustandes der Gattin sein konnte. Die Gräfin pflegte jeden Abend selbst den Tee zu bereiten, den der Graf genoß, und sich dann zu entfernen. Heute nahm er keinen Tropfen, und als er seiner Gewohnheit nach im Bette las, fühlte er keineswegs um Mitternacht die Schlafsucht, die ihn sonst überfallen. Demunerachtet sank er zurück in die Kissen und stellte sich bald, als sei er fest eingeschlafen. Leise, leise verließ nun die Gräfin ihr Lager, trat an das Bett des Grafen, leuchtete ihm ins Gesicht und schlüpfte hinaus aus dem Schlafzimmer. Das Herz bebte dem Grafen, er stand auf, warf einen Mantel um und schlich der Gattin nach. Es war eine ganz mondhelle Nacht, so daß der Graf Aureliens in ein weißes Schlafgewand gehüllte Gestalt, unerachtet sie einen beträchtlichen Vorsprung gewonnen, auf das deutlichste wahrnehmen konnte. Durch den Park nach dem Kirchhofe zu nahm die Gräfin ihren Weg, dort verschwand sie an der Mauer. Schnell rannte der Graf hinter ihr her, durch die Pforte der Kirchhofsmauer, die er offen fand. Da gewahrte er im hellsten Mondesschimmer dicht vor sich einen Kreis furchtbar gespenstischer Gestalten. Alte halbnackte Weiber mit fliegendem Haar hatten sich niedergekauert auf den Boden, und mitten in dem Kreise lag der Leichnam eines Menschen, an dem sie zehrten mit Wolfesgier. – Aurelie war unter ihnen! – Fort stürzte der Graf in wildem Grausen und rannte besinnungslos, gehetzt von der Todesangst, von dem Entsetzen der Hölle, durch die Gänge des Parks, bis er sich am hellen Morgen, im Schweiß gebadet, vor dem Tor des Schlosses wiederfand. Unwillkürlich, ohne einen deutlichen Gedanken fassen zu können, sprang er die Treppe herauf, stürzte durch die Zimmer, hinein in das Schlafgemach. Da lag die Gräfin, wie es schien, in sanftem, süßem Schlummer, und der Graf wollte sich überzeugen, daß nur ein abscheuliches Traumbild oder, da er sich der nächtlichen Wanderung bewußt, für die auch der von dem Morgentau durchnäßte Mantel zeugte, vielmehr eine sinnetäuschende Erscheinung ihn zum Tode geängstigt. Ohne der Gräfin Erwachen abzuwarten, verließ er das Zimmer, kleidete sich an und warf sich aufs Pferd. Der Spazierritt an dem schönen Morgen durch duftendes Gesträuch, aus dem heraus muntrer

Gesang der erwachten Vögel ihn begrüßte, verscheuchte die furchtbaren Bilder der Nacht; getröstet und erheitert kehrte er zurück nach dem Schlosse. Als nun aber beide, der Graf und die Gräfin, sich allein zu Tische gesetzt und diese, da das gekochte Fleisch aufgetragen, mit den Zeichen des tiefsten Abscheus aus dem Zimmer wollte, da trat die Wahrheit dessen, was er in der Nacht geschaut, gräßlich vor die Seele des Grafen. In wildem Grimm sprang er auf und rief mit fürchterlicher Stimme: ›Verfluchte Ausgeburt der Hölle, ich kenne deinen Abscheu vor des Menschen Speise, aus den Gräbern zerrst du deine Ätzung, teuflisches Weib!‹ Doch sowie der Graf diese Worte ausstieß, stürzte die Gräfin laut heulend auf ihn zu und biß ihn mit der Wut der Hyäne in die Brust. Der Graf schleuderte die Rasende von sich zur Erde nieder, und sie gab den Geist auf unter grauenhaften Verzuckungen. – Der Graf verfiel in Wahnsinn.«

»Ei«, sprach Lothar, nachdem es einige Augenblicke still gewesen unter den Freunden, »ei, mein vortrefflicher Cyprianus, du hast vortrefflich Wort gehalten. Gegen deine Geschichte ist der Vampirismus ein wahrer Kinderspaß, ein drolliges Fastnachtsspiel zum Totlachen. Nein, alles darin ist scheulich interessant und mit *Asa foetida* so überreichlich gewürzt, daß ein überreizter Gaumen, dem alle gesunde natürliche Kost nicht mehr mundet, sich daran sehr erlustieren mag.«

»Und doch«, nahm Theodor das Wort, »hat unser Freund gar manches verschleiert und ist über anderes so schnell hinweggeschlüpft, daß es nur eine vorübergehende schreckhaft schauerliche Ahnung erregt, wofür wir ihm dankbar sein wollen. Ich erinnere mich nun wirklich, die gräßlich gespenstische Geschichte in einem alten Buche gelesen zu haben. Alles darin war aber mit weitschweifiger Genauigkeit erzählt, und es wurden vorzüglich die Abscheulichkeiten der Alten recht *con amore* auseinandergesetzt, so daß das Ganze einen überaus widerwärtigen Eindruck zurückließ, den ich lange nicht verwinden konnte. – Ich war froh, als ich das garstige Zeug vergessen, und Cyprian hätte mich nicht wieder daran erinnern sollen, wiewohl ich gestehen muß, daß er so ziemlich an unsern Schutzpatron, den heiligen Serapion, gedacht und uns tüchtige Schauer erregt hat, wenigstens beim Schluß. Wir wurden alle ein wenig blaß, am mehrsten aber der Erzähler selbst.«

Quellennachweise

Der Sandmann, Die Bergwerke zu Falun, Die Automate
aus: E. T. A. Hoffmann. Werke. Zweiter Band

Der Magnetiseur
aus: E. T. A. Hoffmann. Fantasiestücke in Callots Manier

Das öde Haus, Eine Vampirgeschichte
aus: E. T. A. Hoffmann. Der unheimliche Gast und andere phantastische Erzählungen. insel taschenbuch 245

Die Brautwahl
aus: E. T. A. Hoffmann. Die Serapionsbrüder II.
Gesammelte Erzählungen und Märchen.

Phantastische Bibliothek in den Suhrkamp Taschenbüchern

Abe, Kōbō: Die vierte Zwischeneiszeit. Aus dem Japanischen von S. Schaarschmidt. st 756

Aldiss, Brian W.: Der unmögliche Stern. Science-fiction-Geschichten. Aus dem Englischen von Rudolf Hermstein. st 834

Die andere Zukunft. Phantastische Erzählungen aus der DDR. Herausgegeben von Franz Rottensteiner. st 757

Babits, Mihály: Der Storchkalif. Phantastischer Roman. Aus dem Ungarischen von Stefan J. Klein. st 976

Ballard, J. G.: Billennium. Science-fiction-Erzählungen. Aus dem Englischen von Alfred Scholz und Michael Walter. st 896

– Der ewige Tag und andere Science-fiction-Erzählungen. st 727

– Die Dürre. Science-fiction-Roman. Aus dem Englischen von Maria Gridling. st 975

– Hallo Amerika! Science-fiction-Roman. Aus dem Englischen von Rudolf Hermstein. st 895

– Das Katastrophengebiet. Science-fiction-Erzählungen. Aus dem Englischen von Alfred Scholz und Rudolf Hermstein. st 924

– Kristallwelt. Science-fiction-Roman. Deutsch von Margarete Bormann. st 818

– Mythen der nahen Zukunft. Science-fiction-Erzählungen. Aus dem Englischen von Franz Rottensteiner. st 1167

– Die Tausend Träume von Stellavista und andere Vermilion-Sands-Stories. Aus dem Englischen von Alfred Scholz. st 833

– Der tote Astronaut. Science-fiction-Erzählungen. Aus dem Englischen von Michael Walter. st 940

– Der vierdimensionale Alptraum. Science-fiction-Erzählungen. Aus dem Englischen von W. Eisermann. st 1014

– Die Zeitgräber und andere phantastische Erzählungen. Aus dem Englischen von Charlotte Franke. st 1082

Becher, Martin Roda: An den Grenzen des Staunens. Aufsätze zur phantastischen Literatur. st 915

– Nachwelt. Phantastische Erzählungen. st 1041

Beherrscher der Zeit. Polnische phantastische Novellen Bd. 2. Zusammengestellt von Julian Tuwim. st 1274

Bierce, Ambrose: Das Spukhaus. Gespenstergeschichten. Deutsch von G. Günther, A. Strauß und K. B. Leder. st 365

Bioy Casares, Adolfo: Morels Erfindung. Phantastischer Roman. Aus dem Spanischen von Karl August Horst. Mit einem Nachwort von Jorge Louis Borges. st 939

– Die fremde Dienerin. Phantastische Erzählungen. Aus dem Spanischen von Joachim A. Frank. st 962

51/1/8.86

Phantastische Bibliothek in den Suhrkamp Taschenbüchern

Blackwood, Algernon: Besuch von Drüben. Gruselgeschichten. Deutsch von F. Polakovics. st 411

– Der Griff aus dem Dunkel. Gespenstergeschichten. Deutsch von F. Polakovics. st 518

– Das leere Haus. Phantastische Geschichten. Deutsch von F. Polakovics. st 30

– Tanz in den Tod. Unheimliche Geschichten. Herausgegeben von Kalju Kirde. Aus dem Englischen von Friedrich Polakovics. st 848

Blick vom anderen Ufer. Europäische Science-fiction. Hg. F. Rottensteiner. st 359

Braun, Johanna u. Günter: Conviva Ludibundus. Utopischer Roman. st 748

– Der Fehlfaktor. Utopisch-phantastische Erzählungen. st 687

– Der Irrtum des Großen Zauberers. Phantastischer Roman. st 807

– Unheimliche Erscheinungsformen auf Omega XI. st 646

– Der Utofant. In der Zukunft aufgefundenes Journal aus dem Jahrtausend III. st 881

– Die unhörbaren Töne. Utopisch-phantastische Erzählungen. st 983

– Das kugeltranszendentale Vorhaben. Phantastischer Roman. st 948

– Der x-mal vervielfachte Held. Phantastische Erzählungen. st 1137

Die Büßerinnen aus dem Gnadenkloster. Phantastische Erzählungen aus Phaïcon 2. Hrsg. und mit einem Vorwort von R. A. Zondergeld. st 632

Bulwer-Lytton, Edward: Das kommende Geschlecht. Roman. st 609

Buzzati, Dino: Die Maschine des Aldo Christofari und andere phantastische Erzählungen. Herausgegeben von Kalju Kirde. st 1175

Capoulet-Innac, Edward de: Pallas oder die Heimsuchung. Deutsch von Willy Thaler. st 1138

Chesterton, G. K.: Der Held von Notting Hill. Phantastischer Roman. Aus dem Englischen von Manfred Georg. Herausgegeben und mit einem Nachwort versehen von Carl Amery. st 1174

Dick, Philip K.: Mozart für Marsianer. Science-fiction-Roman. Aus dem Amerikanischen von Renate Laux. st 773

– LSD-Astronauten. Deutsch von Anneliese Strauß. st 732

– UBIK. Science-fiction-Roman. Deutsch von Renate Laux. st 440

Dunsany, Lord: Das Fenster zur anderen Welt. Phantastische Erzählungen. Deutsch von Friedrich Polakovics. st 1189

Erckmann-Chatrian. Das Eulenohr und andere phantastische Erzählungen. Herausgegeben von Kalju Kirde. Aus dem Französischen von Hilde Linnert. st 989

51/2/8.86

Phantastische Bibliothek
in den Suhrkamp Taschenbüchern

Franke, Herbert W.: Der Atem der Sonne. Science-fiction-Erzählungen. st 1265
– Einsteins Erben. Erzählungen. st 603
– Endzeit. Science-fiction-Roman. st 1153
– Die Kälte des Weltraums. Science-fiction-Roman. st 990
– Keine Spur von Leben ... Hörspiele. st 741
– Paradies 3000. Science-fiction-Erzählungen. st 664
– Schule für Übermenschen. st 730
– Sirius Transit. Roman. st 535
– Tod eines Unsterblichen. Science-fiction-Roman. st 772
– Transpluto. Science-fiction-Roman. st 841
– Ypsilon minus. st 358
– Zarathustra kehrt zurück. st 410
– Zone Null. Science-fiction-Roman. st 585

Gautier, Théophile: Avatar. Zwei phantastische Romane. Aus dem Französischen von Alastair. st 1161

Grabiński, Stefan: Das Abstellgleis und andere Erzählungen. Nachwort S. Lem. st 478

Grin, Alexander: Der Rattenfänger. Phantastische Erzählungen. Herausgegeben und mit einem Nachwort versehen von Lola Debüser. st 1239

Gruber, Marianne: Die gläserne Kugel. st 997

Hodgson, William Hope: Das Haus an der Grenze und andere phantastische Erzählungen. Deutsch von Traude Dienel. st 1089
– Stimme in der Nacht. Unheimliche Seegeschichten. Deutsch von Wulf Teichmann. st 749

Horstmann, Ulrich: Das Glück von OmB'assa. Phantastischer Roman. st 1088

James, M. R.: Der Schatz des Abtes Thomas. Zehn Geistergeschichten. Deutsch von F. Polakovics. st 540

Kellermann, Bernhard: Der Tunnel. Roman. st 1283

Der König mit der Goldmaske und andere phantastische Erzählungen aus Frankreich. Herausgegeben von Helga Abret und Louis Vax. st 1124

Lao She: Die Stadt der Katzen. Phantastischer Roman. Aus dem Chinesischen übersetzt und mit einem Nachwort versehen von Volker Klöpsch. st 1154

Le Fanu, Sheridan: Der besessene Baronet und andere Geistergeschichten. Deutsch von Friedrich Polakovics. Mit einem Nachwort von Jörg Krichbaum. st 731

51/3/8.86

Phantastische Bibliothek in den Suhrkamp Taschenbüchern

Le Fanu, Sheridan: Maler Schalken und andere Geistergeschichten. Deutsch von Friedrich Polakovics. Mit einem Nachwort von Rein A. Zondergeld. st 923

Lem, Stanisław: Also sprach GOLEM. Aus dem Polnischen von Friedrich Griese. st 1266

– Altruizin und andere kybernetische Beglückungen. Der Kyberiade zweiter Teil. Aus dem Polnischen von Jens Reuter. st 1215

– Die Astronauten. Utopischer Roman. Deutsch von R. Pabel. st 441

– Der futurologische Kongreß. Deutsch von I. Zimmermann-Göllheim. st 534

– Imaginäre Größe. Aus dem Polnischen von C. Rymarowicz und J. Reuter. st 658

– Die Jagd. Neue Geschichten des Piloten Pirx. Deutsch von R. Buschmann, K. Kelm, B. Sparing. st 302

– Das Katastrophenprinzip. Die kreative Vernichtung der Natur. Aus dem Polnischen von Friedrich Griese. st 999

– Memoiren, gefunden in der Badewanne. Deutsch von W. Tiel. Mit einer Einleitung des Autors. st 508

– Eine Minute der Menschheit. Eine Momentaufnahme der Phantastik des Alltags. Aus dem Polnischen von Edda Werfel. st 955

– Mondnacht. Hör- und Fernsehspiele. Aus dem Polnischen übersetzt von Klaus Staemmler, Charlotte Eckert, Jutta Janke und I. Zimmermann-Göllheim. st 729

– Nacht und Schimmel. Erzählungen. Deutsch von I. Zimmermann-Göllheim. st 356

– Phantastik und Futurologie 1. Teil. Übersetzt von Beate Sorger und Wiktor Szacki. st 996

– Phantastik und Futurologie 2. Teil. Übersetzt von Edda Werfel. st 1013

– Die Ratte im Labyrinth. Ausgewählt von Franz Rottensteiner. Aus dem Polnischen von Roswitha Buschmann, Caesar Rymarowicz und Klaus Staemmler. st 806

– Robotermärchen. Aus dem Polnischen übersetzt von I. Zimmermann-Göllheim. st 856

– Der Schnupfen. Kriminalroman. Deutsch von K. Staemmler. st 570

– Sterntagebücher. Deutsch von C. Rymarowicz. st 459

– Die Stimme des Herrn. Aus dem Polnischen von C. Rymarowicz und J. Reuter. st 907

– Terminus und andere Geschichten des Piloten Pirx. Aus dem Polnischen von Caesar Rymarowicz. st 740

– Die Untersuchung. Kriminalroman. Deutsch von J. Reuter und H. J. Mayer. st 453

51/4/8.86

Phantastische Bibliothek
in den Suhrkamp Taschenbüchern

Lem, Stanisław: Waffensysteme des 21. Jahrhunderts. Aus dem Polnischen von Edda Werfel. st 998
– Wie die Welt noch einmal davonkam. Der Kyberiade erster Teil. st 1181
Über Stanisław Lem. Hg. W. Berthel. st 586
Levett, Oswald: Verirrt in den Zeiten. Roman. st 1282
Lexikon der phantastischen Literatur. Hrsg. Rein A. Zondergeld. st 880
Lovecraft, H. P.: Berge des Wahnsinns. st 220
– Cthulhu. Geistergeschichten. Deutsch von H. C. Artmann. Vorwort G. Manganelli. st 29
– Das Ding auf der Schwelle. Unheimliche Geschichten. Deutsch von R. Hermstein. st 357
– Der Fall Charles Dexter Ward. Zwei Horrorgeschichten. Deutsch von R. Hermstein. st 391
– In der Gruft und andere makabre Geschichten. Deutsch von Michael Walter. st 779
– Die Katzen von Ulthar. st 625
– Stadt ohne Namen. Deutsch von Charlotte Gräfin von Klinckowstroem. Mit einem Nachwort von Dirk Mosig. st 694
Lovecraft, H. P. und andere: Das Grauen im Museum und andere Erzählungen. Aus dem Amerikanischen von Rudolf Hermstein. st 1067
Über H. P. Lovecraft. Hg. F. Rottensteiner. st 1027
Machen, Arthur: Die leuchtende Pyramide und andere Geschichten des Schreckens. Deutsch von Herbert Preissler. st 720
Madsen, Svend Åge: Dem Tag entgegen. Utopischer Roman. Aus dem Dänischen von H. Schröder. st 1020
Das Mädchen am Abhang: Science-fiction-Erzählungen aus Polaris 2. st 630
de la Mare, Walter: Aus der Tiefe. Seltsame Geschichten. Aus dem Englischen von Traude Dienel und Elizabeth Gilbert. st 982
Maupassant, Guy de: Die Totenhand und andere phantastische Erzählungen. Aus dem Französischen v. W. Widmer u. a. st 1040
Maximovič, Gerd: Die Erforschung des Omega-Planeten. st 509
– Das Spinnenloch und andere Science-fiction-Erzählungen. st 1035
Mercier, Louis-Sébastien: Das Jahr 2440. Ein Traum aller Träume. Deutsch von Christian Felix Weiße (1772). Herausgegeben, mit Erläuterungen und einem Nachwort versehen von Herbert Jaumann. st 676

51/5/8.86

Phantastische Bibliothek in den Suhrkamp Taschenbüchern

Das namenlose Grabmal. Die polnische phantastische Novelle Band 1. Zusammengestellt von Julian Tuwim. st 1240

Nesvadba, Josef: Die absolute Maschine. Science-fiction-Erzählungen. Aus dem Tschechischen von Erich Bertleff. st 961

Owen, Thomas: Wohin am Abend? und andere seltsame Geschichten. Deutsch von Rein A. Zondergeld. Mit einem Nachwort des Übersetzers. st 908

Phaïcon 3. Almanach der phantastischen Literatur. Hg. Rein A. Zondergeld. st 443

Phaïcon 4. st 636

Phaïcon 5. st 857

Phantasma. Polnische Geschichten aus dieser und jener Welt. st 826

Phantastische Aussichten. Ein Querschnitt durch die Phantastische Bibliothek. Herausgegeben von Franz Rottensteiner. st 1188

Phantastische Träume. Herausgegeben von Franz Rottensteiner. st 954

Phantastische Welten. Erzählungen der Phantastischen Bibliothek. Herausgegeben von Franz Rottensteiner. st 1068

Plank, Robert: Orwells »1984«. Eine psychologische Studie. st 969

Poe, Edgar Allan: Der Fall des Hauses Ascher. Deutsch von A. Schmidt und H. Wollschläger. st 517

Polaris 4. Ein Science-fiction-Almanach von Franz Rottensteiner. st 460

Polaris 5. Ein Science-fiction-Almanach. Herausgegeben von Franz Rottensteiner. st 713

Polaris 6. Ein Science-fiction-Almanach. Herbert W. Franke gewidmet. Herausgegeben von Franz Rottensteiner. st 842

Polaris 7. Ein Science-fiction-Almanach. Herausgegeben von Franz Rottensteiner. st 931

Polaris 8. Ein Science-fiction-Almanach. Herausgegeben von Franz Rottensteiner. st 1096

Polaris 9. Ein Science-fiction-Almanach. Herausgegeben von Franz Rottensteiner. st 1168

Polaris 10. Ein Science-fiction-Almanach. Arkadi und Boris Strugatzki gewidmet. Herausgegeben von Franz Rottensteiner. st 1248

»Quarber Merkur«. Aufsätze zur Science-fiction- und Phantastischen Literatur. Herausgegeben von Franz Rottensteiner. st 571

Ray, Jean: Die Gasse der Finsternis. Phantastische Erzählungen. Aus dem Französischen von W. Thaler. st 1034

– Malpertuis. Phantastischer Roman. Deutsch von Rein A. Zondergeld. Nachwort von Jörg Krichbaum. st 1223

51/6/8.86

Phantastische Bibliothek in den Suhrkamp Taschenbüchern

Schattschneider, Peter: Zeitstopp. Science-fiction-Geschichten. st 819
– Singularitäten. Ein Episodenroman im Umfeld Schwarzer Löcher. st 1021
Scheerbart, Paul: Die große Revolution. Ein Mondroman und Jenseitsgalerie. st 1182
Slonimski, Antoni: Der Zeittorpedo. Phantastischer Roman. Aus dem Polnischen v. K. Staemmler. st 1028
– Zweimal Weltuntergang. Science-Fiction-Roman. Aus dem Polnischen von Edda Werfel. Mit einem Nachwort von Stanisław Lem. st 1229
Smith, C. A., Der Planet der Toten. Phantastische Erzählungen. Aus dem Amerikanischen von Friedrich Polakovics. st 864
– Saat aus dem Grabe. Phantastische Geschichten. Aus dem Amerikanischen von Friedrich Polakovics. st 765
– Herren im All. st 888
Sörensen, Villy: Tiger in der Küche und andere ungefährliche Geschichten. Aus dem Dänischen von Ellen de Boor. st 1130
Steinmüller, Angela und Karlheinz: Der Traum vom Großen Roten Fleck und andere Science-fiction-Geschichten. st 1131
Strugatzki, Arkadi und Boris: Die gierigen Dinge des Jahrhunderts. Phantastischer Roman. Aus dem Russischen von Heinz Kübart. st 827
– Der ferne Regenbogen. st 956
– Fluchtversuch. Science-fiction-Roman. Aus dem Russischen von Dieter Pommerenke. st 872
– Die gierigen Dinge des Jahrhunderts. Phantastischer Roman. Aus dem Russischen von Heinz Kübart. st 827
– Die häßlichen Schwäne. Science-fiction-Roman. Deutsche Übertragung von Hans Földeak. st 1275
– Ein Käfer im Ameisenhaufen. Science-fiction-Roman. Aus dem Russischen von Erik Simon. st 1160
– Montag beginnt am Samstag. Aus dem Russischen von Hermann Buchner. st 780
– Picknick am Wegesrand. Aus dem Russischen von A. Möckel. st 670
– Die Schnecke am Hang. Deutsch von H. Földeak. Nachwort D. Suvin. st 434
– Die zweite Invasion der Marsianer. Zwei Science-fiction-Erzählungen. Deutsch von Giuseppina Morbioli. st 1081
Suvin, Darko: Poetik der Science fiction. Zur Theorie und Geschichte einer literarischen Gattung. Deutsch von F. Rottensteiner. st 539

51/7/8.86

Phantastische Bibliothek in den Suhrkamp Taschenbüchern

Szilard, Leo: Die Stimme der Delphine. Utopische Science-fiction-Erzählungen. Mit einem Vorwort von Carl Friedrich von Weizsäker. st 703

Telles, Lygia Fagundes: Die Struktur der Seifenblase. Unheimliche Erzählungen. Aus dem brasilianischen Portugiesisch von Alfred Opitz. st 932

Tod per Zeitungsannonce und andere phantastische Erzählungen aus Rußland. Herausgegeben von Elisabeth Cheauré. Aus dem Russischen von Edda Werfel und anderen. st 889

Ulbrich, Bernd: Der unsichtbare Kreis. Utopische Erzählungen. st 652

Das unsichtbare Auge. Erzählungen. Hg. K. Kirde. st 477

Vidal, Gore: Messias: Roman. Deutsch von H. und P. von Tramin. st 390

Villiers de l'Isle-Adam, Jean-Marie: Die Eva der Zukunft. Deutsch von Annette Kolb. Mit einem Nachwort von Peter Gendolla. st 947

– Grausame Geschichten. Aus dem Französischen von Helene und Herbert Kühn. st 1095

Wakefield, H. R.: Der Triumph des Todes und andere Gespenstergeschichten. Deutsch von Jörg Krichbaum. Mit einem Nachwort von Rein A. Zondergeld. st 1291

Weisser, Michael: DIGIT. Science-fiction-Roman. st 873

– SYN-CODE-7. Science-fiction-Roman. st 764

Der Weltraumfriseur. Science-fiction-Erzählungen aus Polaris 3. st 631

Whitehead, Henry, S.: Der Zombie und andere westindische Geistergeschichten. Ausgewählt von Kalju Kirde. Deutsch von Friedrich Polakovics. st 1255

Wie der Teufel den Professor holte. Science-fiction-Erzählungen aus Polaris 1. st 629

Wolfkind, Peter Daniel: Die Boten des Frühlings. Phantastische Erzählungen. st 1230

– Das Fest der Kröten. Phantastische Erzählungen. st 1123

Zulawski, Jerzy: Auf dem Silbermond. Science-fiction-Roman. Aus dem Polnischen von Edda Werfel. Mit einem Vorwort von Stanisław Lem. st 865

– Der Sieger. Ein klassischer Science-fiction-Roman. Aus dem Polnischen von Edda Werfel. st 916

– Die alte Erde. Science-fiction-Roman. Aus dem Polnischen von Edda Werfel. st 968

51/8/8.86